ハヤカワ文庫SF
〈SF2346〉

クロストーク

〔下〕

コニー・ウィリス
大森 望訳

JN003920

早川書房

8738

日本語版翻訳権独占
早　川　書　房

©2021 Hayakawa Publishing, Inc.

CROSSTALK
by
Connie Willis
Copyright © 2016 by
Connie Willis
Translated by
Nozomi Ohmori
Published 2021 in Japan by
HAYAKAWA PUBLISHING, INC.
This book is published in Japan by
arrangement with
THE LOTTS AGENCY, LTD.
through JAPAN UNI AGENCY, INC., TOKYO.

クロストーク

〔下〕

登場人物

ブリディ（ブリジット）・

　　フラニガン……コムスパンの社員

メアリ・クレア…………ブリディの姉

メイヴ…………………メアリ・クレアの娘

キャスリーン……………ブリディの妹

ウーナ…………………ブリディの大伯母

トレント・ワース………コムスパンの社員。ブリディの婚約者

エセル・ゴドウィン……同。トレントの秘書

Ｃ・Ｂ・シュウォーツ…同。開発担当

シャーラ………………同。ブリディのアシスタント

スーキ・パーカー
アート・サンプスン
ジル・クインシー
……コムスパンの社員

グレアム・ハミルトン…コムスパンの役員。トレントの上司

ドクター・ヴェリック…外科医

19

「呼びかけなくても来てくれることが多かったけれど、来ないこともあった。そんなときは、彼らを遣《つか》わしてくださいと神に祈りました」

——ジャンヌ・ダルク

また、劇場のときのくりかえしだ。ただし、今度のほうがずっとずっとひどい。なぜなら、なにも見えないから。それにＣＢも、暗すぎて助けにこられない。こちらに来ようとしたらなにかにぶつかって、司書にその音を聞かれて、見つかってしまう。ブリディ自身も動けないし、音をたててはいけない。たとえ声の大群が、不満と恐怖と怒りの囂々《ごうごう》たる波となって四方八方から押し寄せてきていても。

声に出して叫んでしまわないように、片手を口に当てて呼びかけた。〈ＣＢ！〉だが、彼女の声はほかの声に呑まれて、彼には聞こえようもなかった。声の群れはあまりにもやかましく、激烈だった。

防御線。もし声が戻ってきたら、煉瓦壁を思い浮かべろ、とＣＢはいった。ブリディはそのアドバイスにしたがい、赤い煉瓦とぶあつい灰色のモルタルを思い浮かべようとしたが、手遅れだった。声はもう、壁の中に侵入している。

〈ＣＢ！　防げない！　どうすればいい？〉必死に呼びかけたが、もし奇跡的にそれがＣＢに聞こえたとしても、まわりじゅうから押し寄せてくる逆巻く声の咆哮を通してＣＢの声を聞きとることは不可能だ。

声のことを考えちゃだめ。ブリディはきびしく自分にそういい聞かせた。マシュマロのことを考えて——緑のシャムロック、黄色の星。それに、歌。でも、『ギリガン君ＳＯＳ』の主題歌の歌詞が思い出せないし、ＣＢおすすめのヴィクトリア朝小説は上の書庫にある。

ひとりぼっちのブリディを、声が闇の中に引きずり込んで、溺れさせようとしている。呑み込まれてしまう。〈ＣＢ！〉ブリディは逆巻く水の中で喘《あえ》ぎ、噎《む》せ、水を飲んだ。

すると、そのときとつぜん彼があらわれ、こちらに手を伸ばして、〈やれやれ、ほんとにごめん！〉といいながら、手を伸ばすように求めたが、ブリディはすでに彼にとびついて、海で遭難した人が波間に漂う板切れにしがみつくように、彼の首っ玉に両腕でしがみついていた。

〈どこにいたの？〉嗚咽《おえつ》しながらたずねる。〈聞こえなかった。そしたら電気が消えて、声が――〉

〈うん。ほんとにごめん。司書のマリアンがドアのすぐ外にいたもんだから、下の隙間から洩れる光に気づかれるんじゃないかと思って――〉

〈二度と置いてかないで！〉ブリディは叫び、首にまわした腕にぎゅっと力を込めた。

〈置いていかないよ、約束する〉そしてＣＢの両腕が体にまわされて彼女を包み込み、声を、暗闇を、髪の毛に押しつけられている彼の唇以外のすべてをシャットアウトした。彼の声が頭の中で語りかけている。〈ぼくはここにいる。ここだよ。よしよし、もうだいじょうぶだから〉

　ブリディがあんまり強く首にかじりついているせいで、ＣＢは窒息しそうになっている。離さなきゃいけないとわかっていたけれど、それができなかった。声が戻ってくる、声が――

7

〈好きなだけ長くしがみついてていいよ〉とＣＢ。〈どのみち、まだしばらくここを出られないから。マリアンはまだ館内を巡回してる。いまはトイレを調べているところ。男子トイレというテーマについて彼女がなにを考えてるかは、言わぬが花。今度は閲覧室。また施錠してまわる係になったことで頭に来てる。今週、もう三回目。どうしていつもいつもわたしが？　それは自分が御《ぎょ》しやすい人間だと思われているからで、だからみんなが……〉

　ブリディにはよくわかっていた。ＣＢが司書の思考を実況しているのは、わたしの気をそらすため。劇場にいたとき、ラッキー・チャームの話をしたのと同じこと。でも、そんなことはどうでもよかった。彼の両腕が体にまわされて、彼の声が頭の中に聞こえているかぎりは。

〈マリアンはオフィスに戻ってジャケットとハンドバッグをとって、いまは下に降りてる……正面のドアをロックしてる……〉長い間があって、それからＣＢは声に出していった。「車に乗ったみたいだ。『州間高速《インターステート》の南方面で玉突き衝突か』という声がさっき聞こえた。ということは、カーラジオを聞いてる。いまは、どっちの方向からも一台も車が来ないこんな時間帯に、どうして赤信号でえんえん待たされなきゃいけないのかと思ってる。図書館を出て帰宅するところなのは確実だ。もう出られるよ」ということは、ＣＢから手を離さなきゃいけない。

「もうだいじょうぶっていう気になってからでいいよ」ＣＢはやさしくいい、ブリディは急に、彼の体に押しつけられている自分の体を強く意識した。

「もうだいじょうぶ」ブリディはＣＢの首にまわしていた両手を離し、一歩離れた。「ありがとう」

「ほんとにだいじょうぶ？」

「ええ」いいえ。声が――

ＣＢが彼女の手をつかんだ。「いいかい？」

ブリディはうなずいた。

「よし。じゃあ行こう」ＣＢは闇に包まれた備品の迷路を抜けて戸口に進み、かがんでドアの下のネルシャツをとると、フラッシュライトをつかんでドアを開けた。

廊下は暗く、明かりは、つきあたりにある赤い非常口のサインだけ。がらんとしたうつろなたたずまいは心強かったが、ブリディは進もうとしなかった。〈警備員がいないのは確か？〉

「絶対確実」ＣＢが声に出していった。「予算削減だよ、ね？　それに、ぼくは心が読める。みんな、もう帰った」そういいながらも、ＣＢ自身、不安があるらしく、ドアを閉めるときは音がしないように気をつけていたし、フラッシュライトを点灯しようともしなかった。

だれかが置き忘れた携帯のせいだ。ブリディはCBのあとについて廊下を急ぎ足でひきかえしながら思った。忘れたことを思い出して、持ち主がとりにくるのを心配している。〈とりにくるのは無理だよ。持ち主がマリアンでないかぎりはね。今夜、図書館の鍵を持っているのは彼女だけだから〉しかしCBは、歩調をゆるめなかった。

〈どこへ行くの？〉音もなく階段を降り、ひとつ下のフロアを歩いていくCBにたずねたが、返事はなかった。職員ラウンジだ、とブリディは思った。すると案の定、CBは『スタッフ専用』と書かれたドアの前で立ち止まり、ドアを開けて、電気をつけた。

ラウンジは、広さも混雑度合いもさっきの備品室とたいして変わらなかった。プラスチック製の椅子が半ダース、くすんだ緑色の古いカウチ、流し台と戸棚がついたカウンター、冷蔵庫、電子レンジ。大きなテーブルの上には、半分食べかけのピンクと白のバースデーケーキ。誕生パーティーの残りだろう。あの司書の心配は杞憂だった。まだたっぷり残っている。

CBはカウンターに歩み寄り、フラッシュライトを置いてから、ネルシャツに袖を通した。それから戸棚を開け、コーヒーの缶を持ち上げるとその下から鍵をとって、戸棚を閉め、フラッシュライトをとり、ブリディのところに戻ってきた。「行くよ」といって電気を消し、また歩き出した。

ということは、職員ラウンジじゃない。閲覧室？　そう思ったが、CBは反対方向に歩いている。それにCBは、書庫は寒すぎるといっていた。じゃあ、どこ？

CBはまだ答えない。ブリディを先導してまたべつの廊下を歩き、ようやく『関係者以外立入禁止』と表示されたドアの前で立ち止まった。ドアの向こうは昇り階段だけ。図書館のほかの階段よりずっと幅がせまい。CBは中に入って静かにドアを閉めると、フラッシュライトを点灯し、先に立って階段を上がりはじめた。

階段のてっぺんには、『入室禁止』と表示された金属製の扉。CBはブリディにフラッシュライトを手渡した。〈錠のところを照らして〉と指示し、コーヒー缶の下からとった鍵で解錠すると、ドアを開けた。

ドアの向こうは、また昇り階段。そのてっぺんにまたべつのドア。今度はなんて書いてあるんだろう。『立入禁止――おまえのことだ。本気だぞ』とか？

しかし、そのドアにはなんの表示もなく、鍵もかかっていなかった。CBがドアを開けると、中は真っ暗闇だった。CBはブリディを中に引き入れてから、ドアを閉めた。「スイッチを探さなきゃ。一瞬、手を離してもだいじょうぶ？」

「ええ」

CBは手を離した。スイッチを求めてCBが壁を手探りする音と、なにかにつまずく音。〈くそっ〉とCBがいい、またべつのなにかにぶつかったどしんという音がした。

　また備品室じゃないといいけど。

「違うよ」CBがおもしろがるような口調でいった。そして、ようやくスイッチを探しあてたらしく、部屋がぱっと明るくなった。

　ブリディの口があんぐり開いた。彼女が立っているのは、本がずらりと並ぶエレガントな一室だった。磨かれた木の床、陶製タイル張りの暖炉、その前には、居心地のよさそうなソファひとつと赤い革張りのウィングチェア二脚が並んでいる。こちら側の端には、備品室にあったような、引き出しがたくさん並んだ木製の図書カード用キャビネットがあり、その上にシェイクスピアの胸像が置かれている。古風なオーク材の閲覧テーブルと椅子がいくつか。奥の壁には、本が山積みになった、胸の高さの木製デスク。

「な、なにこれ……ど、どうして……」ブリディは口ごもり、驚きの目で周囲を眺めた。本の列と、ティファニーのステンドグラスのランプ。「ここはどこ？」

「図書館だよ」CBはソファの両側のフロアランプと、ウィングチェアのあいだに置かれたテーブルの上のランプを点灯した。

「でも、予算が削減されたんじゃなかったの」ブリディは、凝ったつくりの暖炉やペルシャ絨毯、ソファの背に掛けられた高級そうなカシミアの布をじっくり検分しながらいった。

「削減されたよ」CBはカウンターに歩み寄り、そのうしろに手を伸ばして、古風な真鍮《しんちゅう》の鍵をとりだした。戸口に戻り、古めかしいドアプレートに鍵を差し込んで施錠すると、頭上の明かりを消した。残る明かりは、ランプだけ。「でも、一九二八年には違った。その当時の図書館はこんなふうだったんだ。アーサー・テルマン・ロスが一年生だったころ」

「アーサー・テルマン・ロスってだれ？」

「彼だよ」厳しい顔をした年配の男性の肖像画を指さした。「そしてこの部屋は、アーサー・テルマン・ロス記念室。もっとも、図書館の職員はみんな内陣と呼んでるし、ぼくはカーネギー・ルームと呼んでる。古き良きカーネギー図書館（一八八三年から一九二九年にかけてカーネギー財団の支援により建てられた図書館の総称）はまさにこんなふうだったからね。あと、『ザ・ミュージック・マン』に出てくる図書館も」

「でも、どうしてそれがここに？」

「長い話なんだ。あとでゆっくり教えてあげる」CBは閲覧テーブルに歩み寄り、中央に置いてある、緑のシェードがついた真鍮の読書ランプのスイッチを入れた。ランプは、テーブルと背後の書棚に光の輪を投げかけ、青と緑と赤の背表紙に宝石のような色合いを与えた。

「きれい」

「おまけに、侵入防止構造だ。この部屋にはひとつも窓がない。ドアは内側からロックされる。がっしりしたオーク製だから、話し声が外に洩れる心配はない。そもそも、ぼくがこの部屋の存在を知っていることさえ、図書館員にはまったく知られていない――それにどのみち、スタッフはもう全員帰宅している」

それに、声からも安全。ブリディは本におおわれた壁を見ながら思った。声を遮断してくれるのが本ではなく本を読んでいる人間の思考だとわかっていても、ここのほうが閲覧室以上に安心感を与えてくれる。

おかしな話だ。わたしたちに、ここにいる権利はない。いつ逮捕されてもおかしくない。たとえ捕まらなかったとしても、あしたになれば、劇場にトレントを置き去りした代償をたっぷり支払うことになる。いったい彼に――あるいはメイヴに――なんと説明すればいいだろう。でも、そんなことはどうでもいい。美しくて明るいこの場所にいられるかぎり。わたしは安全だ。声からも。

「でも、残念ながらいつまでもここにいるわけにはいかない」CBがいった。「だから、きみのためにパニックルームをつくる必要がある」CBは閲覧テーブルの椅子をひとつ引き出した。

ブリディが腰を下ろすと、ＣＢはテーブルの反対側にまわり、真向かいの椅子を引いてすわった。「プロセスは、防御線をつくったときとほとんど同じだ。ただし今回は、壁を築くんじゃなくて、部屋をつくる。パニックルームがどんなものかは知ってるよね？」

「ジョディ・フォスターのむかしの映画に出てきたようなやつでしょ。侵入者が家の中に押し入ってきたときに隠れる、壁に鉛を張った部屋」

「そのとおり。ただしこの場合は、それよりもさらに安全で、さらにうまく機能する。それに、核シェルターの内部みたいな部屋である必要はない。というか、そういう部屋じゃないほうがいい。いまにも核戦争が勃発するかもしれないというときに入るのが核シェルターなんだから、その中にいて、すごく安心できるとは思えないからね。それに、パニックルームに入る唯一の理由は、だれかが家に侵入してきたときだ——およそ安心できる状況じゃない。だからこの場合、パニックルームという呼び名自体、ふさわしくない。かわりに、セーフルームだと思って。もしくは聖域。ぬくぬくと居心地よく、しっかり守られているように感じられる場所」

いまＣＢとここにいるみたいに、とブリディは思った。

「うん、そうだね。まあ、ぼくはつねにいっしょにいるとはかぎらないけど。備品室のときみたいに」

「あれはあなたのせいじゃない！　自分でいったじゃない。声からその人間の居場所がわかるとはかぎらないって。それに、わたしがちゃんと壁をイメージできていたら、あんなことにはならなかった」

「それに、もしぼくが……もうやめよう。とにかく重要なのは、ああいうことが二度と起きないようにすること。セーフルームはそのためのものだ。声が入ってこられない聖域。同時に、きみの考えが外に洩れて、盗み聞きされるのも防いでくれる」

ＣＢはわたしの心が読めるのに、わたしが彼の心を読めないのは、セーフルームの中にいるおかげなんだろうか。

「うん。でも、きみがまたけんか腰になって、ぼくがトレントをブロックしていると責めはじめる前にいっておくと、セーフルームは自分の思考が盗み聞きされるのをブロックできるだけで、他人のはブロックできない」

「責めるつもりなんてなかった。アイルランド人の遺伝子の話をしてくれたときにわかったのよ。トレントとつながらない理由は、彼の先祖がイングランド人で、たぶん抑制遺伝子を持っているからだって」

「それも理由のひとつだな」とＣＢがつぶやいた。

「どういう意味？」

「なんでもない。そのとおりだよ。イングランド人は、アイルランドが経験し損ねてきたあらゆる侵略を受けてきているし、自分たちでも相当量の侵略をやってる。イングランド史上、聖人はおおぜいいるのに、テレパシー的な事例はほとんどゼロ。その一方、きみは、自分で処理しきれないくらい大量のテレパシー的なコミュニケーションを抱えている。だから、懸案のセーフルームづくりにとりかかろう」ＣＢは身を乗り出した。「自分が外界から守られて安全だと感じられる場所を思い浮かべて」

備品室だ、とブリディは思った。ＣＢの両腕にしっかり守られていた場所。でも、彼がいってるのがそういう場所じゃないのは明らかだし、もしそれでいいのだとしても、そんなこと、とてもＣＢにはいえない。守られている感じのする場所って、ほかにどこがあるだろう。ドアマンが親族の襲来を防いでくれる、トレントとの新居を想像した。でもそれも、ＣＢの意図とは違う気がする。それに、そこにいることを思うと、いま感じるのは、トレントに質問攻めにされる恐怖だけ。守られていて、安全な場所。「砦とか？」とブリディはいった。

「いや、会戦とか攻城とかのとき、万全とはいえない。それに、砦や城は防御線に相当する。セーフルームに必要なのは、静けさやのどかさと結びつく場所。でも、公園とか森とかじゃない――どこか屋内。自宅とか、子どものころの寝室とか。きみが許可しないかぎりだれも入ってこられない場所」

ということは、いまのアパートメントはもちろんだめだし、メアリ・クレアとキャスリーンと三人でひとつだった子ども部屋もだめ。オフィスもだめ。コムスパンの部屋は、どこだろうと、同僚がとつぜんやってくる危険がある。まあ、地下は例外かもしれないけれど、それでもキャスリーンはわたしを捜してそこまでたどりついた。それに、地下は寒すぎる。

思い出しただけでぶるっと身震いした。それを見てＣＢがいった。「寒い？」

「ううん、ただ――」

「まあ、どうせ寒くなるよ」ＣＢはまたデスクに歩み寄った。「ほら、閉館後は暖房が切れるから」

デスクのうしろに姿を消し、それからリモコンを手に姿を現した。ＣＢがリモコンを暖炉に向けると、炎がぱっと大きくなり、ペルシャ絨毯や革張りの椅子、豪勢な木材にオレンジと赤のあたたかな輝きを投げかけた。

「この部屋はどう？」ブリディはたずねた。「セーフルームに使えない？」

「たぶんね。でも、なじみの深い場所のほうがもっといい。子どものころ、お気に入りの隠れ場所がなかった？　中に入って遊んでたクローゼットとか。ツリーハウスとか」

「いいえ。あなたはなにをセーフルームにしてるの？」

「長年のあいだに、いろんな変遷をたどってきた。西部の騎兵隊砦、潜水艦、ターディス」ブリディのけげんな顔を見て、『ドクター・フー』に出てくる、青いポリスボックス型のタイムマシンだよ」

「リアルな場所じゃなきゃだめだっていわなかった？」

「リアルな場所だったんだよ。『ドクター・フー』は百万話くらい見たからね。子ども時代の思い出に、なにか使える場所はない？　ラプンツェルの塔とか、そういう感じの」

「いいえ。そっちはメイヴの領分」

「大学は？　ひとり暮らしだった？」

「いいえ」と答えてから、ふと思い出した。春休み、ルームメイトのアリスンとサンタフェに旅行したことがある。彼女の実家は、アドービ造りの建物が並ぶ広大な農場で、その中央には壁に囲まれた中庭があった。ブリディは、毎朝ひとりで早起きして、その中庭に行き、ベンチに腰を下ろして過ごした。

「ひとりで？」

「ええ。アリスンは家の中で寝ていて、両親はヨーロッパに旅行中だったから」

「行けそうだね。その中庭の壁はどんなふうだった？」

「アドービ煉瓦。でも、屋根はなかった。セーフルーム失格ってことにならない？」

「いや、だいじなのはメタファーなんだよ。ね？　だれも入ってこられない場所としてイメージすれば、そうなる。アドービ煉瓦の壁の高さは？」

「高かった。わたしの頭より上」

「中庭に門はあった？」

「いいえ。ドアがひとつだけ。ブルーの扉」鮮やかな色のペンキで塗られた、重たい木製の扉を思い出しながらいった。

「重たいのはいいね。錠はついてる？」

「うーーううん」記憶を探りながら、「でも、がっしりした鉄製の金具がついてて、木製のかんぬきをそれに通して閉められるようになってた」

「なおいいね。ドアは重たいといったけど、きみの力じゃ重すぎて開けられないというほどじゃないよね？」

「ええ。どうして？」

「声にもう我慢できないと思ったら、中に飛び込むことになる。だから、急いで開けられるドアじゃなきゃいけない」

「でも、わたしに開けられるとしたら、声にも開けられるんじゃない？」

「だいじょうぶ。中に入ったらすぐ、そのかんぬきを使って戸締まりするから」

「でも、声が破城槌《はじょうつい》を持っていたら？」

「破城槌なんか持ってないよ。城じゃなくて、サンタフェの農場の中庭なんだから。ニューメキシコ州に破城槌なんか存在しない。それに、きみの声は洪水なんだろ、ね？　軍隊じゃない。そしてアドービ煉瓦の壁が高くてぶあついから、水は入ってこられない。だから、きみがやるべきことは、洪水から逃げて中庭に飛び込み、ドアを閉める、ただそれだけ。その手順はこれから練習しよう」ＣＢがブリディのほうを見た。「その場所で安心できる？　楽しくしていられる？」

「ええ。ひとりになれるのが大好きだったし、景色もきれいだった。一面の緑と木陰。大きなハコヤナギの木が一本生えてて、その下に置いてある木のベンチがお気に入りの指定席だった」

「中庭のほかの場所がどんなふうだったか教えて」とＣＢが指示し、それから三十分、ブリディは思い出せるかぎりのディテールを入念におさらいさせられた——地面に敷かれた板石、一方の壁ぎわに置かれた古い園芸用具戸棚、ドアのそばに生えているピンクと赤のタチアオイ。

「オーケイ」ブリディが話し終えると、CBはいった。「目を閉じて、その中庭に立っている自分を思い浮かべて」

「待って。もしわたしがセーフルームにいるなら、どうやってあなたに話しかけるの？　あなたが話しかけてくる声をどうやって聞くの？」

「物理的な音声を遮断するわけじゃない。シャットアウトするのは他人の思考だけ。それに、だれでも好きな相手を選んで招き入れられるし、逆に締め出すこともできる。だから、セーフルームの中でもぼくの声は聞こえるよ。聞きたくないと思わないかぎり」

「どうして聞きたくないなんて――」といいかけて、何度も何度もCBに消えてといったのを思い出した。「あなたを締め出したりしない。約束する」

「そりゃよかった」とCB。「さあ、中庭に立っている自分を思い浮かべて」

ブリディは、足の下にある板石を想像し、木立ちの影が落ちるアドービ煉瓦の高い壁と、てっぺんに植木鉢がいくつも重ねて置いてある、風雨にさらされた戸棚を思い浮かべた。

「オーケイ。じゃあ今度は、ドアを開けて外に出て」

「ドアを開ける？　どうしてずっとここにいちゃいけないの？」

「たえずそれを思い浮かべていることは、大きな集中力とエネルギーを消費するからだよ。セーフルームに避難するのは、人混みにいるときとか、声が耐えられないくらい大きくなったり下品になったりした場合だけだ」

　それとも、自分が考えていることをあなたに知られたくないとき。CBが「ぼくはマゾじゃない」といったときの自分の反応を思い出して、声に出さずにそうつけ加えた。

「現実のパニックルームと同じように使うんだ」とCBが話している。「つまり、非常用。ふだんは防御線に頼る。これからそれをやってもらうよ。アドービの壁を思い浮かべて、ドアを開け、外に出る」

　ブリディは不承不承、木製のかんぬきを持ち上げ、鉄製の掛け金を上げると、重い扉を押し開けて、外に出た。「次は？」

「なにが見えるか教えて」

「防御線」遠くにある煉瓦塀を見ながらいった。うしろをふりかえって、中庭のアドービ壁とブルーの扉を見た。「扉の板は彫刻で飾られてて、枯れたトウガラシの蔓《つる》がからみついてる」背後から、ごろごろという低いうなりが聞こえてきた。声が来る。

「CB――」ブリディはそういいながら、重いドアを引き開けた。中に飛び込み、バタンと閉め、かんぬきを通してから、ドアにもたれて息をあえがせる。

「すばらしい。だいじょうぶ？」ブリディがイエスと答えると、CBはもう一回、さらにもう一回と同じことをやらせて、そのたびに数秒ずつでも時間を短縮するように励ました。

「上々だ。よし、ちょっと休憩しよう」六度目のトライのあと、CBはそういって、ウィングチェアのひとつに歩み寄り、どっかと腰を下ろした。「ゴージャスな部屋だろ？ 書庫よりぜんぜんいい」

　ううん、書庫のほうがよかった。そう思いながら、その思考がCBに聞こえないように、蔓がからまる青い扉を抜けて中庭に入った。そのとき意に反して頭に浮かんだのは、書庫の本棚に背中を押しつけて立つ彼女の前にCBがおおいかぶさり、ふたりの顔がほんの十センチしか離れていなかったときのこと。セーフルームがあって助かった。これを聞かれなくて済む。もしこのセーフルームがちゃんと機能しているなら。

　どうやら機能しているらしい。CBはこちらを見ていない。暖炉の炎を見ている。ブリディはこぢんまりした部屋の中を見まわした。埃っぽいにおいのする本におおわれた壁。棚にたてかけてある古風な書棚用はしご。貸し出しデスクの上にはジョージ・ワシントンの絵――こちらは、デラウェア川を渡るところが描かれている。スタンドの上には、革張りの辞書が開いた状態で立てて置いてあった。

「この部屋はなんの意味があるの？」CBが前に指さした肖像画に歩み寄って、しげしげと眺めた。「アーサーなんとかかんとかってだれ？」

「アーサー・テルマン・ロス。この図書館の建設に八千六百万ドルを寄付した人物だよ。

ただし条件があって、古い図書カードを廃棄しないこと。あと、シェイクスピアの胸像と、辞書スタンドと、貸し出しデスクと――」ＣＢは、木製の柄がついた古風な金属製の日付スタンプを手にとり、かざして見せた。天井まである書棚に向かって片腕を大きく広げ、「それにもちろん、本。その中には、『アイヴァンホー』」横を向いて書名に目を走らせて、「『ロビン・フッドの冒険』、『ロビンソン・クルーソー』」背すじを伸ばして、「それにミスター・ロスが学生時代の思い出として遺した他のすべての本が含まれる。ヴィクトリア朝小説の素敵なセレクションもぜんぶ」

「でも、図書館にとってこの部屋になんの意味があるの？」

「図書館は、自動貸し出しシステムとオンライン蔵書検索とKindleのこの時代に、古い図書カードや日付スタンプを維持するつもりは毛頭なかった。だから、この部屋を思いついたんだよ」ＣＢはソファに歩み寄った。「寄贈の条件を満たしているし、新たな寄贈者になるかもしれない大金持ちを学長が接待するのにうってつけの場所だ。それと密会にもね。書庫と違って、ここなら堅い床に悩まされることはない。そしてぼくらにとっては、レッスンのための完璧な場所になる」

不法侵入っていうことさえなければね、とブリディは思った。もし捕まったら――

「捕まらないよ」ＣＢが自信たっぷりにいった。「キャンパスポリスは、前庭で酔いつぶれてる学生がいるっていうシグマ・イプシロン寮《ハウス》からの通報で出払ってるし、マリアンは帰宅して予算削減のことを心配してる。それに、もし捕まったとしても、ぼくらはここいる立派な権利がある。アーサー・テルマン・ロスは、大学側が彼の意向にしたがうとは信用してなかったらしくて——それももっともだけど——自分が大学に寄付したものすべては、つねに一般利用者に開放されていなければならないという項目を遺言状につけくわえた。だからこの部屋のドアは施錠されていないんだよ。そこにたどりつくまでの経路は施錠されててもね。だから大学側は、この部屋の存在を暗い秘密として学生から厳重に隠している」

「なのにどうやって探し当てたの？」

「『テレパシー体験の歴史』を探してたんだ。図書館のオンライン蔵書検索システムでは見つかるのに、書庫にはなくて、借り出された記録もない。そしたらＴＡのひとりが、『もしかしたら内陣かも』といって——」

「その彼がここに連れてきてくれた？」

「彼じゃなくて彼女だよ。いや、彼女はあわてて口をつぐんだ。でもほら、ぼくは心が読めるからね」

「ええ」とブリディ。「そういえば、どうしてあなたにはキャンパスポリスや司書の心が読めるのに、わたしには読めないの？」

「読めるさ。問題は、きみには、ほかのすべての人間の声から、彼らの声を聞き分けられないということ」

「あなたにはそれができる？」

「前に声を聞いたことのあるだれかか、考えている内容からそれがだれなのか特定できれば――」

「キャンパスポリスとか」

「いや、じっさいは、９１１に通報したシグ・イプ寮生の心を読んだんだよ。彼はシグ・イプ・ハウスの住所を通信指令員に伝えて、ただちにキャンパスポリスから人をよこすという返事をもらったんだ。めったにあることじゃないけど」

「めったにないって、ただちに警察官が派遣されること、それとも学生がクラブハウスの前で酔いつぶれること？」

「だれかが住所を思い浮かべること。もしくは名前とか。わたし、ジェイスン・Ｐ・スマイスは恋人がほしいと願っています――なんていうふうに考える人はめったにいない。知り合いだったら、心の声でだれなのか識別できるけど、そうじゃない場合、無数の人間の中から特定の人物をよりわけるのはすごくむずかしい。干し草の山の中から一本の針を探す苦労のオーディオ版みたいな感じ」

ＣＢは司書のマリアンの声やあのＴＡの声を前に聞いたことがあったんだろう。でも、書庫のカップルは？

「距離が近かったからね。練習すれば、声の性質の変化で、近くにいるのがだれなのかを判別できるようになる」

ＣＢはそうやって、ブリディの病室にだれかがいるのを知った――マリオット・ホテルまで車で送ってくれたときは、近くにコムスパンの人間がいないことをそうやって確かめてたんだ。「どうやるか教えてくれる？」

「うん、きみの準備が整ったらね。でも、その段階まではまだ長い道のりがある。いくつもの声をサーチする必要があるし、そのためには――」

「声の真ん中にざぶざぶ踏み込んでいく必要がある」そう考えただけでまたパニックに襲われた。ＣＢのいうとおりだ。まだとてもその準備が整っていない。あの荒れ狂う声の奔流の中で、どれかひとつの声を――ＣＢの声でさえ――特定することなんてとても無理。

ＣＢはいったいどうやってるんだろう。ブリディはあらためて感嘆の念を覚えた。

「最初にこれが起きたときは、ぼくもできなかった。きみと同じく、声から逃げることだけしか考えられなかった。そういえば、そろそろ仕事を再開しないと。ここを出る前に、きみがなにも考えなくてもセーフルームに入れるようにしておきたい。だから、練習が必要だ」

ブリディはうなずき、テーブルのほうに戻りかけた。「違う違う、そこにすわって」とCB。「ここでやれる。ここのほうが暖炉に近くて、あったかいし」

ブリディはソファにすわり、CBはウィングチェアを近くにひっぱってきて腰を下ろすと、両膝を広げ、そのあいだで手を組んだ。「オーケイ。防御線でやったのと同じことをやるよ」

「読む本があったほうがいい？」ブリディは書棚のほうに目をやった。

「いや、さっきみたいに、ただしゃべってるだけでいい。ぼくが『声』といったら、できるだけ早く中庭に入る。いいかい？」

「わかった」ブリディはソファの肘かけをつかみ、蔓がからまる青い扉を思い浮かべると、いつでも飛び込める用意をした。

「違う、逃げる用意をするんじゃなくて、リラックスして、ほかのことに意識を集中して。ぼくらのハネムーンでどこへ行くか、もう決めた？」

「いいえ」といいながら、もっと無難な話題を探した。

「じゃあ、近くにいるか、声を聞いたことのある人だったら、心が読めるわけね」とブリディはいった。「ということは、コムスパンの社員ならほとんど全員、声を聞けるはず」

それに、ヘルメス・プロジェクトがどういうものなのかも知っているはず。

「心の声が聞けるからといって、聞いてるとはかぎらないよ。とくに、彼らの考えていることが、どうしたら昇進できるか、自分はレイオフされるかどうか、ランチになにを食べるか、そんなことばっかりだとね。ぼくが彼らの声に耳をすますのは、居場所を知りたいときだけだ。会わずに済ますためにね――声が来る」

　ブリディはドアに飛びついた。

「遅い。もう一回。ええと、なんの話だっけ？」

「コムスパンの社員全員の考えがいかに退屈かっていう話」

「いや、コムスパンにかぎらないよ。みんなそうだ。草を食《は》んでいる牛の声を聞くほうがまだましだろうね」

「牛の声も聞けるの？」

「いや、人間だけだよ、あいにく。飼い犬が無条件に自分を崇拝してくれるのを聞けたら最高だろうけどね」とCBはいったが、ブリディは内心ほっとしていた。もし人間だけじゃなくて、ライオンや虎の声まで――

「熊の声とか、扁形《へんけい》動物の声とかね。もっとも、人間の声もそれと大差ない場合もあるけど。たいていの時間、人間がなにを考えてるか知ってる？」

「セックスだっていいたいんでしょ」

「確かに、二十五歳以下の集合についてはそうだけどね。それ以外の年代の人間がいちばん考えてるのは天気だ。雨になるだろうか？　雨はやむかな？　雪が降る？　気温は上がるか？　みんな、いつもそういうことを考えてる。天気と、金と、いまの仕事がどんなにいやか。それと、ありがとうの言葉」

「ありがとうの言葉？」

「うん。むしろ、それがないこと、かな。『甥はどうして、ありがとうのひとこともよこさないんだろう。母親はどんなしつけをしているのか？　感謝の言葉があるまで、もう二度と甥にプレゼントは贈らない――メールでも電話でもなく、手書きのちゃんとした手紙じゃないと！』」ＣＢは両手で頭を抱えた。「何時間も何時間もずっとそれがつづく。セックスよりも、ほかの愚痴よりもたちが悪い。あとは、出もの腫れもの。それもまた、とんでもなく長い時間を費やして人間が考えてること。げっぷとか、お――」

「だいたいわかった。じゃあ、心の声を聞くことになんの楽しみもないと？」

「いや、そうじゃない。子どもたちの声を聞くのは最高だよ。とくに、ぼくが大好きなのは――」ＣＢは口をつぐんだ。

「大好きなのはなに？」

「三歳児と四歳児の声。考えかたが独特なんだ。たぶん赤ん坊もそうなんだろうけど、赤ん坊の場合は、思考が言語化され――声が来る」

前よりは反応が速かったが、ＣＢが設定した基準を満たすには足りなかった。ＣＢは何度も何度も反復練習させた。

「これ、あと何回やらなきゃいけないの？」何時間もずっとつづけているような気がする。

「完全に自動的になるまで」

「わかった」あくびを噛み殺し、「ごめん。わたし――」

「劇場で味わった恐怖のせいで分泌されたアドレナリンが――いや、備品室の分もあるか――そろそろ切れてきてるんだよ。加えていまは――」時計に目をやって、「――午前三時。あくびが出るのも無理はない」ソファを指さして、「横になったら？」

「すごくいい考えだけど」焦がれるような視線をソファに投げながら、「でも、横になったら寝ちゃいそう。もっと練習しないといけないって――」

「それはそうだけど、時間はたっぷりある。日曜日は、十一時まで開館しないからね。それに、仮眠をとるのはじっさい名案かもしれない。学習したことを脳が処理して長期記憶に保存するチャンスができるから。さあ、横になって」ＣＢがテーブルに歩み寄ってランプを消した。

「ありがとう」とつぜん疲労がのしかかってきて、目を開けていられなくなった。ソファに横たわり――すぐまた体を起こした。声のことを忘れていた。壁が機能するのは、それを思い浮かべているからだ。もし眠ってしまったら――

「眠っているあいだ、声は聞こえないよ」ＣＢが安心させるようにいった。

「どうして？」

「わからない。たぶん、睡眠中は脳の化学的性質が変わるからだろう。それとも、根本的に違う種類の思考がＲＥＭ睡眠に含まれているのか。どっちにしても、眠っているあいだはメッセージを送ることも受けることもできない」

　助かった。「でも、眠りに落ちる間際は？　それと目を覚ました瞬間は？」

「いちばん無防備なのはそういうときだね」とＣＢは認めた。「でもそれも、防御が完全に自動的になるまでのことだよ。いったんそうなったら、目覚めた瞬間に防御がかたまる」

「そうなるまでにどのくらいかかる？」

「二、三日」ＣＢはソファの両側に置かれているティファニーのランプを消灯し、ウィングチェア二脚のあいだにある明かりひとつだけを残した。「でも、心配ない。それまではぼくが歩哨をつとめるから」

「どうやって？」

「わが頼もしきヴィクトリア朝の剣で」CBは書棚に歩み寄り、ぶあつい一冊をとりだした。「『ローマ帝国衰亡史』をどう思う？」

「退屈」

「確かに。でも、〝亡〟パートのおかげで、退屈すぎない」CBはウィングチェアのとなりのテーブルに本を置いて、ソファのほうにやってきた。「さあ、横になって」と指示して、カシミアの布をブリディの体にかけた。「目を閉じて、だれも入ってこられないアドービ壁の素敵なセーフルーム以外のことはぜんぶ忘れて」

「わかった。でも入眠前と覚醒後の防御が自動化されるまで二日かかるとしたら、あなたはいつ眠るの？」

「きみが起きてるときだよ。だから、早く寝てくれたら、きみが目を覚ます時間がそれだけ早くなって、ぼくも早く眠れるようになる」

「オーケイ」ブリディは半信半疑の口調でいった。

「だいじょうぶ。ぼくはすぐそばにいる。いや、すぐそばじゃない。適切かつ安全な距離を保って」CBは暖炉の反対側のウィングチェアまで歩いていって腰を下ろした。「だから、ぼくに襲われる心配はしなくていい」

「わたしべつに――」

「まあ、万一の用心にね。それに、ここのほうが、『衰亡史』に集中できるから」にっこり笑って、「なにひとつ侵入は許さないよ、約束する」CBは本を開いた。「さあ、眠って」

言うは易《やす》く行うは難《かた》し。つい悪いことを考えてしまう。もしCBがうっかり――

「居眠りなんかしないよ。この椅子はおそろしくすわり心地が悪いからね。それに、莫迦《ばか》な女の子がしょっちゅう話しかけてくるし」

「ごめんなさい」ブリディはつぶやくようにいって、やわらかなカシミアの布の下でまるくなり、目を閉じて、中庭に入ることに意識を集中した。ドアを閉め、重い木の横棒を渡してかんぬきをかける。声を締め出す。

しかし、心配しなければならないのはそれだけではなかった。朝になったら、どうやってここからこっそり脱け出すか。トレントになんと説明するか。それにメイヴは――

「寝る前のお話が聞きたい？」CBがたずねた。

「ええ、おねがい」ブリディは横を向き、頬の下に片手をはさんだ。

「『パンノニア軍は、今回、セプティミウス・セウェルスに指揮されていた』」とCBは朗読した。『彼がひそかに抱く大胆不敵な野心は、快楽の誘惑や危険に対する不安や慈悲の気持ちに惑わされることなく、まっすぐに進みつづけてきた』」

わたしの気持ちは、このカシミアの布がほんとにあったかいってこと。ＣＢが病室に持ってきてくれたあの毛布に匹敵するくらいあたたかい。ブリディはそう思いながら眠りに落ちた。

目を覚ますと、真っ暗だった。ぼうっとした頭で、ここはどこなんだろうと考え、それから思い出して、純粋なパニックの波に襲われた。火が消えてる！

いえ、そんなことはありえない。脳の理性的な部分が反論した。ガスの火なんだから。それに、熱を感じる。この暗さに目が慣れたらすぐ、炎の赤みがかったオレンジ色の輝きが見分けられるようになる。

ＣＢが消したのでなければ。もし暖炉まで消されていたら、わたしは真っ暗闇の中にいる。声といっしょに。そして声が……ＣＢ！　そのとき、安堵が広がった。ＣＢはとなりに横たわっている。ブリディの片手は、ＣＢの胸の上で、彼の両手にしっかりと安全に握られている。

距離を保つという約束を破ったことに腹を立てるべきだとわかっていたけれど、ブリディはほっとしていた。そして、約束したとおりＣＢがそこにいて、彼女を守り、声を寄せつけずにいてくれたことに対する感謝の念でいっぱいだった。それに、距離を縮めてきたことは、とても責められない。CBはぐっすり眠っている。おだやかな息遣いが聞こえ、てのひらの下で胸が上下するのを感じ、鼓動を聞いた。

〈CB〉そっと呼びかけると、部屋の向こうからつぶやくような声が聞こえて、ブリディは闇の中で体を起こした。暖炉の火が消えていないというのは正しかった。赤っぽい輝きに照らされてウィングチェアに寝そべるCBの姿が見える。頭は背もたれに寄りかかり、両手は肘掛けから力なくだらんと垂れている。

ブリディは驚いて自分の手を見下ろした。CBの手に握られてなどいなかった。その動きで音をたててしまったらしく、CBが顔を上げて眠そうにつぶやいた。「どうした?」

「なんでもない。だいじょうぶ。夢を見てたみたい」ささやき声でそういってから、なんの問題もないことを示すために、頰の下に片手を置いてまた横たわった。「寝てて」といったが、その必要はなかった。CBは目を覚ましたわけではなかった。まるめたネルシャツを枕がわりにしていたらしく、その上に頭を戻すと、たちまち寝息をたてはじめた。

疲労困憊しているように見えた。無理もない。今夜は二度もブリディを救出しなければならなかったのだから。それに、その前にも病院で一度——いや二度。その合間に、ブリディを車で家まで送り届けたり、マリオットに送ったり、隠れ場所を見つけたり。それに、そのあいだも、たぶんずっと、四六時中ブリディの心の声に耳をすまし、声を聞きはじめる徴候がないか見張り、彼女をガードし、守っていた。そしていまもそれをつづけている。眠っていてさえも。

いかにも無防備に見えるその姿に、ブリディはにっこりした。ウィングチェアに寝そべるようにすわって手足を投げ出し、顔は暖炉の火に照らされて赤く輝いている。なんて若いんだろう。声がはじまったのは、十三歳のときだったという。いまのメイヴの年齢と四歳しか違わない。十三歳の彼にとって、どんなに苛酷な体験だったことか。

ＣＢはその体験を軽く語っていた。声を止めようとしたこと、なにが起きているのか突き止めようとしたこと、バリケードを築こうとしたこと。しかし、恐ろしいことだったはずだ。学校は悪夢だっただろうし、大学に行くのは問題外。それに、ほとんどの仕事も。携帯の電波が届かない地下にラボがあるコムスパンの仕事が見つかったのは、ＣＢにとって僥倖《ぎょうこう》だった。

映画館に行くのも問題外だし、卒業式、結婚式、葬式、フットボール観戦、ショッピングモールも右に同じ。たぶん、ＣＢがいつもああいう服装なのも、そのせいだろう。おんぼろの車に乗っているのも。ノーマルな生活の事実上すべての側面が、ＣＢにとっては闘いだったんだ。

しかもそれは、バリケードとセーフルームを確立してからの話。それ以前の、声が最初に出現したころには、恐怖を超えた体験だったに違いない。思考と感情の大津波がどっと押し寄せてくるのは、どんなにおそろしかったことか。しかも、その原因はまったくわからない。助けてくれる人もいない。頭がおかしくなったわけじゃないと励ましたり、防御線の構築方法を教えたりしてくれる人はだれもいなかった。眠っているあいだ、胸の上でしっかり手を握ってくれる人も。

わたしにこの事態が起きたとき、もしもＣＢの助けがなかったとしたら？　答えはわかりきっていた。わたしは耐えられなかっただろう。正気を失っていた。あるいは自殺していた。

ＣＢが、防備を整える前に、そういう道をたどらなかったことが驚きだ。瞋恚《しんい》と煽情と悪意に満ちた世界に投げ込まれ、なんの頼りもなく下劣と悪徳の渦にさらされ、対処法も知らないまま、どれだけ多くのものごとの無防備な犠牲者となり、目撃者となったことか。しかも彼には、手をさしのべてくれる人、なにが起きているか説明してくれる人がいなかった。悩みを打ち明けられる相手さえいなかった——そして、まわりの人間はみんな、彼のことをフリークだと思っていた。ノートルダムの鐘つき男のように。彼が強姦魔にも連続殺人鬼にもならなかったことのほうが不思議だ。

しかも、モンスターにならなかっただけでなく、彼は、声のはてしない攻撃に対して身を守る方法を編み出した——そして、わたしに同じことが起きたとき、救いの手をさしのべてくれた。ただ黙って見ていることもできた。そうしていい理由はたっぷりあった。そのうちの大きなもののひとつが、金切り声を上げて蹴りまくるようなわたし自身の反応だった。彼は真実を伝えようとしていただけなのに、病室を盗聴したとか、トレントをブロックしたとか、ありとあらゆることで糾弾した。

にもかかわらず、彼は助けてくれた。その途中で自分の秘密が明るみに出るかもしれないというリスクをおかした。たぶんそれは、彼がした、もっとも驚くべきことだろう。もし彼がほんとうにテレパシー能力を持っていると世間に知れたら、いったいなにが起きるかについては、彼自身が語っている。スーキはただちにツイートするだろうし、メディアが押し寄せてくる。会社からは、自分たちを世間の笑いものにしたというかどで、たぶん解雇される。もしくは、彼を産業スパイに採用して、アップルの新型スマートフォンの機能について探るように命令する。テレパシーはそういう仕組みじゃないんです、声はデータベースみたいに検索するわけにはいかないと説明しても納得してくれない。テレパシーがビジネス上のアドバンテージになると信じて、ＣＢのラボに踏み込み、彼を査問するかもしれない。

いや、ＣＢにとって賢明な対処方法は、沈黙を保ち、ブリディが自力で声に立ち向かうのを見守ることだったのはまちがいない。彼がその方法をとらなかったことに、いくら感謝してもしきれない。

ブリディはもうしばらくＣＢを見ていたが、やがてまた目を閉じた。自分の手が自分の頬の下にあり、彼は部屋の反対側にいるとわかっていても、目を閉じたとたん、彼はまたとなりにいて、胸の前で組んだ両手の下で、ブリディの手をぎゅっと握り、しっかりと彼の心臓に押しつけていた。

眠ってるあいだはコミュニケートできないなんて、だれが決めたの？　ブリディはそう思いながらほほえみ、眠りに戻っていった。

20

「真の愛の道のりが平坦だったためしはない」

——ウィリアム・シェイクスピア

『夏の夜の夢』（1幕1場）

次に目を覚ますと、ランプはまた点灯していて、椅子は——部屋は——無人だった。

〈ＣＢ？〉と呼びかける。〈どこ？〉

〈夜食の調達中〉とＣＢ。ブリディは反射的に、貸し出しデスクのうしろの時計に目をやった。午前五時半。

〈オーケイ、夜食じゃなくて早めの朝食だね。心配ない。すぐ戻る〉

〈心配してない〉自分でも驚きながらそう答えると、考えを聞かれないように中庭に入った。

というのも、まだ彼がそこにいるから。部屋の中がいくつものランプの明かりに満たされ、自分の目がぱっちり開き、掛け布を押しのけて両腕を伸ばし、心ゆくまで伸びをしても、それでもまだ、ＣＢはブリディの手をしっかりと胸の上で握っていたからだ。

〈急いで〉と呼びかけた。〈おなかがぺこぺこ！〉

〈すぐ行くよ〉一分後、ドアがバタンと開いて、ＣＢが戻ってきた。片手にぱんぱんにふくれた大きなレジ袋、反対の手にはケーキを載せた紙皿を持ち、ポテトチップスひと袋を小脇にはさんでいる。〈ごちそうが山ほど見つかったぞ〉

ＣＢは戦利品をテーブルに置くと、袋の中身をひとつずつ出した。「バースデーケーキ、ドリトス、サルサ、ぶどう、ペパロニ・ピザ半分、未開封のピーナッツバター・クラッカー、食べかけのスニッカーズ、オリーブ――」

「これぜんぶ、職員ラウンジから盗んできたの？」

「サルサとオリーブとケーキだけ――マリアンが、どうやって処分しようか悩んでいるのが聞こえたから。残りは、書庫で見つけた密輸品。これはべつだけど」と、炭酸飲料の缶を二本とりだし、「自動販売機で買ってきた。ラテはなかった。ペプシかシエラ・ミストの二択」

「ペプシ」といってブリディはピザに手を伸ばした。ＣＢはネルシャツのポケットから紙ナプキンをとりだし、こちらに一枚さしだした。それもパーティーの残りものらしく、ルリッグミの柄と、『風の噂で聞いたけど《ア・リトル・バード・トールド・ミー》、誕生日なんだって？』という文字が入っている。どれもこれも、すごくおいしかった。何週間も前から書庫にあったとおぼしき、すっかりしけったドリトスさえも。「悪くないよね」とCBがいった。「ああ、それと、ほかにも意外な発見があったよ。食べものを漁ってるとき、ついでにほかのマシュマロがなんだったか、ちょっとリサーチしてみたんだけど――」

「リサーチ？　たまたまラッキー・チャームのことを考えてる人がいたってこと？」

「いや、マリアンのコンピュータでググったんだ」

でも、オフィスは施錠されてると思ったのに。それに、コンピュータはパスワードが要るんじゃない？

「ピンクのハート、ブルーの月、グリーンのクローバー――シャムロックじゃなくて、クローバーなんだって」とCBが話している。「あと、星じゃなくてほうき星。蹄鉄、虹、風船、それと、なんらかの謎の理由から、砂時計が入っている。それと、書庫の最上フロアでなにが見つかったと思う？　ひと箱の……ジャジャーン！」

CBはレジ袋に手を入れると、芝居がかった仕草でシリアルの箱をとりだした。「ラッキー・チャーム！」箱を開け、ひとつかみ分をテーブルの上にあけた。「これでぼくのリサーチ結果が正しいことが証明できる」

「もしくは、まちがっていたことが」ブリディはシリアルに混じった色とりどりのマシュマロを見下ろした。中央に真緑の部分がある薄緑のものを手にとる。「これ、シャムロックには見えない」

「クローバーだよ」CBが訂正した。

「クローバーにも見えない。リボンがついた帽子みたい」

「帽子にリボンをつけるアイルランド人がいると思う？」CBはそれをブリディの手からとって、逆さまにひっくりかえし、ためつすがめつした。「もしかしたら金貨の壺かも」

「だったらなんで緑色なの？　それに、これ見て」ブリディは、Uの字のかたちをした紫色のマシュマロを手にとった。「これはなに？　虹？」

「いや、虹はこっち」CBが三色の半円をかざして見せた。

「もしくは、スイカを切ったやつ」

「どれもアイルランドにちなんだものなんだよ。スイカのどこがアイルランド？」

「それをいうなら、犬用の骨《ドッグ・ボーン》だって」と茶色がかった黄色いマシュマロを手にとる。

「すくなくとも、このピンクのやつは、まちがいなくハートだな。で、このブルーのが月」

「でも、これはなに？」ブリディは、山の中から白いマシュマロを拾い上げた。おおむね長方形で、真ん中にオレンジ色の線があり、端のほうにある、いびつな染みとつながっている。

「さっぱりわからない」ＣＢはブリディからそれを受けとって、ためつすがめつした。「アルビノの茄子とか？」ブリディは吹き出した。「子ども用のシリアルに、なんでアルビノの茄子なんか混ぜるの？」

「知るもんか」ＣＢはマシュマロを口に放り込み、しかめっ面をしてみせた。「いちばんの問題は、どうして子ども用のシリアルにチョークのかけらを混ぜて、それをマシュマロと呼んでるのか、だよ。そういえば、そろそろ作業を再開しないとね。まあ、次に声が襲ってきたとき、『アルビノの茄子、ドッグ・ボーン、紫のＵ字のやつ』と暗唱しつづけたいならべつだけど。セーフルームは――」

「完全に自動的につくれないといけない。わかってる」

「それが済んだら、いくつか補助的な防御策を教えたい。胸壁をつくるのは名案だし、バックアップ用に内陣も役に立つ」

それだけの防御策があってもなお、ＣＢは耳にイヤフォンをはめ、地下にこもって声から隠れてなきゃいけないんだ。そう思って、ブリディはあらためてぞっとした。

「じっさいは、地下にこもってなきゃいけないわけじゃないよ。地下にいる理由のひとつは、他人と話しているとき、ついうっかり、相手がだれにも話していないことを口にしてしまいやすいからだ」

「そのせいで、あなたがテレパスだとバレてしまう」

「そのとおり。それだったら、頭がおかしいと思われるほうがずっといい。それに、地下にこもってるのは、自分で選んだことなんだよ。長年、同僚の人間たちの心の奥底にある秘密を聞きつづけていると、彼らに対する評価がどんどん低くなって、関わりたいと思わなくなる。防御策の効果とはなんの関係もない。心配いらない、中庭はきみを百パーセント安全に守ってくれるよ。完成しさえすればね」そういって、ＣＢはつづく一時間、ブリディが安全な中庭にこもっているあいだに、彼と話をする練習をみっちりやらせた。それと、中庭にいることを表に出さないでいる練習。

マスターするのはたいへんだったが、最終的に、ブルーの扉があるアドービ煉瓦の壁と、本棚におおわれたカーネギー・ルームの壁を同時に見られるようになった。ハコヤナギの木立ちの下と、暖炉の前とに同時にいて、「ビリー・ジョーの唄」について会話することが可能になった。

「この歌は大ヒットしたから」とCB。「どうして彼が飛び下りたのかについては、ありとあらゆる説が唱えられている」

「あなたはどうしてだと思う？」ブリディは、CBと中庭の双方に目の焦点を合わせようとしながらいった。「つまり、彼とその子は愛し合ってたわけでしょ。彼はどうして自殺なんかしたの？」

「自殺じゃなかったのかもしれない。声から逃れようとしてただけかも」

「経験あるの？」

「なんの？ 橋から飛び下りること？ 自殺しようとすること？」

「どっちでも。両方。ある？」

「うん。一度、状況が相当ひどくなってたときに。義理の父にはほとんど見放されてた――無理もないよ。ろくに理由を説明できないまま、十三歳の成人式《バル・ミツバー》を受けるのも、大学に行くのも拒否したからね。それに声は……」CBはぞっとしたように首を振った。「とにかく、それで、精神安定薬を大量に飲めば問題を解決できると思ったんだ。でも、結果は、声がひどくなっただけだった。アルコールやザナックスに手を出すなといったのは、それが理由。ダウナー系の薬物を服用すると、声に対する感受性が強くなる――そして、声を締め出しにくくなる」

どんな気分だっただろう。まわりで無数の声が野放図に荒れ狂い、それを避けようにも、ほとんど意識をなくし、無防備になっている。

「うん。でも、それなりの利点もあったんだよ」とＣＢは軽い口調でいった。「第一に、声よりもひどいものがあると学んだこと。そのひとつが胃洗浄器だ。第二に、そのおかげで薬物中毒やアルコール中毒にならずに済んだ。意図せざる結果もすべて悪いとはかぎらないという証拠だね」

ＣＢはそういってにっこりしたが、ブリディは笑みを返さなかった。べつの思考の糸をたどるのに忙しかったのだ。「もしダウナー系の薬物が声をひどくするなら、アッパー系は？」

「いや、なんの効果もない。それに、他のどんな種類の薬物も、やはり事態を悪くするだけだよ。長期にわたって効力を発揮するのは、防御策だけだ」

「でも声を締め出しておける壁を視覚化できるなら、どうして声を完全に遮断してしまう壁を視覚化できないの？」ブリディはそうたずねて、ＣＢが、そういう仕組みじゃないんだよ、と答えるのを待った。

「できる」

「できる？　だったらどうして――」

「できるけど、長期間はつづかないからだよ。肉体的にも精神的にも、ものすごい負担がかかる。ずっと維持しつづけることはできないし、注意がそれた瞬間、声はどっと戻ってくる」

「でも、きっとなにか、方法があるはず……手術とか――」

ＣＢは首を振った。「手術は問題外。まず第一に、血管を結紮《けっさつ》するのとはわけが違う。神経のルートがつくる網の目で、うかつにそれをいじったりしたら、とりかえしのつかない障害が残るかもしれない。第二に、そんな手術をしてくれる医師を見つけるためには、テレパシーのことを打ち明ける必要があるけど――」

「それも問題外。わかってる。でも、なにか装置をつくって――」

「やってみたよ。ほとんどの時間を地下のラボで過ごしている理由のひとつがそれ。ずっと、テレパシーの妨害装置《ジャマー》を開発しようとトライしてきた」

「なにか成果はあった？」

「いや。干渉――それと混線――なら、声を打ち消せるかもしれないと思ったけど、だめだった。スパム・フィルターみたいなものをつくることも考えたけど、やっぱりうまくいかなかった。あるいは、電子的なセーフルームも」

「じゃあ、役に立つものはなにも見つからなかった？」

「見つかったよ。ヴィクトリア朝小説。それと周波数ホッピング」

「ヘディ・ラマーの発明ね」だからCBは彼女の写真をラボの壁に掛けてるんだろうか。

CBはうなずいた。「ポイントは、声を直接ブロックするんじゃなくて、声がぼくを見つけられないようにすること。これは、短期的にはとてもうまくいく。でも、長期的には、膨大な量のエネルギーが必要になる——どんな装置が生成できるよりもはるかに大量のエネルギーだ」CBは詫びるような笑みを浮かべ、「ごめんよ、ブリディ。もしきみを声から永遠に遮断できる方法があるんなら、そうするんだけど」ブリディは、自分の口ぶりがどんなに恩知らずだったかに気づいた——自分を助け出し、教え導き、守ってくれたことだけでは足りないというみたいに。

「CB、聞いて」とブリディは口を開いたが、彼は顔を上げ、遠くを見るような表情で、べつの声に耳を傾けている。その顔がすぐに渋面になった。

「なに？」

「ここを出る時間だ」CBは椅子から立ち上がり、テーブルをかたづけはじめた。

「でも、図書館は十一時まで閉まってるんじゃないの？」

「そのとおり」CBは、ラッキー・チャームの中身をテーブルの端に寄せてから、ルリツグミ柄のナプキンを広げてその上にざらざらと落とし、包んでレジ袋の中に入れた。「でも、時間が経てば経つほど人通りが増えてくる。出ていくところをだれにも見られたくない」

CBは嘘をついている。なにか聞きつけたけれど、その内容をいいたくないんだろう。

「この建物にだれかいるのね」

「いや」といったあと、嘘をついても無駄だとさとったように、「まだいないよ」とつけ加えた。「しかし、携帯電話を置き忘れた人間が、ついさっき、帰宅したとき電話を持っていた記憶がないことに気がついた。間の悪いことに、その人物というのは、司書のマリアンだ」

図書館の鍵を持っている人物。ブリディは神経質な視線をドアに投げた。「彼女、こっちに向かってるの？」

「そんな差し迫った話じゃない」CBはサルサの広口瓶のねじ蓋を閉めながら、「それどころか、彼女はまだ自宅のベッドの中だ。どこに置き忘れたかも、まだ思い出してない。でも、頭の中で自分の行動をおさらいしている。だから、スマホのありかに気がつくのは時間の問題だ。それに、きみだって」と、CBはシリアルの箱のてっぺんを閉めながらつけ加えた。「だれかに見られたくないだろ。日曜の朝にそんな格好で」と緑のドレスを指さし、「帰宅するところを。どうせ、ご近所さんもフェイスブックをやってるに決まってるし」

そのとおりね。そう思いながら、ブリディはキャンディ・バーとピーナッツバター・クラッカーの包み紙を拾い集めた。それに、心配の種はご近所の目だけじゃない。うちの親族は、早朝の礼拝に行く途中、予告なしに訪ねてくることがある。それにメイヴは、ＣＢからの謎めいたメッセージの背後にある事情を、死ぬほど知りたがっているだろう。

「メイヴにショートメッセージで状況を説明したっていってたけど」とブリディ。「具体的にどう説明したの？」

ＣＢは紙皿に残っていたアイシングの最後のかけらを舐めとってから、内向きに折り畳んでピザの空き箱の中に突っ込んだ。「きみとぼくは緊急事態の真っ最中だとしかいってないよ」

「ほかにはなにも？」

「生死に関わる問題で」ＣＢはピザの箱をレジ袋に突っ込んだ。「ぼくらの秘密を安心して託せるのはきみだけだ、とだけ。あてにしてくれていいっていう返事だった」

もちろんそうでしょうとも。包装紙をくしゃくしゃに丸めてレジ袋に放り込みながら、ブリディは思った。あの子はあなたに夢中なんだから。

「ああ、うん。ぼくもあの子はすごいと思ってるよ」とＣＢ。「なあ、ブリディ。メイヴのことなんだけど、ひとついわなきゃ――」ＣＢは口をつぐんだ。

ブリディは目を上げてＣＢを見た。また聞いている。「なに？　マリアンがこっちに向かってるの？」

「いや」ＣＢは長い間を置いていった。「でも、コピー室に電話を置き忘れたことをたったいま思い出した。行かなきゃ。そのオリーブをこっちによこして」

「待って。メイヴのことでなにかいいかけてたでしょ」

「その件はあとで」ＣＢはオリーブの瓶をブリディから受けとって、ねじ蓋を閉めた。「暖炉を消して」といってリモコンをさしだし、テーブルを拭きはじめた。

ブリディは暖炉の火とランプを消し、貸し出しデスクのうしろにリモコンを戻してから、カシミアの掛け布をもとどおりに畳み、ソファの背中の最初の位置に掛けた。ＣＢが読んでいた本は、ウィングチェアの横の床の上にある。それをとって本棚に戻しながら、「書庫に置いてきた本は？」とたずねた。「とりに戻ったほうがいい？」

「もうとってきた」ＣＢはドアのほうを指さした。図書カード・キャビネットの上に、本が何冊か重ねて置いてある。「食料の調達に行くついでに。ああ、それと、忘れないうちに、はい、きみの携帯」といってスマートフォンをさしだした。

ブリディはそれをポケットに突っ込んで、ラッキー・チャームの箱を手にとった。ＣＢ

がドリトスの袋とサルサの瓶を渡し、残りのゴミと炭酸飲料の空き缶二本をレジ袋に突っ込んだ。「忘れものはない？」

「たぶん」そういいながら、暗くなった部屋の中をもういちど見まわした。もうあたたかくない暖炉と、闇に包まれた本棚――ＣＢが手足を投げ出して眠っていたウィングチェア。とつぜん、喪失感に包まれた。いつまでもここにいられたらいいのに。

「ああ、ぼくもそう思うよ」ＣＢのほうを見たが、彼はこちらに背中を向けて、レジ袋とオリーブの瓶を手に持つところだった。「この建物の中であたたかい部屋はここだけだからだね。外に出たら、冷凍庫みたいな状態になる」フラッシュライトをとって、ドアを開けた。「それに、『ローマ帝国衰亡史』の結末はもう永遠にわからない。そうなのかな。衰亡する？」

「きっとマリアンが知ってるわよ」ブリディはＣＢの軽口に調子を合わせようとした。「急がないと、彼女に質問できることになるかも」しかし、ＣＢのあとについて部屋を出て階段を降りるあいだ、個々の声を聞き分ける方法を教えてもらっていればよかったと、いままで以上に強く思った。そうすれば、ＣＢがなにを考えているかわかったのに。

階段の下まで来ると、ＣＢは足を止め、聞き耳をたててからドアを開けた。ＣＢがいったとおり、外は寒かった。ブリディはぶるっと身震いした。ＣＢはそれを恐怖のあらわれだと解釈したらしく、「声を心配してるなら、だいじょうぶだよ。ここを出るころには明るくなってるし、いまのきみにはもう防御策がある」

「マリアンはもう家を出た？」

「いや。まだ悩んでるよ。ベッドから起き出してはるばるここまで携帯をとりに戻る値打ちがあるかどうか」ＣＢは廊下に通じるドアを開けた。本とフラッシュライトをこちらにさしだす。ブリディはラッキー・チャームとサルサの瓶を反対の腕に持ちかえて、それを受けとった。

「フラッシュライトの光をドアに向けてて。ロックするから」といって、鍵をとりだした。

「リスかごに耳を傾けなきゃいけないのも、テレパシーのチャーミングな側面のひとつだね」

「リスかご？」ブリディは訊き返し、ＣＢが鍵穴に鍵を挿し込んでロックするのを見守った。

「うん」ＣＢはフラッシュライトをブリディから受けとると、職員ラウンジに向かって廊下を歩き出した。「携帯をとりに車で図書館に戻るべきか、朝まで待つべきか、どっちがいいか考えて、同じところで考えがぐるぐる回る。あるいは……ちょっと待って」ＣＢは足を止めて、ゴミ箱にレジ袋を捨てた。「家賃を払う心配とか、横腹の妙な痛みは癌なんじゃないかという不安とか」

あるいは、会社からレイオフされるんじゃないかという心配。ブリディはアート・サンプスンの心の声を思い出し、それから、わが身をふりかえって、どうしてトレントと接続しないんだろうとか、他人と心で話していることが彼にバレたらどうなるだろうとか、くよくよ悩んでいたことを思い出した。かわいそうなＣＢは、ずっとそれを聞かされていたわけだ。

「リスかごじゃなくて、アレチネズミかごと呼ぶべきだね」ＣＢは職員ラウンジのドアを開けた。「それともハムスターかごか。だって、回し車でリスが走ってるところをじっさいに見たこと、何回ある？」

ＣＢが照明のスイッチを入れた。ふたりで何切れか食べたのに、ケーキはぜんぜん減ってないように見えたのでほっとした。ＣＢはコーヒー缶の下に鍵を戻し、サルサとオリーブの瓶を冷蔵庫にしまった。

「瓶がほとんど空になってるのを不審に思われない？」とささやき声でたずねる。

「だいじょうぶ」ＣＢはラッキー・チャームの箱とドリトスの袋をブリディから受けとって、戸棚にしまった。「ＴＡのだれかが食べたと思うだけだよ」

「せめて、投げ銭缶にいくらか入れていくべきね」といって、ブリディは『コーヒー基金』と書かれた缶を指さした。

「だめだよ。そんなことをしたら、だれか来たことがバレる。コムスパンで最後にだれかがコーヒー代を募金したのはいつだと思う？　それに、捕まらないようにする最上の防衛策は、だれか侵入したかもしれないという疑いさえ抱かせないこと。それに、ドリトスはここのじゃない。S-Vのセクションで見つけたんだ」

「でも、不思議に思うんじゃない？」

「だいじょうぶ。ケーキ、もうひと切れ食べる？　ぜったい気づかれないよ」

「もういらない」ブリディはしかめつらをした。

「ぼくもだ。もっとちゃんとしたものを食べないとね。人はラッキー・チャームのみにて生くるにあらず」CBはためらいがちにこちらを見て、「前に話したデリのこと、覚えてる？　ほら、最高にうまいスモークサーモンのベーグルを出す店。ここからならほんの二、三ブロックだ。そこで朝食をとりながら、補助的な防御策を教えてもいいけど」

「素敵」

「ああ、そう思うよ」

　CBはブリディに部屋を出るよう手で合図してから、ライトを消した。ブリディは、心が急に軽くなった理由を考えないようにしながら、彼のあとについて廊下を歩いた。思っていた以上におなかがすいていただけよ、と自分にいい聞かせる。ふたりは、前に身を隠した備品室の前を通り過ぎ、廊下の突き当たりから階段室に入った。

「来た道と違うけど」とブリディはささやき声でいった。

「正面玄関は防犯アラームがついてる。通用口もね。それに、非常口もぜんぶ」

「じゃあ、どこから出るの？」

〈こっちだ〉といって、ＣＢは階段の下を指さした。

心の声に切り換えている。〈マリアンが来てるってこと？〉とブリディはたずねた。

〈いや。まだ、携帯をとりにくるかどうか考えあぐねてる。でも、必要以上に物音をたてるのは意味がないし、こうしていれば、もしこの建物にだれかいた場合でも、こっちの声を聞かれるより早く向こうの声に気づける。テレパシーの利点のひとつだね。共犯者と話をしながらでも、警官が近づく音を聞きつけられる〉

〈テレパシーに利点なんかひとつもないっていってなかった？〉ブリディはＣＢのあとについて、足音を忍ばせて階段を降りながらいった。

〈いやいや、利点はたくさんあるよ。ハイスクール時代、筋肉野郎に捕まってロッカーに押し込まれたことは一度もないし、抜き打ちテストに不意をつかれたこともない〉

〈でも、他人があなたを心の中で嘲ったり、ひどいことを考えたりするのも聞こえた〉

〈それに、いいこともね。そう悪くもないよ〉

〈声のおそろしい洪水をべつにすれば〉

〈確かに〉ＣＢは認めた。〈でも、ことによったら、それさえなにかの役に立つかもしれない。最後の一段だ〉

　ＣＢはブリディが最後の一段を降りるのを待って、フラッシュライトを消した。ドアを開け、外を覗いてから、また点灯し、先に立って廊下を歩き出した。この廊下はコンクリートの壁がむきだしだった。図書館の地下のはずだ。ＣＢのラボと同じくらい寒い。

　ＣＢはなんの表示もないドアの前で立ち止まり、ライトを消した。〈窓がある〉と説明し、ドアを開けると、先に行けと合図した。ブリディが通り抜けると、自分もそれにつづいてから、ドアを閉めた。

　窓はあるのかもしれないが、カーテンが引いてあるのだろう。部屋は、備品室と同じくらい真っ暗だった。ＣＢが片手でブリディの腕に触れ、〈だいじょうぶ？〉とたずねた。

〈ええ。なにも見えないこと以外は〉ブリディは用心深く一歩踏み出した。

〈待って〉ＣＢがひきもどした。〈ここは障害物訓練場みたいな場所なんだ。先に暗闇に目を慣らさないと〉といって、ドアのそばで待った。

　ものの輪郭が見えるようになってきたが、まだぼんやりしている。壁の高いところにある四角は、きっと窓だろう。チャコールグレイの色合いがほんのちょっとだけ明るい。

〈外はもう明るくなってるっていわなかった？〉とささやく。

〈そのはずだ。いま何時？〉

　携帯の電源を入れて、画面に目をやった瞬間、後悔した。せっかく闇に目を慣らしたのに、画面の光でだいなしだ。〈ごめんなさい〉とブリディはいった。〈六時四十五分〉

〈ううむ〉CBのとまどいが感じとれた。CBはしばらく黙っていたが、やがて、〈ああ、そういうことか〉

〈なに？　場所をまちがえた？〉

〈いや。さあ、こっちだ〉といって、部屋の奥へと導く。

　ようやく目が慣れて、灰色の暗がりの中に、本棚の長い列が見分けられた。CBのいうとおり、障害物訓練場だ。あちこちにプラスチック容器があり、本や書類を山積みにした手押しカートがある。CBはそのあいだを縫うようにして部屋の奥へと向かい、ときおり目を上げて高い窓を見やった。

〈その窓から出るっていうんじゃないでしょうね〉

〈万一、ドアにたどりつけなかったらね〉CBは、部屋のいちばん奥へと導いた。箱や台帳やゴムバンドで縛ったファイルフォルダーが本棚に詰め込んである。

もしこの奥にドアがあるのだとしても、どこなのか見当もつかない。本棚は壁のほとんど全面を埋めつくしているし、その両脇は、さらにたくさんの箱や書類を詰め込んだ紙袋が目の高さまで山積みになっている。しかしＣＢは、〈よかった。この程度ならぜんぜん悪くない〉といって、山から箱と紙袋をどかしはじめた。

〈アーサー・テルマン・ロスの文書だよ〉と説明しながら、紙でぱんぱんになった次の紙袋に手を伸ばす。〈図書館は資料の保管についても約束した——買いものリストまで含めて、なにもかもぜんぶ。それに、ひどい出来の恋愛ポエムも混じってる。これ、そっちに置ける？〉ＣＢは袋を指さした。

〈ええ〉ブリディはＣＢの本を下に置いて、紙袋を金属製のファイル箱の山の横に置き、さらにもうひとつ紙袋を受けとった。

　ＣＢは次の箱を下ろしながら、〈さっきはなんの話をしてたんだっけ？〉

〈テレパシー能力を持つことのたくさんの喜びについて〉

〈そうそう、そうだった〉ＣＢは最初の箱の上に次の箱を置いて、〈最高だよ。交通渋滞も退屈も避けられる。スーパーでうっかり、クーポン六百枚持っててデビットカードの暗証番号を思い出せない客のうしろに並んでしまうこともない〉ＣＢはまたひとつ箱を持ち上げた。〈それに、だれかが異常者もしくは嘘つきもしくはその両方だった場合、高い授

業料を払うまでもなく、すぐにそれとわかる〉

　ＣＢはその箱をほかの箱の横に置いてから、最後のひとつをひっぱりだした。〈あるいは、脳手術を受けるまでもなく、だれかが自分を愛しているかどうかわかる〉

〈切ない片思いとは無縁〉ブリディは軽い調子で応じた。

〈そうはいってない。フラッシュライト貸して〉

　ブリディが渡すと、ＣＢが点灯した。前方にはドアがあった。壁と同じ色で塗装され、本棚の端のところにある。そのせいでいままで目に入らなかったらしい。

〈鍵かかってる？〉

〈いや。前にぼくがこのルートを使ったあとで、だれかがここに来たんならべつだけど〉

どうやらそんなことはなかったらしく、ＣＢはそのドアを細めに開けて、外を覗いた。

〈いいぞ、敵影なし。さあ〉

　ブリディはＣＢの本を回収してから、彼の手を借りて箱の間を抜けた。それから、ＣＢはブリディの体越しに手を伸ばして紙袋をとり、それをまた箱の上に置いてからドアを開けた。部屋の中がどうしてこんなに暗かったのか、それでやっとわかった。雨が降っている。鉛のような雲が低く垂れ込め、ドアの外の、駐車場につづく昇り階段は雨に濡れている。駐車場はさらに水浸しだった。

〈みんな、天気のことを考えるんじゃなかったの？〉

〈そうだよ。でも、どうやらまだみんな寝てるらしい。傘持ってたりしないよね？　でなきゃ、ボートとか〉

〈いいえ〉ブリディは思わず吹き出した。〈見た目ほどひどくないかも〉その心の声に応えるようにさらに雨脚が強くなり、すでに水浸しの駐車場に水滴がはねた。

〈小降りになるまで待つほうがいいかな〉CBが顔をしかめていった。

〈小降りになりそうな気がしないけど〉それに、ここに長くいればいるほど、司書のマリアンと駐車場で鉢合わせするリスクが高くなる。〈行ったほうがいいんじゃない？〉

〈そうだね〉CBは気乗りしない口調でいった。〈ほんとにだいじょうぶ？〉CBが心配しているのが雨のことではなく、水浸しの景色がまたあの声の大洪水のひきがねを引くんじゃないかという可能性だと思い当たった。同時に、ここまで降りてくるあいだ、ただの一度も声のことを思い出さなかったことに気づく。道中のほとんどは真っ暗だったし、壁の向こうからかすかな声のつぶやきが聞こえていたのに。CBがいっしょにいてくれるかぎり、ナイアガラの滝にだって立ち向かえる。

〈ほんとに？〉とCB。

〈ええ、ほんとに。わたしならだいじょうぶ。行きましょ〉それから自分自身に向かって、これ以上ＣＢに心を読まれる前に、とつけ加えた。

〈確かにナイアガラの滝だな〉とＣＢ。〈さあ、本を渡して〉受けとった本をネルシャツの中に入れると、ＣＢはドアを閉め、ブリディの手を引いて駐車場を走り出した。

ふたりとも、たちまちずぶ濡れになった。「バス停の屋根」ＣＢが通りの反対側のちょっと先にあるぼんやりした影を指さして叫んだ。ブリディはうなずき、ふたりは濡れた歩道を走った。

通りを流れる雨水は川のようだった。「なんだよ、これ」

「まったくね」ふたりは靴の中までぐしょ濡れになって大雨の中を走り、屋根の下にたどりつくと笑い出した。

バス停の屋根はたいして雨を防いでくれなかった。屋根のへりから雨水が滴り落ち、緑に塗装された金属製のベンチがびしょびしょになっている。ふたりは三方から吹き込んでくる雨を避け、バス停の真ん中あたりで体を寄せ合った。ＣＢはひたいに張りついている髪をかきあげてからシャツの袖を絞り、ブリディはドレスを振って水を落とした。「せっかくのドレスがだいなしになるよ」

ブリディは、ドレスのあちこちにできた雨の染みを見ながら、「もう手遅れみたい」

「まあ、これ以上、被害をひどくすることはない。それに、ふたりともずぶ濡れになる必要もない。ここで待ってて。車をとってくるから」

「でも――」

「だいじょうぶだよ」ＣＢは安心させるようにいった。「ほんの二、三分だし、もし声が襲ってきたら、防御線とセーフルームがある」

それに、わたしの手を握って心臓の上に押し当ててくれるＣＢの手が。

「じっさい、ひとりになるわけじゃないしね。ずっと話をしていられるから」

「ええ。さあ、これ」ブリディはデニムのジャケットを脱いでＣＢにさしだした。「わたしよりあなたに必要でしょ」

「ありがとう」ＣＢはブリディに本を手渡した。「もし声がまた襲ってきたとき、締め出すのが無理そうだったら――」

「だいじょうぶよ。行って」

ＣＢはうなずいた。「当たって砕けろ」ＣＢはジャケットを頭にかぶって走り出した。

ブリディは本を胸に抱き、ＣＢが角を曲がるのを見送りながら、草と濡れた土のにおいを吸い込んだ。

〈まだだいじょうぶ？〉ＣＢが呼びかけてきた。

〈ええ〉

〈こっちはぜんぜんだいじょうぶじゃないよ。旧約聖書の大洪水だ。車にたどりつく前に溺れて……ああくそ〉

〈なに？〉はっとしてたずねた。

〈なんでもない。ごめん、溺れるとかいうつもりはなかった。洪水とか〉

〈だいじょうぶよ、ほんとに。ぜんぜん問題ないから。でも急いで。凍えそう！〉

〈凍えるって？　こっちはいまにも低体温症になりそうだよ〉

〈ばかばかしい。必要なのは、なにかほかのことを考えることだけよ。ラッキー・チャームとか。ブルーの唇、赤い鼻、アルビノの雪――〉

〈笑えるね〉

〈でなきゃ歌詞とか。何番もあるやつ。「雨にぬれても」とか。「レミゼ」の「恵みの雨」とか〉

〈きみを救出したお礼がこれ？　次からは女子トイレには近づかないようにするよ〉

〈「雨に唄えば」がいいかもね。何番もあるし、歌いながらタップも踏める。ジーン・ケリーみたいに〉

〈無理だよ、ナイキのスニーカーが水浸しだから〉ブリディ自身の気持ちと同じように浮わついた口ぶりだった。〈「微笑みを傘にしよう」（サミー・フェインが作曲した一九二七年のポピュラーソング。のちにペリー・コモやビング・クロスビ

ーに歌われた）か、「雨の日と月曜――」（カーペンターズの一九七一年のヒット曲「雨の日と月曜日は」）くそっ！〉

〈どうしたの？ 側溝に踏み込んだ？〉

〈いや、街路樹から一ガロン半の水が首すじに降ってきたんだ。笑うなって！〉

〈ごめんなさい〉ブリディはしおらしくいった。〈もう車に着いた？〉

〈いや、まだ二ブロック手前。でも。あと一、二分で見えるはず。流されてなければね。エンジンがかかるといいけど。ぼくの車も、ぼくと同じくらい、寒い雨の日は苦手なんだよ〉

そして寒さと雨は刻一刻、ひどくなっている。吹きつけてくる雨粒はみぞれのように冷たい。ＣＢが雨に打たれているのに自分は濡れずに済んでいることに罪悪感を抱きながら、ブリディは屋根の奥まで撤退した。そんなに苦労しないでエンジンがかかればいいけど。

〈ブリディ？〉ＣＢの声が割り込んだ。〈だいじょうぶかい？ 声は――〉

〈だいじょうぶ。もう着いた？〉

〈いや、まだあと一ブロック。だから、話をつづけよう。ただし、なにかあたたかい話題。雨の歌はもういいよ〉

〈朝食のことを考えて。デリの中はきっとあたたかくて居心地がいい。ジャケットを脱いで、ヒーターの上にかけて乾かす。ウェイトレスが熱いコーヒーのマグを運んできて――

―〉

〈紅茶だ。ぼくは〝ずんばらしいアイルランド人青年〟なんだよ、ね？〉

〈ええ、そうだったわね〉ブリディは楽しげにいった。〈ウェイトレスは熱い紅茶のマグを運んできて、あなたは両手で包み込むようにしてマグを持って、かじかんだ手をあたためる。窓ガラスは曇って――〉

〈車に着いた〉ＣＢが割り込んだ。〈さあ、このかじかんだ指でドアロックを開けられるかが……〉

間があった。ブリディは前に身を乗り出し、ＣＢの奮闘を目の前にしているようにじっと意識を凝らした。感覚をなくしたＣＢの指がなんとかキーを鍵穴に挿し込んでドアを開け、次はイグニションに挿してひねる。〈エンジンかかった？　ＣＢ？〉

〈うん。心配ない。聞こえてるよ〉

〈わかってる〉ブリディはにっこりした。

〈よし！〉ＣＢが叫んだ。

〈かかった？〉

〈まだわからない。いまドアを開けた。でも、すくなくとも雨からは逃れられた〉さっきより短い間があって、それから、〈頼むよ、ダーリン。やれるだろ〉劇場の化粧室でブリディに声をかけていたときとそっくりの口調だった。〈頼む〉また間。〈かかった！〉と叫ぶ。〈がんばって。あと二分で行くから、そしたらそのデリを見つけて、きみがいったみたいに窓ガラスを曇らせよう。いいかい？〉

〈ええ〉何ブロックも離れているおかげで、頬がぱっと赤くなったのを見られずに済んだことにブリディは感謝した。

でも、彼はあと二分で戻ってくる。それからいっしょに朝食をとりにいく。閲覧室にいたときのように彼と向かい合わせですわって、テーブルの下で手を握り合っているところを思い描いた。

数分が経過したが、ＣＢの車は影もかたちもない。どこにいるんだろう？　バス停の屋根の下、雨に濡れないぎりぎりのところまで前に出て、車が角を曲がってこないか確かめたが、通りはがらんとしている。〈どこ？〉と呼びかけた。〈凍えそう〉

返事はなかった。ということは、デフロスターをつけても車のフロントグラスがまだ曇っていて、手で拭いながら運転するのに忙しいんだろう。耳もとでやいのやいのいったら彼の邪魔になるだけ。ブリディは、すこしでも寒さをしのごうと本を胸にぎゅっと押しつけた。ＣＢの気を散らさないように、あと一分がまんしたが、それからいった。〈急いで、ＣＢ。低体温症に見舞われてるのはあなただけじゃないのよ〉

やはり返事がないし、車も見えない。吹き込んでくる雨はどんどん強くなってくる。CBはどこなんだろう。もしかしたら、交差点でエンストしたのかもしれない。水深がどんなに深かったかを思い出した。それとも、ハイドロプレーニング現象にタイヤをとられて街路樹に激突したとか。

〈だいじょうぶ?〉ブリディは心配して呼びかけた。〈答えて。聞こえる?〉

〈ああ!〉トレントがいった。〈まさか。ブリディ、きみなのか?〉

21

「降るときはいつも土砂降り」

——ジョナサン・スイフト

まさかそんな。ブリディは思った。ありえない！

でも、事実だった。〈信じられないよ、ブリディ！〉と声はいった。今度はもう、誤解の余地がなかった。まちがいなく、トレントだ。

いまはやめて。

〈なんてことだ！　ほんとにきみの声が聞こえる！〉トレントが叫んだ。〈気持ちを感じるだけじゃなくて、声が聞こえる！　ぼくらはたがいに相手の心を読んでる！　これがどういうことかわかるかい？〉

〈ええ〉ブリディはＣＢの本を胸にぎゅっと抱いていった。なにもかも変わる。

ＣＢに警告しなきゃ。でも、もしトレントに、ＣＢに話しかけている声を聞かれたら？〈ほんとにきみの声が聞こえる！〉とトレントはいった。正確になにを聞いたんだろう。ＣＢに呼びかける声？　わたしの思考？

でも、どうしてそんなことがありえるのか。トレントはイングランド人だ。抑制遺伝子を持っているのに。ということは、これはただのまぐれあたりで、愛しい人の呼びかけを聞いた例のような、つかのまの接続だったのかもしれない。

〈信じられない！〉トレントが割って入った。〈きみの心が読める！〉

まぐれあたり説はこれで終了。

〈なんていった？〉とトレント。〈きみの声がよく聞きとれない〉

助かった。このまま返事をしないでいたら、病院での最初の夜のわたしみたいに、幻聴だったと思って――

〈病院？〉トレントがはっとしたようにいった。〈どうしたんだい？〉

遅まきながら、中庭に逃げ込むことを思い出した。ブルーの扉を開けて中に飛び込むと、バタンとドアを閉め、そこに寄りかかって息をあえがせた。

〈ＥＤになにか不具合でもあったのかい？〉トレントが心配そうにたずねてきた。〈それで病院にいる？〉

病院にいるわけじゃないと説明するしかない。ブリディは、中庭と雨を茫然と見ながら思った。でないと、トレントはドクター・ヴェリックに電話してしまう。

でも、もし返事をしたら、接続が本物で、トレントの想像じゃないという証明になってしまう。〈CB〉とブリディは呼びかけた。〈どうしたらいい？〉

返事がない。

この雨の中、車を運転するのに必死なのよ。自分にそういい聞かせた。

トレントがまた割り込んだ。〈ブリディ、返事をしてくれ！〉と叫ぶ。〈きみのEEDになにか問題が起きたのか？　答えてくれ！　どこにいるのか教えてくれ〉

いいえ、それだけは無理。〈CB！　応答して！　あなたが必要なの〉

やはり返事がない。CBが豪雨の中の運転にかかりきりになっているんじゃないとしたら？　もうわたしの声が聞こえなくなってるんだとしたら？　CBとつながっていたのはシナプスの混線が原因で、いまはそれが正常に戻り、その結果、かわりにトレントと接続したんだとしたら？　でも、わたしの望みは――

〈なにが望みだって？〉トレントがたずねた。〈聞こえない。ぼくがドクター・ヴェリックに電話すること？　それが望みなのか？　だったらいますぐ――〉

もうどうしようもない。返事をして、わたしはだいじょうぶ、ドクター・ヴェリックに電話する必要なんかないと納得させなければ。〈トレント？〉とブリディは呼びかけた。

〈あなたなの？〉

〈ブリディ？　ああ、よかった。心配してたんだ……どこにいる？〉

わたしはセーフルームにいる、とブリディは心の中でいった。ここにいれば、わたしが伝えたいこと以外、彼にはなにも聞こえない。でも、たとえそうだとしても、バス停のことや雨の通りのことは考えないほうがいい。それに、ＣＢのことも。彼のことをＣＢと呼ぶのもだめ。コンランと呼ぼう。トレントはそれが彼の本名だと知らないから。

〈答えてくれ、ブリディ〉とトレント。〈なにがあった？〉

〈なにが？〉ブリディは、いま起きたばかりのような、ぼうっとした調子でいった。〈なにも。どういう意味？〉

〈病院にいるのかい？　いまさっき、病院って――〉

〈病院？　いえ、わたしは……いったいなんの話？　家にいるわよ。眠ってたら、あなたが呼ぶ声が聞こえたような気がして。夢を見てたんだと思う。どこにいるの？〉

トレントは答えなかった。

一時的な接続だったんだ。そう思ってほっとした。ただの思い込みだったと納得させて

〈……こんなすごいことになるなんて想像もしてなかった！〉トレントがいった。数秒の間があり、それから、〈……話すのが待ちきれない……〉トレントの声はさっきほど明瞭ではなかった。圏外にさしかかった電話の声のように、音がくぐもり、とぎれとぎれに聞こえる。〈……これは——〉と、そこでトレントの声が途切れた。

〈トレント？〉おそるおそる呼びかけた。

返事なし。

よかった。〈コンラン？〉と呼びかける。〈ナイト・ファイターからドーン・パトロールへ。ドーン・パトロール、応答して〉

沈黙。

行ってしまった。

〈いや、行ってないよ。とうとう接続したんだ、どこにも行くもんか！　永遠に接続できないかと思いはじめてた——そしたらこれだ！〉

C——コンランのいうことを聞いておくべきだった。おそろしい副作用があると警告してくれていたのに。

〈なんていった？〉とトレント。〈聞こえない。しょっちゅう声が途切れる。〝聞いて〟といったのは聞こえたけど、そのあとなにも——〉

トレントの声がまた途絶え、今度は五分待っても戻ってこなかった。ブリディはさらに三十秒待って、トレントとの接続が回復しないのを確認してから呼びかけた。〈ドーン・パトロール……コンラン？……CB？〉

応答なし。聞こえるのは、バス停のカーブした屋根を叩く雨の音だけ。

もし永遠に彼を失ってしまったのだとしたら？　そう考えて、ぞっとした。もしそうだとしたら、もしルートが変わってトレントと接続したのだとしたら、CBのほうもこちらに呼びかけているのに返信を受けとれずにいるのだろうか？　それとも、車と雨に集中しすぎていて、わたしの不在に気がついていない？

いや、それは違う。CBの車が角を曲がって姿を現し、こちらに向かってくる。ブリディはバス停の屋根の下から出ると、雨に濡れないように本を守りながら、縁石まで行って、フロントガラス越しにCBの顔を見て、その表情から、なにが起きたか彼が知っているかどうかを見極めようとしたが、雨脚が強すぎ、ワイパーの動く速度が速すぎた。

CBは、水しぶきをはねあげながら縁石に車を止めた。ブリディはしぶきがかからないようにあとずさった。「こんなに遅くなってごめん」身を乗り出して、ブリディのために助手席側のドアを開けながら、CBがいった。「エンジンはかかったけど、ワイパーの片方が動かなくて、それを直すのに大骨を折っているうちにまた雨に濡れちゃって」

濡れたどころじゃない、服のままプールに飛び込んだみたいにぐっしょりだ。Ｔシャツとジーンズは肌に貼りつき、髪の毛はひたいにぺったりくっついている。「それから、やっと動くようになったと思ったら、エンジンが止まって。また始動するのに死ぬほど時間がかかって」

まだ知らないんだ。ブリディはそう思って、心が沈んだ。打ち明けなければ。

〈なにを打ち明けるって？〉とＣＢがたずね、安堵の波がブリディの全身に広がった。

「まだ聞こえるのね？」と歓喜の声でいう。「コンラン、聞いて。あなたに伝えなきゃいけないことが――」

「まず車に乗って」ＣＢがむっつりといった。「せっかくあたたまった空気がぜんぶ逃げる」

ブリディはうなずいて、助手席に乗り込んだ。ヒーターから吹き出してくる暖気にもかかわらず、車の中は外に比べてぜんぜんあたたかい気がしなかった。ＣＢは凍りついているように見える。ハンドルを握る手は、寒さで鮮やかなピンク色になっていた。

「ＣＢ……」と口を開いたが、ＣＢはすでに車を出し、前方の道路を見つめたまま、大通りに向かって走らせている。それに、ハリケーン並みの威力で降ってくる雨。耳を聾する音でルーフを叩き、フロントガラスのワイパーはまるでその威力に追いついていない。

　しかし、騒音があろうがなんだろうが、運転がたいへんだろうがなんだろうが、いま打ち明けなければならない。ブリディは濡れた髪をひたいからかき上げ、大きくひとつ息を吸ってから口を開いた。「聞いて。あなたが車をとりにいってるあいだに、事件があったの」

「『あたしのボーイフレンド《マイ・ボーイフレンズ・バック》』の一件だろ？　ああ、知ってる。ワイパーと格闘してるあいだ、彼の声が聞こえてたからね」世界でいちばんあたりまえのことのようにいった。

「でも、彼には抑制遺伝子があるっていってたじゃない」

「どうやら、その点はぼくのまちがいだったらしい。きっと、どこかの時点で、アイルランド人の祖先がいたんだろうね。ダブリン生まれの皿洗いメイドが口説かれたとか」

「それとも、テレパシーの要因に関するあなたの説がまちがってたか。もしかしたら、アイルランドの血とは無関係かもしれない」

「それはまちがってないよ」

「どうしてわかるの？」

「なぜなら……とにかく、知ってるんだよ。それに、なぜそうなったかは問題じゃない。問題なのは、それが起きたことだ」

　確かに。「じゃあ、わたしはどうすればいい？」

「まあ、希望的には、ぼくがきみの恋人をブロックしていたと非難するのをやめて――」

「ぜんぜん笑えない」

「確かにそうだね」CBはむっつりいった。前に身を乗り出して、フロントガラスの内側の曇りを片手で拭う。

「じゃあ、わたしはなにを――」

「デフロスターをつけて。前が見えない」

ブリディはダッシュボードに目を凝らし、どれがデフロスターのボタンなのか見極めようとした。これだと思ったボタンを押すと、ラジオが鳴り出した。「けさはじっさい、ひどい天気ですね」とアナウンサーがいう。

「ごめんなさい」ラジオを切り、デフロスターのボタンを見つけて、いちばん強くすると、CBのほうに目をやって返事を待った。だが、CBはなにもいわなかった。

「CB？ わたしはどうすればいい？」

「わからない」CBはこちらを向いた。「彼がきみの声を聞いたというだけのことなら、ドクター・ヴェリックがいってた、例外的に強い感情のひとつだと納得させられるかもしれない。感情が激しくて、まるで言葉のように伝わるというやつ。でも、きみが彼に返事をしたとなると――」

「そうするしかなかったのよ。いまにもドクター・ヴェリックに電話しそうだったから。でも、彼があんなふうに反応するとは思わなかった。きっと信じないと思ったのに。彼のことだから――」

「きみみたいに、なにか仕掛けがあると思う？」

「ええ。現実に起きたことじゃなくて、彼がそう思い込んだだけなんだってあとから納得させられると思ってた。でも、彼はそくざにそれがテレパシーだと信じて、すごく興奮していた」

「だろうね」CBがつぶやくようにいった。

どういう意味だろう。わたしも興奮していたと思ってるんだろうか。まあ、そう思っても不思議はない。トレントと接続することは、この一件のいちばん最初から、何度もいいつづけていたことなのだから。「CB――」と口を開いたとき、電話が鳴った。

鳴るわけない。電源を切ったのに。そう思ってから、図書館の地下でCBに時刻を訊かれたことを思い出した。あのとき時刻を見るために電源を入れて、そのまま切るのを忘れていた。

キャスリーンでありますように。メアリ・クレアでもまだいい。そう願いながら画面を見ると、トレントの名前が表示されていた。

「出たほうがいい」ＣＢがいった。「彼がきみの家に行くつもりかもしれないし」

それは考えなかった。もしかしたら、もうわたしのアパートメントに向かっているかもしれない。でも、いったいなんといおう？　そもそも接続が生じたことを否定して、なんの話かさっぱりわからないというふりができるかも。ブリディは通話ボタンを押した。

「もしもし」寝ぼけたような口調を装いながら、「だれ？」

「トレントだよ！」

「ああ」ブリディは声に出してあくびをした。「おはよう、トレント。こんなに早く、どうしたの？」しかし、その芝居は伝わりさえしなかった。トレントは大声で叫んでいた。

「なんてことだ、ブリディ！　こんなことが起きるなんて信じられないよ！」

「なに？　どうしたの？　こんなことって――？」

「ぼくらはほんとにおたがいに話をしていたんだよ！」トレントの声が大きすぎて、心を読むまでもなくＣＢの耳にも届いている。「夢にも思わなかった……ＥＥＤで気持ちを伝え合うことは期待していたけど、まさかこんなことまで！」

「トレント、待って。いったいなんの話？」

「すごいことが起きたっていう話だよ！　まったく新しい種類のコミュニケーションだ――なんのフィルターも、バリアもない！　なのにきみを疑ってたなんて！　なかなか接続できないあいだ、ありとあらゆることを考えた――きみがぼくと感情的に結ばれてないんじゃないか、だれかほかの男を愛してるんじゃないかとさえ思ったけど、それがどんなに莫迦げた妄想だったか、これでわかったよ！　もちろん、きみはぼくを愛してる！」

　最悪。

「想像もできなかったくらいすばらしい結果だ！　テレパシーとは！　きみに会うのが待ちきれないよ。いま行く！」

「いえ、それはいい考えじゃないと思う。なにがあったのか、先にちゃんと説明して。なにをいってるのか、ぜんぜん意味がわからない。落ち着いて話を――」

「そっちに行ってから話すよ。数分で着く」

　彼のマンションからブリディのアパートメントまでは十五分しかかからないが、ここからこの車で帰りつくにはすくなくとも三十分。なんとかしてトレントの到着を引き延ばさないと。「だめ！」とブリディはいった。「つまり、まだ寝起きだし、これからシャワーを浴びたり……」助けを求めてCBのほうを見たが、彼はまっすぐ前方の道路を見つめている。「ねえ、十時にピアッツァ・ヴェネツィアで待ち合わせするのは？　あそこはシャンパン・ブランチが――」

「冗談だろ。いますぐ会いたいんだ！　それも、ふたりきりになれる場所で」

　ああ、忘れてた。トレントは、接続したらすぐに婚約しようといってたんだ。もし彼が――？

「ピアッツァ・ヴェネツィアで話し合えるようなことじゃないよ」とトレント。「この展開がなにを意味してるのか、きみにはわかってない！」

　いいえ、わかってますとも。ブリディはみじめな気分で思った。「でも、まずブランチのテーブルで落ち合って、それからわたしのアパートメントに――」

「いや、この件についてまず話し合う必要がある。人目がない場所で」

「じゃあ、かわりにわたしがあなたのマンションに行くのは？　知ってるでしょ、うちは、親族がいつも予告なしにふらっと訪ねてきて――」

「こんな朝早く、しかもこの雨じゃ、その心配はないよ。着替えて。それか、いっそのこと、ベッドに入ったままで――」

　まちがいだった、とブリディは思った。まだ最悪じゃなかった。

「……ぬくぬくとセクシーに待っててくれたら、ぼくがアパートメントに着いてから――」

「トレント、やめて！」ブリディは必死に口をはさんだ。「どうかしたんじゃない？　テレパシー？　いったいなんの話？　ＥＥＤはテレパシー能力を与えたり――」

トレントは聞いていなかった。「できるだけ早く行くよ」

「だめ、待って。うちにはなんにもないの。来る途中、どこかに寄って、なにか買ってきたら?」

「こんなときに、よく食べもののことなんか考えられるね。わかった。数分後に会おう」

そういって、トレントは電話を切った。

「彼がアパートメントに来る」ブリディは言わずもがなのことをいった。

「ということは、彼が着くより早く、きみがそのドレスを着替えられるように、アパートメントまで送り届けなきゃいけないってことだ」CBがそういってアクセルを踏んだ。

「あなたとデリに行けなくて残念」

「かまわないさ。基本的な防御策はもう教えたし」

そういう意味じゃないの。ブリディは心の中でいった。

だが、CBも聞いていなかった。「声を遮断するのに実際に必要なのは、防御線とセーフルームだけだし、もうきみにはそれがある」

「プラス、『ティーン・エンジェル』の歌詞」

「ああ。もっとも、いまの状況を考えると、『時間どおりに教会へ』（ミュージカル「マイ・フェア・レディ」の劇中歌）のほうがいいかもしれない」といって、CBはさらにスピードを上げた。

「トレントより早く着けると思う？」

「うん、多少のツキに恵まれればね」ということは、CBはトレントの心を聞いていて、彼の正確な現在地を知っているということだ。そして、トレントはもう向かっているに違いない。CBはどんどん速度を上げ――赤信号で停車するたび、指先でいらいらとハンドルを叩いている。ということは、間に合うとは思っていないことになる。ということは、CBとなにをしていたのか、どうしてひと晩じゅう外出してたのか、言い訳を考えておいたほうがいい。

ウーナ伯母の家から帰る途中、車が故障して、CBに迎えにきてもらった？　だめだ、だったらどうしてCBじゃなくてトレントに電話しない？　それとも、メアリ・クレアかキャスリーンに？　それに、ふたりともこんなにびしょびしょに濡れている理由も、それでは説明できない。あるいは、ブリディの車がなぜ自宅の前に駐車してあるのかも。

ブリディはCBに目を向けた。なにか言い訳を提案してくれるか、せめて、〝嘘をつくときのルール〟についてなにかいってくれないかと思ったが、CBはあごの筋肉をぎゅっと引き締めたまま、あいかわらずまっすぐ前を見ている。タイミングがギリギリだから？　それとも、彼もまた、これでなにもかも変わってしまうと知っているから？

こんなことが起きたのがいまじゃなければよかったのに。強くそう思った。これからC

Bがデリに連れていって、個々の声を聞き分ける方法を教えてくれて、彼の心が読めるようになるはずだったのに。

それとも、そうならなくてよかったのかもしれない。もし心を読んで、彼がわたしのことをただのお荷物だと思っているのがわかったら？　早くアパートメントに連れていって、さっさと厄介払いしたいと思っていたら？

CBのいうとおりだ。テレパシーなんか最低だ。ヒーターを入れているにもかかわらず、ブリディは身震いした。曇った窓越しに、水浸しの通りを見るともなく見つめた。朝が持っていた約束と楽しみは消え去り、濡れた土のにおいは、泥と垂れ込めた灰色の空に変わってしまった。ラジオのアナウンサーがいうとおり、外はほんとうにひどい朝だ。

それに、車の中も。早くわたしを厄介払いしたいとじっさいに思っていたとしても、CBを責められない。この二、三日、CBはあちこち駆けずりまわってわたしを何度も助け出し、ヒステリーをなだめ、トレントをブロックしているという根拠のない非難をやりすごしてきた。

ほんとにそうだったらよかったのに、とブリディは思った。でも、そうじゃなかった。だから、わたしたちにテレパシー能力などないとトレントを納得させられる嘘をなにか考え出さなければならない。もっとも、〝嘘をつくときのルール〟をいくつ使おうと、それがどんな嘘なのか想像もできなかった。トレントにほんとうのことをいうしかない。その結果どうなろうと、こんなふうにずっと嘘をつきつづけるよりはまし――

「いや、ましなんかじゃない」CBがいった。「もっと悪くなる。ずっと悪く。だから、そんな事態を招いちゃいけない」CBはアクセルペダルを床まで踏み込み、水しぶきを左右に翼のようにはねあげながら水浸しの道路を突っ走り、停車を余儀なくされるたびに悪態をついた。

　交差点のたびに赤信号にひっかかってる。そう思いながら、ブリディはCBを見やった。その手はハンドルをぎゅっと握りしめ、表情はさらに険しくなっている。アパートメントに着くのが間に合わないんじゃないかと心配しているんだろうか。それとも、トレントがもう着いている？

「まだだ」CBがそういって方向指示器を入れた。次の角を曲がるとアパートメントの通りだと気がついた。「まだブロワードまでたどりついてない」

　ということは、車を止めて朝食を買ったんだ。助かった。でも、だからといって、たいして時間の余裕があるわけじゃない。

「わかってる」CBがアパートメントの前の通りに車を乗り入れた。「ビルの前で下ろすだけのほうがよさそうだ」

デートの相手と早くさよならしたい男みたいに。そう思いながら、CBが車を停めた瞬間に助手席側のドアを開け、セーフルームのおかげでこの屈辱感をCBに知られずに済んだことに感謝した。

「待って」CBがブリディの腕をつかんで引き止めた。「行く前に、いっておくことがある」ブリディはドアに手をかけたまま動きを止め、CBの言葉を待った。期待を込めて。

「テレパシーの件に関しては、どうしてもいわざるを得ないこと以外は、トレントになにもいうな。とくに、きみがほかの声を聞けることについては、ぜったいにいっちゃだめだ。いま彼に聞こえるのはきみの声だけだし、彼はそれが、きみと感情的に結ばれているからだと思っている。だから、きみがほかのだれかと接続していたなんてことは思いもしないだろう。トレントがその事実を知る唯一の方法は、きみの口から聞くことだ。だから、しゃべっちゃいけない。重要なことだよ。それに、なにがテレパシーを引き起こすのかも話しちゃいけない。アイルランド系の関連とか、R1b遺伝子とか――」

もしトレントがほかの声のことを知ったら、あなたのこともつきとめるかもしれないから。ブリディは思った。ほんとに問題なのはそのことなんでしょ？　トレントにあなたの秘密を知られないこと。

でも、ＣＢには借りがある。命を救ってくれたし、声から身を守る方法を教えてくれた。ハネムーンにナイアガラの滝に連れていくといってくれた。「心配しなくていいわ。あなたの秘密を洩らしたりしないから」

ブリディは車を降りた。「なにからなにまでありがとう」そういって、ドアを閉めると、ＣＢがなにかいう前に中に入ろうと、歩道を走ってアパートメント・ビルに向かった。

いったいいつになったらわたしは、そういう仕組みじゃないこと、ＣＢの声から逃れるすべはないのだということを学ぶんだろう。

〈そういうことじゃないんだ〉とＣＢがいった。〈ブリディ、聞いてくれ。きみが理解している以上に重大な問題なんだ。心配しているのはぼくの秘密じゃない——くそ、彼はぜんぶの交差点を青信号で通過してきたみたいだ。さあ、中に入って〉ブリディがはっとしてふりかえると、ＣＢの車が通りを猛スピードで走り去っていくところだった。そして、トレントのポルシェが二ブロック先の角を曲がって姿を現した。

22

「おい、その象をどうするつもりだ？」
「象ってなんのことかな？」

――ミュージカル「ジャンボ」

ブリディは急ぎ足でビルに入ると、鍵を探りながら、自分のアパートメントに向かって走った。ドアを開けようとして鍵を落とし、そのあとは違う鍵を鍵穴に挿し込もうとした。パニックを起こしてもなんの役にも立たない。自分にそういい聞かせながら、正しい鍵を探した。

やっと鍵を開けて中に飛び込み、バタンとドアを閉めて、イヤリングをむしりとりながら寝室に駆け込んだ。引き出しにイヤリングを放り込み、靴を脱ごうとベッドに急ぐ。

いや、ベッドにはすわらないほうがいい。濡れてしまう。かわりにベッドに寄りかかって、びしょ濡れのバックルと格闘しながら靴のストラップをはずし、脱いだ靴をベッドの下に押し込み、イブニングバッグも同じようにしようとした。

そのとき、電話が鳴った。きっと、CBだ。なにか伝え忘れた警告があるんだろう。そう思って電話に出た。

キャスリーンだった。「いまは話せないの」ブリディはそういって電話を切り、バスルームへ急いだ――それからリビングルームにひきかえして、トレントが来てもノックせざるを得ないように、内鍵をかけた。これで二、三分は時間を稼げる。もっとも、シャワーを浴びている暇はない。でも、そんなことをしなくても、髪の毛はぐっしょり濡れているから、シャワーを浴びていたふりができる。浴室に湯気がこもるように、蛇口をひねって熱いシャワーを出しながら、浴びる時間があればよかったのにと思った。すごく寒い。

また電話が鳴った。「ねえ、キャスリーン。いまはほんとに都合が悪いの――」

「わかってる」とキャスリーン。「トレントが来てるんでしょ」

いいえ。でも、いつ来てもおかしくない。それに――

「手短に済ませるわ。ほんとに大きな問題が起きて、相談できる相手がほかにだれもいないのよ。いまはメアリ・クレアの家。みんなミサへ行く支度をしてて、メアリ・クレアの頭の中には、メイヴから締め出されてることだけしかないし――」

「キャスリーン――」

「ウーナ伯母さんは、マッチングサイトにかまけるのはやめて、ショーン・オライリーとデートしなさいというだけ。だから、だれかに相談しなきゃいけないの。ラテ&ラヴに登録して、ランディスっていう男とコーヒーを飲むことになったのよ。彼、ヘッジファンドのマネージャーで、すごくハンサムで――」

キャスリーンが息継ぎで言葉を切るタイミングを待っていても埒《らち》が明かない。息をしなくても平気らしい。「キャ――」

「あたしにはまさに理想の男だったんだけど、でも彼と会うためにスタバに行ってみたら――」

「ほんとに話せないの。手が空きしだい連絡するから。いい？」ブリディはそういって通話を切り、電話の電源を落とすと、ドレスのファスナーを下ろしながらバスルームに歩き出した。

遅すぎた。トレントがもうドアをノックしている。「ちょっと待って！」と声をかけてから、シャワーをとめてバスローブをつかむと、首元までボタンがついているタイプならよかったのにと思いながら袖を通し、体にぎゅっと巻きつけて、胸もとにドレスのネックラインがのぞいていないことを確かめた。濡れた髪にタオルを巻き、急いでバスルームを出る。

「ブリディ！」トレントが廊下から呼ぶ声と、ドアをガチャガチャさせている音が聞こえる。ブリディははだしの足で玄関に歩いていって――最後の瞬間にあわててひきかえし、ベッドルームのドアを閉めてから――気持ちをおちつかせるために大きく深呼吸して、ドアを開けた。

トレントはまたドアをノックしようと手を上げていた。

雨は上がったらしく、トレントのドレスシャツとカーキ色のスラックスには湿ったようすさえなく、きっちり櫛を入れた髪の毛には、雨粒が二、三滴ついているだけだった。

「どうして内鍵なんかかけてる？」

「しいっ」雨に降られた気配もない、こざっぱりしたトレントの姿がなんとなく癪《しゃく》に障った。「近所の人が起きちゃう」片手で玄関ドアを大きく開け、もう片方の手でローブの襟もとを押さえた。

トレントが入ってきた。「呼ぶ声が聞こえなかったみたいだね」

「シャワーを浴びてたから」

「心の呼び声のことだよ。ぜんぜん聞こえなかった？」

「ええ」

「もっと集中しないと。そこに立ってるあいだ、ずっときみに呼びかけてたんだ。まだ信じられないよ！　テレパシーなんて！」

トレントが手を伸ばしてきたが、ブリディはうまくそれをかわして、「髪を乾かして着替えなきゃ」といって、寝室に歩き出した。「あなたはここにいて、朝食を出して――」といいかけて、トレントが手ぶらなのに気づいて眉間にしわを寄せた。「途中で寄ってなにか買ってきてくれるんだと思ってたのに」

「そのつもりだったけど、ここに来てきみに会わなきゃいけないと思い直したんだ！」

でも、途中で寄り道しなかったのなら、どうしてわたしたちのほうが早く帰り着けたんだろう。

「これがどんなに重大な出来事なのか、わかってないみたいだね、スイートハート。ぼくが期待していたベストは、感情をやりとりできるようになることだった。まさか、きみの心が読めるようになるなんて！」

願わくは、まだそうなっていませんように。でないと、まだドレスを着ているのを知られないうちにベッドルームに戻って着替えるにはどうすればいいか必死で考えているのがバレてしまう。

「まったく、テレパシーだなんて！」トレントが有頂天でいった。「コンタクトが成立するのにこんなに時間がかかったのも不思議はない！　ぼくらが接続できないことが心配でしかたなかった。そしたら、芝居の最中にきみがあんなふうに席を立って――それもハミルトン夫妻の目の前で――いなくなった。そしたらけさ、きみが話しかけてきた！　ほんとにすごい！　いまもまだ、現実とは信じられないくらいだ！」

よかった、とブリディは思った。「もしかしたら、現実じゃないのかも。ドクター・ヴェリックの話では、場合によっては、伝達される感情が強すぎて、それを受けとった相手が言葉を聞いたと思い込――」

「あれは感情じゃなかった。きみはぼくに話しかけてきた。ぼくはきみの心の声を聞き、きみはぼくの心の声を聞いた。ぼくらはテレパシー的につながってたんだ」

「でも、どうしてそんなことがありうるの？　テレパシーなんて実在しない。だから、どうしてわたしたちがおたがいの考えを聞けたりするの？」

「おたがいの考えを聞ける？」トレントが鋭く反応した。「おたがいにコミュニケートするだけじゃなくて？　なにを聞いたんだい？」

「わたしは……ええと……」

「なにを聞いたのか、正確に教えてくれ。一言一句そのままに」

それはいちばんやりたくないことだ。「あなたがわたしの名前を呼ぶ声が聞こえたような気がして……」と自信なげにいう。「それから、わたしの声が聞こえるといってるのを感じた」

「それだけ？」

「ええ」と答えると、トレントは目に見えてほっとしたような表情になった。たがいの声が聞こえることにあんなに興奮しているみたいだったから、ふつうに考えれば……「あなたにはなにが聞こえたの？」

「きみが『どこにいるの？』と呼びかける声と、聞こえないという思い。それから、ぼくを失ったんじゃないかとおびえていること」

　CBのことを考えていたときだ。彼の名前を呼ぶのをトレントに聞かれてないといいけど。「ほかにはなにか聞こえた？」

「断片だけ」

　よかった――もしかしたらと思っていた最悪のケースよりは悪くない。すくなくとも、CBに関する情報は洩らしていないし、わたしがどこにいたのかも――

「きみが寒いといってるのが聞こえた」とトレント。「それと、車のワイパーがどうとか。けさは出かけてないよね？」

　ローブの襟もとをかき寄せて首すじをしっかり隠したい衝動を抑えつけた。「ええ。いま起きたばかりよ。床が冷たかったのは覚えてるけど、ワイパーのことはなにも。ただの思い込みじゃないの？」

「いや、まちがいなくきみがそういってるのを聞いた。たぶん、雨音を聞いて、ぼくが大雨の中で車を運転しなきゃいけないことがきみの頭に浮かんだんだろう。その先は聞こえなかった。きみの声はフェイドアウトして、そのあと、ここに来るまでの運転中、なにも聞こえなかった。でも、それはぼくがきみに呼びかけていたからだと思う。たぶんぼくは、送信と受信を同時にできないんだよ」

それがほんとうだったらいいのに。でも、彼がそう思うように仕向ける必要がある。そうすれば、しばらくのあいだだけでも心を聞かずにいてくれるかもしれない。「筋が通ってるみたいね。それか、ただのまぐれで、わたしたちが半睡状態だったから起こっただけのことかも」

「いや。このアパートメントの前の通りに入ったとき、またきみの声が聞こえるようになったからね。『急いで』と『聞いて』と、あとひとつ、意味がわからない単語がひとつ」

それが〝CB〟じゃありませんように。

「〝バッグ〟か〝バッド〟か。きみは一回、その言葉をいった」

バッグ。わたしのイブニングバッグだ。そう思ってほっとしたが、ベッドの下にバッグを押し込んで隠そうとしていたときにキャスリーンが電話してきたのをそれで思い出した。

「で、ぼくになにをいおうとしてたんだい？」とトレント。

「雨の中を来てもらって申し訳ない《フェルト・バッド》って」とっさにそう答えながら、バッグをベッドの下に押し込んだかどうか思い出そうとした。携帯電話を手にとって――

「ふうん。それはどれも受信しなかった。単語も、感情も。それどころか、きみの感情はいままでまったく受けとってない」

　助かった。もしほんとうの気持ちを知られたら――彼と接続したことを自分がどんなに残念に思っているか、CBの心を聞く能力を失ったと思ったときどんなに絶望したかを知られたら――

「もしかしたら、言葉か感情かどちらか片方を受けとることだけが可能で、両方は無理なのかもしれない」とトレント。「ドクター・ヴェリックに訊いてみないと」トレントは電話をとりだした。

　だめ。「いま電話するつもりじゃないでしょうね？　なにが起きてるのかまだわかってないんだし、ドクターは海外よ。モロッコがいま何時だかもわからないし」

「関係ないよ。ぼくらがコンタクトするか、なにかふつうじゃないことが起きたら電話してくれといってた。これはその両方だ。ここに来る前に、もう電話したよ」

なんてこと。「なにがあったか話したの？」

「いや。話したいことがあるとだけ」トレントがメッセージをスクロールしながらいった。

「彼からはまだなんの連絡もない。オフィスと留守録に伝言を残したんだけど。まだ折り返しがない理由がわからない」

日曜の朝だからよ。ドクター・ヴェリックと連絡がついたとき、トレントがテレパシーの件を話すのをどうやって止めよう。

「これがなんなのか、なにが原因なのかをわたしたちでつきとめてから、ドクター・ヴェリックに連絡したほうがいいんじゃない？　あと、これが長続きするものなのかどうか。とくに、問題がテレパシーなんだから。頭がおかしくなったと思われる可能性が高い」

すると驚いたことに、トレントはいった。「そのとおりだな。なにか決定的なものを見せる必要がある」

「決定的？」

「ああ。ほら、例のESPテストみたいな。片方がある物体のことを思い浮かべて、それがなんなのかを相手が当てる。よし、いまからぼくがベッドルームに行って――」

だめ！　ブリディは、寝室のドアにとびついてトレントを止めたい衝動を抑えつけ、

「朝食のあとにしましょ。オムレツをつくるから――」

「朝食はあとでいいよ」トレントは寝室のドアのほうに歩き出した。「ドクター・ヴェリックが折り返し電話してきた場合に備えて、いまやっておきたい。なにかひとつのものを頭に浮かべて」といいながらドアノブに手を伸ばし、「三十秒間、そのイメージに意識を集中する」

「でも、確かな証拠が必要なんだとしたら、文書にして残さなくていいの？」とブリディはたずねた。明らかに、トレントはブリディの感情を感知していない。もし感知していれば、パニックを起こしているのに気づくはず。「デスクの左側の引き出しにペンとノートが入ってる」寝室のドアからトレントを引き離すためにそういった。彼がデスクの引き出しをかきまわしているあいだに、ブリディはドアの前にしっかりポジションをとった。

「わたしが寝室に行く」戻ってきたトレントにブリディはいった。「あなたはキッチンにいって、朝食をつくって。なにも買ってこなかったんだから」

「精神を集中する必要があるんだよ」とトレントが反論した。

「ええ。でもおなかがぺこぺこで集中できないのよ」

「わかった。でも、こんな状況で、よく食べもののことなんか考えられるね……」トレントはペン一本と紙一枚をブリディに手渡した。「ぼくはこれから十種類のものを思い浮かべる。ひとつにつき一分ずつ」

「そのあと、わたしが十種類送る」これで、動かぬ証拠になるドレスを脱ぐだけの時間ができる。「オーケイ？」と声をかけてから、トレントに反対する暇を与えず、寝室のドアを細く開けてすばやくくぐり抜け、またドアを閉めた。

正解だった。というのも、ベッドの上には、イブニングバッグがまる見えの状態で置いてあったからだ。ドアのロックに目をやって、施錠することを考えたが、カチッという音がトレントに聞こえるかもしれない。

ドアに耳を押しつけて、トレントがキッチンに行ったかどうか耳をそばだてた。「受けとった言葉なりイメージなりはなんでも書き留めて」とトレント。ドアのすぐ向こうにいる。「それに感情も」

「オーケイ」と答えてしばらく待ち、またドアに耳を押しつけて、離れてゆくトレントの足音を聞いてから、ベッドに飛びついて濡れたイブニングバッグをひったくり、ベッドの下に放り込んだ。ベッドカバーの上に四角い染みがついている。濡れた髪に巻いたタオルをほどき、ベッドに投げてその染みを隠してから、ドアの前に戻った。

「準備はいい？」ドアの向こうからトレントの叫び声。

「待って。ちゃんと時間を計るのにスマホがいる」といって、ドレッサーに駆け寄り、携帯をつかんだ。急いでもどってきて電話の電源を入れ、トレントがいきなり開けられないように、ドアにもたれた。

キャスリーンからショートメッセージが四件。電話をマナーモードに切り換えて、タイマーをセットし、ローブのポケットに突っ込んだ。「オーケイ、準備できた」

〈ぼくはコーヒーメーカーを頭に浮かべてる〉とトレントがいった。〈コーヒーメーカー〉

彼のいうとおりだ。接続が強くなってる。でも、すくなくともメッセージを送ることに集中しているあいだは、わたしの心に耳をすましてはいない。そして、〝コーヒーメーカー〟というメッセージを送ってきたということは、彼はキッチンにいる。いまなら濡れたドレスを脱いでも安心だ。

ブリディは寝室のドアをロックし、ローブの結び目をほどいて肩から落とすと、ドレスのファスナーを下ろし、脱ぎ捨てた。

〈モナリザ〉とトレント。

ブリディはクローゼットのドアを開け、バーにぶつけて音をさせないように注意しながら、ラックからハンガーをとった。

〈ベーコン〉

ドレスをハンガーにかけ、ゆうべこれを着ていればよかったと思いながらその上にレインコートをかけた。クローゼットの奥にハンガーをかけると、静かにドアを閉めた。

〈ジャスミン〉とトレントがいった。

ジャスミン？　食器棚に置いてあるお茶のラベルを見てるのか。ということは、まだキッチンにいるから、着替えの時間がある。でもわたしは、彼が送信してくる言葉を受信することに精神を集中しているという建前になっている。もとどおりローブを着るだけにしておくほうがいい。ブリディは濡れた下着を着替えてから、濡れた髪にブラシを入れ、それからベッドに腰かけて、十個の品物リストになにを書くか考えた。

トレントはいま、七番に意識を集中している。これまでの七個すべてが聞こえていた。それを彼に伝えるわけにいかないのは明らかだ。しかし、まちがった答えを書くだけでは、テレパシーなんかじゃなかったと納得させるのは不可能だろう。なにかがおかしいから、いますぐドクター・ヴェリックに連絡する必要があると思うかもしれない。しかし、もし正しい答えを書いたら……。

　どうすればいいか、ＣＢに訊けたらいいのに。でも、彼はここにいない。わたしを置いて行ってしまった。このすべてを秘密にしておきたいのなら、ＣＢのことを考えてもいけない。

「これで十個」とトレント。「伝わった？」

「ぜんぶじゃない」紙にそそくさと1から10まで番号を書いてから、〝コーヒーメーカー〟には〝置き時計《クロック》〟、〝ジャスミン〟には〝ジャッカル〟、〝ベーコン〟には〝熊《ベア》〟、あと三つにはランダムな言葉――〝仔猫〟と〝枕〟と〝建物〟――を書き、残りはクエスチョン・マークを書いた。

「見せて」とトレント。

「こっちのを送ってからよ。キッチンに戻って」

ブリディはリストの紙をドレッサーに置くと、送信するはずの単語のリストをトレントに聞かれずにつくるため、セーフルームに入った。それから、いや、なんにも送信しないことにしようと思い直す。そして彼にはそのあとで――

「送ってる?」トレントがドアの向こうからたずねた。「なにも感じない」

よかった――すくなくとも、セーフルームは機能してる。「ええ」とブリディは叫び返した。

「うーん、こっちには伝わってこない。いったん忘れて、ドクター・ヴェリックに連絡がつくかどうか試してみたほうが――」

だめ。「だめよ。たぶん、精神の集中が足りないだけ。もう一回やらせて。キッチンにもどったら、最初からやり直すから」トレントになにか送信しなければ。でも、なにを?

　明らかに、いまリストアップした単語はダメだ。

　急いで第二のリストをつくり、最初のリストの単語とはできるだけ違う単語を並べた——それも、トレントがあてずっぽで正解できそうにない単語。〝催涙ガス〟とか〝ペチュニア〟とか〝アンコール・ワット〟とか。

　でも、わたしから送られているのはそういう単語だけ？　ＣＢの話では、セーフルームにいれば思考は外に聞こえないそうだが、ブリディがセーフルームをつくって使いはじめてから、まだ数時間しか経っていない。万一を考えて、思考を隠したほうがいい。

「ブリディ！」トレントが呼びかけてきた。「まだなんにも伝わってこない」

「いまはじめるところ」と返事をした。ペチュニア。もう一度、ペチュニア。それから『ギリガン君ＳＯＳ』の主題歌を歌いはじめたが、ともすれば心はべつの問題にそれていってしまう。このテストが終わったあと、トレントがドクター・ヴェリックと話をするのをどうやって阻止するか。それにトレントは、ふたりがつながったらプロポーズすると宣言していた。いま——

　そんなこと考えてはだめ。自分にそういい聞かせて、「追い剝ぎ」を暗唱しはじめたが、歌詞を思い出せなくなり、気がつくとＣＢがいったことを考えていた。「心配しているのはぼくの秘密じゃない」というのはどういう意味だろう。彼は——？

電話が振動した。キャスリーンだ、とつぶやく。まったくもう、こんなときに。そう思ってから、思考を隠すのに使えると気がついた。彼女の相談事はこの件とはなんの関係もないし、トレントに聞かれても問題ない。ブリディは電話に出た。

「キャスリーン？　ちょっと待って」とささやき声でいう。忍び足でバスルームにいって、トレントに話し声が聞こえないようにドアを閉め、それからバスタブのへりに腰かけて、十分後にタイマーをセットし直した。「オーケイ。どうぞ。ラテ&ラヴの男とデートしたら、彼は理想の――」

「ええ」キャスリーンは悲しげにいった。「でも、彼が遅刻して、待ってるあいだにバリスタの人と話をしたんだけど――名前はリッチ――すごく素敵な人なのよ」

「なるほど」ブリディは、だらだらつづくキャスリーンの話を聞きながら、ときおりトレントに、第二のリストの単語を送った。〝催涙ガス〟、〝エンダイヴ〟、〝全米ストック《NAS》カーレース協会《CAR》〟。

「ともかく」と、キャスリーンは話を締めくくった。「いまはわたしが好きなのは彼のほうで、もうひとりじゃないと思ってる」

こんなことするんじゃなかった、とブリディは思った。キャスリーンと話をしたのはまちがいだ。

「どうしたらいいかわからないの」とキャスリーン。「もうめちゃくちゃ。つまり、リッチがわたしのことを好きかどうかもわからないのよ。ただ親切にしてくれてるだけかも」

それとも、ヒステリーを起こした哀れな女に同情して、気持ちを落ち着かせようとしただけなのか。どうしようもなくのぼせ上がることについてのあのひとことは、彼なりにわたしを傷つけまいと、やんわり——

「彼にとってはなんの意味もないことだったら？」キャスリーンが話している。「携帯の番号を訊かれたりとかしたわけじゃないし」

わたしを助けるために残ってくれたわけでもない。

もしトレントにこういう考えの切れっ端でも聞かれたら……「もう切らないと」とブリディはいった。

「でも、どうすればいいのか教えてよ！」キャスリーンがわっと泣き出した。

どうすればいいのかわからない。そう思ったとき、アラームが鳴り出した。「ねえ、出なきゃいけない電話が入ってるのよ。あとで折り返すから」といって通話を切り、第二のリストを細かくちぎって洗面台に流した。第一のリストを持って寝室に行って、ドアを開け、ベッドにすわってトレントを待ちながら、プロポーズされたらどうしようかと考えた。

プロポーズさせるわけにはいかない。なんとか先延ばしにする方法を考えて——

〈最高だね〉トレントが呆れたようにいうのが聞こえた。

ブリディは凍りついた。うわっ、やめて。いまのを聞かれた。

〈信じられない。こんなやつに耳を貸さなきゃいけないとは〉

トレントは、だれかべつの人間の心が聞けるんだ。でも、どうしてそんなことがありうるんだろう。彼は、けさになってわたしの心の声を聞きはじめたばかりだ。わたしに他人の声が聞こえるようになったのは、ＣＢの声を聞いてからゆうに四十八時間以上経っていた。心の声の内容からして、彼が他人の声を聞いたのはこれがはじめてじゃないことは明らかだ。はじめてわたしの声を聞いたときにそんなにショックを受けなかったのは、それが理由だろうか。はじめての体験ではなかったから？

しかし、だったらどうして、ふたりが接続することが感情的に結ばれていることの証明になるとあんなに何度もいっていたんだろう。他人の声が聞こえるなら、そういう仕組みじゃないことくらい――

〈いや、きょうは会えない〉トレントがいった。〈あしたまで待ってもらうしかないね〉

ただ他人の声を聞いてるだけじゃない。ブリディはショックを受けた。その相手と話し合ってる。でも、どうやって？

〈信じられない。ブリディとコミュニケートしてないといけないときに、こんなことで時

間を無駄にさせられるなんて。それにしても、こいつ、いったいどこでこの番号を知ったんだろう?〉

トレントはだれかと接続してるわけじゃない。電話で話していて、その最中の思考をわたしが受信しているだけだ。ブリディはそれを確かめるため、ドアに耳を押し当てた。やっぱりそうだ。トレントの話し声が聞こえる。もっとも、内容までは聞きとれない。それにしても、こんな朝早く電話してくるなんて、いったいだれだろう。

うわっ、まさか。ドクター・ヴェリックじゃないといいけど。でもトレントは、ドクター・ヴェリックと話をしたがっていた。電話の相手は病院のだれかで、ドクター・ヴェリックの連絡先を教えないといってるんだろうか。

〈それがなんだろうと、もう必要ない〉とトレントはいった。〈こっちはすでに……〉思考が途切れ、また戻ってきた。〈彼と会わなきゃいけないとしたら……こっちの秘書にアポイントメントをとらせて……〉

だれかが仕事の用で電話してきただけらしい。ブリディはほっとしてベッドに倒れ込み、その拍子に片足がなにかにぶつかった。靴の片方。あんまり奥のほうまで押し込めていなかった。ブリディは床に四つん這いになってそれを回収し、もう片方をとろうと手を伸ばしたとき、トレントの声が聞こえた。〈ブリディには、最後のふたつの単語は聞こえなか

ったといわないと〉

二、三秒の余裕しかなかったが、それでじゅうぶんだった。トレントがドアを開けたとき、靴はベッドの下に戻され、クローゼットのドアは閉まり、スマートフォンはポケットの中、ブリディはベッドのへりに腰かけて、送信したことになっている単語のリストに〝はしか〟を書き加えているところだった。

ブリディは立ち上がってトレントにリストをさしだした。「朝食の準備はできた？　おなかがぺこぺこ」といって、彼の前を通って寝室を出ると、キッチンに向かった。

キッチンテーブルはからっぽで、ガスレンジにフライパンはかかっていなかった。「朝食をつくってくれるんだと思ってたのに」

「時間がなくて」口の中で弁解しながら、トレントは自分のリストとブリディのリストを見比べた。「きみが送ってくれたうち、六個は正解したよ」

六個？　どうして六個も正解できたんだろう。〝はしか〟を思いつけたはずはない。それに〝アンコール・ワット〟も。それに、最後の二個は聞こえなかったとか、自分でいってたと思ったのに。

「ほらね」トレントが自分のリストをさしだした。「二番は〝おむつ〟で、ぼくは〝人間〟と書いてる。つまり、ぼくは赤ん坊のイメージを受信してたんだ。〝はしか〟のところは〝トマト〟になってる。どっちも赤いだろ」

トレントの正解の基準はライン博士とおなじくらいゆるい。「ほかにどんなイメージを受けとった?」とたずねながら、ブリディはトレントのリストを受けとった。〝ペチュニア〟と〝NASCAR〟が書かれている。ということは、彼女が送った単語のうち、すくなくともふたつは聞こえたことになる。トレントはほかに、〝生け垣《ヘッジ》〟、〝スター? スターバックス?〟と〝走り去った《ドローヴ・オフ》〟と書いている。ということは、キャスリーンとの会話の一部も聞こえていたわけだ。

「こういう言葉を送ってないのは確か?」トレントが自分のリストの〝煙草〟と〝生け垣〟を指さしながらたずねた。

「ええ」ブリディはきっぱりいった。

「送信中のイメージに関連して、そういうもののことを考えていたのかもしれない。赤ん坊が生け垣の横にすわっているとか」

「いいえ」

「そうか」トレントはがっかりしたようにいった。「きみがぼくから受けとった言葉のリストを見よう」

ブリディはトレントを見ながら思った。いくつかにクエスチョンマークをつけておいてよかった。でないと、彼の基準だと、十問中、十問正解ということになりかねない。でたらめに選んだ単語まで含めて。

案の定、トレントは〝建物〟を正解に含めた。「ぼくが送ったのは〝モナリザ〟で、きみは明らかにルーヴル美術館のイメージを受けとってる」眉根にしわを寄せて、「〝スパゲッティ〟はまるで伝わらなかった？」

「ええ」

「感情は？　イメージといっしょに感情も送ろうとしたんだが」

「いえ。感情はなにも感じなかった。でも、イメージを送ってるとき、電話が鳴るのが聞こえた。あれはあなたが考えてたこと？　それとも実際に電話があったの？」

「電話があったんだよ」トレントはうんざりしたようにいった。「C・B・シュウォーツの間抜けから。新しい莫迦《ばか》なアプリをつくったから見にこいって」

いや、そうじゃない。CBはわたしを助け出そうとしてたんだ。心が浮き立った。見捨てられたと思ったけど、そうじゃなかった。ずっとそばにいて、わたしたちの話を聞いてたんだ。

トレントはあっけにとられたようにこちらを見ている。しまった、いまのを聞かれた？

「きみからなんの感情も伝わってこないという前言は撤回するよ」とトレント。「いまさっき感じた……なんと呼んでいいかもわからない……信じられないくらい強い、愛の感情がきみから伝わってきた」トレントはブリディを両腕に抱きしめた。「これがなにを意味してるかわかるかい、スイートハート？」

ええ、と心の中で答えた。思っていたよりさらに深いトラブルにはまっているっていうこと。そしてセーフルームに逃げ込んだが、あとの祭り。もしトレントがあれを感じられたのなら、ＣＢも――

「ＥＥＤは、ぼくが思っていたよりさらにすばらしいものだっていうことだよ！」とトレント。「感情だけじゃなく思考まで！」

「トレント――」

「これですべてが変わる。ぼくらはこの技術を使って――」トレントは、しゃべりすぎたことに気づいたかのようにいいなおした。「つまり、きみがぼくを愛していることを知って、ふたりの関係が変わる！　ぼくらは――」

トレントはまた口をつぐんだ。「なんだい、ダーリン？」とたずね、ブリディが口を開くより早く、「答えなくていい。きみの気持ちは感じとれる。ぼくからまだ感情を受けとってないこと、きみがぼくの心を聞けるよりうまく、ぼくがきみの心を聞けることが気がかりなんだね。でも心配ないよ。ドクター・ヴェリックの説明を聞いただろ。ある人間は、ほかの人間より感受性が高いんだ。きっときみも追いつくよ」

トレントはブリディの体を引き寄せた。「それまでのあいだ、ほかにもコミュニケーションのやりかたがある」首すじに鼻をこすりつけ、「いまぼくがなにを考えてるか、きっときみにもわかるだろ。だってぼくは、きみがなにを考えてるか、まちがいなくわかってるからね」

いいえ、わかってない。ブリディは思った。だって、わたしがいま考えているのは、CBがまた電話してくるならいまがほんとにベストのタイミングだってことだから。

「きみが考えているのは」とトレント。「ベッドに行って――」

ドアにノックの音がした。

ありがとう。ブリディは心の中でいって、玄関に歩きかけた。

「出なくていいよ。だれだか知らないけど」トレントがつぶやき、ブリディをひきもどした。

「だめよ。うちの親族かもしれない」

「いまは教会に行ってるはずじゃないのか？」

「ミサのあと、家に帰る途中で、うちに寄ることがあるのよ」袖口をつかんだトレントの手をひきはがしながら、「それに、親族は鍵を持ってるのよ。ね？」

「ああくそ、しょうがないな」トレントはそういって手を離した。

「すぐ行く！」と元気よく玄関のほうに呼びかけると、ローブの帯を締め直し、急ぎ足で玄関に向かった。ＣＢは来訪の理由をどう説明するつもりだろう。

ＣＢのことだ、きっとなにか考えるだろう。そう信じてドアを開けた。

「おはよ」とメイヴがいった。「なんで着替えてないの？」

23

――「リタと大学教授」

「ラジオでやれ」

間一髪のところで救われた。そう思いながら、玄関口に立つメイヴを感謝の思いで見つめた。ピンクの傘を持ち、ハート柄のレインブーツを履いている。

「きょう、ブランチに連れてってくれる約束だったの忘れてるでしょ、ブリディ叔母さん?」メイヴがトレントをにらみながらいった。「きっと忘れてるってママにいったけど、そのとおりだった」

「もちろん忘れてなんかないわよ」とブリディは嘘をついた。そんな約束をしただろうか。でもそんなことは問題じゃない。これはトレントからの逃げ道だ。

ブリディはトレントをキッチンにひっぱっていって、「メイヴを連れ出して、ゆうべの家出の原因がなんだったのか聞き出してみるって、メアリ・クレアに約束してたの、すっかり忘れてた」と説明した。「考えたんだけど、離れていたほうが、あなたの心を聞く役に立つかもしれない。看護師がいったこと覚えてる？　いっしょにいると、楽なほうのコミュニケーションに頼ってしまうから、って」

「確かにそのとおりだ」とトレント。「それに、ドクター・ヴェリックのべつの電話番号をつきとめるチャンスができるな。メイヴをどこのレストランに連れていくんだい？」

しまった、それは考えてなかった。混雑した場所でも持ちこたえられるほど中庭が頑丈かどうかよくわからない。カーニヴァル・ピザはモールにある。ということは人が多い。どこかもっと人がすくない場所に行こうと、メイヴを説得してみよう。日曜の朝にそんな店があればだけど。

「まだ決めてない」とブリディ。「あとでＳＭＳを送る」

トレントは笑った。「わからないのかい、スイートハート？　もうそんな必要はないんだよ。いまは直接コミュニケートできる。さっきやってたみたいに、言葉と感情を送ってくれ。ぼくも同じようにするから。それと、ぼくがいうのを聞いたことをぜんぶ記録して」トレントがブリディの頬にキスをした。

「じゃあね、ハニー」それからメイヴに向かって、「叔母さんと楽しんできて」

トレントが帰り、ブリディは、彼が去ったことで広がった安堵の波をトレントに気づかれないように、中庭に飛び込んだ。

メイヴはドアのほうに敵意のこもった視線を向け、「彼、あたしがいくつだと思ってるんだろう。三歳？　コミュニケーション・スキルがあんまり高くないよね」

まだいまのところはね、とブリディは思った。近いうちにもっと高いスキルを身につけないことを祈ろう。「ええ」と答えて、モールに行くのはやめようという話題をどう切り出そうかと考えた。

「ママはカーニヴァル・ピザに連れてってもらうようになっていってたけど、べつの場所にしない？」とメイヴがたずねた。「あそこ、すごく子どもっぽいから」

なんていい子なの。

「パークの中にレストランがあるの。湖のそば。そこにしない？」

「パーク？　でも、雨が降ってるわよ」それに寒い。バス停のことを思い出しながら、心の中でつけ加えた。

「もうほとんど上がってる。どのみち、屋内で食べられるし」

それに、この天気だとひとけがないだろう。「ほんとに開いてるの？」

「うん。土砂降りの日にダニカが行ったら、開いてたって。料理がとってもおいしいのよ。

それに、アヒルに餌をやれるし」

どうやら、それは子どもっぽくないらしい。もっとも、揚げ足をとる気はなかった。パークはモールよりずっといいし、もしトレントがドクター・ヴェリックと連絡をつけて、ブリディを探したとしても、まさかパークにいるとは思わないだろう。プラス、メイヴがアヒルに餌をやりにいったら、ひとりでじっくりどうすればいいか考えるチャンスができる。

CBは、ふたりの接続のことをトレントに知られないことがいちばん重要だといっていたけれど、隠しとおせるかどうか自信がなかった。トレントはすでに、ブリディの思考の断片を聞きとることができている。加えて、感情の一部も受信しはじめたいま、なにかを隠していることをいずれ感じとって質問しはじめることは避けられない。それに、感情についてもセーフルームが通用するのかどうか、ブリディにはわからなかった。

CBに聞いてみないと。パークに行く途中、ラボに寄って、CBに会えないか試してみることに、メイヴはうんといってくれるだろうか。

「じゃあ、パークね」とブリディはいった。「アヒルの餌になるものを探してて。着替えてくるから」メイヴがキッチンに歩き出すと、ブリディはたずねた。「シャワー浴びるあいだ、待っててもらえる？」

「うん」とメイヴ。「アヒルってアイスクリーム好き？」

「いいえ。アヒルが好きなのはパンくず」といってブリディは寝室に入った。濡れた靴とイブニングバッグをベッドの下から発掘し、タオルでざっと拭いてから、そのタオルに包むと、ドレッサーのいちばん下の引き出しにしまい、うしろを向いた。

メイヴが戸口に立っていた。片手にタマネギのネット袋、反対の手にケーパーの瓶を持っている。「アヒルはこういうの食べる？」

「食べない。アヒルが好きなのはパンくず」

「パンくず、どこにもないんだけど」

「だったらパンね。パンが好きなのよ。それか、クラッカー」

「わかった」とメイヴは答えたが、その場を動かない。

ブリディは、「どうして靴を隠すの？」と聞かれるのを覚悟したが、メイヴはいった。

「でも、クラッカーもないよ」

「じゃあ、シリアルね」と答えると、メイヴはキッチンに行ったが、すぐ戻ってきた。

「ちゃんとしたシリアルもぜんぜんない」

ちゃんとしたシリアルというのは、たぶん、トリックスかキャプテン・クランチだろう。もしくはラッキー・チャーム。メイヴならきっと、マシュマロがなんのかたちなのか知っている。そう思ってたずねた。「ラッキー・チャームに入ってるマシュマロの種類わかる？」

「なんでそんなこと聞くの？」警戒心をあらわにした口調だった。ディズニー映画と同じように、ラッキー・チャームも母親から禁止を言い渡されたんだろうか。

「気になっただけ」とブリディ。「こないだ友だちとその話になったんだけど、入ってたマシュマロが五種類だったか六種類だったか思い出せなくて」

「八種類」メイヴが即答した。「ピンクのハート、紫の蹄鉄、緑のクローバー、ブルーの月、黄色の砂時計——」

黄色い犬用の骨はそれか、とブリディは思った。砂時計だったとは。

「——赤の風船、オレンジの流れ星、虹色の虹。でも、それを調べる方法はいくらでもあるよ。なんでもインターネットに載ってるから。ベーグルはパンの中に入る？」

「ええ」急に話題が変わったので、ブリディはけげんな表情を浮かべた。

「チョコチップ・ベーグルでも？」

「チョコチップ・ベーグルなんか、どこにあった？」

「どこにも。気になっただけ。アヒルってチョコレート食べていいの？　犬はダメなんだよ。毒になるから。ダニカが一回、ツイックスのチョコバーをベッドに置きっ放しにしてたら、トッツィーが——ダニカの家で飼ってる犬なんだけど——それを食べちゃって、動物病院に連れてったりとか、大騒ぎだったんだって」

「だったら、アヒルにもよくないかもしれないわね」とブリディ。「それに砂糖も。チェックス（クラッカーの銘柄）の箱を持ってくといいわ」ブリディはメイヴを部屋から追い出した。これで、やっとシャワーが浴びられる。そのあいだに、靴とバッグを隠した理由をなんとかひねりだそう。メイヴのことだ、いずれその件を質問するのはまちがいない。

しかしメイヴは、ゆうべCBが連絡して、口裏合わせを頼んだ件について、まだひとことも口にしてない。どうしてだろう。いつものメイヴはスーキに負けないくらい穿鑿《せんさく》好きなのに。

パークに着いてから尋問しようと思っているのかもしれない。その場合は、なにかもっともらしい事情を考えておかなければ。あるいは、いまさっきのメイヴみたいに話をそらすか。そして、パークに行くという考えをトレントに聞かれていないことを祈る。

どうやらまだ聞かれていないらしい。というのも、髪をシャンプーしているとき、〈まだブランチに行く途中？〉とたずねてきたからだ。それにつづいて、〈メイヴをどこに連れていくことにした？〉

〈カーニヴァル・ピザ〉とブリディはいった。トレントにかぎって、あんな店で食べることは考えもしないだろう。

〈ドクター・ヴェリックからはまだ連絡がない〉とトレントはいった。〈いま、コムスパンに向かってる途中。看護師の番号を見つけてくれるＩＴ部の人間を調達できないかやってみるよ〉

　ということは、ＣＢと話をするために会社に寄るというプランはアウトだ。なにかほかの手を考えなければ。シャワーを終えて、髪を乾かし、あたたかいセーターとジーンズを着ると、ウールのソックスとレインブーツを履いた。「アヒルの餌になるもの、なにか見つかった？」

「うん」メイヴはチェックスひと箱と、ベーグルひと袋、スペシャルＫひと箱、レーズン・ブランひと箱、ライスクラッカーひと袋、それにフランスパンまるごと一個を抱えて、キッチンの戸口にあらわれた。「あと、電子レンジにポップコーン入れてある。これで足りると思う？」

「たぶんね」ブリディはそっけなく答え、ポップコーンができあがるとすぐ、ふたりはパークに出発した。

　雨は上がっていなかった。パークには、この天気にもめげずに犬を散歩させている頑固な飼い主が二、三人いるくらいで、ほとんどひとけがなかった。メイヴの話についていえば、レストランが開いているというのは正しかったものの、〝屋内〟で食事ができるというのは誇大表現だった。パティオにしつられた金属製のテーブルで、垂れ下がったひさしからは雨がぽとぽと落ちてくる。

しかし、ほかにお客はひとりもいなかったし、ウェイターはヒーターのそばの席にふたりを案内して、ずいぶん湿ったメニューを渡してからキッチンに戻っていったので、またふたりきりになった。連れは、パンくずを求めてパティオを寒そうに跳んで歩いているスズメの群れだけ。

ブリディは食事が済むまで、アヒル用の餌は車に置いたままにしておくようにメイヴをいいくるめていたが、メイヴはスズメを見て、「ポップコーンとってきちゃだめ？ スズメはおなかをすかしてるのよ！」

「わたしもよ。注文を済ませたあとなら、とってきていいから」といって、メニューに目をやった。〝とってもおいしい料理〟は、ホットドッグ、コーンドッグ、チリドッグと、バリエーション豊富なアイスクリーム系デザートで構成されていた。ブリディはホットドッグと熱い紅茶のラージサイズ、〝マグ入り〟を頼んだ。これなら凍えた両手をマグにまわしてあたためられる。

メイヴが頼んだのは、マンゴー・ラズベリー・シェイクにホイップクリームとスプリンクルをトッピングしたもの。メアリ・クレアはどうしてあんなにメイヴのことを心配できるんだろう。まったくノーマルな九歳の女の子に見えるのに。

「それにホットドッグひとつ」とメイヴはウェイターに注文した。「もうポップコーンとってきていい、ブリディ叔母さん？」

ブリディがまたうなずいて車のキーを渡すと、メイヴは竜巻のようにすっとんでいった。よかった。あの子がいないあいだに、CBに連絡する方法を考えよう。

それとも、連絡できないか。地下のラボには電波が入らないから携帯には電話できないし、家電は番号がわからない。たとえ自宅に電話があったとしても。それをいうなら、もし自宅があったとしても、だ。ブリディが知るかぎり、CBは毎日、ラボと、図書館と、けさ話していたコーシャ・デリとをローテーションしていてもおかしくない。そのデリの番号も不明。

ブリディのスマートフォンにトレントからショートメッセージが入った。『看護師はまだつかまらない。番号はわかったけど留守だった。折り返し電話がほしいと伝言を残した。次は病院にかける』

ブリディからのメッセージを受けとったことについては触れていなかった。ドクター・ヴェリックを捜すのに夢中で、ふたりの接続のことは忘れてしまったのかもしれない。そして彼が受信しているときにも、断片だけしか聞こえていない。だとすれば、いますぐなら、やっぱりCBに精神で話しかけられるかもしれない。トレントがドクター・ヴェリックと連絡をつける前に、CBの名前を出さずにテレパシーで話せるなら。スマートフォンがまた振動した。『いま、きみからの精神メッセージを受けとった』とショートメッセージ。『……だれそれに……いますぐ……電話を』残りは聞きとれなかった」

すくなくともそれだけは助かった。そう思ったとき、また電話に着信。『あと、〝パーク〟がどうとかいうのも聞いた。カーニヴァル・ピザに行くんだと思ったけど』

うわ、まずい。あわてて、『そうよ。渋滞中。駐車《パーク》する場所がなかなか見つからない。きっとそれを聞いたのね』と返信し、電源を切った。

でも、トレントの電源を切ることはできない。ということは、CBに呼びかけるのはアウト。彼がこの状況に気づいて向こうから連絡してくるのを待つしかない——そして、心の声を聞くトレントの能力が向上していないことを祈る。それに、ドクター・ヴェリックの所在を——またはわたしの所在を——つきとめられないことも。

ウェイターが注文の品を運んできた。マンゴー・ラズベリー・シェイクは、花瓶サイズのグラスに入っていた。

こんなの、メイヴはぜったい飲みきれない。そう思いながら、椅子の上で体をひねり、いったいどうしてこんなに時間がかかっているのかと車のほうに目を向けた。

メイヴは両腕いっぱいに食料を抱えて、芝生をよたよた歩いてくるところだった。「チェックスと、それにベーグルも持ってきた」とメイヴがいった。「スズメがポップコーンを嫌いだったとき用に」

「だいたいなんでも食べると思うけど。食事のあとでなら餌をあげていいわよ」しかしメイヴはすでにしゃがんでポップコーンひとつを一羽のスズメにさしだしている。

ブリディはそれをとめようとはせず、ＣＢと連絡をとる方法を考えた。もし彼が自宅に電話を引いているなら、番号案内でわかるかもしれない。調べてみようとスマートフォンの電源を入れたとたん、呼び出し音が鳴った。

キャスリーンだ。「折り返しなんてしてこないじゃない」

「ごめん。ちょっとドタバタしてて」

スズメを呼んでいたメイヴが顔を上げた。「だれ？」

「キャスリーン叔母さん」

「ふうん」興味なさそうにいうと、メイヴはスズメの餌やりに戻った。

「どうするか決めたの？」ブリディはキャスリーンにたずねた。

「ううん。もしリッチがただ親切なだけだったとしたら、こっちからなにかいったらバカみたいでしょ。頭のおかしいストーカーみたいに思われたくないの。その一方、彼はあたしがランディスといっしょのところを見てるから、つきあってるんだと思って、それで声をかけてこないのかもしれない。それはともかく、ランディスはほんとにあたしのことが好きだと思うし、彼とデートしてる最中にほかの男を好きになっちゃうなんて、最低の女みたくない？」

ええ。確かにそうね。ブリディは深くうなずいた。

「彼がどう思ってるのかがわかればいいんだけど。そうしたら、なにもかもずっと簡単になる。あんたが正しかったかもね。ＥＥＤを受けるのは利口な選択かも」

いいえ。ぜんぜん。でもキャスリーンのいうこともひとつは正しい。トレントがなにを考えているのかわかれば役に立つ。もっと具体的にいえば、わたしの思考を聞く能力がどの程度なのかがわかれば。もし、ときどき思考を拾うだけで、ランダムな単語やフレーズに限られているなら、ＣＢに呼びかけても安全だ。でも、もし——

「とりあえず、ネットでリッチのことを調べてみる」とキャスリーン。「もしかしたら、なにかわかるかもしれない。もっと情報が必要なのよ」

確かにそうだ、とブリディは思った。キャスリーンが電話を切ったあと、ブリディはスマートフォンの電源を落とし、メイヴがスズメたちに餌をやるのを見ながら考えた。個々の声を聞き分ける方法をCBに教えてもらう時間があったらよかったのに。でも、そんな時間はなかった。トレントが聞いているいまとなっては、もう無理。ということは、自分でやりかたを学ぶしかない。

　メイヴがひとつかみのポップコーンを投げた。スズメたちが四方八方から、獲物に襲いかかるハゲタカの群れのように集まってくる。中庭の扉を開けたときに起きるのはああいうことだ。津波のように押し寄せる声の群れを思うと、心がくじけそうになる。

　でも、トレントがどの程度まで聞けるのかを確かめなければ。ブリディは早く食事を済ませるようにメイヴを急かし、デザートを頼んでもいいか訊かれると、「雨がやんだみたい。先にアヒルに餌をやってから、また戻ってきてデザートを食べるのはどう？」

「最高」メイヴはそういって、残りの餌をとりに、また車へと走っていった。ブリディはそのあいだに会計を済ませ、何時に閉店するのかたずね――「当店は二十四時間営業です」と、ウェイターはわびしげに答えた――ポップコーンとベーグルの残りと、メイヴが忘れていった傘を回収した。

「それ、使っていいよ」山のような食料を抱えて戻ってきたメイヴがいった。「傘さしてると、アヒルに餌をやるのに邪魔だから」

「ありがとう」とブリディ。「餌やりにつきあわなくてもだいじょうぶ？　トレントに電話する用があるの」といってから後悔した。メイヴはトレントを嫌っている。

しかしメイヴは、「もちろん。水に落ちたりしないよ。約束する」と快活にいって、池のほうに駆け下りていった。

「ガチョウに気をつけて」ブリディはその背中に声をかけた。「つつかれることがあるから」

「わかってるって」メイヴがうんざりしたように叫び返した。「いうことがママそっくり」

「ごめん」といって、ブリディはベンチに腰を下ろした。ベンチはびっしょり濡れていて、頭上の木の枝から、大きなしずくがぽたぽた落ちてくる。メイヴが傘を貸してくれて助かった。

でも、そんなことどうでもいいのよ、と自分にいい聞かせる。日当たりのいいサンタフェの中庭にいるんだから。電話しているように見せるために、電源を切った携帯をとりだして耳に当てると、中庭の敷石の上を歩き、ハコヤナギの下のベンチに向かった。どっしりしたブルーの扉をしばらくじっと見つめ、あれを開けられるだろうかと考えた。せめて、数千の声の中からトレントの声を聞き分けるあいだだけでも。しかし、ただ考えただけでも、外の声が巨大な波のように高く持ち上がり、いまにもこちらに向かって寄せてくるように見え、ブリディは扉にとびつくと、かんぬきをさらにしっかりとかんぬき受けに挿し込んだ。

無理。金属製のベンチの濡れた肘かけを握りしめて思った。できない。

池の縁に羨望の視線を投げた。メイヴはすっかり水鳥に包囲されている。アヒルの群れ、二羽の大きなガチョウ、怒ったように翼を羽ばたかせる一羽のハクチョウ。なのにメイヴは、恐がるようすも不安に思うようすもない。楽しげにチェックスを撒《ま》いている。

メイヴにやれるなら、わたしにもやれるはず。でも、九歳の姪より勇気がないという恥ずかしさをもってしても、掛け金を上げて扉を開けることはできなかった。

なにかほかに、声を聞き分ける方法があるはず。もっとコントロールしやすい方法が。ＣＢは、視覚化できるかどうかが問題で、なにを思い描いても違いはないといっていた。わかった、だったら、膨大な数のなにかから、ひとつを選り分けるシンボルになりそうなものは？

備品室にあったカードファイル。アルファベット順に並んだ引き出しがたくさんついている。あの夜、ＣＢがやったように、引き出しの中のカードをぱらぱらめくって、トレントの声を——でも、声は書かれた言葉とは違う。音だ。個々の声を聞いて、目的の声以外をはずしていくようななにかが必要だ。

ラジオだ。CBがカーラジオのチューナーを回して、声を遮断する歌を探していたときのことを思い出した。個々の声を放送局に、声の咆哮を局と局のあいだの雑音に見立てればいい。

でも、カーラジオじゃだめだ。中庭にふさわしいものじゃないと。たとえば、CBのラボに置いてあったようなポータブルラジオ。

園芸用具戸棚にそういうのが一台あった。自分にそういい聞かせながら、風雨にさらされた扉を開け、CBのコーチがなくてもやりとげられますようにと祈った。ウーナ伯母さんの家の園芸小屋にはなにがあったっけ？　庭仕事の道具と、種の袋と、植木鉢。

いちばん上の棚に、蜘蛛《くも》の巣が張った空の植木鉢がいくつか重ねて置いてある。ブリディはそのうしろに手を伸ばして、ラジオをとりだした。ピンクのプラスチックの筐体《きょうたい》に息を吹きかけて埃を払い、外のベンチに持っていって腰を下ろすと、ひざの上にラジオを置いた。水平の目盛をおおう透明のアクリル窓についた埃を指先で拭い、赤い針と黒い線と数字――550、710、850――に目をやってから、電源を入れた。

窓が明るくなり、ガーガー、ワーワー、キーキーの声がどっと流れてきた。ブリディは恐怖に身をすくめ、あやうくラジオを敷石に落とすところだった。耳をつんざく騒音。必死にラジオをまさぐり、電源を切る。

声はたちまちやんだ。ただの雑音よ。自分にそういい聞かせ、動悸を鎮めようとした。ボリュームが大きすぎただけ。でも、またスイッチを入れる勇気が自分にあるかどうか自信がなかった。

池のほうに目をやった。メイヴはあいかわらず、アヒルとガチョウに嬉々《きき》として餌をやっている。でも、いつまで？

ブリディは大きく深呼吸すると、またラジオの電源を入れてから、すばやく音量をいちばん下まで下げた。スピーカーから流れる声はかすかなささやきになった。防御線の向こう側の声のように。

声じゃない、ただの雑音よ。心の中できっぱりそういって、針を動かし、トレントの声を探しはじめた。〈……渋滞がひどいな。こんなことなら、高速を……ずいぶんご機嫌斜めね……きっと新しい歯が生えかけてる……地下室に漏水が……いままでで最悪の二日酔いだ！　ビールがいる……やれやれ、バドワイザーをぜんぶ飲みつくしたのはだれだ？……〉

この調子だと、永遠に終わらない。周波数を絞り込めるように、システマティックに試す必要がある。ダイヤルをいっぱいまで回して、針をいちばん左に移動させると、そこから少しずつ右に動かしはじめた。周波数の数字に注意しながら、どこかの放送局にチューニングが合うたび、ちょっとだけ音声に耳を傾け、それがトレントじゃないとわかるとすぐまた動かした。550〈……大理石の彫刻……〉、575〈泣きごとばかりのおべっか使い！　あの男がもうちょっと……〉、610〈……どこの世界に、患者に連絡先も知らせないなんて医者が……〉、650〈……〉

　待って、さっきのがトレントだ。ブリディは遅まきながら彼の声に気づいた。ドクター・ヴェリックの件で文句をいっている。だがもう、あとの祭り。針はすでに次の放送局に合い、知らない声が、〈……風邪引いたみたい〉といっている。

　ブリディは610に針を戻した。〈やだ。ぜったいやらない〉と、子どもの声が怒ったようにいう。

　行きすぎたらしい。ちょっとだけダイヤルを右にまわす。〈……のどがイガイガする……〉と風邪を引いたらしい人物がいう。だめ、行きすぎた。

　トレントはどこかこのあたりのはず。髪の毛一本分だけ戻す。〈なんで起きなきゃいけない？　日曜なのに〉それから、ごくかすかに、〈……ブリディに話を……〉

　まちがいない、トレントだ。しかし、自分の名前が聞こえた瞬間、音がぼやけ、雑音になった。放送局が受信圏内から出たり入ったりしているかのようだ。ブリディはラジオのダイヤルをおそるおそる前後に動かして、周波数を合わせようとしたが、トレントも風邪の女性も見つからない。あきらめかけたとき、〈……頭が痛い……〉が聞こえ、髪の毛一本分戻す間もなく、トレントの声がした。

雑音まじりのかすかな声で、いくつものほかの声がたえず邪魔したが、逃してしまうのがこわくて、ブリディはダイヤルを調節しようとは――それどころか、ダイヤルに触れようとさえ――しなかった。

トレントはどうやらヘルメス・プロジェクトのことを考えているらしく、聞こえてきたのは、〈……無線信号……応用して……アップルもまさかこんな……いったいなんといおうか……？〉それから、ものすごくクリアな〈ドクター・ヴェリックはいったいぜんたいどこにいるんだ？〉のあと、また雑音。それから、途切れ途切れに、〈……させるわけにはいかない……もしブリディに知られたら、きっと……〉そして、放送局を完全にロストしてしまった。

24

大人は、自分だけの力ではなにも理解することがなく、子どもは毎度毎度、いつまでも永遠に、大人に説明しつづけることにうんざりしてしまうのです。

――アントワーヌ・ド・サン＝テグジュペリ
『星の王子さま』

わたしが知ったら、きっと――なにをするんだろう？　ブリディはそう思いながら、トレントの声が聞こえた周波数をもういちど探しあてようとしたが、雑音しか聞こえなかった。

わたしに知られるのをトレントが恐れていることってなんだろう？　ゆっくりダイヤルをまわし、トレントの声か、せめてだれなのか識別できる声を探したが、どの声も無個性で、フラットだった。〈……あの教会にはもう二度と行かない……どうして毎度毎度あの

クソ犬を散歩させてやらなきゃいけない？……まだ雨……〉

だからトレントは、考えを聞かれる可能性をあんなに警戒し、わたしが具体的になにを聞いたか、くわしく知りたがったんだ。ダイヤルを少しずつまわしながら、ブリディはそう考えた。なにか隠しごとをしていたから。

〈……きのうの天気予報だと……ガソリン入れないと……一日じゅうずっとここに立ってるつもりはない！〉それから、女の子の声が弱々しく、〈……彼がそういったのは知ってるけど……あたしは……〉

その声は、メイヴのように聞こえた。しかし、もっとクリアにならないかとダイヤルをちょっとだけ動かしたら、ぜんぜん聞こえなくなってしまった。

どうしようもない。匙《さじ》を投げたとき、メイヴの声がはっきり聞こえた。「凍えそう」

ラジオの声じゃない。顔を上げると、メイヴが目の前に立っていた。

「なに？」といいながら、なにやってるのと訊かれるのを覚悟していたが、メイヴはかわりにいった。

「もう行かない？　って訊いたの」

「アヒルに餌をやりたいんじゃなかったの？」

「もう餌がなくなっちゃった。ほんとにずっと長電話してたのね」そういわれて、ブリディは携帯の時刻表示に目をやり、もう午後一時近いことに気づいてびっくりした。何時間もこうしていたのか。

「それに、また雨が降ってきたし」

確かにそのとおりだ。メイヴの濡れた髪と、寒さにこわばった顔がその証拠。うわ、メイヴが肺炎にでもなったら、メアリ・クレアは一生許してくれないだろう。ブリディはあわててメイヴに傘を返し、「おいしいホット・チョコレートを飲もう」といって、メイヴをレストランに急きたてた。「体があったまるように」

「あとでデザートを頼んでいいっていったよね」席に着くと、メイヴはいった。「いまってあとでしょ？」

「ええ」こんなに長いあいだ、メイヴを寒いなかに放置していたうしろめたさからそう答えると、メイヴは巨大なアイスクリーム・サンデーを注文した。

「また体が冷えるんじゃないの？」

「ううん。まずサンデーを食べて、それからホット・チョコレートを飲むから。ブリディ叔母さんはなにかほしくないの？」

ええ。トレントがなぜ〈もしブリディに知られたら、きっと……〉と考えたのか、その答えがほしい。でも、あなたがいるとその答えをつきとめられないから、早く家に連れて帰れるように、そのサンデーを急いで食べてほしい。すると驚いたことに、メイヴは記録的な速度でアイスクリーム・サンデーをがつがつ貪《むさぼ》り、ホット・チョコレートをごくごく飲み干した。

メイヴはぜったいに拒食症じゃないとメアリ・クレアに報告できる。そう思ったとき、この外出のそもそもの目的が、メイヴから情報を引き出すことだったのを思い出した。帰り道に聞き出そう。そう思いながら、メイヴを急がせて車に戻り、ヒーターを最強にした。

しかし、聞き出す必要はなかった。ドクター・ヴェリックの所在はまだわからないというトレントからのショートメッセージが着信したとき、メイヴはうんざりしたように、

「きっとママからでしょ。あたしからなにを聞き出せたか知りたがってる」

「なんのことで？」ブリディは、あんまり興味津々に見えないように、前方の道路に視線を固定したままでたずねた。

「さあ。ママはいつも心配してばっかりだから。バカみたい」

「あなたのことを守りたいだけよ」

「わかってる。でも、だいじょうぶなのに。みんなが根掘り葉掘り質問してくるのをやめてくれさえしたらね」

その気持ちはよくわかる。でも、それはわたしが秘密を抱えているから。メイヴもなに

か秘密を抱えてるんだろうか。

ブリディは姪に目をやった。うかつに触れたら、たちまち壁をつくられてしまいそうだ。どう切り出すべきか考えていると、メイヴが自分から話しはじめた。「話したいことがあるんだけど、ママにはいわないって約束してくれる？　あたし……最近、好きな人がいて……」

「同じクラスの男の子？」と軽い口調でたずねた。

「まさか」よくそんな想像ができるわねという口ぶりでいった。「『ゾンビ・プリンセス・ダイアリー』に出てた人。すごくキュートなの。彼の写真を壁紙にしたいんだけど、もしそうしたら、ママに気づかれて――」

「ゾンビ映画を見てたことがバレる？　彼はゾンビのひとり？」

「ううん。写真見る？」メイヴはスマートフォンをとりだし、せわしなくスワイプしはじめた。次の赤信号でとまったとき、ブリディの前に画面をかざして見せた。「名前はザンダー」

グレイの瞳、CB以上にもじゃもじゃの髪。メイヴはその写真をうっとり見つめている。

「どうしたらいいと思う？」

「ほかの映画には出てないの？　べつの映画で見たっていえばいいんじゃない」

「そういう問題じゃないの。どんな映画に出てたって関係ない。彼のことがキュートだと思ってるって知られたら、あたしが男の子に興味を持ち出すんじゃないかって心配して、〝お話〟をしたり、性教育ビデオを見せたりとかしはじめるのよ」

メイヴのいうとおりだ。メアリ・クレアのことだから、罪もないかわいそうなザンダーを相手に、メイヴへの接近禁止命令をとりつけようとさえするかもしれない。しかし、嘘をついてもかまわないとメイヴにいうわけにはいかない――わたし自身がこの数日、ほとんどたえまなく嘘をつきつづけているとしても。「じっさい、母親に秘密を持つのはいいことじゃないわよ」

「でも、悪い秘密とかじゃないんだよ。それに、だれにだって秘密はある。でしょ？　つまり、ブリディ叔母さんにだって、だれにも知られたくないことがあるでしょ」

さあ来た。濡れた靴を引き出しに隠した件について突っ込まれる。あるいは、CBからゆうべ電話で話を合わせるように頼まれた件について。「どういうこと？」

「EED。ドライヤーで髪を乾かしてるとき、絆創膏が見えた。ママにもウーナ伯母さんにもキャスリーンにも、処置を受けたことといってないでしょ。だいじょうぶ、だれにもいわないから。ザンダーのことをママにいわないと約束してくれたら」

スパイにして恐喝犯。メアリ・クレア、心配すべき相手は娘じゃなくて、ほかの一般大衆よ。メイヴのこんな態度を許しておくわけにはいかない。とはいえ、いまは正面から対処する時間がない。そこで、家の前でメイヴを下ろすとき、「行くところがあるから、いまは秘密を守るけど、でもまだ話は終わってないわよ」というだけで妥協した。

「わかってる」メイヴの目が、おもしろがるように輝いた。

「なにがおかしいの？」

　メイヴはさっと真顔になり、「なんでもない。こないだダニカがいってたおかしな話を思い出していただけ」

　どう見ても嘘だったが、それを穿鑿している時間もなかったから、「じゃあまたね」といって、メイヴがつつがなく家の中に入っていくのを見届けたあと、どこか、ラジオでトレントを探せる場所に向かって車を走らせた。

　図書館が理想的だが――読書する利用客の心の声がほとんどの雑音をカットしてくれるから、見つけるのが楽になる――きょうは日曜日。公共図書館は閉まっているし、ゆうべCBといっしょに行った大学図書館は、街の反対側だ。CBの話ではスターバックスもいいらしいが、デート相手と来たキャスリーンと鉢合わせするかもしれない。そこでブリディは、最寄りのピーベリーズに行ってカフェラテを頼み、『ほんとうの愛だと見極めるには』を読んでいる中年女性のとなりの席にすわった。『デイヴィッド・コパーフィールド』とはいかないにしても、本には違いない。ほかの客はみんなスマートフォンをいじるか、ノートＰＣで猫の動画を見ている。

ブリディは中庭に入ると、ラジオの電源を入れ、針を６５０に合わせてから、ほんのちょっとずつダイヤルをうしろにまわしはじめた。何十もの声を聞くことになるが、早くまわしすぎるとトレントを通り過ぎてしまうかもしれない。

はてしなく時間がかかった。注意していたにもかかわらず、まわしすぎて風邪の女性まで行ってしまい、最初からやり直しになること二度。午後三時には、二杯めのカフェラテと数百の放送局を通過し、二度とトレントは見つからないんじゃないかと思いはじめていた。〈……なんでいつもいつも週末にかぎって雨なんだ？……いままでで最低の仕事……〉そしてかすかに、〈まさか実在するなんて……〉

トレントだ。ブリディは身を乗り出し、言葉を聞きとろうとした。〈……インチキに決まってると……ずっと思って……信じられない……ほんとに実在……〉

ダイヤルを百分の一ミリずらした。

〈……けさハミルトンに電話したときは……頭がいかれたみたいな話に……〉

ＣＢの車がトレントの車より早くアパートメントに着いたのは、トレントが電話していたおかげだったのか。でも、自分にテレパシー能力があることを知ったばかりなのに、どうして真っ先にボスに電話するんだろう？

〈……ドクター・ヴェ……いま呼び戻す……必要……きっと連絡をとる方法が……もし緊急事態だったら？……試して……〉それから、雑音。放送局をロストした。

ダイヤルをわずかにもどすと、トレントの声がとつぜん明瞭になった。しかしいまは、アップルとコムスパンの新機種のことを考えている。〈……回路を分析してコードを……〉というのが聞こえた。〈……書く必要が……〉

いいえ、そうじゃなくて、わたしになにを知られたくないのか教えて。ブリディはCBの話を思い出した。テレパシーは、他人の頭の中を覗いて、求める情報をなんでも自由に引き出せる能力だと誤解されているが、そういう仕組みではない。CBのいうとおりだ。ここにすわって、夜までずっとトレントの思考を聞きつづけたとしても、求める情報が得られない可能性がある。

あるいは、ほんとうの愛なのかどうか知ることができない可能性も。そのときまた、トレントの声が聞こえた。〈彼女になんと話そう？……説得する方法を考えないと……〉つづきを聞こうと精神を集中したが、うまく聞きとれない。〈……革命的……待ちきれない……もしかしたらアップルの開発チームが……〉

違う、アップルはどうでもいいから。わたしになにを知られたくないのか教えて。それと、どうしてハミルトンに電話したのか。

〈……テストしてデータをとればいいと思っただけで、彼女がほんとうのことを知る必要はないはずだった……〉

なに？

〈……おれとのコミュニケーションを向上させるために受けたと思っている……でもそれは、感情だけだったときの話で……テレパシーとなったら……話さないわけには……でも、ＥＥＤ処置を受けた理由が……電話……と知ったらかんかんに……〉

やっぱりそうか。トレントがわたしにＥＥＤを受けるように頼んできたのは、新型スマートフォンに利用できるデータをとるため？

もちろんそうだ。ハミルトンは、「即時通信だけではもうじゅうぶんじゃない。それ以上のものを提供しなければ」といっていた。問題の〝それ以上のもの〟が、感情的に強化されたコミュニケーションだ。どういう計画だったんだろう？　人間の感情を識別し、それを絵文字としてテキストに付加するようなアプリを設計する？

どういう計画だったにしろ、トレントはそのモルモットになることに、喜んで志願した。そしてわたしも志願させた。ＥＥＤを受けるにはふたりの人間が必要だから。このヘビ野郎！

どんなに花を贈ろうと、ルミネスでのディナーやメールや愛の言葉をどんなに重ねようと、トレントはわたしを愛したことなど一度もなかった。彼が気にかけていたのは、感情的に強化された携帯電話の開発に必要なデータをとるために、わたしを説得してED処置を受けさせることだけ。

すぐに接続できなかったとき、あんなに逆上したのはそのせいだ。ドクター・ヴェリックがわたしの退院予定を延ばして検査を受けるようにいったとき、あんなに動揺した理由も同じ。わたしのことが心配だったわけじゃない。計画になにか綻《ほころ》びが生じないかと不安だっただけ。ドクター・ヴェリックが海外にいて、時刻が真夜中だというのに、あんなに彼と話をしたがったのもそのせいだ。結果を出すとボスに約束したのに、わたしが期待に背いたから。トレイシー・ハミルトンの言葉を思い出した。「この件が極秘で、話をしちゃいけないことになってるのはわかっているの」それに、「感謝するのはこっちのほうよ。あなたたちのおかげで――」

トレントはなおも頭の中でしゃべっている。〈……なんとか方法を……必要なら婚約してでも……〉

これ以上、聞きたくない。ブリディはチューニング用のダイヤルに手を伸ばした。

〈……もちろん、どんなに重要なことかを納得させられる……いったん仲間にしてしまえ

ば……テレパシーの仕組みを発見することに集中できて……回路をソフトウェアに翻訳する〉

なんてこと。トレントが話しているのは絵文字のことじゃない。テレパシーをプログラムに変換して、新型携帯に組み込むつもりだ！　CBに話さなきゃ。勢いよく立ち上がった拍子にカフェラテのカップをひっくり返してしまった。『ほんとうの愛だと見極めるには』を読んでいた女性がむっとした表情で顔を上げた。

「すみません」ブリディはこぼれたカフェラテを紙ナプキンで拭いて、自分のスマートフォンをつかみ、ぐっしょり濡れた紙とプラスチックカップをゴミ箱に放り込んで店を出ると、車に向かって走りながら、CBにどうやって連絡をとろうか考えた。トレントが聞いている以上、テレパシーで話しかけるわけにはいかない。それに、あの一夜のあとだから、まだ寝ているかもしれない。その場合には、電話しても無駄。それに、トレントがコムスパンにいるとしたら、ラボに会いにいくリスクはおかせない。やはり電話するしかない。でも、自分の電話を使ったら、履歴が残って、CBにまでたどりつかれるかもしれない。だれかの電話を借りなければ。

だれの電話？　シャーラはだめだ。コムスパンの社員にふたりの関係を知られないことが、これまで以上に重要になっている。キャスリーンに借りたら質問攻めにされる。

メイヴだ。ブリディは車でメアリ・クレアの家に引き返した。メイヴを呼び出して、スマホをなくしちゃったんだけど、パークを出たあと、わたしが車の中で携帯を持ってたかどうか覚えてないかと質問する。ノーといわれたら、二、三件、急ぎで電話をかける用があるからスマホを貸してと頼み、ラボに電話するか、そのスマホでCBの自宅の番号を調べればいい。

しかしその前に、突破しなければならない壁が立ちはだかった。ドアを開けて、ブリディの顔をひとめ見るなり、メアリ・クレアは叫んだ。「ああ、やっぱり！　メイヴをブランチに連れていってくれたとき、なにかわかったのね！　深刻すぎて電話ではいえないようなことが」

確かにそうね。じかに会ってもいえないけど。

「メイヴがなにか問題を抱えてるんでしょ。思ったとおり！」

「メイヴはなんにも問題なんかない。ただ、携帯が見当たらないもんだから、わたしがどこにやったか、メイヴが覚えてるかもしれないと思って」

「あら」とメアリ・クレア。「メイヴならダニカの家で宿題やってる。電話して訊いてみるわね。そしたら、すわってお茶でも飲みながらゆっくりできるし」

それに、メイヴのようすをあれこれ細かく聞き出せる。しかし、メアリ・クレアが電話をとりだす間もなく、メイヴが「算数の教科書忘れた」といいながら飛び込んできた。頬が赤く、息を切らしている。「ずっと走ってきたんだ」といって、ガスレンジにかけてあるケトルと母親が手に持っているティーカップ二個に目をやり、事情を察したような顔になった。

きっと、わたしが母親にべらべらしゃべるつもりだと思っている。となったら、とても力を貸してくれないだろう。そう思ったが、メイヴは快活にいった。「ありゃ、ブリディ叔母さん。なんの用？」

「電話をなくしたんだって」とメアリ・クレア。「レストランで見なかった？」

もちろん見てる。次はきっと、「あたしがアヒルに餌をやってるあいだじゅう、ブリディ叔母さんは電話でだれかとしゃべってたよ」というだろう。そしたらメアリ・クレアは、鳥インフルエンザの危険性について説教しはじめる。

「覚えてない」メイヴは集中するように眉間にしわを寄せ、「と思う。ブリディ叔母さんはテーブルにスマホを出してて、それからウェイターが来て、わたしのピザの皿を置いた」メイヴは母親のほうを向いた。「モールのカーニヴァル・ピザに連れてってもらったんだよ。すっごく楽しかった！」ブリディに向き直り、「もしかしたら、スマホがピザの皿に隠れてて、そのまま忘れてきちゃったとか」

「きっとそうね」こうなっては、メイヴの電話を借りる望みはなさそうだ。ブリディは立ち上がってコートを着た。「店にあるかどうか確かめに行かないと」

「電話して、あるかどうか訊いてみればいいじゃん」メイヴがいった。「あたしの電話、貸してあげる。部屋にあるから。こっちこっち」メイヴはブリディの手をつかんでひっぱった。

助かったわ、いい子《チャイルディーン》ね。そう思いながらあとについてメイヴの部屋に向かった。ドアにはいま、『立入禁止――ママのことよ』と書いた貼り紙に加えて、犯罪現場封鎖用の黄色いテープが張ってあった。

メイヴはテープをはがし、ブリディを中に導き入れると、ドアを閉めてロックした。

「ママが入ってこられないようにね」といわずもがなの説明を加える。

ブリディは部屋の中を見まわした。ベッドの上の壁には『塔の上のラプンツェル』の大判ポスター。その横には男性ティーン・アイドルの写真が数枚。『タイガー・ビート』誌から切り抜いたものらしいが、もじゃもじゃヘアのザンダーの写真は見当たらない。枕の上には『アナと雪の女王』の雪だるまオラフのぬいぐるみ、パソコンの画面には『おどる12人のおひめさま』のスクリーンセーバー。メアリ・クレアが想像している覚醒剤密造ラボとか世界的マネーロンダリング現場にはほど遠い。

「お母さんを入れてあげればいいのに」とブリディはいった。「そしたら安心するから」

「ううん」メイヴはベッドの端にすわってオラフを抱いた。「そしたら、抑圧された女の子がどうとか言い出すんだよ、ね？　それプラス、ナニー・カメラを直してほしくないし」とメイヴがカメラを指さした。娘にカメラの作動を止められたとメアリ・クレアが愚痴っていたのを思い出した。「それに、パソコンもさわられたくない」

「パソコンの中になにがあるの？」

「なんにも。でも、きっとあたしが消したんだって思うだけ」確かにそのとおりだ。

メイヴはポケットからスマートフォンをとりだしてこちらにさしだした。「ほんとは電話なくしたりしてないんでしょ」

「ええ。なくしたといったのは、電話する用があるんだけど、自分の電話が使えないからなの」

メイヴは訳知り顔でうなずいた。「『ゾンビナード』にもそんなシーンがあった。主人公の電話がゾンビ側に盗聴されてて――」

とてもありそうにない設定。

「――かわりに死んだ男の電話を使おうとするんだけど、電話がまだ手にくっついたままなの。というのも、腕以外はぜんぶゾンビに食べられてて――」

「そっちの用事が片づいたら」とドアの向こうからメアリ・クレアが声をかけてきた。

「急いでキッチンに来てちょうだい。おいしいアイリッシュ・ソーダブレッドがもうすぐ焼けるから」

「オーケイ」メイヴがドアに向かって叫び、ブリディに向き直って、『ゾンビナード』見てること、ママにいわないよね？」

　とても告げ口できる立場じゃないしね。と思いながら、「ええ」と答えて、メイヴのスマートフォンに手を伸ばした。

　メイヴがそれをぐいと引き戻し、「まず、だれに電話するのか教えて。もし犯罪とかだったら、わたしまで従犯になっちゃうから。『ゾンビコップ』でもそういうシーンが――」

「犯罪じゃないわ」

「相手を教えてくれなかったら判断しようがないでしょ」

「いいわ。相手はコムスパンの同僚のC・B・シュウォーツ。彼に伝えなきゃいけないことがあって――」

「CB？」メイヴはけげんな顔をして、「でも、CBに伝えることがあるなら、べつに電話――」といいかけて口をつぐんだ。

「電話がなに？」

「電話……番号調べなくても、この携帯に入ってる。どっちの番号にかけるの、ラボ、それとも自宅？　両方とも登録してあるよ。科学のレポートを手伝ってもらったとき、なにか質問することができたときのためにって教えてくれたの。ちょっと待って。いま出すから」

　メイヴはブリディに背を向け、スマートフォンを抱え込むようにした。手もとを見られたくないらしいが、なにかしているようには見えなかった。水晶玉を見つめる占い師のようにじっと画面を見つめている。パスコードを忘れたんだろうか。

　長い数十秒のあと、今度は画面をスワイプするのとせわしなく文字を入力するのを交互にくりかえしはじめた。ということは、番号は電話帳の連絡先リストに入っていない。たぶん、母親から隠しているんだろう。無理もない。

　それとも、ほんとは番号を知らなくて、ネットで調べているのかも。ブリディが口をはさもうとしたとき、メイヴが電話を耳に当ててこちらを向いた。「いま呼び出し中」

　ブリディは電話に手を伸ばしたが、メイヴは首を振って、「もしもし、ＣＢ？　メイヴだけど。覚えてる？　科学のレポートを手伝ってもらった？」

「メイヴ」ブリディはささやき声でいって、電話をよこすように合図した。

「元気よ」とメイヴ。「ううん、ぜんぜん」

「電話貸して」とブリディが手を伸ばす。

「オーケイ」メイヴは口だけ動かして答えると、電話に向かって、「ブリディ叔母さんが話があるんだって」といって電話をさしだした。

「ＣＢ？ ブリディ・フラニガンよ。コムスパンの。相談しなきゃいけないことがあって電話したの」メイヴの――それにもしかしたらトレントの――耳があるので、できるかぎり事務的な口調を心がけた。作戦は図に当たったらしく、メイヴはイヤフォンをはめてパソコンに向かい、『シンデレラ城アドベンチャー』をプレイしはじめた。

「メイヴはまだ部屋にいるんだろうね」とＣＢ。

「ええ。その問題に関してはまだ解決策が見つかってない」

「確かに」ＣＢがおもしろがるような口調でいった。

「冗談じゃなくて――」

「ごめん。電話の用件はなんだって？」

ブリディは声を潜め、ささやくようにいった。「トレントが――」

「ああ、わかってる」ＣＢの口調から、彼が確かに知っていることがわかった。きょうの午後、トレントが口にしたことだけではなく、なにもかもぜんぶ――トレントがなぜＥＥ

Dを提案し、その結果をどうするつもりでいるのかも。

CBは最初からぜんぶ知ってたんだ、とブリディは思った。だからEEDを受けることをやめさせようと、あれこれいいつづけた。そしてわたしたちが接続したあとは、それをトレントに告げることをやめさせようとした。もしトレントがテレパシーを手に入れたらどうするつもりなのかを知っていたから。

〈どうして教えてくれなかったの？〉と思わずたずねたが、答えはわかっていた。わたしは信じなかっただろう。〈きっと、どうしようもない莫迦だと思ったでしょうね〉

「いや、莫迦だと思ったのは、きみじゃなくてトレントのことだよ。自分がどんなに幸運かぜんぜんわかってない。きみにはほんとに――」

「それはどうでもいいの。問題なのは、彼が――」神経質な視線をメイヴのほうに投げたが、彼女はゲームに夢中になっている。「――ドクター・ヴェリックに連絡して……」とささやくようにいった。「プロジェクトのことを伝えようとしていること。もしドクター・ヴェリックが検査かスキャンを実施したら――」

「彼がトレントの話を信じなければ、検査することはないし、トレントは彼に見せられる具体的な証拠をなにも持ってない」

「いいえ、持ってる。けさ、彼は――」

「知ってる。彼がきみにやらせたテストのことは心配しなくていい。ところで、きみはすごくうまくやったよ。とくに、アンコール・ワットとかペチュニアのところはよかった。でも、きみが思念で送信したものを書き留めていたとしても、やっぱりなんの証明にもならない。ねえ、いまこの話はしないほうがいい」

「それはつまり――」メイヴのほうに目をやった。シンデレラのネズミたちを忙しく追いかけている。

「リトル・ミス・キュリオシティがいるから？　いや、きみの恋人がいるからだよ」

「彼はわたしの恋人なんかじゃ――」

「ともかく、そのことを彼に知らせるわけにはいかない。いちばんだいじなのは、きみが真相に気づいていることを彼にさとらせないこと。いま現在、彼にはきみの心の声が間欠的に聞こえているだけだけど、だからといって安心できない。きみだって、彼の心の声が間欠的に聞けるだけなのに、これだけの事実をつきとめたわけだからね。だから、こういうことは――ぼくとか、テレパシーとか、彼がどんなに見下げ果てた薄汚いクズ野郎かとか――なにひとつ考えちゃいけない。彼に聞かせてもいいことだけを考えなきゃいけない――彼のことを心の底から愛していて、接続できたことにすごく興奮していて、早くドクター・ヴェリックに会ってどうなったか伝えたくてうずうずしている、と」

「わかってる。なんらかの行動計画を立てる必要がある。そうするよ。でもそれは、彼に聞こえないことが確実になってからだ」

「でも――」

「いや、だいじょうぶだ。トレントはいま、ドクター・ヴェリックの看護師と電話で話しているのも安全じゃない？ということは、この電話もしないほうがよかったんだろうか。いまこうしてしゃべって

「いや、だいじょうぶだ。トレントはいま、ドクター・ヴェリックの看護師と電話で話して、彼の所在をなんとか聞き出そうとしている。それに、こうやって声に出してしゃべっていると、思考を隠す助けになる。どのみち、ぼくには防御策があるしね。でも、リスクは冒したくない。だから、家に帰ったら、なにか素敵な退屈な本を読んでほしい。『ローマ帝国衰亡史』だ。最後、どんなふうになるか、教えてくれていいよ」

でも、トレントがまたうちに訪ねてこようとしたら？「いまは姉の家だし、夕食までここにいるっていっても歓迎されると思うけど」でなきゃ、ウーナ伯母さんといっしょに〈アイルランドの娘たち〉の集会に行ってもいい。きょうは集会がある予定だし、トレントはそんなところまで捜しにこようとはぜったい思わないだろう。

「いや」CBがいった。「いちばん望ましくないのは、アイルランドの血筋との関連性について感づかれることだよ。きみの一族が〝すんばらしいアイルランド人青年〟について

云々《うんぬん》するのを盗み聞きすることも含めて」

それとも、最低のボーイフレンドについて。キャスリーンのことを考えて、ブリディは思った。

「トレントがアパートメントに来るんじゃないかと心配する必要はないよ。いまの彼は、ヴェリックと連絡をとるのに必死だからね。もし彼がきみのところへ行こうと思い立ったら、前もって警告するから、安心して読書してて。それとも、もしひと眠りできるなら、そのほうがなおいい。眠っているあいだなら、思考がいっさいトレントに洩れないからね」

「でも、もしわたしが――」まだゲームに没頭しているらしいメイヴに目をやって、「いわれたとおりにしたとして、あなたはどうやって連絡を――？」

「そっちは心配ない。それに、トレントやドクター・ヴェリックのことも心配ない。だいじょうぶだよ。ゆっくり眠って」ＣＢはそういって電話を切った。

「じゃあ、レポートをメールしてくれる？」ブリディはつながっていない電話に向かっていった。「わかった。数字を検討したあとでまた連絡する。では」電話をメイヴに返し、質問攻めにされるのを覚悟したが、メイヴはゲームからろくに顔を上げようともしなかった。ブリディが横に立ったまま、ＣＢにまた電話する用ができたときのためにメモしているあいだも。「ありがとう」とブリディはメイヴにいった。

「ふたりとも、中でなにしてるの？」メアリ・クレアの心配そうな声が外からたずねた。

「なんでもない！」メイヴが叫び返し、ブリディに向かって目玉をぐるりとまわした。

「やれやれ。ママはこれだから」

「じゃあ、早く出てきて。お茶にしましょ」とメアリ・クレア。「ウーナ伯母さんが来てるわよ」

もちろんそうだろう。でも、そうなると、いったいどうやってこの家を脱出しよう。ウーナ伯母さんは、わたしがEEDを受けるべきじゃない理由をまた一からぜんぶおさらいして、それからキャスリーン・オライリーとつきあうように説得しろといいはじめる。

「もう行かなきゃ」退散できる見込みが低いことを知りながらブリディはいった。「スマホをレストランに忘れたの。閉店までにとりにいかないと」

「まあ、でももちろん、ちょっとお茶飲んでいくくらいの時間は……」とメアリ・クレアが口を開いた。

「ううん、ダメ」とメイヴ。「カーニヴァル・ピザは五時閉店だから」

「ねえ、ウーナ伯母さん、いますぐ帰る理由なんてないってブリディにいってやって」とメアリ・クレア。ブリディは猛攻撃に備えて身構えたが、意外にもウーナ伯母は、「せっかく行ったのに、着いてみたら閉店していたなんてことになってほしくないでしょう。急ぐが得策ですよ。メイヴ、叔母さんのコートをとってあげなさい」

　メイヴが急いでコートをとってきて、ブリディは、ウーナ伯母にひきとめられなかった驚きも醒めやらぬまま袖を通した。

「じゃあ、行きなさい」とウーナ伯母。「聖パトリックとアイルランドのあらゆる聖人のご加護がありますように」

「ありがとう」ブリディはそういって、ウーナ伯母の頰に感謝のキスをした。メイヴをハグして、「ほんとにありがとう」と耳もとでささやき、ううん、残念だけどソーダブレッドを包んでもらうのを待ってる時間はないのとことわって、メアリ・クレアにアルミホイルをちぎる時間も与えず外に出た。

　鮮やかに脱出できたはずだったが、キャスリーンの車が、ブリディの車をブロックするかたちで駐まっていた。おかげで、外まで追いかけてきたメアリ・クレアに、メイヴの部屋にこもっていたあいだずっとなにを話していたのか問いただされる羽目になった。

「わたしの電話が済んだあと、パソコンで見せたいものがあるっていわれて。ううん、メアリ・クレア、ポルノじゃないの。仔猫のYouTube」

「けさチェックしたときには、ブラウザの履歴にYouTubeの動画なんかひとつもなかった。履歴はまっさらだった」

〈いま、きみから猫のイメージを受けとったよ〉だしぬけにトレントがいった。〈まだモール?〉

「ずっと電話してたのよ、ブリディ」キャスリーンが近づいてきていった。「話があるの。リッチのことでわかったんだけど――」

〈聞こえるかい、ブリディ?〉トレントがいった。〈聞こえたら、電話の電源を入れてくれ〉

たとえそうしたいと思っても無理。わたしの電話はカーニヴァル・ピザにあるはずなんだから。そう思いながら中庭に入ろうとしたが、キャスリーンがなおも話しかけてくる。

「いったとおり、ネットで調べてみたの。そしたら、なにがわかったと思う?」

「まず車を動かして」ブリディがいうと、キャスリーンは従順にとことこ歩いていって車に乗り込んだ。トレントとメアリ・クレアもこのくらい簡単に厄介払いできたらいいんだけど。

〈聞こえない〉とトレント。

「あの子のブラウザの履歴に、どうしてなにもないの?」メアリ・クレアがたずねた。

「ネットを見てる形跡がぜんぜんないのよ」

「二、三日前は、メイヴがネットを見過ぎるって文句いってたくせに」とブリディはいった。

「ええ。でも、ネットをやめたわけじゃないのよ。それに、仔猫のビデオを見てたんなら、どうして履歴を消したりするの？」

「いまはその話をしている時間がないの」

「まだ行っちゃだめよ」キャスリーンが戻ってきた。「先にリッチの話を聞いてもらわないと。それとランディス。ヘッジファンド・マネージャーだっていったの覚えてる？　ところが、そうじゃなかったのよ。生け垣剪定《ヘッジトリミング》会社につとめてるの。あの大嘘つき――」

まさにＣＢが気をつけろといったような会話だ。もしトレントに心を聞かれたら――

〈なんていった？〉とトレント。〈〝心〟という言葉だけわかったけど、また聞こえなくなった〉

「でもそんなの、リッチについてわかったことに比べたらなんでもない」とキャスリーン。

「リッチはランディス以上の大嘘つきだったのよ」

「あとで電話して。ほんとに行かなきゃいけないの」ブリディは必死にいって、車に乗り込もうとしたが、メアリ・クレアがドアをブロックしている。

〈午後じゅうずっときみに連絡しようとしてたんだ〉とトレント。

「この二週間、メイヴのブラウズ履歴はずっとゼロ」とメアリ・クレア。

「リッチは婚約してたの！」とキャスリーン。「あんなにいい人っぽかったのに！」

「メイヴはなにを隠してるの？」とメアリ・クレア。

これは『ゾンビナード』ばりに悲惨な状況だ。

〈必要なのは集中だ〉とトレント。

じゃなくて、必要なのはここから脱出すること。

「ママ！　電話！」メイヴが家の中から叫んだ。

「だれ？」メアリ・クレアが車から一歩離れた。ブリディはその隙に運転席に——そしてセーフルームに——飛び込んだ。

「電話して」といってドアを閉め、エンジンをかけた。「ふたりとも」

「でも、電話をなくしたんじゃ——」とキャスリーン。

そのとおりよ。これからも、ずっとなくしたままでいるつもり。「だから行かなきゃいけないの」とブリディはいった。「電話をとりに。じゃあね」

ブリディは、またしても救いの手をさしのべてくれたメイヴに感謝しながら車を出した。

姿が見えないところまで行くなり、ブリディは道路脇に車を停め、忘れる前にＣＢの番号を入力しておこうと携帯をとりだしてから思い直し、チェックスの空き箱の端をちぎってそこにメモしてから、ポケットに突っ込んだ。

　CBの電話番号をスマホから削除するように、メイヴにいっとかなきゃ。運転しながらそう考えたが、たぶんその必要はないだろう。メイヴは、自分が見た映画や読んだ本――それに、閲覧したウェブサイト――を母親から隠している。CBの電話番号を調べているとき、こちらに背中を向けていたのも、きっとそのため――どんなふうに暗号化しているかを見られたくなかったからだろう。

　でも、あのときメイヴはなにも入力していなかった。じっと動かずに立っていた。まるで……。

　ありえない。でも、もしメイヴの閲覧履歴が空白なのは、あとで削除したからじゃなくて、ぜんぜんコンピュータを使っていなかったからだとしたら？　本も読んでなかったとしたら？　本や映画を、ほんとうにやっていることの隠れみのに使っていたんだとしたら？

　ふと思い出した。メイヴは、学校で授業に集中していないということで先生に注意された。メアリ・クレアに理由を訊かれると、「ほかのことを考えてたの」と答えた。

　ばかばかしい。きっとメイヴはザンダーのことを考えていただけ。でも、メイヴの部屋に彼の写真は見当たらなかったし、メイヴが彼に熱を上げていると告白したのは、なにか隠しごとをしてるんじゃないかとわたしが疑った直後だった。でも、それは心の中で思っただけで、口には出してない。

そしてメイヴは、人の多いモールじゃなくてパークに行きたいと自分から言い出した。そして、ブリディが家に入った直後に帰ってきた——ダニカの家からずっと走ってきたみたいに息を切らして。さらに、ブリディのアパートメントの玄関にぴったりのタイミングで現れて、トレントから救出してくれた。

でも、そんなことありえない。メイヴはたった九歳だ。とはいえ、ずいぶん早熟な子だとＣＢは驚いていた——それにメアリ・クレアは、メイヴがなにか隠しごとをしていると信じている。

もしそれがほんとうだったら？　ラッキー・チャームのマシュマロのことで質問したとき、身構えるような表情になったのを思い出した。どうして？　なぜなら、マシュマロのかたちのリストをＣＢに渡したのがメイヴだったから。ＣＢは図書館のコンピュータで調べたといっていたけれど、オフィスは施錠されていた。ＣＢは、メイヴにショートメッセージを送ってアリバイ工作を頼んだわけじゃない。そんな必要はなかった。

背後で怒りに満ちた警笛が鳴り響き、ブリディははっとわれに返った。知らない間に信号が変わっていたのやら。あわててアクセルを踏んで交差点を横断し、次のブロックの先まで行って車を停めると、トレントに——それにＣＢにも——盗み聞きされないように、中庭に入った。

ＣＢはあのとき、「なあ、ブリディ。メイヴのことなんだけど、ひとついわなきゃ——」と、なにかいいかけた。そして、もしブリディがＥＥＤ処置を受けたらなにか悪いことが起きると確信していた。テレパシーは遺伝すると百パーセント確信しているくせに、ウーナ伯母の〝天眼〟はインチキだと一蹴した——一族のほかのだれかがテレパシー能力者かもしれないという可能性に気づかせたくなかったから。

ＣＢは、だれかほかの人間に耳を傾けているみたいに、ときどき黙り込む癖がある。劇場や備品室で声の群れに襲われたとき、ＣＢはどこかべつの場所にいた。「きみにはほんとに——」といいかけて、途中で言葉を呑み込んだ。

ＣＢと連絡をとる必要があるといったとき、メイヴは、「ＣＢに伝えることがあるなら、べつに電話——」といいかけて口をつぐんだ。

「ＣＢに伝えることがあるなら、べつに電話なんかしなくても、あたしが伝えるけど」ブリディはメイヴの台詞をひきとって、車の中でそうひとりごとをいった。メイヴと話をしなきゃ。ブリディはメアリ・クレアの家に戻ろうと、エンジンをかけて車を出した。

〈戻ってこなくてもだいじょうぶ〉メイヴがいった。〈どこにいても話はできるから〉

25

「そのときは月明かりでおれを捜してくれ」

——アルフレッド・ノイズ「追い剝ぎ」

〈それがテレパシーのいいところ〉とメイヴはいった。〈相手がどこにいても話ができる。いつでも〉

〈車を運転してる最中はべつ〉とブリディ。

〈できるよ。あたしなんか、算数の宿題やりながら話してるもん〉

〈それとこれとは話がべつ。車を停めるまで話しかけないで〉それに、トレントが盗み聞きしているかもしれない状況下ではテレパシーを使うなというCBの警告を考えたら、メイヴとも話さないほうがいい。

〈だいじょうぶ、トレントには聞こえないから。彼のことを聞いてるからわかる。トレン

トは、どうしてブリディの心が聞こえないんだろうと思ってる。ブリディの努力が足りないんじゃないかって。最低！〉

確かに。そう思いながらリンデン・ストリートを折れて脇道に入った。でも、いま聞こえてないからといって、一秒後に聞こえないとはかぎらない。

〈ううん、だいじょうぶ〉メイヴはきっぱりいった。〈だって――〉

〈しいっ〉ブリディは強くいってから、縁石に車を寄せて駐車した。イグニションを切り、中庭に入る。それからメイヴに向かって、〈例の件は話しちゃいけないって、ＣＢはいってる〉

〈ＣＢにも聞こえない。ＣＢはトレントを聞くのに必死。いまトレントは、どうしてドクター・ヴェリックが見つからないのかって、だれかを怒鳴りつけるのに必死。だからだいじょうぶだよ。それに、叔母さんと話をする必要があるの。だいじなこと！〉

〈どうでもいい。話す必要があるんなら、電話しなさい〉

〈電話できない。いまはダニカの家なの。ダニカのママは、うちのママと同じくらい過保護。だから、いま話さなきゃいけない。このことをママにいわないって約束してもらうために〉

〈メイヴ――〉通話を切る方法があればいいのにと心の底から願った。あと一分で、メイヴはきっと〝テレパシー〟という言葉を発して、トレントが――

〈ううん。いったでしょ、トレントには聞こえない。これは守秘チャンネル。あたしのゾンビ・ゲートは閉じてる。彼は入ってこられない。濠《ほり》をめぐらしたりとか、きっちりやってるから〉

ゾンビ・ゲートに濠？　メイヴのセーフルームはいったいどんなものなんだろう。

〈ゾンビ・ゲートと濠は、セーフルームの中にあるわけじゃないよ〉メイヴはわかりきったことでしょといいたげな口調でいった。〈お城の中にあるの。その城があたしの秘密の花園で、鍵がないとだれも入れない。その鍵は鎖につけて首にかけてる。城の中にはラプンツェルの塔があって、その塔の中にあたしのセーフルームがある。でも、わざわざそこに入る必要はない。ここでじゅうぶん安全だから。それにともかく、トレントにはほとんどなにも聞こえないよ。必死に耳をすましているときでもね〉

それはいいニュースだけど、でも――

〈で、ママにいわないって約束してくれる？　約束しなきゃだめよ。もしあたしにテレパシーが使えるって知ったら、ママはきっと、そのやりかたを必死でつきとめる。あたしの心をいつでも聞けるとなったら、そのためだけにEEDを受ける〉

そんな必要もない。もしトレントの計画していることが実現したら、メアリ・クレアは自分の携帯を使って娘の心を聞くことが可能になる。メアリ・クレアなら、メイヴがなにを考えているか具体的に知ることのできるチャンスにとびつく——そして、世界中の濠とゾンビ・ゲートと塔をもってしても、メアリ・クレアを締め出すことなどできないだろう。

メイヴのいうとおりだ。メイヴにはプライバシーなんか存在しなくなる。

〈わかってる。親はゾンビより始末が悪いから。だから、みんなに秘密にしなきゃいけない〉

ゾンビ? CBの話から類推して、ブリディはいまのいままで、声の群れはいつも洪水の姿をとるものだと思っていた。

〈洪水? それじゃ、あんまり怖そうな気がしない。あたしの場合はゾンビ。すごくスピードが速くて、めちゃくちゃ恐ろしいタイプ。『ワールド・ウォーZ』に出てきたみたいな〉

『ワールド・ウォーZ』をどこで見たの? とたずねかけたが、答えは明らかだ。メアリ・クレアが娘の心を読むというのは、悪い考えじゃないかもしれない。

〈悪いにきまってるでしょ!〉とメイヴ。〈あたしはだいじょうぶ。CBがゾンビから助け出して、城やセーフルームをつくる方法を教えてくれたから、ゾンビはもう二度と入ってこられない〉

メイヴの口調は自信たっぷりだった。声はぜんぜん心の傷になっていないらしい。なっていたとしても、もう回復している。〈いったいいつから……例のあれは……つづいてるの？〉

〈一カ月前。最初は虫の知らせなんだと思ったの、ウーナ伯母さんがよくいってるみたいな。でも、ウーナ伯母さんはまだ起きていないことを予言できるのに、あたしにはそんなことできなくて、声が聞こえるだけ。だから、ネットでいろいろ調べてみて――〉

だからパソコンのパスワードを変えてブラウザの履歴を削除したんだ。なにを調べているか、メアリ・クレアに知られたくなかったから。

〈うん。もし知られたら、ママは大騒ぎするに決まってるから。ママに伝わるに決まってるから、ウーナ伯母さんにも相談できないし、ネットでは頭のおかしい人しか見つからなくて、どうしたらいいかわからなかった。でもそのとき、ＣＢが話しかけてきて、このあとどうなるか、声がどんなに恐ろしい存在になるか、それを遮断するにはどうすればいいか、そういうことをぜんぶ教えてくれて、ほんとにひどいことになったときは救出にきてくれた〉

わたしを救出してくれたように。そう思って、メイヴにもＣＢの助けがあったことを心から感謝した。

〈ママにはいわないってCBは約束してくれた。叔母さんも約束して。おねがい！　待って……おっと、トレントがブリディ叔母さんと話そうと考えてる。じゃあね〉といって、接続が切れた。

　電話？　それともテレパシー？　そう思った直後に、答えがわかった。

〈ブリディ？〉というトレントの呼び声。〈聞こえる？〉

　ええ。残念ながら。

〈きみからはなにも聞こえてこない。ぼくの言葉が聞こえたら、電話をかけてきてくれ〉とんでもない。ブリディはエンジンをかけて車を出した。リンデン・ストリートに戻り、自宅へと向かう。

〈これから、けさみたいに、一連のイメージを送る〉とトレントがいった。〈どれかひとつでも聞こえたら、書き留めておいてくれ〉そして、それから十五ブロックのあいだ、ブリディはトレントの単調な思念を聞かされつづけた。〈ポルシェ・ケイマンGT4を思い浮かべてる――くりかえす、ポルシェ・ケイマンGT4〉それにつづいて、スマートウォッチ、スマートブレスレット、バリ、キューカンバー・セラーノ・マティーニ、新規公開株《IPO》。

　アパートメントまで六ブロックの地点に来たとき、トレントはいった。〈フォーブズ誌、くりかえす、フォーブズ――〉そこでとぎれた。たんにあきらめてくれただけだったらいいけど。悪くすると、ドクター・ヴェリックに連絡がついたか、それともわたしのアパートメントに向かっているのかもしれない。

〈ううん〉メイヴがいった。〈トレントはコムスパンにいる。ドクター・ヴェリックが携帯じゃなくてオフィスに電話してきたときのために、離れられないのよ〉

よかった。〈話があるときは電話にしてっていったでしょ、メイヴ〉

〈無理よ。まだダニカの家だから。協力してあげただけなのに〉と傷ついたようにいって、メイヴは去った。

アパートメントの前までたどり着き、そのまま駐車しようとして考え直した。角を曲がったところに駐めたほうがいい。そうすれば、トレントがドクター・ヴェリックと連絡をつけて、わたしに会いにきても、車を見られずに済む。でも、もしCBが来たら、留守だと思われて――

〈だいじょうぶ〉メイヴがいった。〈彼は心が読めるんだよ、ね?〉

〈メイヴ！　話があるときは――〉

〈それにどのみち、CBのほうがトレントより頭いいし。彼、ほんとに素敵じゃない？〉

〈そうね〉ブリディは車を降りた。〈さあ、もう行って。本気よ、メイヴ！〉といって、強調するようにドアをバタンと閉めた。

〈彼のこと、好き?〉

〈メイヴ……〉

〈まさか、まだトレントが好きだったりしないよね?〉メイヴがたずねた。〈あんな男、最低。考えてるのはブリディのことじゃなくて、くだらない仕事のことだけ。CBとはぜんぜん違う。CBはほんとにブリディが好きなの。でも、あたしが教えたっていっちゃだめだよ。いっちゃいけないっていわれてるから〉

〈メイヴ。もう行って。でないとママに電話して、いま聞いたことをぜんぶしゃべるわよ〉

メイヴは行ってしまったようだ。でも、いつまで? そう思いながらアパートメントに上がった。それに、次のときは、CBやテレパシーについて、いったいなんといおう?

電話が鳴った。トレントだ。「CBの自宅の番号わかる?」「CB?」なんのことかわからな

うわっ、まずい。CBのことを考えたのを聞かれた。

いという口調で訊き返した。

「ああ。ほら、CBだよ」トレントがじれったげにいった。「けさ、ぼくに電話してきた男。地下のアイスボックスのラボにいて、トークプラス・アプリを開発した」

「ああ、C・B・シュウォーツ。いいえ。どうして？」

「ドクター・ヴェリックとまだ連絡がつかない。どこにいるにしても、携帯の電源を切ってる。もしかしたらCBなら、電源を切ってる携帯にも、緊急警報みたいにしてなんとか連絡する方法を知ってるんじゃないかと思って。でも、CBにも連絡がつかない。地下のラボにいないんだ。彼に連絡する方法を知らない？」

「さあ」とブリディ。「きっとあしたの朝にはドクター・ヴェリックが出勤してくるでしょ。じゃなくても、オフィスのだれかが連絡先を知ってるはず」

「そんなに待てないよ。この件がぼくらにとってどんなに大きな意味を持つのか、まだわかってないみたいだね、スイートハート」

　スイートハートか。吐き気がする。そう思いながら、眉間にしわを寄せた。もしトレントがわたしのことなんかどうでもいいと思っているなら――そのことは痛いほど明白だ――そもそもどうしてEEDが機能すると思ったんだろう。彼が知るかぎり、接続は、感情的に結ばれているカップルのあいだでしか成立しないはずなのに。だとしたらどうしてわたしとEEDを受けることにしたのか。わたしをだましたみたいに、EEDもだませると思ってたんだろうか？

「ぼくが送った言葉、どれかひとつでも受けとった？」とトレント。

「言葉？」

「ああ。もうワンセット、単語リストを送った。どれも受けとってないってこと？　ぼくのほうは、きみからたくさんの言葉を受けとったのに」

「わたしから？」心臓がどきどきしはじめた。「どんな言葉を？」

「『アイスクリーム』と『アヒル』というのが聞こえた。どっちもレストランのメニューだと思うけど。それから、ヘビがどうとか。あと、ゾンビ」

「ゾンビ？　どうしてわたしがゾンビの話なんかするの？　ヘビとか？　きっとなにか聞き違えたのよ」

「まあ、ぼくのほうは、きみからすくなくともなにか聞いている。きみもいいかげん、姪の心配はやめて、聞くことに集中してくれなきゃ」それからトレントは、「会社にいないとき、シュウォーツがどこでぶらぶらしているか、心当たりない？」

ある。婦人用化粧室とか、図書館とか、備品室とか。「ないわ」

「くそっ。ああ、もう切らなきゃ。秘書が呼んでる。ＣＢの自宅の番号がわかったんならいいけど。きみは接続に精神を集中してくれ」といってトレントは電話を切った。

トレントが捜しているとＣＢに警告しなきゃ。でも、もし思念で伝えたら、トレントがなにを聞くかわからない。ＣＢの名前を聞かれるだけでたいへんなことになる。トレントが眠りについたあと、CBがコンタクトしてくるのを待つしかない。それまで、CBがトレントに見つからないことを祈ろう。

それまで、わたしはどうしよう？ CBはひと眠りするようにといった。名案だ。眠っているあいだなら、トレントになにも聞かれる心配がない。でも、うとうとしているときに思考があらぬかたにさまよって、CBのことを――あるいはメイヴのことを――考えてしまわないか、それが心配だった。いまそうしているように。

なにかほかのことを考えなきゃだめ。自分にそういい聞かせ、「ビリー・ジョーの唄」をダウンロードした。

失敗だった。CBはその歌に出てくる女の子とそっくりだ――秘密を守ることを強《し》いられ、自分の身に起きていることを、家族を含めだれにも打ち明けられない。

歌詞にじっくり目を通すうち、ビリー・ジョーが声から逃れるために橋から飛び下りたというCBの説を思い出した。それがほんとうの理由だったんだろうか。ビリー・ジョーは、だれか他人のために死を選んだのかもしれない。CBがメイヴをかばってきたように。心配なのは自分の秘密を守ることじゃないとCBがいった理由が、いまとなっては明白だ――

やめなさい。トレントに聞かれる。そう思って、「ティーン・エンジェル」に切り換えた。歌や詩に出てくる恋人たちは、どうしていつも不幸な結末を迎えるんだろう。「追い剝ぎ」では、宿屋の娘ベスは兵士たちによってマスケット銃を心臓に突きつけられたかっこうで縛られたあと、追い剝ぎに警告するため、みずからそのひきがねを引くことになった。もし彼らにテレパシー能力があったら、ベスは自分の命を犠牲にしなくてもよかった。「ビリー・ジョーの唄」の女の子は、彼が飛び下りようとしていることを察知して、事前に止めることができただろう。

そしてどっちの歌も、いまよりずっと短くなっていたはず。でも、短い必要はない。できるだけ長くて、CBやテレパシーのことを考えなくて済むようなもの。ということは、『ノートルダム・ド・パリ』はアウトだ。それに『遙か群衆を離れて』も。ブリディは『秘密の花園』をダウンロードし、カウチの隅に陣どって、読みはじめた。

まちがいだった。メアリ・レノックスの叔父は、呼びかけてくる〝遠く明瞭な声〟を聞いて、〝バッテリーのようにパワフルな〟思考について語り、〝自分が理性を失い、人間の耳には聞こえないはずのものを聞いているんじゃないかと〟思った。メイヴがこの小説にあんなに入れ込んだのも無理はない。ブリディはそう思いながら、歌詞の暗記を再開した。

真夜中に、トレントがまた電話してきた。「C・B・シュウォーツは見つかった？」とブリディはたずねた。

「いや。でも、ドクター・ヴェリックは見つけたよ。というか、どの街にいるかがわかった。モロッコじゃなかった。彼は香港にいる」

ということは、戻ってくるまでに二日はかかる。ブリディは安堵のあまり、電話の直後に眠りこんでしまい、次の呼び出し音で目を覚ました。携帯電話を手探りした拍子にカウチからタブレットを落とし、そのときCBが、〈ドーン・パトロールからナイト・ファイターへ。ナイト・ファイター、どうぞ〉というのを聞いた。

〈しいっ〉とブリディは叱りつけた。〈トレントに聞かれるかも。たぶん、いま携帯に電話してきてる〉

〈いや、違うよ〉とCB。〈その電話はぼく。ぼくだった、というべきか〉呼び出し音はたちまちやんだ。〈それと、トレントなら心配ないよ。この会話は聞こえないから。彼は寝てる〉

〈あなたのことを捜してた〉

〈知ってる。見つからなかったよ〉

〈よかった〉ブリディは半分寝たままでいった。〈いま何時？〉

〈三時ちょっと前〉

〈朝の？〉

〈残念ながら。トレントがあきらめて寝てくれるのをずっと待ってたんだけど、三十分前でもまだＩＴ部と話して、ドクター・ヴェリックの所在を突き止めようとしていた〉

〈彼は香港にいる〉

〈わかってる。ＩＴ部がホテルに片っ端から電話してるから、見つかるのは時間の問題だ。もし見つかったらトレントに電話するから、トレントがそれで目を覚ます。だから、それまでの貴重な時間を活用しないと〉

もちろん。〈ごめんなさい〉といってブリディは体を起こした。〈起きてる〉

〈トレントがたまたま目を覚ました場合を考えて、声に出して話をしたほうがいい。だから、もし服を着てくれたら……〉

〈服はもう着てる〉靴を履きながらいった。〈どこで落ち合う？〉

〈階下《した》で〉

〈来てるの？　上がってくる？〉

〈いや。降りてきてくれ。見せたいものがあるから〉

〈すぐ行く〉ブリディはセーターを着ながらいった。コートも着ようかと考えたが、ＣＢの車までダッシュするだけなら必要ないだろう。キーホルダーをひっつかみ、電気を消して部屋を出ると、階段を静かに駆け下り、外の暗闇に出た。

CBの車がどこにも見えない。歩道まで歩いていって、通りの左右を見渡した。トレントが目を覚まして、CBはわたしと会うのが安全じゃないと考え直したんだろうか。

「いや、トレントはまだ寝てる」影から姿を現したCBがいった。「それに香港には星の数ほどホテルがあるからね。だから、あと一、二時間は安全だと思うよ。さあ」

ふたりは暗い通りを歩き出した。「トレントとテレパシー電話の件だけど」とCBが歩きながら切り出した。「ほんとにごめん。もっと早く話しておくべきだったけど、でもきみが――」

「また怒りにかられて、トレントとの仲を引き裂こうとしていると、前のときみたいに非難するんじゃないかと思った？」

「いや、かならずしもそういうわけじゃ――」

「いいのよ。無理もないわ。たぶん、そんな話、信じなかっただろうし。トレント自身の口から――じゃなくて心から――聞いていなかったら」

「とはいえ、そんなかたちで知るのはやっぱり最低だよ」CBは口をつぐみ、こちらに顔を向けた。「だいじょうぶ？」

「心を読めるんじゃなかったの」

「読めるけど」

「だったらわかるでしょ。トレントに嘘をつかれ、利用されたことには激怒してる。彼の本心を見破れなかった自分にもね。でも、ひとつわからないことがあるの。トレントはどうしてＥＥＤがうまくいくと思ったの？」

「かならずしも感情的な絆がなくても――」

「わたしはそのことを知ってるし、あなたも知ってる。でもトレントは知らなかった。感情的な絆が必要だと思っていたはずだし、その一方で、自分がわたしを愛しては――」

「その点は断言できない」とＣＢ。「彼の思考から拾い上げた内容からすると、彼は愛してるつもりでいる」

「トレントは愛に横っ面をひっぱたかれたとしても、愛なんかわからない」

「確かに。でも、ロマンスの罠を愛ととりちがえる人間は、彼が最初じゃないからね」

わたしとかね、ってことでしょ。とブリディは思った。

「それプラス、トレントは新機種のためにＥＥＤがうまくいく必要があったし、ＥＥＤがうまくいくためには〝感情的に結ばれている〟必要があった。だから、自分がきみを愛していると思い込む理由はちゃんとあったわけだ。いっただろ、人間は自己欺瞞《ぎまん》の天才だって」

「ええ、確かに聞いた」ブリディはそういってから、人間は自分の感情を知らないとか、ヒトラーのことをいい人間だと思っているとかいう話が、EED処置を受けるのをやめさせるためだけのものではなかったことに思い当たった。CBはトレントのことを前もって警告してくれようとしていたのに、わたしは愚かすぎて、それが理解できなかった。そして、トレントと椿の花束と整った髪とキャンドルに照らされたディナーの向こうにあるものが、愚かすぎて見えなかった。

「自分を責めることはないよ」CBがいった。「ジャンヌ・ダルクが信じていた王太子も、嘘つきで、いくじなしで、裏切り者の卑劣漢だった。でも、そんなこと、彼女には知る由《よし》もなかった。それに、フランスを救うというのはいい考えだったしね」といって、CBはブリディを見下ろした。「まちがった人間を信じただけのことだ」ブリディは、そのときとつぜん、CBがすぐ近くに立っていること、まわりが真っ暗だということを意識した。

話題を変える潮時だ。そう思って、ブリディは口を開いた。「まだわからないんだけど、トレントはアイルランド系じゃないのに、どうして接続できたの？　あなたの説は覚えてる。彼の先祖に連なるひとりのメイドが――」

「ひとりとはかぎらないよ。それプラス、厩番が二、三人」

「でも、遺伝子がテレパシーの要因だという説がまちがってる可能性のほうが高くない？」

「いや」

ＣＢが説明するのを待ったが、彼は黙っている。やがて、ＣＢはまた歩き出した。

おやおや、今度は向こうのほうが話題を変えたがっている。それを許す気はなかった。

「でも、イングランド人は抑制遺伝子を持ってるといってたでしょ」とＣＢに歩調を合わせて歩きながらいった。「いったい――」

「たぶん、なんらかの原因で、トレントの感受性が高まったんだろう。ヴェリックに抗不安薬を処方されてたかどうか知ってる？」

「いいえ。もしかしてそれが――？」

「ボスのためにＥＥＤで結果を出す必要があるというプレッシャーから、極度の緊張状態に置かれていたとしてもおかしくない。それと抗不安薬の相乗効果が、テレパシーのひきがねを引いた可能性はある」

「プラス、『聞こえる？』というわたしの呼びかけ」ブリディは、バス停の屋根の下に立ち、ＣＢに呼びかけていたときのことを思い出し、むっつりといった。「あなたを名前で呼んでいたら――」

「そしたらぼくと接続していることを知られて、いまよりもっと困った事態になっていた」

　CBが足を止め、ブリディは周囲を見渡して、ずいぶん遠くまで来ていることに気づいてびっくりした。アパートメント・ビルから三ブロックも離れている。なのに、CBのホンダ車はまだどこにも見えない。「どこに駐車したの？」

「きみの車のとなり」と、CBはもと来たほうを指さした。

「だったら、どこに向かってるの？　なにか見せたいものがあっていってなかった？」

「いったよ。これだ」CBは、無人の通りと暗い建物群のほうに手を振った。「どんなに静かか、聞いてみて」

　静かだった。CBのもじゃもじゃの髪を揺らすそよ風ひとつなく、車の音も聞こえない。二ブロック先の大通りを走る車さえ一台もなかった。

「そのことじゃなくて、声のこと」とCB。「聞いてみて」

　そのとおりだった。ブリディの防御線となる煉瓦壁の向こうの遠い咆哮は、たんなるささやき程度に鎮まっている。「みんな眠ってるの？」ブリディは不思議そうにたずねた。

「いや。残念ながら、それはありえない。長距離トラックの運転手がいるし、不眠症の人や深夜勤務の人もいる。それでも、午前三時は最上の時刻だ。バーが閉店してから一時間経ち、母親たちは夜泣きする赤ん坊をもういちど寝かしつけ、ろくでなしの亭主は酔い潰れて寝てしまい、午前五時から働くデリバリーの早番や新聞配達の少年や看護師はまだ起きていない」

「でも、ベッドに入ったままずっと考えごとをしている人はいるんじゃない？」すべてが始まった午前三時のことを思い出しながら、ブリディはたずねた。

「うん。みんなそれぞれ、銀行ローンや、背中のいぼや、いわなければよかったこと、しなければよかったことについて思い悩んでいる。午前三時は、すべての疑念や後悔や罪悪感が潜在意識から泡になって浮かび上がってきて、心にとりつく時間だからね。〝魂の暗い夜〟とＦ・スコット・フィッツジェラルドは呼んだ」

でも、そんな声は聞こえてこない。いま聞こえるのは、のどかでおだやかなつぶやきだけ。

「この時間には、そういう不眠症の連中も、本を読んだり、羊の数を数えたり、テレビで古い映画を見たりしながら、なんとか眠りにつこうとしているからだよ。その結果、世界全体が図書館の閲覧室になる。だからぼくは、夜のこの時間が好きなんだ」

想像できる。ＣＢは、毎日、声をシャットアウトすることに時間を費やしている。でも、この時間だけはそうする必要がなく、ふつうの人たちとほとんど同じようになれる。

「そのとおり」ＣＢはしあわせそうに周囲を見まわしながらいった。「ぼくの時間帯だ、とスカイ・マスタースンならいうだろうね」

「スカイ・マスタースン？」

「『ガイズ＆ドールズ』の登場人物。前に話した映画だよ、覚えてない？　壁になってくれるいい歌がたくさんあるっていう。『運命よ、今夜は女神らしく《ラック・ビー・ア・レィディ》』とか、『アデレイドの悲嘆』とか――」

「風邪引きの歌？」きっとアデレイドはコートを着てなかったせいで風邪を引いたんだろう。わたしもコートを着てくればよかった。凍えるように寒い。

「それだよ」CBはジャケットを脱いで、ブリディの肩に掛けてくれた。

「いつもジャケットを貸してもらってるみたい。ほんとにありがとう」

「喜んで。それで、とにかく、スカイ・マスタースンっていうのはギャンブラーでね。シスター・サラを連れて――」

「シスター・サラ？」

「ああ。救世軍の女性伝道師。これもまた、道徳的に自分とまったく釣り合わない男とくっついてしまう女性の例だね。ともかく、スカイとシスター・サラは、夜明けの直前にハバナから戻ってくる。そのとき、スカイがいうんだ、いまが一日でいちばん好きな時刻だ、って。道路を走る車はなく、ほかにだれもいない。そして――」CBは立ち止まり、じっと動かずに耳をそばだてている。

「なに？」ブリディは不安な思いでたずねた。「トレントが目を覚ましたの？」

「いや、ＩＴ部のダレルだ。ヴェリックの手がかりをつかんだ。彼らの得た情報では、ヴェリックは、中国政府の高官とその愛人にＥＤ処置を施すために香港にいる。これはいいニュースだ。高官の所在は機密事項だから、彼のところにたどりつくまでにはかなり苦労することになる。もしうまく所在をつきとめたとしても、ヴェリックには、帰国しない完璧な口実がある」

「でも、どうしてヴェリックは帰ってきたがらないの？」

「彼のＥＤ処置のせいできみたちふたりが声を聞きはじめたとトレントに告げられるからさ。前にいったとおり、ヴェリックは、頭がおかしいと思われるようなことに関わって、ブライディ・マーフィの催眠療法士やライン博士のようにキャリアを棒に振りたくないと思っている」

「でも、すでにヴェリックもテレパシーに関わってるとしたら？　彼とトレントが手を組んでいるとしたら？」

「それはない。トレントがヴェリックに新型電話のアイディアを話したことを示すような思考は、一度も拾ってない。トレントは、きみと接続するまで、脳スキャンを受けるという話を持ち出すのを待っていたし、ヴェリックがきみたちのアポイントメントを前倒しにしたときは純粋に驚いていた」

「よかった。それが心配だったの。でも、もしドクター・ヴェリックが、テレパシーの実在する証拠を手に入れたら――」

「そんなことにはならないよ。トレントが握っている証拠はきみだけだし、もしヴェリックがきみにテレパシー能力を見せてくれといったら、きみはけさやったみたいに、トレントが送ってくるのとは違う言葉を書き留めればいい。そしたらヴェリックは、トレントがテレパシーだと思い込んだのは、たくましすぎる想像力のなせる技だったと判断するだろう」

「でもトレントは？　彼はわたしに心で話しかけてきたし、わたしの心の声を聞いてる。ドクター・ヴェリックにそのことを話す」

「そしてきみは、なんの話だかさっぱりわかりませんとヴェリックにいえばいい。きみの証言vsトレントの証言だ」

　そんなに単純な話だと信じられたらいいのに。ブリディはそう思いながら、夜更けの寒さに凍え、ＣＢのジャケットを体にかき寄せた。「でも、トレントの心を読む能力があなたみたいに進歩して、ほんとうは聞こえているのに嘘をついていることがバレたら？」

「それでもやっぱり、彼の証言vsきみの証言だ。どのみち、トレントはそのレベルまで到達しないだろう。もっとも、彼が電話のことを考えているのがきみに聞こえたことがちょっと気がかりだけど」

「でも、勝手に聞こえてきたわけじゃない」とブリディ。「意図的に彼の声を聞いたの」

CBは立ち止まり、こちらを見下ろした。「でも、そのやりかたはまだ——」

「ええ。独学でやってみた」

「でも、声の群れは……。ドアを開けたら、声がどっと押し寄せてくる。それにどう対処したんだい？」

「ドアは開けなかった。怖くてとても無理だった。中庭から出ずに、特定の声を聞く方法を編み出したの。ラジオを使って」

「ラジオ？」

「ええ。あなたのラボにあるようなやつ」ブリディは自分がなにをしたかを説明した。

「すごいな。脱帽だよ。きみはほとんど——」CBは途中で口をつぐんだ。きっとトレントが目を覚ましたんだ。ブリディは、この時間が終わってしまうことに鋭い痛みを感じた。こうやってCBとふたりきりで外にいるのはとても素敵だったのに。ブリディはまたCBのジャケットを体にぎゅっと巻きつけた。「ドクター・ヴェリックを見つけたの？」

「ドクター・ヴェリック？」とＣＢ。「あ、いや、そうじゃない。ちょっと確かめてただけ。トレントはまだ眠ってる」

じゃあ、まだ家に帰らなくてもいい。ブリディは、周囲の暗い建物やからっぽの通りに幸福な視線を向けた。空気は、濡れた土とライラックのにおいがする。街灯と街灯のあいだには、星をちりばめた黒い空が見える。

しかしＣＢは、まわりをまったく気にしていなかった。「ＩＴ部の連中は、ヴェリックの所在に関するなにかにかかりきりになっている。ということは、いつトレントに電話をかけてもおかしくない。そうなる前に、きみに話しておくことがある」ＣＢは大きく息を吸った。「最初のひとつは、ぼくがいなかったらきみはこんなトラブルに巻き込まれていなかったということ」

「なに？　あなたのせいじゃない。トレントが――」

「いや、ぼくのせいなんだよ。二カ月前、トレントがラボに来て、ＥＥＤの仕組みについてリサーチしてほしいと依頼してきた。報告を上げたあとで、ＥＥＤがつくりだす神経回路を電子的な回路にマッピングすることは可能だと思うかと訊かれた。ぼくはノーと答えた。ＥＥＤ処置を受けた患者の脳スキャンがないかぎり無理だ、と」

ＣＢは謝罪するような表情でブリディを見た。「ぼくがそういったのは、医師の守秘義務がある以上、トレントがそんなものを入手することは不可能だと思っていたからだ。もちろんぼくは、コムスパンが、精神と精神のコミュニケーションというアイディアに首を突っ込んでかきまわしはじめることを望んでいなかった。たとえ感情だけのやりとりでもね。そして、次に気がついたら、彼はきみとつきあいはじめていて、ふたりでＥＥＤ処置を受けるというもっぱらの噂だった。その赤毛とアイルランド系の名字からして、きみはたぶんテレパシー遺伝子を持っている。だから警告しようとした。ぼくが心配だったのは、もしきみがＥＥＤ処置を受けたら、声のひきがねを引くことになり、きみがそれをトレントに相談するかもしれないということだ。テレパシーが実在するとトレントに知られたくなかった」

「嘘ね」とブリディ。「わたしにテレパシー能力があるかもしれないと思ったのは、名前と赤毛のせいなんかじゃない。そう思ったのは、メイヴにテレパシーがあるからよ」

ＣＢは驚いたようにブリディを見つめた。「メイヴのことを知ってたのか？」

ブリディはうなずいた。

「どうやって？　メイヴから聞いたなんていうなよ。彼女は、きみに知られて、きみから母親に伝わることを死ぬほど恐れてる。メイヴはぼくに秘密を守ると誓わせた」考えをめぐらすようにブリディを見つめ、「そうか、きみの想像上のラジオでメイヴの声を聞いたんだな」

「いいえ。どっちの声でも、メイヴは話してない。わたしが突き止めたの」

「ラッキー・チャームが手がかりになった？」

「そのひとつね。あなたは、彼女の心を声からそらすときも、ラッキー・チャームに入ってるマシュマロのかたちについて考える方法を使ったんでしょ？」

「ああ」

「どうして子ども向けのシリアルの話をするんだろうと思ってたの」とブリディ。「わたしがコンタクトできずにいるとき、あなたが話していた相手がメイヴだということもわかった。コムスパンではじめてほかの声が聞こえはじめて、あなたと口論している最中、とつぜんどこかに消えてしまったときとか」

ＣＢはうなずいた。「声を遮断する方法を教えたつもりだったけど、他人に教えたことなんかそれまで一度もなかったから、完全じゃなかった。それで、何度も救助に駆けつけて、メイヴの防御に手を貸さなきゃいけなかった。それもつねに、予想される最悪の状況でね。前回は、メイヴが自分で防御をかためられる状態にまで落ち着かせるのにものすごく時間がかかった。とりわけ、そのときは遠く離れた場所にいたからね。だから、やっとメイヴが落ち着いたときには、きみはもう、劇場でトラブルに直面していた。きみとあの備品室にいたときも、メイヴはまた自分からトラブルを招いた。だからぼくは、集中して彼女と話ができるように、戸口のところへ行った。例の司書がすぐそばに来るまで気づかなかったのはそのせいだよ。だから時間がなくて、とっさに電気のスイッチを切るしかなかった。それで――」

「わたしがとり乱した」とブリディ。「そんなことだろうと思った。それに、トレントが電話してきたらなんといってごまかすか、メイヴにショートメッセージを送らなかったことにも気がついた。あのときは、ただたんに、テレパシーで話したのね」

「おお！　姪に匹敵するくらいの名推理だな。メイヴはきみに知られたことを知ってる？」

　ブリディはうなずいた。「わたしがその結論にたどりついたとき、メイヴが盗み聞きしてたの」

「メイヴはいまも、ぼくらの会話を盗み聞きしてるかもしれない。もっとも、だとしたら、ぜったい口をはさんでくるはずだけどね」CBはしばし片側に頭を傾けた。「やっぱりだ。

　ぐっすり眠ってる」

　助かった。もしメイヴが話に加わったら、なにをいいだすか知れたもんじゃない。「声に襲われたとき、メイヴはパニックを起こしたんでしょ。いまはだいじょうぶなの？　声はすごく邪悪で下品だから……」

「メイヴが自分で防御をかためるまでのあいだ、ひどい声の大半は、なんとかぼくがブロックできた。それに、メイヴの場合は、声が群れになって襲ってくるのは、きみのときよりずっと遅かった。最初の二週間は、一度にひとりかふたりの声が聞こえただけだったから」

だからメイヴは、『ダークヴォイス・クロニクル』を読んでたんだ。自分も統合失調症じゃないかと不安だったから。

「うん」ＣＢがいった。「それを心配してるのが聞こえた。メイヴがコムスパンに来てきみと話しているところに出くわしたことがあったから、メイヴの声は聞き分けられた。それで、統合失調症じゃないかっていう彼女の不安は、もしかしたら声を聞きはじめているのが原因じゃないかと心配になった。それにしては、ものすごく若いけどね」

「それであなたはメイヴに接触し、声に対する防御を教えていることを隠すために、科学の研究レポートに協力してるっていう作り話をふたりででっちあげた」

「まあ、そんな感じ」

「メイヴを助けてくれてありがとう。あなたがいなかったらあの子がどうなっていたかと思うとぞっとする」

「うん、まあ、ぼくが経験したようなことをメイヴに経験させたくなかったからね。もっとも、じっさいは、ぼくがいなくても、メイヴはなんとか切り抜けたかもしれないけど。自分の能力を過大評価し、声の脅威を過小評価する傾向はあるにしても、侵入者を寄せつけないことにかけては本物の才能の持ち主だよ」

「自分の家族を相手にうんざりするほど練習してきたおかげかもね」

ＣＢはにやっと笑った。「うん、母親とウーナの話はたっぷり聞かされた。母親のことは秘密警察《シュタージ》呼ばわりしてるけど、でも、ぼくにいわせれば、彼女はメイヴにも、メイヴのコンピュータ・スキルにもまるで太刀打ちできないね。セキュリティ・コードを書かせたら、メイヴは天才だよ。母親の思考を聞く方法まで身につけたから、かわいそうなメアリ・クレアには万にひとつの勝ち目もない。それと、声に関しては、もうメイヴのことを心配する必要はないよ。防御線とセーフルームと暗号化したファイアウォールを備えているから」

「それに、濠と塔のある城。ゾンビ・ゲートつき」

ＣＢは笑った。「ほらね？　メイヴは自分でなんとかできる」

「トレントに知られないかぎりは」

「うん」CBは急にまじめな口調になり、「だから、そんなことにならないようにしないと」

「あなたのことも知られないようにしないと」

CBはうなずいた。「いままでのところはだいじょうぶだ。きみがぼくの名前やゆうべの出来事について考えたことは、トレントには聞かれていない。彼はいまでもまだ、きみが劇場を離れたのは伯母さんの家に行くためだったと思ってる。ぼくらがホテルに車をとりにいくところを目撃したコムスパン社員はだれもいないし、ぼくらふたりを結びつけるものはほかになにもない」

「ひとつだけ、あなたが病院にかけた電話のことがある。わたしが病室を抜け出して階段にいるっていう」

「でも、あのときは名乗ってない。だから、病院側が発信元をたどらないかぎりだいじょうぶ。それに、そんなことをする理由もない。ドクター・ヴェリックはトレントの話を信じないだろうからね」

それが正しいことを祈った。もしCBのことが知られたら、その知識を求めて、どこまでも追い立てられるだろう。そして、もし彼がほんとうはアイルランド系だと発覚したら——

「トレントは、アイルランドの血との関連にも気づいてない。きみの血筋がテレパシーと関係していることさえ理解していない。これはただのラッキーな偶然で、感情接続よりさらにすごい電話が開発できると思っている。この件にすっかり入れ込んでいるから、ドクター・ヴェリックにとって、これがどんなにいかれた話に聞こえるかという可能性にも考えがおよんでない」

「それでもやっぱり、メイヴには、電話でしか話をしちゃだめだってきっぱりいったほうがいいと思う」

「賛成」とCB。「それに、彼女のことを話すときは、コードネームを使うほうがいい。彼女が関係しているとトレントに気づかれることだけは、ぜったいに避けたいから」

「ラプンツェルは？　シンデレラとか」

「いや、それだとすぐにコードネームだと気づかれる。シンディにしよう。口に出すときだけじゃなくて、頭で考えるときもだよ。ほんとうの名前が心の声で洩れないように」

「気をつける」ひとつ気になることがあった。「さっき、ドクター・ヴェリックの話をしていたとき、トレントと結託している形跡はないといったけど、それはどうして？　はっきりわからないの？」

「ヴェリックの心が読めないのか、ってこと？　読めないよ、残念ながら。一度も声を聞いたことがないから。病院にきみを助けにいった夜は、ヴェリックはすでに帰宅していた。きみが真夜中の面談に加わった夜は、オフィスで彼と話をするつもりだったけど、ヴェリックはあの場にいなかったし、香港はテレパシーの範囲からはずれている。でも、トレントの心は聞こえるから、もしヴェリックがぐるだとしたら、まちがいなくその事実を聞きつけていたはずだ。彼は――」CBは口をつぐんだ。警戒するような態度で、またあごを突き出した。

ブリディは耳をそばだてるCBを見守った。疲労困憊しているように見える。もちろん、そうだろう。彼はわたしよりさらに睡眠不足のはずだ。今夜、トレントが寝つくまでCBが見張ってくれているあいだに眠りに落ちたことで、ブリディはうしろめたい気持ちになった。CBは何日もつづけて歩哨をつとめ、メイヴの――そしてわたしの――安全を守ってくれていたのに。

だれかの心にしばし耳を傾けていたCBが、この場に戻ってきた。「トレント?」とブリディはたずねた。

「いや。またIT部のダレルだ。グッド・ドクターは、けっきょく、香港じゃなかったらしい。アリゾナ州にいる」

「うわ。ということは、あしたには戻ってこられる――じゃなくて、もうきょうか。きょうの午後には」

CBは首を振った。「まだヴェリックが見つかったわけじゃない。フェニックス空港に着いたところまではわかってるけど、現地のホテルはどこも予約してないし、レンタカーを借りてる。ということは、たぶん、どこかべつの場所に向かったんだろう——パーム・スプリングスか、グランド・キャニオンか、メキシコか。プラス、いまヴェリックがいるあたりは、携帯の電波のカバー率がアメリカでいちばん低い。もし砂漠の真ん中にいるとしたら、見つかるまで何日もかかる可能性もある。ということは、いまここでゆっくり時間をとって——」

「スカイ・マスタースンとシスター・サラの話ができる」

しばし間があって、それからCBがいった。「うん。サラとスカイの話」それから、まだなにかいおうとしているような気配。「ええと、どこまで行ったたっけ？」

真夜中にわたしとここまで来てるのよ、と心の中でいった。ライラックが甘く香る闇の中にいる。「ふたりがハバナから戻ってくるところまで」

「そうだ」CBはブリディを見下ろし、「スカイはサラを連れてキューバに行って——」

「ボーイフレンドに、彼女のテレパシー能力が気づかれないように？」

「いや、賭けに勝つために。彼女をベッドに連れ込むために。スカイはサラに食事をおごり、酒を飲ませて酔わせたんだけど、それから――」

彼女に恋をした。

「うん」CBはかすれた声でいった。「そしてニューヨークに連れ戻り、一日のうちでいちばん好きな時間の話をしてから、いまのぼくと同じように、いわなければならないことがあると切り出しかけたとき――くそっ」

「どうしたの？」とたずねたが、答えはわかっていた。トレントが目を覚ましたんだ。

「違う」CBはうんざりしたようにいった。「そうじゃなくて、いまさっきダレルが、トレントに電話しようといった――考えた――のが聞こえたんだよ。ドクター・ヴェリックがアリゾナ州のどこにいるか見当がつかないか、トレントにたずねるために。ごめん。ヴェリックが見つかるまで電話しないだろうと思ってたのに。さあ、きみを家に連れ帰らないと」CBはブリディを急きたててもと来たほうに歩き出した。「トレントはきみに呼びかけてくるかもしれない。こんな時間にきみが起き出して外にいたとバレるような事態を招きたくない」

「でも、トレントは間欠的に思考を拾うだけじゃなかったの？」

「そうだよ。でもぼくは、そもそも彼がきみと接続できるとも思っていなかったわけだし、これ以上リスクはおかせない。メイヴが関係してるからね。きみとぼくはともかく、メイヴはまだほんの子どもだ。メディアや軍を敵にまわしたら、濠や塔ではとても太刀打ちできない。そういえば」ＣＢはブリディをしたがえて歩道を早足で歩きながらいった。「今後は、ぼくらのやりとりは通常の連絡手段だけに限定する必要がある。それも、会社の電話やパソコンのメール以外は禁止。無線封止だ。出社したら、すぐにラボに来て。そしたらプリペイド携帯を渡すから、今後はなにかあったらそれで連絡を」

「それ以前にもしなにかあったら？」

「なにもないよ。いまは」腕時計に目をやって、「もうすぐ午前四時。ということは、会社できみと会うまでにあと五時間。トレントがそれまでにヴェリックを見つけるとは思えないし、もし見つけたとしても、グッド・ドクターの電話はたぶんスリープモードだから、朝まで電話に出ない。さもないと、おちおち寝ていられないからね。とくに、トレントがスマートフォンにＥＳＰ機能を搭載したいと話すつもりだとしたら」

「そんなことできるの？」ブリディはＣＢに歩調を合わせるため、ほとんど走るように歩きながらたずねた。「テレパシーを電話に搭載できるような技術に転用する方法がほんとうに見つかる？」

「無理だよ。彼がその仕事をぼくに振らないかぎりはね」

「まじめに訊いてるの。可能なの？」

「そのためには、テレパシーの仕組みと原因をつきとめる必要がある。だからこそ、テレパシーを引き起こしたのはＥＥＤ処置で、きみたちふたりだけにこの現象が起きたんだと思わせておくことが重要なんだ」

「そして、彼とわたしのあいだに感情的な絆があるからこそ、ふたりのあいだに接続が成立した、と」

「うん」ＣＢがいった。「ごめん」ふたりはブリディのアパートメントのビルの前まで戻ってきた。ＣＢは小首を傾げてしばし耳をすまし、それからいった。「ダレルがトレントの番号を探してる。部屋に入ってたほうがいい」

「でも、ほかになにか話すことがあるっていってたでしょ」

「うん」とＣＢ。「それはあとにしよう」

「トレントをほんの二、三分でも確実にブロックしておく方法がないっていうのは確か？　なんだか知らないけど、その用件だけでも伝えて、それからスカイ・マスタースンとシスター・サラの――」

ＣＢは首を振った。「そういう仕組みじゃないんだ。ねえ、もう中に入ったほうがいい。ぼくは寝なきゃいけないし。ふたりとも、あしたの朝にはちゃんと働く頭が必要になる。おやすみ」ＣＢはそういうと、ジャケットを返す暇もなく、通りを駆け出した。

〈ＣＢ！　待って！〉と呼びかけながら、あとを追って走った。ＣＢにジャケットをさしだし、「貸してくれてありがとう」

「おやすいご用」とＣＢはまじめな口調でいった。そして長いあいだ、じっと動かなかった。その息詰まる数秒間、キスされると思ったけれど、ＣＢはやがて、残念そうに首を振り、「じゃあ、朝になったら、また」といって、車のほうに歩き出した。

ブリディはＣＢの車が行ってしまうのを見送ってから、急いで建物に入り、アパートメントに上がった。

ＣＢの予測に反して、トレントは電話をかけてこなかった。はたしてかけてくるだろうか。トレントは、フラッグスタッフとユマのホテルに片っ端から電話してドクター・ヴェリックの滞在先を突き止める作業に追われているはずだ。それに集中しすぎて、わたしの心に耳をすますどころじゃない。

しかし、万一トレントが聞き耳をたてているとしたら、睡眠に戻ったほうがいい。ブリディは服を脱いでベッドに入り、電気を消して、頭のスイッチを切ろうとしたが、ＣＢのことをつい考えてしまう。話す必要があるといっていた〝ほかのこと〟って、いったいなんだろう。テレパシーに関することで、ＣＢがまだ話していない、さらに悪いニュースがあるんだろうか。それとも、人々がテレパシーを利用しようとするもっと悪い方法？　Ｃ

IAは、テロリストや秘密の軍事基地の所在、敵の作戦計画や核ミサイルコードをテレパシーで突き止めようとするだろう。その技術を手に入れるためなら、CBやブリディやメイヴがどうなろうと気にかけない。なにを解き放つことになろうと一顧だにしない。洪水やゾンビの群れ、それに……

それに、なに？　そういえば、CBの声は、いったいどんな姿をとっているんだろう。CBから聞いたことがない。もしたずねても、教えてくれないだろう。メイヴに訊いてみなきゃ。

CBは無線封止を保つべきだといっていたし、IT部のダレルはたぶんもうトレントに電話して、叩き起こしている。それに、この時刻、メイヴはほぼ確実に眠っている。でも、いまを逃したら、もうチャンスはないかもしれない。

ブリディは中庭に入り、ラジオのダイヤルをトレントの局に合わせた。なにも聞こえない。雑音さえも。念のため、ダイヤルを彼の周波数の前後にわずかに動かして確かめ、それからダレルの声を探してすばやくダイヤルをスキャンした。

ほとんどすぐに、ダレルが見つかった。〈……わからない……はっきりした手がかりがつかめるまで待ったほうがいいかも……〉

ということは、ダレルはまだトレントに電話していない。ブリディはすばやくまたトレントの局に戻して沈黙を確認し、それから、〈メイヴ！〉と呼びかけた。

〈やっほー、ブリディ叔母さん〉メイヴがただちに返事をした。〈どうかした？〉

〈べつに。訊きたいことがあるだけ。メイヴの声はゾンビだっていったわよね？〉

〈うん。すごくキモい種類のゾンビで、頭をちょん切ってもまだ襲ってくるし、隙あらば噛みついて――〉

〈CBの声もゾンビなの？〉

〈まさか〉メイヴは「なにバカなことといってんの？」という口調で答えた。〈声は、人によってそれぞれ違うんだよ。自分がなにを恐がってるか、どんなことを考えてたか次第で〉

〈CBの声がどんな姿だか聞いてる？〉

〈うん。あたしに先入観を与えたくないからって。でも、たぶんわかる。火事

26

ヒラリー・ベッカー「ふむ、プランAはゴミだな。プランBは？」
マット・アンダーソン「いま検討中だ」

――「プライミーバル」

「火事！」ブリディはぞっとした。ジャンヌ・ダルクにあんなにこだわるのはそのせいか。火《ひ》焙《あぶ》りの刑に処せられたから。

〈あたしから聞いたっていっちゃだめだよ〉とメイヴ。〈あたしが知ってること、CBは知らないんだから〉

〈いわない。ありがとう、メイヴ。起こしてごめんね。また寝て〉といってから、呼びかけが聞こえた以上、メイヴはずっと起きていたはずだと気がついた。〈だいたい、こんな時間になにしてたの？〉

〈悪い夢を見たの〉

〈ゾンビ映画なんか見るからよ〉

〈ゾンビ映画なんか見てない〉メイヴは憤然といった。〈「美女と野獣」のすごく怖いシーンを見てたの。村人たちが野獣を探して城へ押し寄せてくるところ〉

テレパシーが現実だと知ったら、ドクター・ヴェリックとトレントも同じことをするだろう。ブリディはそう思い、メイヴにそれを聞かれないように、あわてて、〈ラストシーンを見なきゃ〉といった。〈彼女が野獣を救って、ふたりはそれからいつまでもしあわせに暮らしました、っていう場面。そしたら眠れるから。あしたも学校でしょ〉

〈叔母さんのせいで起きてるのに〉とメイヴはいいかえし、ブリディが会話を切り上げるまでにそれから五分かかった。そのあとブリディは電気を消して、闇の中に横たわり、CBが聞いている声のことを考えた。

洪水を恐ろしいと思っていたけれど、火のほうがはるかにひどい。ジャンヌ・ダルクさえも、平然とそれに立ち向かうことはできず、杭に縛りつけられることになった。でも、CBは自分から進んで火の中に飛び込み、わたしを――そしてメイヴを――助けてくれた。それも一度ではなく、何度も何度も。もしわたしがまた危機に直面したら、CBはまた助けてくれるだろう。そう思って、ブリディはあらためて胸を打たれた。

でもいまは、そんなことを考えてる場合じゃない。ブリディは自分にいい聞かせた。トレントはいつ起きてもおかしくない。そして、その考えが現実化したように、電話が鳴った。

「十分前からずっと、精神的にきみと接続しようとしてたんだぞ」とトレントがいった。

「ぼくの呼びかけが聞こえなかった？」

「ええ。寝てたから。いま何時？」

「四時十分前」とトレント。「いいニュースだ。ドクター・ヴェリックと連絡がついた。すぐ戻ってくるって」

「戻ってくる？」

「ああ。きみの不安は感じとれたし、ぼくが彼を見つけたのを知りたいと思ってるのもわかった。ドクター・ヴェリックはぼくらに会うためにまっすぐ戻ってくる。いつ到着するかはわからないけど、わかりしだい連絡する。会社に着いたらすぐ、ぼくのオフィスに来てくれ。送信と受信の練習をしよう。ひと晩じゅうずっと練習して、きみの思考をピックアップするのはずいぶん上達したよ。きっときみもできる。必要なのは集中することだけだ」

いいえ、必要なのはＣＢに連絡すること。トレントが電話を切ったあと、ブリディは思った。でも、どうやって？　家に帰って寝るといっていた。もし眠っているなら、呼びかけても聞こえない。でも、トレントには聞こえるかもしれない。ということは、メイヴに呼びかけて、CBに電話してもらうのもだめ。

自分で彼に電話するしかない。でも、自分の携帯は使わないようにといわれている。午前四時では、隣人を起こして電話を借りるのも無理。

こんなの莫迦《ばか》げてる、とブリディは思った。EEDは、コミュニケーションの新しい地平を開くはずだったのに、処置の結果、これまでに持っていた連絡手段すべてから切り離されることになってしまった。確かにパラダイム・シフトだ、逆方向の。

伝書鳩を調達するか、公衆電話を探しにいくか、トレントが寝るのを待ってCBに呼びかけるしかない。しかし、トレントは朝までずっと起きて〝練習〟するつもりでいるみたいな口ぶりだったし、ドクター・ヴェリックの件はいますぐCBに伝える必要がある。

ということは、公衆電話だ。もし見つかればだけど。キャスリーンの話では、いまでもガソリンスタンドやコンビニには公衆電話が存在するらしい。でも、セブンイレブンに置き去りにされたときは小銭《チェンジ》がなくて困ったとも話していた。つまり、硬貨しか受けつけないってこと？

財布の中には十セント貨一枚と三ペニーしかなかった。公衆電話料金がいまいくらなのか、見当もつかない。二十五セント？　五十セント？　いや、念のため、最低でも一ドル分は集めておいたほうがいい。

　それから十分間、ブリディはいろんなハンドバッグを次々ひっくりかえし、コートのポケットやキッチンの引き出しを漁って小銭をかき集めた。ジーンズを穿いてセーターを着込み、コインをポケットに放り込んでから、キーホルダーと、CBの電話番号を走り書きしたチェックスの箱の切れ端と、前回持たずに出て後悔したジャケットを持って忍び足で階段を降り、外に出た。

　午前三時はロマンチックな時刻かもしれないが、午前四時十五分は明らかに違う。暗く、寒く、ようやく発見したセブンイレブンは閉店していた。そりゃそうだろう。だからセブンイレブンという名前がついている。そして、店の公衆電話は店内にあった。ウィンドウ越しに見える。

　二ブロック先にあったエクソンのガソリンスタンドも閉店していたが、電話ボックスが外にあった。しかし、電話はない。コノコのガソリンスタンド（やはり閉店中）には公衆電話があったが、受話器がない。回れ右して帰ろうと思ったとき、前方に一軒のコンビニが見えた――ビジマート。

　外に電話ボックスはないが、窓に張り出された案内には、『ATM　電話　弾薬』と書いてあり、しかも、営業中。外の駐車場はバイクでぎっしり埋まっていた。

ブリディはそのブロックをぐるっと一周してから、コンビニの脇に車を駐め、中に入った。そして、たちまち後悔した。ビジマートの前では、さっきのセブンイレブンがコンビニ界のルミネスに思えてくる。店員は、入ってきたブリディに好奇の視線を投げてきた。コーヒーマシンの横にいるホームレスの男と、チップスの通路にいるタフな感じの男ふたり——まちがいなく、外のバイクの持ち主だろう——も右に同じ。彼らの考えていることがわかればどのくらい危険なのか判断できるのに——と一瞬思ったが、知らないほうがいいと思い直した。

タフそうなふたり組よりさらにタフな外見の男が電話をかけていた。だらしなくボックスによりかかっているその姿勢から見て、しばらく前からずっと通話中のようだ。ブリディがあきらめてどこかよそをあたろうとしたとき、とつぜん男が「ああもう、クソったれ！」と怒鳴って受話器を叩きつけ、バイカー仲間ふたりを引き連れてまっすぐこっちに歩いてきた。

ブリディはあわててキャンディの通路に後退して三人をやり過ごしてから、ＣＢの番号を書いたメモと小銭をポケットからとりだしながら、急ぎ足で電話のところへ歩いていった。

小銭を集めるのに費やした時間は無駄だった。電話はクレジットカードしか受けつけない。ブリディは自分のカードをスリットに通してから、受話器についたコカ・コーラの（もしくは血の）ねっとりした染みを気にしないようにしながら、ＣＢの番号をプッシュした。

呼び出し音が鳴った――鳴りつづけた。〈起きて！〉眠っているなら心の声も聞こえないはずだとわかっていながら、ブリディは心の中で叫び、それから、ＣＢではなくトレントに聞こえたんじゃないかと不安になり、息を殺して耳をすました。

トレントには聞こえなかったらしい。そして、電話のベルがＣＢを起こすこともなかった。もしくは、非通知でかかってくる電話には出ないことにしているのか。もっとも、ＣＢのことだから、ナンバーディスプレイ機能つき電話機を使っているかどうかもさだかでは――

「ブリディ？」電話回線の向こうからＣＢの声がした。

「ええ」安堵の波がどっと押し寄せた。「起こしちゃった？」

「いや。ちょっと用事があって。どうした？　スマホからかけてるんじゃないよね？」

「ええ」といいながら周囲を見渡した。ホームレスの男はキャンディの通路に来て、舐めまわすようにじろじろこちらを見ている。店員はカウンターによりかかり、ブリディとバイカーたちに交互に目をやっていた。バイカーたちはまだ外にいて、険悪なようすでなにかしゃべり、いまにも店に戻ってきてブリディの手から受話器をひったくりかねないように見える。「リンデン・ストリートのコンビニの公衆電話からかけてる」声を低くして、「話があるの」

「だれかに聞かれてるんだね」とCB。

「そういうこと」

CBはブリディの思考を聞いていたらしく、「いま電話してるその場所は、実際問題、どのくらいひどいの？」

「相当ひどい」と小声で答えた。

「迎えにいこうか？」

「ううん」聞き耳をたてている店員のほうに目をやって、「いま話せる？　それとも都合が悪い？」と店員に聞かせるためにたずねた。

「確かめてみる」とCBがいって、しばしの沈黙が流れた。「話せるよ。トレントは寝てる」

よかった。ここを出られる。そう思って受話器をフックに戻そうとしたとき、「ああ、そっちこそくたばれ！」と外から声がした。バイカーのふたりがけんか腰で向かい合い、どこからともなく現れた十人以上の仲間がそのまわりを囲んでいる。やっぱりここにいたほうがいいみたい。しかし、ただ黙って突っ立っているわけにはいかない。店員に不審がられる。

「問題ないよ」とCB。「ぼくがいうとおりに復唱して。『だからいってやったのよ、二度と顔も見たくないって。それから車を降りた』そのあとぼくは、きみの恋人がどんなに最低なクソ野郎で——」

確かにそのとおりね、とブリディは思った。

「——そもそもそんなやつとデートしたのがまちがいだとかなんとかいうから、きみは二、三分おきに、『わかってる』とか、『そのとおりよ』とかいうだけでいい。そのあいだに話ができる」

「だからいってやったのよ」とブリディは店員に聞こえるように声を大きくして、「二度と顔も見たくないって。それから車を降りた」そして、心の声でつけ加えた。〈トレントが電話してきた。ドクター・ヴェリックと連絡がついて、向こうはすぐに戻ってくるって〉

「ヴェリックはどこにいるかいってた?」

〈いいえ。問題なのはそこじゃない。ドクター・ヴェリックが戻ってくるってことは、ト

レントの話を信じたってことよ！〉

「いや、そうとはかぎらない」ＣＢがおだやかにいった。「もし彼がスコッツデールにいて、ＥＥＤ処置を受ける金持ちのクライアントと面談していただけなら、どっちみち戻ってくるはずだったかもしれないし」

〈でも、トレントの口ぶりでは、ドクター・ヴェリックは予定を変更して帰ってくるみたいだった。それにこないだは、帰ってくるのをいやがるはずだっていってなかった？　こんな話に巻き込まれたくないだろうから、って〉

「うん。まあ、もしかしたら、すでに巻き込まれていると判断して、噂が広がるような事態を避けるために戻ってくるのかもね」

〈でも、どのみちトレントは、ほかのだれにもこの件を知られたくないと思ってる。可能なかぎり秘密にして、アップルが――〉

「うん。でも、ヴェリックはそれを知らないかもしれない。トレントがこの件を公表するつもりだと思って、彼を説得してそれをやめさせようとしているのかもしれない。きみがＥＥＤ処置を受けるのを、ぼくが説得してやめさせようとしたときみたいにね。ちょっと待って。ラップトップをとってくる」

　その間を利用して、ブリディは外のバイカーたちのようすをうかがった。怒鳴り声はおさまったが、まだおたがい威嚇するような態度でにらみ合っている。あの人たちが考えていることなんか聞きたくない。

店員がこっちを見ている。「あの男には気をつけろって、いってくれてたのよね」受話器に向かって、はっきりした口調でいった。「その忠告を聞くべきだったわ」

「確かに」とＣＢがいった。「オーケイ、アリゾナ方面の飛行機の時刻表を見てるんだけど、ヴェリックがいまどこにいるにしても、帰りの便はフェニックスかツーソンを経由する可能性が高い。いちばん早いフライトでも、あしたの朝の――つまり、きょうの朝の――十時十五分にしか着かない。ツーソンを発つ最初の便はその四十分後だ。ということは、いちばん早くても、彼がオフィスに着くのは十一時半。これは朝いちの便に乗った場合の話だけど、それは無理。もう満席になってるからね。そのあとの三便は、ファーストとビジネスの座席が一週間前から売り切れ。ヴェリックはエコノミーのせまい座席に我慢するタイプには見えないから――」

〈だから、要点はそこじゃないの〉とブリディはいった。〈もし彼が戻ってくる理由が、わたしたちにテレパシー能力があるとトレントに聞かされて、それを信じたからだとしたら？〉

「ヴェリックはそういうタイプにも見えないね。病院でも、オフィスでも、彼はＥＳＰやサイキック・パワーやリモート・ヴューイングにはひとことも触れなかったんだろ?」

〈ええ〉眉間にしわを寄せて答えた。もっとも、CBが〝サイキック・パワー〟といったとき、記憶が刺激された。聞いたことがあるような気がする。同じフレーズじゃない。でも、サイキックなんとかだった——サイキック・アビリティ? サイキック・ギフト?

「サイキック・ギフトについて、ヴェリックがなにかいってた?」CBがはっとしたようにたずねた。

〈なんでもない〉考えれば考えるほど、その記憶にドクター・ヴェリックは無関係だった気がしてくる。キャスリーンがいったことか、メッセージしてきたこと……だめ、もう思い出せない。

「予知能力とか、テレキネシスは?」CBがたずねている。「そういうのに彼が言及したことは?」

〈いいえ〉

「だったら、幻聴に悩まされているトレントに医療過誤のかどで訴えられるんじゃないかと心配して帰ってくる可能性のほうが高いね」

〈でも、理由はともかく、ドクター・ヴェリックは帰ってくる〉とブリディはいった。

〈それからわたしに質問して、検査を実施して——〉

「検査してもなにもわからないさ。いっただろ。スキャンは、被験者の協力がないかぎり、なにを考えているか判別できない」

〈ドクター・ヴェリックはテレパシーが実在することを知らないから、その証拠を探そうとはしないともいってたじゃない。でも、もしトレントが話せば、ドクター・ヴェリックもテレパシーの実在を知ることになる。もしトレントがわたしに単語をひとつ送ってきて、トレントの脳とわたしの脳で同じ箇所が発火したら――〉

「そうはならない。たとえそれが、その瞬間にきみが受けとる唯一のメッセージだとしても――じっさいはそうじゃないよ、きみの脳はつねに、視覚情報、音、感情、神経刺激、無関係な思考などなどに絨毯爆撃されているからね――そんなことは起きない。脳は図書館じゃない。脳の中で、ある特定の思考をきみが保存している場所は、トレントと――あるいはぼくとも――同じじゃない。人間はみんなそれぞれ、自前のファイリングシステムを持ってて、それはカードファイルよりもクラウドに近い。ひとつの思考は、数十の違う場所に保管されてて、それぞれに数百のタグやクロスリファレンスがついている。たとえばラッキー・チャームの場合。ある場所には単語の綴り、べつの場所には発音、次の場所には箱のかたち。さらに、味とか、それを食べたときのこと、買ったときのこと、なくなったときのこと――」

〈マシュマロはなんのかたちをしているか、劇場であなたに訊かれたときのこと――〉

「そうそう。ほかのいろんな場所にも同時に格納されてる――朝食関連、アイルランド関連、チョークみたいな味がするもの関連。それ以外にも、『ラッキー』と『チャーム』という言葉から心が思い浮かべる関連物が何千もある――チャーム・ブレスレット、幸運《ラッキー・》のウサギの足《ラビッツ・フット》、『ラック・ビー・ア・レイディ』、だれかが『今夜こそやれるかも《ゲット・ラッキー》！』というのを小耳にはさんだ記憶――そういうもののすべてが、それぞれ違う神経結合で、それぞれべつの場所にしまわれている。そして、そういう思考が他の思考とつながりあって、巨大な蜘蛛の巣をつくりだしている。それこそ、ウェブみたいに。そこでは、すべての思考が他のすべての思考とリンクしている。このウェブとやりとりして、他人にわかるように翻訳できる唯一の人間がきみなんだよ。信じてくれ。きみがなにを考えているのか、ヴェリックにはまるで見当もつかない。そこにいるコンビニの店員と同じだよ。そういえば、店員に怪しまれないために、そろそろまた、『あなたのいうとおりね』をはさんだほうがいい」

〈ううん、だいじょうぶ〉ブリディは店員のほうを見ながらいった。いまは雑誌を読んでいる。ホームレスの男は奥の通路に移動して、コートの中になにかを突っ込んでいる。外のバイカーたちの喧嘩は決着がついたらしく、それぞれバイクに乗ってエンジンをふかし、一台また一台と走り去ってゆく。

「それでも、万一のために、いったほうがいい」

「あなたのいうとおりね」とブリディはいった。それから心の中で、〈あなたのいうとおりじゃなかった。考えていることを知られる唯一の方法は、自分からしゃべることだっていったけど、でもトレントは？　トレントはわたしが――〉

「それでもやっぱり、きみの証言vs彼の証言ということになる」とＣＢ。「トレントに証言できるのは、彼が聞いたと思っている心の声だけだ。きみがほんとうにそう考えていると証明する方法はない」

ただし、トレントが、自分でそう話していた以上のことを――ＣＢの名前とか――わたしの心から聞きとっていて、彼が証人として喚問された場合は、話が変わってくる。ブリディはそう思ってから、ＣＢに聞いたジャンヌ・ダルクの話を思い出した。イングランド人に捕らえられ、尋問され、拷問された。

「トレントはぼくの名前を聞いていない。ぼくがテレパシー能力者だとは夢にも思っていないし、ましてきみとテレパシーで話をしているなんて知る由《よし》もない。ぼくは心が読めるんだよ、ね？」

「ドクター・ヴェリックの心は読めないでしょ」

「確かに。だから、彼が戻ってきたら最初にすべきなのは、ヴェリックの声を特定することだ。そうすれば、心が読めるようになる」

〈会いにいくつもりじゃないでしょうね〉

「うん。ぼくだって、きみがそう思っているのと同じくらい、彼のレーダー圏内には入りたくない。それに、彼と直接対面する必要はない。ヴェリックが戻ったら、ラボからきみが彼に電話をかけて、スピーカーフォンに出してくれればそれでいい。そうすれば彼の声が聞けて、きみとの面談中に彼がなにを考えているのかがわかるようになる」

〈それとも、わたしがなにか口実をつくって、面談は無理だと――〉

「いや、それだとトレントに、自分の計画が露見したと疑わせる結果になるかもしれない。こっちとしては、まだきみがだまされたままでいると思わせておくほうがいい。トレントがＥＤ処置を望んだのは感情的な絆を深めることだけが目的で、きみがはじめて心の声を聞いたのは……やれやれ、あれはついきのうの朝なのか？　何年も前みたいな気がする」

〈確かに〉豪雨とバス停の屋根を思い出す。それにカーネギー・ルームと、書庫に隠れたことと、閲覧室と、ＣＢの車にすわっていたこと……

「ああ。それに、声に追いつめられて洗面台の下に隠れたこと、あの備品室でぼくに置き去りにされたこと。なんともロマンチックな週末だった」

ほんとうに。

「でも、トレントとドクター・ヴェリックに関するかぎり、そういうことはなにひとつ起きていない。きみが劇場を出ていったのは親族の緊急事態に対処するためで、ようやく帰宅すると、ばったりベッドに倒れ込んだ。朝になって、感情的につながることを期待してトレントに呼びかけたら、彼が言葉で返事をしたから、びっくり仰天した。そんなことが可能だとは夢にも思わなかったし、どうしてそんなことになったのか、いまはトレントと同じくらい、その答えを知りたがっている」

CBのいうとおりだ。だとしたらわたしは、ドクター・ヴェリックに会うのを避けるんじゃなくて、どうして自分にこんなことが起きているのか知りたいと思っているはずだ。でも、だからといって、ほんとうにドクター・ヴェリックと会いたいということにはならない。

「心配ないさ。きみが準備を整える時間はたっぷりある。計画どおりラボに来てくれたら、ぜんぶお膳立てできる。それまでのあいだ――」

〈わかってる。あなたやメイ――シンディのことは考えない〉

「そのとおり。図書館にいたときのことを思い出して。捕まることに対する最上の防御は、存在を知られないようにすることだといっただろ。いまのぼくらの最上の防御は、きみがトレント以外のだれかと接続したことがあると知られないこと。シンディやぼくの存在がそもそも知られていなければ、ぼくらが何者なのかを突き止められる心配もない。そういえば、ぼくもコードネームをつけたほうがいいかもしれない」

〈コンランと呼ぶことにすればいいわ。トレントはそれがあなたの名前だとは――〉

「いや、ちょっとでもアイルランド人ぽい名前は避けたほうがいい。テレパシーを引き起こしているものについて、どんな小さな手がかりも与えたくないから」

〈じゃあ、イシュメイル〉

「ユダヤ人っぽい」

〈追い剝ぎ《ハイウェイマン》は？〉

「いや、シンデレラといっしょで、いかにもコードネームっぽい。目立たない名前のほうがいい。ふつうの言葉としても通るような。たとえば――」

〈スカイ〉

回線に沈黙が流れた。

〈ほら、「ガイズ＆ドールズ」の。スカイ・マスタースン〉

「ほんとにそれでいいのかい、シスター・サラ？　覚えてるだろうけど、彼女はスカイとハバナで恋に落ちるんだよ」

〈多少の危険は覚悟のうえよ〉と答えて、店員に表情を見られないように顔の向きを変えた。置き去りにされたことを友だちに泣きながら訴えているはずなんだから、にやにやしているのは明らかにおかしい。

「よし」CBがいった。「きみって、たまたまドゥルセ・デ・レチェ（「ガイズ&ドールズ」に出てくるカクテル）が好きだったりしないよね？」

〈アルコールは禁止のはずよ、ね？〉ブリディはCBに指摘した。〈声をべつにして、うっかりトレントになにかを洩らすようなことは避けないと。そういえば、シンディにいっておかないと。わたしに話しかけてこないように。テレパシー能力があることをもしトレントに知られたら……〉

「心配ないよ。城にこもって、はね橋を上げて、ゾンビ・ゲートを閉めておくようにいっとくから。そのあいだ、シスター・サラ、きみは家に帰って、午前中ラボに来られるように、秘書にメールを送ってアポイントメントを午後にずらして、あとはトレントに聞かれたくないことを考えないようにして」

〈トレントは起きてるの？〉ブリディは神経質にたずねた。

「いや、まだだ。でも、いまからは、彼が起きていて、きみがしゃべったり考えたりすることを聞けるという前提で行動したほうがいい。ということは、ぼくらも無線封止を保ったほうがいい」CBは口ごもった。「すこし寝たほうがいいというのは無駄だろうね」

〈ええ〉

「オーケイ、だったら、『司書のマリアン』の歌詞を暗記して。ラボに来たら、ほかの遮蔽テクニックを教える。あと、本を読んでいないときは、朝食になにを食べるかとか、なにを着て出勤するかとか、そういうことを考えて。それとも、漂流者たちはギリガン君の島からどうやって脱出するか。メイヴやぼくやテレパシーやアイルランド以外のことならなんでもいい。ぼくはヴェリックの経歴を洗って、超常現象と関わった過去がないか確かめて——まずないと思うけど——どんなセレブのクライアントのところに行ったのか調べてみる。万事うまくいくよ、約束する。さあ、『ありがとう、車を出してくれて。じゃあ、二、三分後に』といって、電話を切ってくれ。ぼくがメイヴと話せるように」

「ありがとう、車を出してくれて」とブリディはいった。「じゃあ、二、三分後に」

「いい子だ」とCB。「じゃあ、ラボで」といって電話を切った。

ブリディも電話を切るべきだった——とくに、店員がカウンターからまたこっちをじろじろ見ているいまは。しかし、ブリディはそのかわりに、CBはもう電話を切っているにもかかわらず、いった。「ほんとに感謝してる。こんなことまでしてくれて。彼を愛してると思うなんて、わたしが莫迦だった。愛がなんなのかも知らなかったのよ」

店員は嘲笑するように鼻を鳴らした。

「外で待ってる」ブリディはダイヤルトーンに向かって「愛してる」といって電話を切った。

急ぎ足でコンビニを出て縁石のところまで行くと、通りの先とカウンターの店員とを同時に見張れるポジションをキープし、店員がこちらに背を向けた隙に自分の車に飛び乗り、アパートメントに向かって運転しながら、ラジオでドクター・ヴェリックの局を見つけられるだろうかと考えた。そうすれば、彼がトレントと共謀していないことを確かめ、どうして戻ってくるのかを突き止められる。それに、ほんとうはアリゾナ州にいるのに、なぜ看護師には香港に行くと伝えたのかも。

帰りつくなりトライしてみたが、ドクターはどうやら眠っている――あるいは、圏外にいる――らしい。どの周波数でも彼の声を見つけられなかった。

あとでまたやってみよう。そう思いながら、ラップトップに「追い剝ぎ《ハイウェイマン》」を呼び出して、次の一時間を暗記に費やし――もっと明るい詩を選べばよかったと思った。とくに、ベスの死を知って、復讐のために戻ってきた追い剝ぎが、待ち伏せしていた兵士たちに射殺されるパートにさしかかったときは。

ブリディは、最後のほうの連、追い剝ぎが街道で犬のように撃たれて、〝のどから赤い紐のように流れる〟血にまみれて横たわっている箇所を無理やり頭に叩き込んでから、もっといい結末がつく歌が必要だと思って、iTunesで「アデレイドの悲嘆」を購入した。

タイトルから考えて、これもアップビートな曲じゃないと予想してしかるべきだった。しかし、すくなくともこの歌ではだれも死なない。それに、長い。よかった。ぜんぶ暗記するには朝までかかるだろう。しかし、暗記を終えて時計を見ると、やっと五時になったところだった。

「ガイズ&ドールズ」の残りの歌をぜんぶ覚えるしかない。それに「ザ・ミュージック・マン」の歌も。歌詞をダウンロードして、暗記にとりかかった。CBのいったとおりだ。「はったりのフーガ」は確かに声に似過ぎているし、「つらい経験から教訓を学んだ女の子」もあまりいい歌じゃない——タイトルがちょっと身につまされすぎる。しかし、リバー・シティにやってきた教授ことハロルド・ヒルが大問題についてふるう長広舌はパーフェクトだった（劇中歌「大問題」より）。ブリディはそれを暗記し、そのあとまた、ドクター・ヴェリックの局を探した。

見つからない。よかった。彼はまだ圏外にいる。ブリディはシャワーを浴びながら、たった二日前は、浴室をCBにスパイされることが最大の心配事だったんだと考えて、皮肉な思いを嚙みしめた。いま何時だろう？　浴室を出て、体を拭きながら思った。もちろん、もう七時近くになっているはず。

五時四十五分だった。早朝出勤しても不審に思われない時刻は何時だろう？　八時？　八時十五分前？　スカイに〝ほかの遮蔽テクニック〟を教わるのが早ければ早いほど、気が楽になる。

ブリディは「ラック・ビー・ア・レイディ」を口ずさみながら髪を乾かし、服を着て、それから『衰亡史』に挑戦し、たちまち後悔した。この本のペースだと、実際には数世紀の長さに及んだローマ帝国の崩壊過程が、相対的に、百メートル走のように見える。

七時十五分前、ローマ帝国の運命も、不審に思われる可能性もどうでもいいという結論に達し、ブリディはハンドバッグとキーホルダーをつかんだ。

ドアにノックの音がした。スカイではありえない。ふたりがいっしょにいるところを見られてはいけないと明言していた。ということは、キャスリーンだ。もしくはメアリ・クレア。

しかし、ドアの向こうに立っていたのはトレントだった。「ああ、よかった」とブリディの姿に是認するような視線を投げ、「メッセージを受けとったんだね」

「メッセージ？」

「ああ。この三十分、迎えにいくっていうメッセージを心の中で送りつづけてたんだ。聞こえてただろ?」

ブリディは首を振った。

「じゃあ、どうして出かける準備を?」

「早出するつもりだったの。仕事が溜まってて――」

「もしくは、ぼくのメッセージを潜在意識で受けとって、支度する必要があると感じた」

「なんの支度?」とたずねたが、その答えを知っているような、悪い予感がした。

「ドクター・ヴェリックが戻ってきて、いますぐ会いたいといってる」

27

「これより悪いことはないというぐらいに悪いことはない」

——アイルランドのことわざ

「ド、ドクター・ヴェリックが戻った？」ブリディは言葉をつまらせた。「でも、トレント——」

「ぼくとの電話を切ったあと、リアジェットですぐ戻ってきたんだ」

もちろん。わたしもＣＢも——訂正、スカイも——彼がプライベート・ジェットを持っている可能性を考えておくべきだった。

「心のメッセージで、彼が戻ってくるときみに伝えたのに」とトレント。「聞こえなかったなんて信じられない！　ぼくのほうは、きみの心の声がどんどん聞こえるようになってる。ほんとに集中してる？」

ブリディはセーフルームの扉を閉ざすかんぬきをさらにしっかりと押し込んだ。「ええ。なにが聞こえたの？」

「いろいろだよ。ぼくが必要だっていうのが聞こえた。それと『トレントは寝てるのかしら』とか、電話をかける必要があるっていうことに関するいろんな考え。もう電話なんか必要ないってことがまだわかってないみたいだね」

「聞こえたのはそれでぜんぶ？」

「いや。ほかにも聞こえたけど、意味がわからなかった。ハイウェイの犬がどうとか、それに変化《チェンジ》と空《スカイ》が必要とか。なにを考えてたんだい？」

「わからない」とブリディ。「きっと夢を見てたんだと思う」

「ぼくもそう思った。ぼくのほうがきみよりずっと相手の声が聞こえるのはどうしてなのか、ドクター・ヴェリックにたずねてみなきゃ。で、彼のところに行く準備はできてる？」

「いいえ。つまり、先にコムスパンに寄らなきゃいけないの。だから、先に行ってて。あとで合流するから。けさはアート・サンプスンとミーティングがあるのよ。スケジュールを再調整しないと――」

「車から電話すればいい。スマホは？」

「とってくる」ブリディはすばやく寝室に入った。C――スカイにアパートメントの鍵を渡しておけばよかった。そうしていたら、すくなくとも、寝室の鏡にリップスティックで『助けて！』と走り書きすることはできた。わたしがコムスパンに現れなかったとき、彼がここに捜しにきて、書き置きを見つけられるように。

携帯電話をつかみ、着信履歴をスクロールしてスカイの名前がないことを確認し、シンディの着信履歴とショートメッセージを消去した。それから立ち止まって、書き置きすることもできない鏡を茫然と見つめながら、なんとかトレントを説き伏せて、自分の車で行くことにする口実がないか考えた。そうすれば、途中でどうにかトレントの車を撒《ま》いて、ビジマートの公衆電話からスカイに連絡できる。

「なにぐずぐずしてる？」トレントが寝室の戸口に現れた。「ドクター・ヴェリックには八時に行くといってある。自家用ジェットで帰ってきてもらったのに、待たせたくない。まあ、ぼくらの話を聞いたら、待たされたことなんか忘れちゃうだろうけどね」トレントに急きたてられて、ブリディはアパートメントを出て階段を降り、彼のポルシェのところまで歩いていった。

「やっぱり、向こうで落ち合うほうがいいと思う」助手席のドアを開けたトレントに、ブリディはもう一度いった。「アート・サンプスンとのミーティングの予定はもう二度も変更してるし、またキャンセルしたらかんかんになるわ。せめてわたしが自分で――」
「車からショートメッセージを送ればいい」といわれては、ポルシェに乗るほかなかった。
トレントがポルシェを駐車場から出すあいだ、ブリディはダッシュボードに目をやった。
最新式のデジタルストリーミング／CD／衛星ラジオが搭載されている。ちょっと探せば、
「ビリー・ジョーの唄」を流せるだろうか。ブリディはメニュー・ボタンに手を伸ばした。
「音楽は抜きだ」といって、トレントがブリディの体越しに手を伸ばして、電源をオフに
した。「ぼくらがテレパシーでコミュニケートできることをドクター・ヴェリックに納得
させるつもりなら、送信と受信に精神を百パーセント集中させる必要がある」トレントは
車をダウンタウン方面へと向かう車線に乗り入れた。
「でも、どうして彼を納得させる必要があるのかわからない。それに、そもそも彼を巻き
込まなきゃいけない理由も」
「それは、この件がもはやぼくらだけの問題じゃないからさ。テレパシーが実在するとい
う事実は、それがすべての人間に影響することを意味している。わからないかい？　人間
はもう、連絡をとるためにスマートフォンやメールやSNSに頼る必要がなくなるんだよ。
ダイレクトにコミュニケートできるようになる。まったく新しいかたちのインスタント・
メッセージが実現する。メンタルIMだ」

「でも、どうやって？」無邪気に大きく目を見開いてたずねた。「そのためには感情的な絆が結ばれている必要があるんじゃない？」

「いや。テレパシーを引き起こしている要因とその仕組みを解明すれば、だれでも利用可能にできる。そこで、ドクター・ヴェリックの出番だ。彼に検査してもらって、脳の回路が関係していることが実証されたら、それを利用して、だれでも好きな相手とテレパシーでコミュニケートするための装置を開発できる」

「ドクター・ヴェリックにその話をしたの？」

「まだだ。とんでもないことが起きて、きみとぼくはたがいの感情以上のものを聞けるようになったとだけ。テレパシーとはいってないよ。警戒させたくなかったからね。戻ってきてもらう必要があるとだけ話した」

　じゃあ、スカイのいうとおり、ドクター・ヴェリックはこの件に関わっていない。「でも、まだ話してないんだとしたら、彼が検査することに同意してくれるとどうしてわかるの？」ブリディがそうたずねると、トレントは道路から目を離し、信じられないという顔で彼女を見つめた。

「同意するに決まってるじゃないか。これは世紀の科学的発見なんだぞ！　どんな意味があるか考えてみろ。人間はたがいにほんとうの意味で理解しあえるようになる。秘密も誤解も衝突もない」

そういう仕組みじゃないのよ、とブリディは思った。

「どれだけの問題が解決するか、考えてみろ。個人的な問題だけじゃない。社会問題も解決する。たとえばテロリスト。やつらがなんの罪もない犠牲者を殺す前に止められるようになる。敵がどこにいるか、なにを計画しているかが正確にわかるようになる。テレパシーは、外交問題においても、はかりしれないアドバンテージを与えてくれる。それにビジネスでも。ウォール・ストリートでも。可能性は無限だ」

そのとおりね、とブリディは思った。産業スパイ、インサイダー取引、警察国家。そして、スカイやメイ——シンディのようなテレパスにとっては、検査、実験、拷問、火焙り。そして、世にも恐ろしい声の洪水、業火、咆哮が解き放たれる。

「すぐにわかるさ」トレントは自信たっぷりに、「ドクター・ヴェリックはぼくらと同じくらい、テレパシーの可能性に興奮する」といいながら、車を病院の駐車場に乗り入れた。

「オフィスに行くんだと思ったのに」

「いや、ここで会うって」あの夜、階段でわたしを見つけたスタッフのだれかと鉢合わせするかもしれない。あるいは、わたしをスカイの車まで連れていった看護師と。

しかし、案内デスクのボランティアが教えてくれたオフィスは病院の反対側の端の一階にあり、途中で行き会ったどのスタッフにも、ブリディは見覚えがなかった。

ドクター・ヴェリックがみずから、ふたりを出迎えに現れた。「おはようございます、ミズ・フラニガン、ミスター・ワース。そこで話をしましょう」といって、廊下の突き当たりを身振りで示した。

真夜中にアリゾナ州から飛行機で帰ってくることを余儀なくされてぐったりしているようにはまったく見えなかった。廊下の途中で、通りかかった医師が彼を呼び止め、「セドナにいると思ってたのに」と声をかけた。

「いたとも」とドクター・ヴェリックは快活にいった。

セドナ。どうして聞き覚えがあるような気がするんだろう。どこかで耳にしたような……。

「旅行を途中で切り上げていただいて、ほんとうにありがとうございました」とトレントが話している。

「なんでもありませんよ。さあ、こちらに」ドクター・ヴェリックがふたりを案内したのは、デスクがひとつと、手前に木製の椅子が二脚置いてある面談室だった。「かけてください。すぐ戻ります。ちょっと看護師に話をしてこないと」

ドクター・ヴェリックはデスクのうしろのドアから出ていった。「……もうすぐ来るはず……彼女が来たらすぐに教えてくれ」という彼の声が聞こえた。それから、「……空港に……」つまり彼は、ふたりとの面談と、飛行機で到着する次の患者の用件が済みしだい、アリゾナ州にとんぼ返りするということだろうか。

だといいけど、とブリディは思った。

ドクター・ヴェリックが戻ってきて、デスクの向こう側の椅子に腰を下ろした。こちらに身を乗り出し、「さて、具体的になにが起きているのか話してください。あなたがたは接続したんですよね？」

「接続した以上ですよ」トレントが勢い込んでいった。「たがいの気持ちを感じているだけじゃなく、話し合ってる！」

「話し合ってる？」ドクター・ヴェリックは、トレントとブリディを順ぐりに見やった。「つまり、たがいの気持ちに対する共感が深まって、コミュニケーションがより密接になったと？」

「いえ、いまこうやって先生と話をしているのと同じように、話し合えているということです。ただし、頭の中で」

ブリディは、トレントがじっさいに口にするまで、これがどんなに莫迦げて聞こえるか理解していなかった。スカイのいうとおりだ。じっさいに自分の身に起きる前に聞かされたら、こんなこと、ぜったい信じなかっただろう。

「ほら！」トレントはブリディを指さした。「いまさっきもブリディがこういうのが聞こえました。『彼はぜったい信じてくれない！』と。いま、そう考えてたよね、ブリディ。彼に話して！」

「ええ、でも――」

「しかし、それは彼女の表情やボディ・ランゲージから簡単に推測できる。そうしているのではないと断言できますか？　彼女の感情や非言語的な手がかりをもとに――」

「いいえ」とトレントがいった。「何キロも離れた場所にいても、彼女の心の声が聞こえるんです。それに彼女にも、ぼくが考えていることが聞こえる」

「そうなんですか、ミズ・フラニガン？」ドクター・ヴェリックがこちらを向いてたずねた。

「いいえ」

「いいえ？」とトレント。「よくそんなことがいえるな。ぼくと話をしてたじゃないか！　証明できますよ。ほら」トレントは、ふたりが単語の一覧を書きつけた紙をとりだし、二枚並べてドクター・ヴェリックのデスクに置いた。「ぼくらはそれぞれ離れた部屋に入って、それぞれ十の対象を思い浮かべて、相手がそれを書きとったんです。ぼくは彼女が送ってきたものの四分の三近くを正しく受けとりましたし、彼女のほうは、ぼくが送ったほとんどすべてを受信した。いまはそのときよりずっと上達しています。ぼくのコミュニケート能力は向上しつづけている。脳スキャンにかけてもらえれば、ぼくらがたがいに相手の心を――」

「ものには順序がありますよ」ドクター・ヴェリックは一覧を見ながらいった。

彼もわたしと同じように、トレントの解釈の甘さに呆れているのならいいんだけど。そう思いながらドクター・ヴェリックの反応を推し量ろうとしたが、一覧を目で追う彼の顔はまったくの無表情だった。ようやく紙をデスクに置くと、両手を組んで前に身を乗り出した。

「そもそもの最初から話していただくほうがよさそうですね、ミスター・ワース」

トレントはうなずいた。「おとといの夜、ぼくらは先生のアドバイスどおり、接続のことを忘れるために、舞台を観にいったんです」

「そこではじめて……精神的な接続を経験した？」

「いえ、ブリディは親族のトラブルのために芝居の途中で席を立つことになり、その夜はずっと離れ離れで過ごしました。でも、きのうの朝、『聞こえる？』と呼ぶ彼女の声を聞いて、ぼくは『ブリディ、きみなのか？』といったんです」

「あなたはそれを聞いたんですか？」ドクター・ヴェリックがブリディのほうを向いてた

ずねた。

「は、はい」せいいっぱい自信なさげな口調で答えた。「すくなくとも、聞いたと思いました」

「確かに聞いたんだよ」とトレント。「だって、『ええ』といったじゃないか。それでぼくは、『つながったなんて信じられない』といって、彼女に居場所をたずねたら、自宅のベッドにいる、と」

トレントがいきさつを物語るあいだ、ブリディはドクター・ヴェリックを仔細に観察した。表情は懐疑的なままで、患者から莫迦げた——おそらくは厄介な——主張を聞かされた人間なら当然するような、もっともな質問をしている。

それでも、彼の反応にはどこかおかしなところがあった。あまり驚いているように見えないし、はるばるアリゾナから戻ってきて、こんないかれた話を聞かされたわりに、腹を立てているようすもない。

でも、それだけじゃない。ドクター・ヴェリックの反応は、はっきりこうといえないような方向に、どこかずれている。

ドクター・ヴェリックはトレントとぐるになっていて、このやりとりはぜんぶ、わたしをだますための猿芝居なんだ。ブリディはそう思った。しかし、ドクター・ヴェリックがさらに質問を重ね、トレントが説明のあいだにどんどんいらだちを募らせていくのを見て、やっぱりそうじゃないと判断した。じゃあ、なんだろう。どうしてドクター・ヴェリックの反応がへんに思えるんだろう。

ふと気づいて、ブリディはショックを受けた。彼は驚いていないだけじゃない。関心がないんだ。なにかべつの心配事を抱えたまま会話をつづけている人のように、うわのそらで話している。さっき看護師に話していた患者のことを考えているんだろうか。〝彼女が来たらすぐに〟知らせるようにと指示していた相手。

しかし、その患者の脳がＥＥＤ切開によって洩れ出しているとかいうのでもないかぎり、トレントがいま話している件以上に深刻な問題はありえない。とりわけ、もし噂が広がったら彼の名声にどんな危険が及ぶかを考えると。そのことが心配の種なのはまちがいない。というのも、ある時点でドクター・ヴェリックは、「この件をだれに話しましたか？」と鋭い口調でたずねたからだ。

「だれにも」とトレントは答えた。「だから先生に、どうしても早く帰ってきてほしかったんです。最初に先生にお話しできるように」

「それはそれは」とドクター・ヴェリックはいった。まちがいなく、安堵の響きが混じっている。でもそれは、彼の無関心な態度と平仄《ひょうそく》が合わない。無関心？　なげやり？　傍観者的？

それだ。傍観している。彼は、わたしたちと話をすることで時間をやり過ごしながら、なにかを待っている。でも、なにを？　精神科病棟のスタッフが拘束衣二着を持ってくる？　それとも、被験者が考えていることが正確に映る、スカイも知らないような新型の脳スキャン装置？

突き止めないと。そう思って、中庭に入った。ラジオでドクター・ヴェリックの声はまだ見つかっていないが、願わくは、圏内にいなかったせいかもしれない。だとすれば、いまはきっと――

看護師が戸口から顔を出し、「ドクター？　お邪魔してすみませんが、ミズ・ワレンスキーがいらっしゃったらすぐに連絡するようにとおっしゃってましたので」

「ああ」ドクター・ヴェリックはそういって戸口に歩み寄った。しばらく小声で言葉を交わしたあと、看護師は去り、ドクター・ヴェリックはこちらに戻ってきた。「たいへん申し訳ありませんが、患者のことですぐに対応する必要のある用件が生じましてね。ほんの二、三分で済むはずなので、そのあいだ、コーヒーでもどうぞ」とコーヒーメーカーのほうを示してから、部屋を出ていった。

トレントはただちにスマートフォンをとりだして着信メッセージをチェックし、秘書に電話をかけた。よかった。ブリディは用心深く中庭のハコヤナギの下に行ってベンチに腰を下ろし、ラジオをとって、ドクター・ヴェリックの局を探しはじめた。

「電話はいつ？」とトレントが話している。「電話はいつあったのかと訊いたんだよ。……なに？　聞こえない。もうちょっと電波状態がいいところへ行くから」トレントは電話を胸に当ててこちらを向き、「ドクター・ヴェリックには、すぐ戻るからと伝えてくれ」

　ブリディはうなずき、ラジオの前に戻ったところで気がついた。ドクター・ヴェリックのことはどうでもいい。いまはスカイと話をするチャンスじゃないの。トレントは通話に集中しているし、ドアはその背後でぴしゃりと閉ざされている。〈スカイ？〉

〈ここだよ。どうした？　どこにいる？〉

〈トレントといっしょに、ドクター・ヴェリックのところ〉

〈ヴェリックが戻った？　いま同じ部屋にいる？〉

〈いいえ。ドクター・ヴェリックは患者の対応に出ていった。トレントも外で電話を――――〉

〈それでもまだ安全じゃない〉とCB。〈サンタフェに行って〉

〈もう行ってる〉と答えたが、スカイは去っていた。だれか他人と話しているときでもトレントはわたしの心が聞けると思っているに違いない。ブリディは園芸用具戸棚の上にラジオを戻し、敷石の上をうろうろ歩きながら、スカイはなにをするつもりなんだろうと考えた。自分のセーフルームに入って、そこから話しかけてくる？

「いや、きみのを使わせてもらうよ」とCBがいった。顔を上げると、アドービ煉瓦の壁の上にCBがよじのぼっていた。ジーンズを穿いた片脚が壁のこちら側にぶら下がっている。「こんな莫迦みたいに高くしなくてもよかったのに。はしごが置いてあったりしないよね？　ロープとか」

「ちょっと待ってくれたら、視覚化できるけど」といって、ブリディは園芸用具戸棚のところに駆け戻った。

「いいんだ」CBは敷石の上に軽々と飛び下りて、こちらに歩いてきた。「いいところだね」とまわりの花々やハコヤナギを見渡しながらいう。

「どうやったの？」とブリディ。

「今度教えるといった補助的な防御策のひとつだよ」CBはハコヤナギのほうに歩いていって、その下のベンチに腰かけた。「で、なにを伝えたかったんだい？　それに、われらがグッド・ドクターはどうしてこんなに早く着けたんだい？」

「自家用ジェット」

「ごめん。それを考えておくべきだった。で、彼はどこにいたの？　突き止めた？」

「ええ」ブリディはCBの向かい側に腰を下ろした。「セドナ。この地名に聞き覚えある？」

「いや。富裕層のための避暑地ということしか。アスペンとか、ハンプトンズみたいな。ということはたぶん、向こうでED処置の仕事があったんだろう。でも、もしそうだとしたら、どうして部下に香港にいるなんていう必要があったんだろう」CBは眉間にしわを寄せた。「ちょっと調べてみる。ドクター・ヴェリックはトレントの話を真に受けた？」

「いいえ。すくなくともわたしは……そうは思わない。でも、彼の反応にどこか妙なところがあるの。テレパシーなんていう考えはきっと端《はな》から受けつけないだろうとあなたはいってたけど、そうじゃなかった。彼は――」

「トレントに調子を合わせてるだけじゃないのは確か？　医師は『ふうむ』と相槌を打ちながら、『だれか精神科病棟につないでくれ』と思うのが大得意だからね」

ブリディは首を振った。「というより、心がべつのところにあるみたいだった。なにかを待ってるような感じ」

「で、それがなんなのか見当もつかない？」

「ええ。革命的な新しいスキャンが開発されたりしてないのは確か？　だれかの心を読んでいたら、そのことが探知できるとか」

「きみが協力しないかぎり無理だよ。それでもやっぱり、ぼくがそっちに行ってヴェリックの声を聞いたほうがいいと思う。彼がなにを考えているか、心配すべきことがあるかどうかがわかるように。彼のオフィスにいるの？」

「ううん、病院。でも、ここに来るのはやめたほうがいい。いまのところ、向こうにはわたしたちを結びつける材料がなにひとつ――」

「そっちに行く口実をなにかでっちあげるよ。新しいアプリのことかなにかできみと相談する必要ができたことにしてもいいし。病院のどこにいる？」

「東棟の一階。でも、やっぱり……わたしが彼の声を聞いて、あなたに中継するとかできない？」

「無理だね。第一に、きみにヴェリックの心を聞いてほしくない。本人もいうとおり、トレントの接続はどんどん強くなってきてる。盗み聞きされるかもしれない。第二に、ヴェリックの声を中継するのはうまくいかない。彼の声じゃなくて、きみの声で聞くことになるから」

「ラジオで聞けばそうはならない」といって、園芸用具戸棚のほうに歩み寄った。

ＣＢは首を振った。「それもやっぱり、きみが中継することになる。どんなにリアルに視覚化されていても、ぼくは現実にここにいるわけじゃない。思考をやりとりしているだけだからね」

「インターネットは？　もしかしたら、ドクター・ヴェリックがスピーチしたりしている動画が上がってるかも」

「確かに。YouTubeと彼のウェブサイトをチェックしてみる」そういってから、ＣＢはまだブリディの心を読んでいたらしく、「心配ないよ。どうしてもっていうとき以外は病院には行かないから」

「よかった。あと、シンディのほうは？　頭を低くして、わたしに話しかけないようにっていい聞かせてくれた？」

「うん。濠のはね橋を上げて、秘密の花園にこもるように伝えた。きみのラジオ、見せて」

「役に立たないっていわなかった？」

「役に立たないよ。でも、とにかく見せて」

　ブリディは棚からラジオをとって電源を入れ、トレントの局に合わせた。「ミスター・ハミルトン、トレント・ワースです」と彼の声がラジオからいった。「ええ、ぼくらのＥＤを担当してくれた医師といま面談中です」間。「いえ、そこまではまだ」

CBはしばらくそれに耳を傾けてから、ダイヤルをまわし、雑音と、いくつかの局を聞いた。

「やっぱり、ドクター・ヴェリックの声を聞くのに使えるかもしれない？」とブリディ。

CBは首を振った。「いや。でも、おかげでひとつ思いついたんだけど――」

「あの人たちの声を聞くならもっといい方法がある」とメイヴがいった。

ブリディとCBは、かんぬきのかかった扉に同時に目を向け、それからアドービ煉瓦の壁を見上げた。しかし、壁を越えてくるメイヴの姿はない。ただ声だけがいった。〈ダイヤルをまわしたりとかする必要はないんだよ〉

「セーフルームの中に閉じこもって、ブリディ叔母さんとは話すなといっただろ！」CBが叱りつけた。

〈あたしはいまセーフルームの中にいるし、ブリディ叔母さんとは話してない〉とメイヴが反論した。〈CBに話しかけたんだよ。自分に話しかけちゃいけないとはいわなかったでしょ〉

「じゃあ、いまいう。ぼくに話しかけるな」

〈だれにも聞こえないよ〉とメイヴ。〈山ほど防御をかためてるし、それにトレントはミスター・ハミルトンと話してて、ドクター・ヴェリックのほうは――〉

「どうでもいい」とCB。「だれにも話しかけず、だれの心も聞かないでいてくれ」

〈あたしにはなんにもさせてくれないんだから〉メイヴは不平たっぷりにいったが、そのままいなくなった。

「やれやれ」とブリディ。「もしトレントが聞いているときにあんなことをいったら――」

「ああ」CBがむっつりいった。「もう一回ちゃんと話をして、こんなことが二度と起きないようにしないと」

「……それと、きょうの午後はもう一切アポイントメントを入れないように……」ドクター・ヴェリックがいった。ブリディは反射的にラジオに目をやり、どうして彼の局にチューニングが合ったんだろうと思ったが、ドクター・ヴェリックの声はセーフルームの外から聞こえたことに気づいた。

「行かないと」とブリディ。「ドクター・ヴェリックが戻ってくる」

「そうだね」とCB。「ぼくは彼の音声データがネット上にあるかどうか調べてみるよ。もし聞けたら、彼の心を聞いて、なにを考えているかをきみに知らせる。それと、セドナでなにをやっていたかについても、調べられないかやってみる」

「オーケイ」

「それまでのあいだ、なにかトラブルが生じたら、ここに来て大声でぼくを呼んでくれ。心配ない、きみはすごくよくやってる」CBはブリディの頬にキスして、壁の向こうに消えた。

「長くかかってしまって申し訳ない」オフィスに戻ってきたドクター・ヴェリックは、ブリディにそういってから、となりの椅子にもの問いたげな視線を投げた。

「すみません、トレントは電話をかける急用ができて」とブリディ。「すぐ戻ります」

「じつのところわたしは、ミズ・フラニガン、あなたと話がしたかったんですよ」ドクター・ヴェリックは椅子に腰かけて、ブリディに笑みを向けた。「ミスター・ワースは、彼が経験したことを話してくれました。次は、あなたが経験したことを聞かせてほしい。彼が述べたようなメッセージを聞いたのですか？」

「は――はい」ブリディは自信なげにいった。「すくなくとも、聞いたと思っています。わたしたちがつながったとき、確かに彼の存在と興奮を感じて……」

「しかし、声というかたちではなかった？」

「ええ……つまり、トレントがわたしにメッセージを送ってきた二回は、彼が話しているのを聞いたと思いました。でも……」自分が経験したことを正確に表現する言葉を探すかのように、眉間にしわを寄せた。「感情が強すぎると、だれかが話しているみたいに感じられることがある、と先生は前に話してましたよね。まさにそういう感じでした」

「しかし、ミスター・ワースのように、じっさいに言葉を聞いたわけではない？」

「ええ。つまり、どうしてそんなことがありうるんです？　人間はたがいの思考を聞けたりしません。そんなのクレージーよ」ブリディはドクター・ヴェリックのほうに身を乗り出した。「わたし、正気を失いかけてるわけじゃありませんよね、先生？」

「もちろんですとも」とドクター・ヴェリックがいったとき、トレントが戻ってきた。

「ああ、ミスター・ワース。ちょうどいま、あなたの〝ふつうではない〟経験について話をしていたところです。おふたりは、たがいにメッセージをやりとりするテストをしたという話でしたね」

「ええ」トレントは熱をこめていった。「いまここで、またやってみせてもいいですよ。たがいに送り合う言葉のリストさえもらえたら、ぼくらは――」

　ドクター・ヴェリックは首を振った。「その種のテストは、あいにく、なんの証拠にもなりません。あまりにも主観に左右されすぎますから。現実にコミュニケーションが成立していると証明するためには、厳密に管理された実験室状況でテストする必要がある」

「喜んで協力しますよ、な、ブリディ？」トレントが熱っぽい視線をこちらに向けた。

「ふたりとも、どんなテストでも喜んで受けます」

「それはよかった」とドクター・ヴェリック。「ミスター・ワース、ご理解いただきたいのですが、あなたは途方もない主張をしている。途方もない主張には途方もない証拠が必要です（カール・セーガンが引用して有名になった、米国の懐疑論者マルセロ・トルッツィの言葉）。あなたが思念の転移として知覚したことは、たんに、非言語コミュニケーションが、感情の接続によって補強されただけのことかもしれない」

　ドクター・ヴェリックはわたしたちの話を信じてない。ブリディは安堵のあまり体じゅうの力が抜けそうになった。ドクター・ヴェリックは、無意識の情報交換、声色による合図、確証バイアスなどについて説明している。スカイのいうとおりだ。彼はただ、わたしたちに調子を合わせていただけ。わたしは、彼の注意散漫や驚きの欠如をべつの意味に誤解していた。

「これからやっていただくテストで、あなたがたが経験したことが現実の精神間コミュニケーションだったのか、それともなにかべつのものだったのかが判明します。おふたりには、防音されたべつべつの部屋に入っていただきます。送られる情報は、解釈の入る余地がないランダムなもので、その結果を統計的な確率と比較対照できます」

　その結果が統計的な確率に近づくようにすれば、ドクター・ヴェリックはわたしたちが感情と願望的思考に支配されていただけだと判定して、家に帰してくれるだろう。

「さらに、この分野の先行研究と比較することもできます」ドクター・ヴェリックがいった。

「先行研究？」ブリディははっとして訊き返した。

「ええ。精神コミュニケーションに関しては、デューク大学のライン博士が広範囲な研究を行っていますからね。ESP《ジーナー》カードはご存じですか？」

28

「お嬢さん、頭の中でなにかお話をつくってらっしゃる？」

――フランシス・ホジスン・バーネット

『小公女』

ジーナー・カード？　うわっ、まさかそんな。スカイはまちがっていた。ドクター・ヴェリックは超常現象信者《トゥルー・ビリーバー》だ。となると、見るべきものなどなにもないと納得させるのがずっとむずかしくなる。

あるいは、そうじゃないかも。「ジーナー・カードは、一九三〇年代のデューク大学の実験で使われていました」とドクター・ヴェリック。「正しく使えば、じっさいにコミュニケーションが成立しているのか、被験者がたんにそう思い込んでいるだけなのかを客観的に決定するための優秀なツールになる。カードには五種類の模様が描かれています」ドクター・ヴェリックはその五種類を数え上げ、テストがどのように行われるかを説明し、ふたりを先導して奥のドアを抜けると、短い廊下の先にある、壁と天井に防音材が張られた小部屋に案内した。部屋には椅子とテーブルがひとつずつ置かれていた。「ミズ・フラニガンはこちらにどうぞ。すぐに看護師が来て、お膳立てを整えます」

まさにお膳立てどおりにはめられている。そう思ったときには、すでに背後でドアが閉まっていた。ブリディはテーブルに歩み寄った。テーブルには、ヘッドフォン、マイク、鉛筆、それに左端に数字が印刷された紙が一枚。

やってくる看護師が、あの夜の病院で遭遇した看護師じゃありませんように、と祈った。違った。やってきたのは、ブロンドの髪をポニーテールにした若い看護師で、ドクター・ヴェリックのアシスタントだと名乗った。白衣を着て、クリップボードとファスナーつきのプラスチックバッグを携えている。

「ハンドバッグ、携帯電話、アクセサリー類は、テストエリアには持ち込めない規則なんです」看護師は、申し訳なさそうにそういいながら、透明な袋をさしだした。手術を受ける前に、着ていた服をこれにしまってくださいと看護師に渡された袋とよく似ている。

「これに入れていただければ、こちらで保管しますので」

ブリディは、スマートフォンと財布を引き渡し、イヤリングをはずした。アシスタントは袋のファスナーを締めてから、ブリディの名前をマーカーで書き、ブリディをテーブルの前の椅子にすわらせて、テストの手順を説明しはじめた。

ジーナー・カードのデッキを開封し、図柄を下にしてブリディの前に置く。「ブザーが鳴ったら、最初のカードを手にとってください」自分で実演しながら、「模様を見て、そのイメージに意識を集中します。カードの種類を声に出していったり、模様を言葉で説明したりしないでください。イメージだけに集中して、それをミスター・ワースに送ってください。わかりますか？」

ええ。ブリディはうなずいた。つまりあなたたちは、カードになにが描かれているか、わたしたちがたがいにあっさり伝え合えることを知らないわけね。そう思って、ちょっとほっとした。

「ブザーが次に鳴ったら、持っているカードをテーブルに伏せて置いて、次のカードをめくってください。それから、デッキがすべてなくなるまで、同じことをくりかえします。受信するときには、ブザーが鳴りますので、ミスター・ワースが送信するイメージを受信することに精神を集中して、それからこの紙に書いてください。なにも受信しなかった場合は、NI《なし》と。もし自信がない《uncertain》場合は、頭にUと書いてから、受信したと思う模様を書いてください。当てずっぽうでは書かないこと」アシスタントはブリディにヘッドフォンを示し、「ノイズキャンセリング用です。外部の音をシャットアウトし、集中しやすくします」そして、となりの部屋からトレントが正しい答えを合図してくるのを防ぐ。ブリディは、デューク大学の実験で行われたいかさまに関するスカイの話を思い出した。

「ドクター・ヴェリックともつながっていますので、彼が追加の指示を出す場合もあります」とアシスタントがつづけた。「それに、このマイクを通じて、あなたのほうからドクター・ヴェリックに話しかけることもできます」ブリディの襟にクリップでマイクを留めた。「もちろん、テスト中はオフになっています」

「質問があるときは？」

「このボタンを押して合図すると」アシスタントはテレビのリモコンのようなものをかざしてみせた。「ドクターがマイクをオンにします。でも、なるべく使わないようにしてください。テストとテストのあいだには休憩時間がありますので、質問があればそのときに」

「じゃあ、テストのあいだ、あなたはここにいるわけじゃないの？」

「ええ」アシスタントは、テーブルの正面の天井を見上げた。あそこに隠しカメラがあるにちがいない、とブリディは思った。

「ほかになにかご質問は？」

ええ。どうすればここから脱出できる？　「いえ、とくに」

「あと二、三分でテストを開始します」アシスタントはテーブルのジーナー・カードをとって白衣のポケットに入れ、反対のポケットから未開封のデッキをとりだした。「ミズ・フラニガンには、先に送信側をやっていただきます。デッキを開けるときになったら、ドクター・ヴェリックから指示がありますので」アシスタントはデッキをテーブルに置き、ヘッドフォンをブリディの頭にかぶせてから、部屋を出ていった。

あわてないで、とブリディは自分にいい聞かせた。こちらから協力しないかぎり、向こうにはなにもわからない。必要なのは、受信時にはトレントが送ってくるのとは違う記号を書き留め、送信時にはまちがった答えを送ること。

しかし、それだとうまくいかない。ランダムに回答した場合より極端に低いスコアは、高得点の場合と同じくらい目を引く。わたしが書き留める答えにしても同じこと。ある程度は正答しなければならない。いくつ？

論理的に考えれば、平均的な正答率は五つにひとつの割合だが、ということはたぶんそうじゃない。しかし、スカイに連絡してたずねることは、高得点を出してドクター・ヴェリックを喜ばせることよりさらに危険だ。スカイのことを知られてはならない。

ということは、自分で考えるしかない。それも、急いで。いまにもテストがはじまる。隠しカメラがあるということは、コインをはじいて決めるわけにはいかないし、心の中でサイコロを振るのもうまくいかない。じゃあ、どうする？

テレパシー能力がない人がジーナー・テストを受けるときにするのと同じことをしよう。とブリディは思った。すなわち、当て推量。カードをめくる前になにが出るかを心の中で決めて、めくった結果がどうだろうと、決めた模様を変えない。トレントの番になったら、彼がイメージを送ってくる前に答えを決める。

願わくは、テストの第一ラウンドが終わった時点で、トレントの主張は豊かすぎる想像力のなせる技だったとドクター・ヴェリックが判断して、帰っていいといってくれますように。

それまでのあいだ、必要なのは、ただじっとすわって、中庭にこもり、精神を集中しているような表情を保つことだけ。じっさいになにを考えているかは、いっさい顔に出さない。ポーカーフェイス。やれるはずよ。

「ミズ・フラニガン、聞こえますか？」ドクター・ヴェリックの声がヘッドフォンから聞こえてきた。マイクのスイッチはオンにしてあったらしく、ブリディがはいと答えると、

「よろしい。テストの手順はわかりますか？」

「はい」

「では、デッキの封を切り、出したカードの図柄を下にしてテーブルの上に置き、ブザーが鳴ったらはじめてください。カード一枚につき、三十秒の時間があります」

それだけの時間があれば、トレントに〈四角、円、円、波線〉と伝える合間に、どうしてセドナという地名に聞き覚えがあるのかゆっくり考えられる。メアリ・クレアが、何百とある心配事のひとつに関連して言及したんだろうか。オンライン・マネーロンダリング組織とか？　ハンタウイルスとか？　それとも、会社のだれかが、べつのだれかが休暇で出かけた話に出てきたとか？

いや、そうじゃない。ドクター・ヴェリックがそこに行っていたことを聞くまで、セドナがアリゾナ州にあるとは知らなかった。それに、聞いたんじゃなくて、どこかで読んだような記憶がある。どこで？　ウェブ？　メール？

ブリディは眉間にしわを寄せて思い出そうとした。それから、ポーカーフェイスを保つはずだったことを思い出した。精神集中の表情だとドクター・ヴェリックが思ってくれますように。

それも、そもそもこちらを見ているとすればの話。指示を与えたとき、ドクター・ヴェリックはあいかわらずうわのそらで、退屈しているような口調だった。それと、いらいらしている感じ。なにかが起こるのを待っていて、このテストは、それまでのあいだの時間つぶしだとでもいうみたいに。でも、だったらどうしてテストなんかするんだろう？

もしかしたら、彼が待っているのは、わたしたちがほんとうにテレパシー能力者だというしるしかもしれない。だとしたら、そのしるしを見せないことが二重の意味で重要になる。ブリディはそう思って、星、星、波線、四角のカードを見て、トレントに〈十字、円、円、十字〉と伝えることに集中した。

最後のカードのブザーが鳴ると、ポニーテールのアシスタントがまた現れて、デッキを受けとった。彼女が部屋を出るなり、ドクター・ヴェリックの声がヘッドフォン越しに聞こえた。「次は、ミスター・ワースからのイメージを受けとる側になります。どうするかわかりますか？」

「はい」と答えて、ブリディは鉛筆を握った。

「よろしい。赤いライトが点灯したら、ミスター・ワースが送信を開始します」

ライトがついた。四角、とブリディは思った。〈星〉とトレントが送ってきた。ブリディは『四角』と書きかけてためらった。もしこのラウンドのほとんどを誤答するなら、イメージを受けとるのに苦労しているように見せる必要がある。ブリディはかわりに数を数えはじめた。

二十秒ぐらいが適当だろう。そう思って二十まで数えた。カードのイメージを送るだけにしては、一枚三十秒は長すぎる。とくに、ヘッドフォンが外部の音をすべて遮断している状況では。音が聞こえないと、残るのはトレントの思考だけ。〈このラウンドが終わりしだい、ドクター・ヴェリックに掛け合って、おれとブリディが送受信している最中の同時fCATスキャンを撮ってもらって、テレパシー活動の部位を特定しよう。星。星だ、ブリディ。これを受けとったら教えてくれ。通じてるか？　星〉

『波線』ブリディはしっかりそう書いて、次のイメージを待ちながら、かつてスカイのことをそうしているといって非難したみたいに、トレントをブロックできればいいのにと思った。

すくなくとも、ラジオのチューニングをずらすことはできる。トレントが次の『円』を送ってくるなり、ブリディは中庭に入り、ラジオを持ってベンチへ行って、ダイヤルをまわして雑音に合わせた。

　まちがいだった。障壁の役割を果たしていたトレントの思考がなくなると、声が聞こえはじめた。防御線のおかげでつぶやき程度になっているはずなのに、そうではなかった。怒りと怯えと叫びが渦巻いている。〈痛い……耐えられない……保険がない……過剰投与……刺そうってのか、この売女《ばいた》？……相当程度の損傷……すごくこわくて……もし癌だったら？……悪性かも……真夜中からずっと勤務……血栓……わたしの身にこんなことが起きるなんて！〉不安と恐怖と絶望の言葉たち。

スカイが病院を嫌うほんとうの理由はこれなんだ。なのに彼は、この声をものともせず、わたしを助けるために病院に来てくれた。二度も。炎と渦巻く煙の中に。その彼に、ひどい態度をとった。行ってちょうだいといった。

やめなさい。ブリディは自分にいい聞かせた。彼のことを考えちゃだめ。それに、もっとさしせまった心配がある――三十秒ごとに答えを書き留めながら――『十字』――声を締め出し、自分自身の思考を中に閉じ込め、隠しておくこと。例の補助的な防御策を設けるにはうってつけの時だろうが、時間がなくてスカイがそのやりかたを教えてくれなかったから、すでにあるものを強化するためになにができるか、自分で試してみるしかない。

もっとバリケードを足せるかも。シンディ城には、壁に囲まれた庭、はね橋と濠が……。いや、濠はだめだ。ドアの外で逆巻く声の洪水に、さらに水を足したりしたら、防御が弱まることになる。壁に囲まれた庭も論外だ。そのためには中庭の外に出なければならない。アドービ煉瓦の壁には、すでに声の波が打ち寄せている。〈……手術不能……疲れすぎてる……いつまでも立ちっぱなし……余命六カ月……だめ！〉刻一刻と、声はますます大きく、波はますます高くなる。どうして？

病院だからというだけじゃない。トレントとドクター・ヴェリックに考えを聞かれないことに全精力を注ぐあまり、防御線の力が弱まっている。

防御線を強化しなければ。でも、それにはやはり外に出る必要がある。声は、いまにも壁を突き破りそうに聞こえる。なにをするにしても、中庭からやるしかない。しかし、城を建てる場所はないし、ゾンビ・ゲートがどんなものかもよくわからない——あるいは、水を防ぐ効果があるのかどうかも。水に対して効果的なのはなんだろう？

土嚢《どのう》？　可能性はある。扉の前に土嚢を積めば……。

でも、いまは無理。時間がない。あと二問で、また送信をはじめなければならない。あるいは、もしかしたらドクター・ヴェリックは、なんの成果もないと結論して、帰らせてくれるかも。

甘かった。アシスタント——今度は、鳶色《とびいろ》の髪の中年女性で、白衣にプラダのヒール、胸にクリップボードを抱えている——が入ってきて、ブリディが答えを記入した紙を受けとり、なにかいったが、ヘッドフォンのせいで聞こえなかった。

ブリディはヘッドフォンをはずした。「失礼？」

「ドクター・ヴェリックが、テストをもう一ラウンドやりたいそうです、といったんです。

ところで、わたしはリズです。あなたはミズ・フラニガンね？」

ブリディはうなずいた。

「なにか持ってきましょうか？　水？　コーヒー？　ジュース？」

「いいえ、ありがとう。だいじょうぶです」トイレ休憩を申し出て、スカイがドクター・ヴェリックの声を聞けたかどうか確かめてみるべきだろうか。いや。やめたほうがいい。すくなくとも、トレントにどの程度まで聞こえるのかがわかるまでは。

「送信の手順はわかりますか？」

ブリディはまたうなずいた。

「念のため、復唱してもらってもいいですか？」

「もちろん」といってブリディは送信の手順を復唱した。

「はい、完璧です」とリズがいって、新しい未開封のデッキをさしだした。自分がいなくなってから封を切るようにといい置いて、部屋を出ていった。

ブリディはヘッドフォンをつけ、それからデッキのセロファンを剝きはじめた。「はじめる準備はいいですか、ミズ・フラニガン？」とドクター・ヴェリックの声。

ブリディはヘッドフォンに両手をあてた。ドクター・ヴェリックの声の調子が違う。興奮の響きがある。それに、うわのそらでなにかを待っていたような感じが消えている。被験者の協力がなくてもテレパシーを特定できるスキャン装置が到着したんだ。

しかし、そんなテクノロジーは存在しないとスカイが請け合ってくれた。それ以外で唯一ドクター・ヴェリックを興奮させられるものは、わたしたちのテスト結果だ。ブリディの防御にもかかわらず、嘘の答えを送信しつづけたにもかかわらず、トレントがカードにじっさいに記されている模様を聞きとって、ドクター・ヴェリックはふたりにテレパシー能力があると結論したんだろうか？

「ミズ・フラニガン？」ドクター・ヴェリックが呼びかけた。「聞こえますか？」

「はい。すみません。デッキの開封に手間どって」ほんとうらしく見えていることを祈りながらセロファンの包装の隅をつつき、一方の端をむしりとってデッキを開封すると、カードを自分の前に置いた。「準備できました」

「よろしい。では、ブザーが鳴ったらはじめてください」

ブリディは指示どおりにした。記号を思い浮かべ、カードをめくり、思い浮かべた記号をトレントに送りながら、どうすべきかを必死に考えた。ドクター・ヴェリックの心を聞いてはいけないとスカイにいわれたが、彼がなにを考えているのか知る必要がある。

しかし、まず最初に、トレントに心を聞かれないことを確実にするために、ドアにバリケードを補強しなければ。土嚢の山を視覚化しよう。そう思ってから、視覚化のディテールが細かければ細かいほど強くなるというスカイの教えを思い出し、園芸用具戸棚の横に積まれた土嚢をまず思い浮かべた。

　そのうちのひとつを持ち上げて、ドアの前までひきずっていってから、また戻ってもうひとつを運ぶ。その往復のあいだに、声に出して、「トレント、いま円の（もしくは星、もしくは波線の）イメージを送ってる。見える？」と呼びかけていた。

　ドアの前と、壁の両側にどっしりした土嚢の山が積み上がると、ブリディは、〈いま……イメージを……送ってる……トレント〉といって、トレントの局を探すためにラジオのところへいった。

　トレントの声がラジオ越しにいった。最後のがわからなかった。

〈星、っていったのよ。くりかえす、四角〉といって、ブリディはドクター・ヴェリックの局を探しはじめた。

〈どっちだっていった？　星《スター》、四角《スクエア》？〉とトレントがたずねた。

〈ほしかく《ステア》といったのよ〉とトレントを混乱させながら、ダイヤルの針をほんのわずかに動かした。〈くりかえす、ほ……〉自分の声を途切れさせてから、調子はずれのハミングをはじめた。

〈なに？　聞こえない〉とトレント。〈集中してくれ〉

〈してる〉と心の中でいいながら、トレントの声越しにドクター・ヴェリックの声を捕まえようと、ラジオに体を寄せ、またダイヤルを動かした。

「彼女が送ってくるイメージが聞こえますか？」ドクター・ヴェリックの声がラジオから流れてきた。さっき聞いたトレントの思考に反して、彼はイエスと答えたらしく、ドクター・ヴェリックはいった。「すばらしい。書き留めましたか？」

そりゃもちろん書き留めたでしょうよ。それがポイントじゃなかった？

「それに、彼女に送られたイメージに対する彼女の反応も？」とドクター・ヴェリックがたずね、トレントがまた肯定的な返事をしたと見えて、ドクター・ヴェリックがいった。「円、星、波線、星」どうやら、リストと対照している。「思ったとおりだ。百パーセント正確」

なに？　どういうこと？　トレントはいまさっき、わたしの心が聞こえないといったのに。

ブリディはすばやくトレントの周波数にチューニングを戻して、それに対する彼の返答を聞こうとしたが、遅すぎた。トレントは、「……ブザーが鳴った。次のを送って」といっている。

ドクター・ヴェリックに周波数を戻した。「……明らかに、テレパシー能力の度合いをわれわれから隠そうとしている。ほかになにかピックアップできたかね？」

もう一度トレントに周波数を合わせようとしたものの、急いだせいで通り過ぎてしまい、あわててダイヤルを動かしたが――遅すぎた。

ふたりの声を同時に聞けるようにする必要がある。二台のラジオを視覚化したら――

「そんなことしなくてもだいじょうぶ」ブリディのすぐ脇に、メイヴが現れた。ラプンツエルのドレスにティアラ姿。「必要なのは――」

「ここでなにしてるの？」とブリディ。「セーフルームにこもってるようにとスカイにいわれたでしょ。トレントに聞かれる！」

「ううん、だいじょうぶ。いったでしょ、あたしは山ほど防御してるから。ねえ、もし聞いてる人物がだれかと話してて、その相手の声も聞きたいなら、ダイヤルを最初の人に合わせて、ここを叩けばいいのよ」〝ここ〟というのは音量つまみだった。「そうしたら両方聞こえるようになる。でも、どうしてラジオなんか使うのかわかんないけど。電話のほうがずっと簡単。グループ・チャットをタップするだけで――」

「帰って！」ブリディは必死にいった。「もしあなたのことが知れたら――」

「だいじょうぶ。あたしには十六層とかの防御がある。こんなとことはぜんぜん違う」メイヴは疑わしげな目で中庭を見渡した。「有刺鉄線の森とか想像するのを手伝ってあげるよ」

「いいえ。行って。いますぐ。トレントに声を聞かれないうちに」

「役に立つのに。あたしはいろんなことを知ってるんだよ。CBに教えてもらって――」

「なんでもいい。自分の城に戻って、なにがあっても中に閉じこもってて」

「もし万一――」

「例外はなし。さあ、行って。じゃないとスカイにいうわよ」

「スカイってだれ？　それってコードネーム？　つまり――」

「そうよ」とブリディ。「行って」

「あたしのコードネームは？　たぶんきっと――」

「いますぐ！」

「はいはい。わかった」メイヴはうんざりしたようにいった。「手を貸そうとしてただけなのに」といって消えたが、すぐまた戻ってきて、「いうの忘れてたけど、前に声を聞いたことがある人じゃないとうまくいかないよ」といってまた消えた。

おねがい、おねがい、おねがいだからトレントがいまのをひとつも聞いていませんように。ブリディはそう思いながらチューナーをトレントに合わせた。

「どうした？」トレントの声がラジオから流れた。「どうして送ってこない？　ここ二枚は、なにも伝わってこないぞ」

ブリディはあわててカードをめくった。十字が描いてある。〈波線〉とブリディは思い浮かべた。

「波線」トレントがいった。「とうとう！」彼は、それが十番目か十一番目かでやきもきしはじめた。トレントには聞こえないというシンディの主張は、さいわいにも正しかったらしい。それでも、万一のために、ブリディはドクター・ヴェリックにチューニングを合わせた。

「ほかになにが聞こえた？」とドクター・ヴェリックはたずねた。

間があり、ブリディは、メイヴがいったように音量つまみを叩いておかなかったことを後悔した。「で、それ以外にはなにも？」

ブリディは、トレントの返事の決定的な部分を聞き逃すのがこわくて、必死に音量つまみを叩いたが、沈黙が流れ、きっとまちがったところに触れてしまったんだと思った。

「ああもう、シンディの莫迦――」といいながらダイヤルに手を伸ばしたとき、女性の声がいった。「いいえ、でも、彼女がまちがった答えを送っているのは確実ね」

アシスタントのリズだ。でも、いったいどうして――？

彼女は鳶色の髪をしていた。だから、彼女のために、また最初からジーナー・テストの手順をおさらいさせたんだ。彼女がわたしの声を聞いて、ほかの声で区別できるようにするために。

リズはきっと、ドクター・ヴェリックの患者で、EED処置を受けたあと、わたしと同じようにテレパシー能力を発現させたに違いない。ドクター・ヴェリックがテスト用の部屋とジーナー・カードをあらかじめ準備していた理由もそれで説明がつく。トレントから電話を受けてとんぼ返りしてきた理由も、そのあとの面談やテストの第一ラウンドであんなに無関心そうに見えた理由も。テストなんか必要なかった。ふたりにテレパシー能力があるかどうかは、リズが判定できるのだから。ドクター・ヴェリックはきっと、彼女が病院に到着するのをひたすら待っていたのだろう。

トレントは、新型電話のためにドクター・ヴェリックを利用しているつもりでいたが、じっさいは反対だった。ドクター・ヴェリックがトレントを利用してわたしに接触した。だからあの日、オフィスで、声を聞く可能性に言及し、手術のスケジュールを前倒しにした。わたしが赤毛で、テレパシーの要因がそれだと思っているから。そして、リズが彼の患者のひとりだということは、うまくすれば、EEDがテレパシーのトリガーだと思っているということかもしれない。

「彼女は意識的にまちがった答えを送っていると思うかね？」とラジオからドクター・ヴ

エリックの声がした。「それとも、接続に問題があるとか？」

「彼女の返答をもうすこし聞いてみないとはっきりしたことはいえないけれど」とリズ。

「でも、わざとやっているような感じがする」

「しかし、なぜだ？」とドクター・ヴェリック。「彼女とミスター・ワースは、自分たちが精神でコミュニケートしているといって連絡してきたのに」

「おそらくは、みずからのサイキック・ギフトに怯えているのか」とリズ。「それとも、もしかしたら……だれかほかの人物とサイキック・コンタクトを持っている可能性は？」

「可能性はあるだろうね。しかし――」

「もし彼女がコミュニケートしている相手が男性だとしたら、ミスター・ワースが嫉妬することを心配しているのかも。患者には、接続のためには感情的な絆が結ばれている必要があると説明しているのでは？」

患者には？　ということは、リズは患者じゃない。だったら何者なんだろう。

「彼女の心からは、スピリチュアルな争いを感じる」とリズ。「チャクラは閉じていて、オーラが感情的な衝突を放射している」

オーラ？　チャクラ？　いったい何者？　そう思った次の瞬間、どうしても思い出せなかった記憶がよみがえり、あるべき場所にぴたりとピースがはまった。キャスリーンがメールしてきた広告。カップルをおたがいの魂と触れ合わせることができるという触れ込みの霊能者《サイキック》。ライザンドラ。魂のスパ。アリゾナ州セドナの。

29

「愛する勇気がある者なら、苦しむ勇気もあるはずです」

――アントニー・トロロープ
『バートラム家の人々』

でもCBは、サイキックにテレパシー能力なんかない、霊能者はメンタリストのトリックとコールドリーディングで心が読めるように見せかけているだけだ、といってたのに。それでも、ラジオから自信たっぷりに流れてくるライザンドラの声はいった。「ほかにはまだだれの声も聞いていないけれど、少し前、五分近く接続が断たれたことがあった。その遮断の直後、彼女が『おねがいだからトレントが聞いていませんように』と考えるのが聞こえました」

ブリディはラジオに顔を近づけて耳をすました。「いっしょにテスト室にいたときは、だれかに呼びかけようか逡巡《しゅんじゅん》しているような気配を感じた」

うわ、まずい。ブリディは必死にパニックを抑えつけた。セーフルームの強度が足りずに、心が洩れている。スカイに話さないと。

でも、それは考え得るかぎり最悪の行動だ。もし彼に話しかけるのをライザンドラに聞かれたら――

〈ブリディ〉ＣＢが呼びかけてきた。〈話がある。緊――〉

〈だめ！〉ブリディは中庭の青い扉に飛びついて、あらんかぎりの力で押さえつけた。〈ナイト・ファイターからドーン・パトロールへ！　無線封止を保て！〉と必死に呼びかけたが、スカイは聞いていなかった。

〈セドナの件を調べてみたんだ〉とＣＢ。〈セドナは霊能――〉

〈敵襲、ドーン・パトロール！　敵襲！〉とブリディは叫び、彼の存在を知られることなくＣＢにライザンドラのことを警告する方法を考えた。

「追い剝ぎ」と心の中でい、ＣＢがわかってくれることを祈りながら、下宿屋の娘ベスが兵士たちの待ち伏せを恋人に警告するために銃で自殺するパートを暗唱しはじめた。

わかってくれたのか、それともあきらめたのか、ＣＢはいなくなった。ブリディは扉のかんぬきをしっかりとかんぬき受けに押し込み、掛け金が下りているのを確かめて、なおも「追い剝ぎ」を暗唱しながら、土嚢のところに駆け寄った。ライザンドラを締め出しておくには、中庭の防備をもっと厳重にしなければ。ブリディは土嚢をひとつずつ運んで、扉の前に積みはじめた。

「彼女はイメージを送るのをやめて、なにかを暗唱しているみたい」ライザンドラの声がラジオからそういって、ブリディはジーナー・カードの絵柄を送信しているはずだったのを思い出した。

〈円〉と、土嚢を積みながら念じた。〈四角。波線。十字〉

土嚢はありえないほど重く、持ちにくかった。メイヴに有刺鉄線の森をイメージしてもらえばよかった——と考えかけてから、その名前も考えもしっかり踏みつぶした。ほかの遮蔽テクニックなるものをＣＢに教えてもらう時間があればよかったのに。

でも、多少は教えてくれた。そう思いながら「ビリー・ジョーの唄」を暗唱し、それから「ギリガン君ＳＯＳ」の主題歌を頭の中で歌い、その合間に、星や波線、青い月やピンクの虹をちりばめた。〈ナイト・ファイターからドーン・パトロールへ！　十二時の方向に零戦。無線封止を保て。くりかえす、無線封止を保て〉

「なにか聞こえるかね？」とドクター・ヴェリック。

「いいえ。チャクラが開いてないから、いま彼女の魂《スピリット》―精神《マインド》の声は、とても曇っています」

「なにか、すこしでも理解できる内容は？」

「あります。空と星と戦闘機パイロットと橋がどうとか。まったく意味がわからない」

よかった。うまくいってる。ブリディはまたひとつ土嚢を運び、ほかになにか暗唱するものがないか考えた。「このひととき《マイ・タイム・オブ・ディ》」（「ガイズ＆ドールズ」の劇中歌）はだめだ。スカイとの深夜の散歩を思い出させる。「モリー・マローン」（ダブリンを舞台にした十九世紀の曲）もだめ。「フィニアンの虹」の曲も。ということは、ラッキー・チャームのことも考えちゃいけない。

モノポリーの駒だ。猫、手押し車、トップハット、アイロン……でも、モノポリーの駒は、もう使われなくなった靴まで含めても、ぜんぶで八種類しかない。「ティーン・エンジェル」はたったの四連。もっと長い歌、もっと長いリストが要る。

ヴィクトリア朝小説だ。『バラントレーの若殿』、『月長石』、『骨董屋』、『遙か群衆を離れて』……。

「彼女のスピリット・マインドの声はまだとても曇っている」ライザンドラがラジオからいった。「負の波動を感じる。意図的に思考を隠しているのかも。テレパシーについて直接たずねる必要があります」

「しかし、わざとまちがった答えを返しているのなら、質問しても真実を答えることはないんじゃないかね」

「真実を答えはしないでしょう。しかし、質問されると、魂は、じっさいにどう答えるかにかかわらず真実を思い浮かべるので、その思考が読みとれる場合もある」

確かに。〝象のことを考えるな〟問題だ。それと同様、心を空白にしておくことも不可能だ。

病院のあの最初の夜みたいに、逃げ出すこともできる。でも、それではなにか隠している証拠になる。いま、こちら側の最大のアドバンテージは、彼らの心を盗み聞きして企みを察知しているのを知られていないことだ。この利点はキープしなければならない。ということは、ここを離れず、なんにも知らない顔をして、テレパシーとはまったく関係ないことを考えるしかない。映画スターとか、花とか、デザイナー・シューズとか。

「ミズ・フラニガン?」ヘッドフォンにドクター・ヴェリックの声がした。「いくつか質問があります」

「ジーナー・テストのことですか?」グッチ、マノロ・ブラニク、フェラガモ、クリスチャン・ルブタン、クリスチャン・ベール。「なにか問題でも?」

「いやいや、まったく。しかし、ミスター・ワースが、あなたの応答の中から興味深い思考を受信したので、それについてうかがいたいと。ミスター・ワースは、あなたがだれかべつの相手と精神でコミュニケートしているといっています」

嘘ばっかり。思わずそう考えてから、即座にその思いを押し殺した。サンドラ・ブロック、ブラッド・ピット、ジョニー・デップ、エミリー・ブラント——

「だれの声を聞いたのですか？　あなたが知っている人物？」

ええ。追い剝ぎとハロルド・ヒル教授（「ザ・ミュージック・マン」の詐欺師）とF・スコット・フィッツジェラルド。「トレントがだれのことをいってるのか、さっぱりわかりません。わたしが聞いたのは彼の声だけです」

「もう一度たずねて」とライザンドラがいい、ドクター・ヴェリックがすみやかにたずねた。「確かですか？　ある人物の声は、べつの人物と混同しやすい」

「どうしてほかの人の声が聞けたりするんです？」ブリディは当惑したような口調を装った。アントニー・トロロープ、サーストン・ハウエル三世（『ギリガン君SOS』より）、ジミー・チュウ。

「わたしが感情的に結ばれてる相手はトレントだけです」

「もっと一般的な質問をしてみて」ライザンドラが指示した。

「だれかが困っているという感覚を抱いたことはありますか？」とドクター・ヴェリック。

わたし以外に、ってこと？　と思ってから、あわてて考えを変えた。漂流者たちは困っている。黒い瞳をした宿屋の娘も。アデレイドも。彼女はひどい風邪を引いていた。

「死の予感を抱いたことは?」とドクター・ヴェリック。「鮮明なデジャヴュを体験したことは? 危険を予知したことは? 体外離脱体験は?」

ブリディは、雨あられと降り注ぐ質問に可能なかぎり答えながら、「ラック・ビー・ア・レイディ」とオスカー・マイヤー・ウィンナーのCMソングを歌い、思い出せるかぎりの花——椿、すみれ、ペチュニア——を数え上げたが、それだけに集中してほかの思考をいっさい通さないようにするのは困難だった。

「なにかが起こる前に、それが起こりそうな予感を抱いたことは?」と訊かれたときには、ウーナ伯母が「感じますよ、メアリ・クレアからの電話です」という場面がとつぜん頭に浮かんだので、小火《ぼや》を消すようにその思考を踏みにじって、ほかの種類の火を大声で数え上げた。森林火災《フォレスト・ファイア》、野火《ワイルドファイア》、キャンプファイア、「炎のランナー《チャリオッツ・オブ・ファイア》」。

しかし、それも安全じゃなかった。かがり火《ボンファイア》を挙げたとき、車の運転席でジャンヌ・ダルクの話をしていたスカイの記憶が甦った。瞬間的にジャンクフードのほうに目をそらしたが、しかしそのせいで、真夜中のごちそうのしけったドリトスが頭に浮かんだ——それと、シンディがアヒルの餌にしたポップコーン。靴はベッドの下に無造作に突っ込んだびしょ濡れのサンダルを思い出させたし、映画スターはヘディ・ラマーの記憶を甦らせた。

スカイのいうとおりだ。あらゆる思考は、他のあらゆる思考とつながって記憶と認知リンクと連想の複雑な迷路を織りなしているから、なにを考えようと、どんな神経ルートをとろうと、いつの間にかこちらの裏をかいて、部屋の中の象にまた戻っている。

だったら象のことを考えよう。そう思って、次の五分間は思いつくかぎりの象を挙げた。アフリカ象、アジア象、サーカスの象、ババールにジャンボにダンボ――だめ、それはディズニー映画だから、ディズニー・プリンセスに近すぎる。象の牙と鼻のことを考えよう。それにネズミを恐がること。それにヘビも。ヘビといえば、聖パトリックがアイルランドからヘビを追い出したおかげで――

いや、アイルランドのことは考えちゃだめ。まっすぐシンディにつながってしまう。どこかべつの場所を考えなきゃ。アンコールワット、富士山、ラシュモア山、ナイアガラの滝――いや、それもだめ。スカイはわたしを連れてハネムーンでナイアガラに――

「彼女の魂は、ほかの魂と接触しています」ライザンドラがラジオからいった。「男。スピリット・マインドがはるかに成熟した人物。もしかしたら先覚者。彼女の抵抗を指導している」

「だれだかわかるかね？」

「いいえ。名前のイメージは伝わってくるけれど、ぼんやりしている。Sではじまる名前」

スカイをコードネームにすべきじゃなかった。ブリディは暗い気持ちで思った。本名に――それから、CBの名前に関する思考を圧しつぶした。聖人。あなたに聞こえたのは〝聖人《セイント》〟。聖マーガレット、聖マイクル、聖キャサリン。ジャンヌ・ダルクがほんとうに聞いたのはそういう聖人の声だったのか、それとも、ほんとうに話している相手をかばうため、尋問者にそう告げただけなのか。

「ミスター・ワース、コムスパンに、Sではじまる名前の人物はだれかいるかね？」とドクター・ヴェリックがたずねている。

「スーキ・パーカーがいますね」とトレント。「それに、アート・サンプスン。ブリディは、サンプスンとけさミーティングの予定があるといってました。それをキャンセルすることになって、ずいぶん困っているようだった」

「その名前がサンプスンという可能性は？」とドクター・ヴェリックがライザンドラにたずねた。

いまだ。ランダムな思考で壁をつくるより、燻製《レッド・ヘリング》にしんで臭跡をごまかすべきだった。〈なにがあろうと、アート・サンプスンと話していたことを気づかれちゃいけない〉と彼らに向かって考えた。

「かもしれない」とライザンドラが疑わしげにいった。「確信はないけれど」

〈もしアート・サンプスンがテレパシー能力者だと知られたら……〉とブリディはいい、彼のオフィスへ上がっていく自分を思い浮かべた。しかし、エレベーターを降りて廊下を歩いていくところを想像しているあいだにも、スカイに手をつかまれてコピー室にひっぱりこまれる場面が頭に浮かんでしまう。

地雷原を歩くようなものだ。足を下ろすすべての場所に危険がある。そしてヘッドフォンからはたえず質問が流れてくる。「ミスター・ワース以外に、だれかほかの人の心の声を聞くことはできますか？　それがだれの声かわかりますか？　それは、知らない人の声ですか、知っている人の声ですか？　その声をどのぐらいの頻度で聞きますか？　はじめて聞いたのはいつですか？」

声の群れとそっくりだ――執拗な言葉の弾丸がひっきりなしに高速で浴びせられ、両腕で頭を抱えて身を守ることしかできない。質問に対する答えとホワイトノイズを考えること、ドクター・ヴェリックと霊能者に思考を読まれることを防ぎ、スカイとシンディの存在を知られないようにすることの労力で、ブリディは激しく消耗した。病院の階段室で過ごしたあの最初の夜、体じゅうの力をすべて使い果たしてしまったときのような気分だ。だめ、病院のことも考えちゃいけない。頭にこびりついてほしくないような歌のことを考えなさい。

「ビキニスタイルのお嬢さん」、「リトル・ドラマー・ボーイ」、「ローラに好きだと云ってくれ」、ローラ・リニー、ローラ・ブッシュ、ローラ・インガルス・ワイルダー……

あと十分で、もう持ちこたえられなくなる。質問をシャットアウトし、答えをフルーツループや『荒涼館』で隠そうとしても、心の一部は質問を認識して自動的に答えを思い浮かべてしまう。そして、時が経つにつれて、どんどんミスを犯す頻度が高くなり、ある思考の先に潜在的な危険があることを察知するのに要する時間が長くなってゆく。

デューク大学のESP実験についてスカイが話していたことをふと思い出した。ある被験者は疲れるとスコアが落ちたといっていたけれど、じっさいは逆だった可能性もある。もしかしたら、スコアが低いのは、被験者が自分たちの能力を隠しているときで、エネルギーが衰えるにつれ、正答が洩れ出す率が高くなるのかもしれない。

ちょうどいま、わたしがそうなりかけているように。彼らが必要としている手がかりが洩れるのは時間の問題だ。もうすぐ疲労に負けて、彼らが知りたがったことを伝えてしまう。だめ。スカイとシンディを守らなければ。どんな代償を払ってでも。ジャンヌ・ダルクのように。ジャンヌ・ダルクは、声を裏切るより、火焙りになることを選んだ。

でも、わたしはジャンヌ・ダルクじゃない。拷問に屈してしまう。すでに屈しかけている。扉に目を向けると、積み上げた土嚢の山にもかかわらず、水が浸み出し、敷石の継ぎ目を伝い、アドービ煉瓦の壁の下に沿って流れはじめている。そしてその背後に、声の群れの荒波のくぐもった咆哮が聞こえる。

いまにも入ってくる！　ブリディは声の群れが婦人用化粧室に雪崩《なだ》れ込むのを見た。洗面台の下で体をまるめて排水管にしがみつく自分、血のついた薄いローブを着て階段室にうずくまる自分を見た。そこにＣＢがやってきて――

だめ！　ストップ！　なんでもいいから、べつのことを考えるのよ。チャールズ・ディケンズ、キャプテン・クランチ、モンティ・パイソン、マクック、ネブラスカ、オリヴァー・ツイスト、孤児《オーファン》、臓器移植《オーガン・トランスプラント》……

しかし、手遅れだった。「相手はまちがいなく彼女の知り合いで、感情的に結ばれています」とライザンドラ。

「名前はわかった？」とトレント。

「いいえ。でも、病院のイメージが見えた。彼女がＥＥＤ処置を受けた最初の夜、だれかが面会にきましたか？」

「スタッフに確認してみる」とドクター・ヴェリック。

だれも彼の姿を見ていない、とブリディは必死に自分にいい聞かせた。

「あなたがＥＥＤ処置を受けたあと、だれかが会いにきましたか？」ドクター・ヴェリックがヘッドフォンごしに質問した。「あるいは、電話をかけてきましたか？」

ああ、どうしよう、あの電話。病院の受付に……だめ！　トリックスのことを考えて！　それにチューリップとチョクトーリッジ（「ビリー・ジョーの唄」のタラハチー橋がある場所）、カルカッタの地下牢と心身症の症状とアルビノの茄子と追い剝ぎを冷酷に銃殺する兵士たち……

「答えが聞きとれない」とライザンドラ。「まちがいなく、抵抗しています。海賊と紐と野菜に関する支離滅裂なたわごとばかり。彼女の抵抗を弱めるような処置がなにかできない？　催眠術をかけるとか、鎮静薬を投与するとか。ヴァリアムかザナックスかなにか」

だめ！　鎮静薬は防御力を下げてしまう。声が入ってくる。

「鎮静薬が彼女のテレパシー能力を妨げるおそれはないのかね」とドクター・ヴェリック。

「あるいは、なんらかのダメージを与えるとか」

「いいえ」とライザンドラ。「わたしは、チャクラを開き、感受性を高めるため、何度となくヴァリアムを服用してきました」

感受性を高める？　ブリディは必死にパニックを抑えつけた。テレパシーに対する感受性がもっと高くなるってこと？

「危険な副作用がないことも確かなんだろうね？」とドクター・ヴェリックがたずねている。

　まさか、霊能者の医学的なアドバイスを真面目に受け入れるつもりじゃないでしょうね。ブリディは心の中でつぶやいたが、ドクター・ヴェリックはどうやらそのつもりらしく、

「それでもまだ、彼女の同意を得る問題がある。同意書にサインが必要だ」

「ぼくなら彼女にサインさせられますよ」とトレント。「事実上、婚約しているわけだし。それに、もし協力するよう説得できなかったら」と彼がつけ加えたが、口に出さない思考を聞いているのだとわかった。「協力しなかったら職を失うことになるといってやる」

　ほんとに最低のヘビ野郎。

「同意を求めることで彼女が警戒して、さらに抵抗を強める恐れがある」とライザンドラ。

「かわりにわたしが鎮静薬を服用しましょう。心を聞く能力を高めて――」

ライザンドラに聞かれるのは防げないだろう。なぜならわたしは、声の群れを入れまいとするので手いっぱいだから。声は、ますます強い力で扉にぶつかってくる。かならず入り込むという決意で。そして声から扉を守っているあいだに、ドクター・ヴェリックは次から次へと質問を浴びせつづけ、やがてわたしは、うっかりスカイの――それにシンディの――名前を洩らしてしまうことになる。そしてふたりをトレントの手に引き渡してしまう。

　そうなることを防ぐためにわたしにできることはなにもない。ブリディは、宿屋の娘、

ベスのことを思った。なすすべもなく縛られ、猿ぐつわを嚙まされ、マスケット銃を胸に突きつけられている。そしてビリー・ジョー・マカリスターのことを思った。タラハチー橋から飛び下りたのが、なにかを知られることを防ぐ――そしてだれかを守る――ためだったとしたら？　そのことを打ち明けられなかったのは、彼女がそれを知ったら止めにくるからだとしたら？　そんな事態を招くわけにはいかない。

「いま、鎮静薬を投与している」とドクター・ヴェリック。

「効果があらわれるまで、どのくらいですか？」とトレントがたずねた。

「ほんの二、三分だよ」

それだけあればじゅうぶんだ。ブリディはそう思いながら、ベンチの上のラジオを園芸用具戸棚のてっぺんに戻し、それから扉の前に行って、土嚢をひとつずつ動かしはじめた。なにをしているか、ＣＢに心を聞かれないために、「ティーン・エンジェル」を歌いながら。

　土嚢は濡れていて、とても重かった。それを脇に動かすにはありったけの力が必要だった。土嚢をどかした場所から水がたちまちあふれだし、敷石の上を流れはじめた。

「そろそろ薬が効いてくるはずだ」とドクター・ヴェリック。トレントが興奮した口調で、「まだなにも聞こえない？」とライザンドラにたずねるのが聞こえた。

「聞こえる」とライザンドラが眠たげにいった。「水と扉に関すること。それと、これからやるつもりでいる、わたしたちに知られたくないこと」

確かに知られたら困る。ブリディはそう思い、考えつくかぎりのことすべてを彼らに――それとCBに――ぶつけた。詩と靴と歌詞と流し台を――そしてトレント用に、ヌママムシとガラガラヘビとコブラとクサリヘビを。

四角、十字、波線。土嚢を引きずりながら思った。クロストーク、キャプテン・クランチ、産業《コーポレイト》スパイ、お呼び出し《コーリング》します、ブラック先生、ナース・ステーションまでお越しください、携帯電話の電源をお切りください、あと十分で閉館します、全社員はパラダイム・シフトとローマ帝国の衰亡のために土曜出勤を求められます、けさはじっさい、ひどい天気ですね。ラジャー。虹《レインボウ》、薔薇《ローズ》、ライス・クリスピー……。

しかし、なんの役にも立たなかった。「もうちょっとでわかりそう」とライザンドラ。

「だれと話していたか、もう一度たずねてみて」

敷石の上を伝う細い水流が合流して広がり、大きな流れになる。最後の土嚢をどかしてから、ブリディは水の上をじゃぶじゃぶ歩いて扉のところへ行った。

「まちがいなく、ふたりいる。ストレートに名前をたずねて」

聖キャサリン、とブリディはいった。聖マーガレット、聖マイクル、トマス・ハーディ、トバイアス・マーシャル、ペイシャンス・ラヴレイス、エセル・ゴドウィン、ブライディ・マーフィ、アデレイド……

ブリディは両手でかんぬきの棒を握ってかんぬき受けから抜こうとしたが、そこで手を止め、扉の向こうの、吠え猛る声の壁を見やった。声の壁は、いまにもこの中庭とドクター・ヴェリックの質問を呑み込もうとしている。それに、彼女の答えを。それに、彼女自身を。

無理よ。婦人用化粧室と備品室を思い出した。崖の向こうに押し流されて、岩に叩きつけられてしまう。

「だれなのかわかるか?」ドクター・ヴェリックがたずねた。

「男性がひとりと女性がひとり」とライザンドラ。「女性のほうはシンディと呼んでいるけれど、それは本名じゃない。本名の頭文字はM。メアリか、それとも――」

「マカリスター」といって、ブリディはかんぬきをはずした。「ビリー・ジョー・マカリスター」そして、扉を開けた。

30

「うわっ！　水門が決壊する」

——ドロシー・L・セイヤーズ
『ナイン・テイラーズ』

はてしなく長い一瞬、なにも起きなかった。これじゃ間に合わない、メイヴの名前を聞かれてしまう——そう思ったとき、声がまともにぶつかってきた。荒波のようにではなく、破城槌のように。その勢いがあまりにも激しかったから、きっと病院じゅうのすべての人間の、すべての思考だろう。〈痛い、ああくそっ、痛い！……手のほどこしようがないってどういう意味だよ？……わたしのせい……彼に運転させたりしちゃいけなかった……複数の裂傷……発作……悪い知らせ……転移が……〉

その勢いに押されてブリディはハコヤナギに激しく叩きつけられ、太い幹に両腕をまわしてしがみつき、息をあえがせた。以前の声もひどかったが、今度のはそれよりもはるかにひどい。パニックと怒りと痛みが、耳を聾するしぶきとなって襲ってくる。とても持ちこたえられない。

それに、ここにはしがみつく手すりもなく、CBもいない。ハコヤナギの幹だけ。幹は太すぎてしっかりつかむことができない。ざらざらした樹皮を両手でひっかき、なんとか手がかりをつかもうとするあいだにも、声がぶつかってくる。〈……回復の見込みはない……出血……腫瘍……手術不能……まだたった六歳なのに……八十パーセント以上がⅢ度の熱傷……救急カートはいったいどこなんだ？〉

そして、それらの声の上に、ライザンドラの明瞭な声が、「ほかの声が聞こえる」といい、それから、「なにこれ、いったいどうなってるの？」と叫ぶ。

ブリディはラジオに目をやった。まだ園芸用具戸棚のてっぺんにある。水位はもうそのすぐ下まで迫っていた。「どうした、ライザンドラ？」ドクター・ヴェリックが心配そうに声をかけるのが聞こえた。「返事をしてくれ」

「……何千も！」ライザンドラが金切り声をあげ、同時にトレントがうわずった声で叫んだ。「そいつらを近づけないでくれ！」

まさかそんな。彼らも声の洪水に押し流されている。ブリディは扉に目をやったが、手を伸ばして閉められるはずもなく、水は荒れ狂う奔流となって、一分ごとに嵩《かさ》を増しながら流れ込んでくる。

「看護師！」ドクター・ヴェリックがそう叫んだとき、ラジオが水中に没した。洪水が中庭の内壁に激しくぶつかり、ラジオと園芸用具戸棚をもろともに押し流してゆく。

「心臓発作だ！」ブリディの前を流れてゆくラジオから男の声が叫んだ。「看護師をここに！　いますぐ！」それがドクター・ヴェリックの声なのか、無数の声のひとつなのか、判別がつかない。みんなが助けを呼んでいる。〈看護師！〉と〈そいつらを近づけないでくれ！〉と〈助けて、このままじゃ命が……〉

ブリディ自身も助けを呼ばなければ。でないと声に押し流されて崖から転落し、岩に叩きつけられてしまう。でも、助けを呼んじゃだめ。ハコヤナギの幹に必死にしがみつきながら思った。もし助けを呼んだら、彼のことを知られてしまう。そして、彼が火焙りにされてしまう。

声と水位は急速に上昇し――〈……二度と意識が戻らなかった……終末期……救えない……手のほどこしようが……救って……〉――指が滑った。いまにも幹から手が離れてしまう。意に反して助けを呼ぼうと、ＣＢを裏切ろうとしている。できることはなにもない……。

いいえ、ある。ブリディは目を閉じると、ハコヤナギから手を離した。そして次の瞬間、逆巻く水の中にいた。もがき、あがきながら水中に呑み込まれ、口の中が水に満たされた。

よかった。水を呑み、噎《む》せながら思った。これでもう、彼を裏切れない。肺が水でいっぱいになり、のどが詰まり、咳き込んだ。

しかし、呑み込んだ水のせいではなかった。煙のせい。

まさか。ブリディは動転した。煙なんてありえない。しかし、いがらっぽく焦げくさいにおいがするし、目を開くと、あたり一面が煙に包まれていた。煙が濃すぎて、壁も扉も見えない。そして、ＣＢが両腕をまわしてブリディの体を支え、頭を水面に出していた。

「だめ！」ブリディは彼の腕に抗してもがきながら泣き叫んだ。「行って！　ここにいたら、聞かれてしまう」

「この騒音の中じゃ、聞こえるもんか」胸まである水をかきわけ、煙が立ちこめる中庭に向かって進みながらいう。

「知らないくせに！　ドクター・ヴェリックは霊能者のライザンドラを呼んでるのよ。彼女はわたしの考えていることがぜんぶ聞ける、セーフルームにいても！　あなたのことも知られてしまう！」闇雲に殴りつけた。「行って！」

「いったい――？　うわっ！　ちょっと、ブリディ、いまのは鼻だったぞ！」ＣＢはブリディの両手の手首をつかんで自分の胸に押しつけ、殴れないようにした。「いったいどうしたいんだ、ぼくを殺す気か？」

「いいえ、ここからいなくなってほしいだけ！」両手を自由にして、ＣＢから離れて水中に潜ろうともがきながら叫んだ。

ＣＢがブリディを水面にひっぱりあげた。「とにかく、暴れるのはやめてくれ」といって、半分ひきずるように、半分押すようにして、乾いた敷石の上に上げた。あちこちに燃えさしが散らばり、煙が向こうのアドービ煉瓦壁を隠している。ブリディは壁に寄りかかって咳き込んだ。

ＣＢも両ひざに手をあて、背中を曲げて咳き込んでいる。ずぶ濡れで、その顔にはすすのすじがついていた。服やうなじから水がぽたぽたと敷石に滴り落ちる。「だいじょうぶかい？」咳の合間にＣＢがたずねた。

「いいえ」とブリディ。「なんで来たの？」

「冗談だろ？　きみがピンチのとき、ぼくが来なかったことがあるかい？」

一度もない。でも、今度だけは、来ちゃいけなかった。「ほんとにごめんなさい。呼びかけるつもりはなかったのに」

「きみは呼びかけなかったよ。ぼくはもう来てたんだ。セドナが霊能者で有名な土地柄で、いちばん有名な霊能者のひとりが赤毛だとわかったとき、ヴェリックがこっそりセドナに行った理由がとつぜん腑に落ちて、それできみに連絡しようとした。きみに遮断されたとき、なにかまずいことが起きたと判断して、それがなんなのか確かめるためにまっすぐ病院に来た」

「病院に来たの？」ブリディはぞっとした。ＣＢがいませんようにと、はかない希望を抱きながら、中庭をすかして現実のテスト室を見た。ＣＢがこの建物のどこかべつの場所――最初の夜にいたフロアとか、逃げ込んだ階段室とか――にいて、そこから中庭に来ていることを祈った。

　でも、そうじゃなかった。ＣＢは、防音壁に体を押しつけるようにして床にまるくなっているブリディの横にひざまずいている。ヘッドフォンは床に落ちていた。驚いたことに、ヘッドフォンも床も、濡れていなかった。ＣＢの服も、髪の毛も。ブリディはずぶ濡れになった自分の服を見下ろした。だが、それも乾いていた。

　テスト中にすわっていた椅子はひっくりかえり、ジーナー・カードがそこらじゅうに散らばっている。ドアは蹴り開けられたみたいに開いたままだった。いまにもドクター・ヴェリックが監視カメラでＣＢの姿を見て、この部屋に――

「いや、だいじょうぶ」とＣＢがいった。「でも、とにかくドアは閉めたほうがいいね。

両方とも」

　ＣＢは苦労して立ち上がった。「ここにいて」とブリディにいってから、散らばったカードのあいだを通ってテスト室のドアを閉め、それから水の中を歩いて——もうひざまでの深さしかなく、急速に水位が下がりつつある——中庭の開いた扉のほうに向かった。

　ＣＢが扉を押して閉めた。声の大半はそれで締め出せたが、その向こうからまだ怒りに満ちたつぶやきが聞こえてくる。ＣＢは近くを漂っていた木製のかんぬきを拾って、かんぬき受けに挿し込んだ。鉄製の掛け金を下ろしてから、またじゃぶじゃぶ歩いて戻ってくると、ブリディのとなりに腰を下ろした。憔悴しているように見える。顔はやつれ、すすの黒いすじの下の肌は蒼白だった。両手もすすにまみれ、火ぶくれができかけている。ブリディを救うために、火の中を抜けてきたあかし。

　ブリディの目に涙があふれた。〈ＣＢ、ほんとにごめんなさい〉

「きみのせいじゃないよ」ＣＢはぐったりした声でいって、うしろの壁に頭をあずけ、目を閉じた。

「だめ、休んでる暇はない」ブリディはひざ立ちになった。「行かなきゃ。監視カメラが——」

「だいじょうぶだよ。カメラは止めたから」

「でも、やっぱり行かないと。ここにいることをドクター・ヴェリックに知られる前に。ライザンドラが――」

「いまの彼女は、ドクター・ヴェリックになにか伝えられる状態じゃないよ。きみの恋人もね。ドクター・ヴェリックは手いっぱいで、ぼくらにかまうどころじゃない」

「そんなのわからないでしょ」

「わかるとも。ぼくがヴェリックのオフィスの外の廊下にいたとき、きみがあの大洪水を解き放った。ヴェリックと霊能者の両方が叫んでいたから、彼らが狡猾でちっぽけな脳みそで考えていることはぜんぶ読めた。それに、信用してくれ、他人の思考に聞き耳をたてるのは、いまの彼らがいちばんやりたくないことだよ。きみは、声の群れを自分に対して解き放っただけじゃない。霊能者とトレントはふたりともきみの心を聞いていたから、声はきみを突き抜けて、彼らふたりにフルパワーでぶつかった。ふたりとも、ショックがひどすぎて、いまはだれにもなにも伝えられない。とくにライザンドラはね。ヴェリックは彼女になにか投与してた？」

「ええ。なにか鎮静薬。ヴァリアムかザナックスか。感受性を高めるために」

「ふむ、ヴェリックのオフィスにいまいる医療スタッフの数から判断して、確かに彼女の能力は強化されたみたいだね。鎮静薬か」首を振りながら、「やれやれ」

「彼女、だいじょうぶ？　傷つけるつもりなんかなかった。心を聞かれるのを防ごうとしただけ。山ほど質問されて、いずれあなたとメイヴの存在を明かしてしまうんじゃないかと怖くて。だから、声を中に入れて……」

「わかってる。なにが起きるか、きみには予見しようがなかった」

「でも、ふたりはそのうち回復するんでしょ？」

「うん」とＣＢ。「トレントはだいじょうぶだ——限定的なテレパシー能力しかないからね。それにたぶん、ライザンドラも。彼女が回復不能なダメージをこうむる前に、扉を閉められたと思う。でも、もしヴェリックが彼女に強い薬剤を投与していたら……」腹立たしげに首を振り、「あの男は銃殺すべきだな」

「確かに。でも、いま最優先なのは、彼女がまだショック状態で、あなたのことに気づいていないうちに、ここから抜け出すことよ」

「そうだね」と答えたが、ＣＢは立ち上がろうとしなかった。

「わたしのことが心配なら、もうだいじょうぶだから。すぐよくなる。見つかっちゃいけないのはあなたよ」

　ＣＢは疲れた顔で壁にもたれていたが、やがていった。「まだ話してないことがある」どんなことだとしても、悪い知らせだ。「あなたの名前をわたしが思い浮かべるのを聞かれた?」ブリディは恐怖にかられてたずねた。「それとも、まさか、メイヴ?」

「いや」

「じゃあ、どうして離れられないの?」

「彼らがまだ声を聞いているからだよ」

「でも、扉はあなたが――」ブリディは反射的に中庭のブルーの扉に目をやった。かんぬきも掛け金もきっちりかけられ、しっかり持ちこたえて、一滴の水も洩れていない。

「きみがすでに準備していた防御策を使って、ぼくは声を止めた。でも、トレントも、ライザンドラも、声に対するなんの防御もない。どうやって防壁を築くかを教えてやらないと、彼らは――」

いつまでも声を聞きつづけ、頭がおかしくなってしまう。あるいは、自殺する。「でも、もしあなたが声を締め出す方法を教えたら、あなたがテレパシー能力者だと知られてしまう。メイヴのときにやったみたいに、バリケードを築けないの?それとも、カーネギー・ルームでわたしにやったみたいに?」

「無理だよ。あのときぼくが防いでいた声は、いまにくらべたらぜんぜんすくなかったし、ほんの短時間だったから――」

「でも、ライザンドラの場合だって、鎮静薬の効果が切れるまでのあいだ、なんとかすればいいだけでしょ」

CBは首を振った。「その段階で声が止まることはあてにできない。きみが解き放った洪水がひきがねを引いた結果、トレントとライザンドラには声が聞こえるようになったわけだけど、でも明らかにそれだけじゃない。洪水によって、彼らの抑制因子が押し流されてしまった」

「じゃあ、わたしたちみたいに、永遠に声を聞きつづけることになる」

CBはうなずいた。「それをブロックしようと思ったら、いつまでもつづけなきゃいけない。それも、つぶやきレベルにまで抑えるだけじゃなく、完全にシャットアウトする。それには、もっと大量のエネルギーと集中力がいる」

CBとメイヴの名前を聞かれないようにするだけでも、自分にとってどれほどたいへんな労力だったかを思い出した。体じゅうのエネルギーを完全に使い果たしてしまった。しかもCBは、自分の思考を——それにブリディの思考を——彼らからブロックする必要がある。でないと、なにを計画しているかがバレてしまう。

「ひとりをブロックするのにくらべて、相手がふたりになると、むずかしさが指数関数的に増大する」とCBはいった。洪水からわたしを救い出すことで、すでに疲労困憊しているのに。

それに火事から。それに病院と劇場と備品室からも救い出し、そのあいだ、ほとんどまったく睡眠をとっていない。病院から自宅までわたしを送り届けたり、車をとりにいくのにマリオット・ホテルまで送ったり、メイヴを救ったりすることに忙殺されて。

それに、眠っているわたしの不寝番もつとめてくれた。壁によりかかってぐったりすわっているＣＢの姿は、うちひしがれ、精根尽き果てているように見えた。彼のいうとおりだ。いまのＣＢには、トレントとライザンドラのために防壁を築いて一定時間維持するだけの力も忍耐も残っていない。

「このまま放り出して、声の好きなようにさせるわけにはいかない」ＣＢがいった。「たとえそうしたいと思ってもね。彼らは、きみが無事かどうか確かめるために看護師をよこすこともしていない。彼らの知るかぎり、きみも発作を起こしているかもしれないのに。それを気にする余裕もない」

それに、もしライザンドラが自分から鎮静薬の投与を求めなかったら、ドクター・ヴェリックはためらわずわたしに投与していたかもしれない。でも——

「そのとおり」とＣＢ。「ぼくらが引き起こしたことなのに、彼らが精神崩壊に見舞われるのを座視するわけにはいかない」

わたしが引き起こしたことっていう意味でしょ。ブリディは暗い気分になった。あれはわたしの名案だった。それが百パーセント裏目に出た。トレントとライザンドラをあやうく殺しかけたというだけじゃなく、CBを守るかわりに、CBを彼らの手に引き渡す結果になった。「巻き込んでしまってほんとにごめんなさい」

「こんなことになるなんて、きみには知りようがなかった。扉を開けることで——」

「いえ、そのことじゃなくて、なにもかもぜんぶ。ED処置を受けるなと警告してくれたときに耳を貸していたら、こんなことはなにひとつ起きなかった。あなたの秘密も安全に守られて——」

「うん。でも、トレントがなにを企んでいるかをぼくが最初に打ち明けていたら、やっぱりこんなことにはならなかった。でも、こうなってしまったんだから、声を制御すべく、トライする必要がある。さあ、立って」と、床にすわったままなのは自分のほうなのにいう。

「でも、かわりにわたしがやるわけにはいかないの？　防御線とセーフルームのつくりかたは知ってる。わたしがふたりにやりかたを教えて——」

　CBはもう首を振っていた。「防御線とセーフルームだけじゃ、ライザンドラを守るには足りない。彼女に必要なのは——」

「それをわたしに指示してくれればいい。あなたはここにいて、なにをいうべきか指示してくれたら、わたしが――」

「時間がかかりすぎる。それに、きみがトレント以外のだれかと話していたことはもう知られている。その相手がだれなのか、向こうはどうしても突き止めようとするだろう。きみをひとりで送り出して、尋問に直面させるわけにはいかない」

「でも――」

「それに、これにはぼくらふたりの力が必要になる。さあ」ＣＢは、ブリディの手を借りて立ち上がろうとするように両手を伸ばした。

ブリディも彼のほうに手を伸ばし、ふたりはたちまちテスト室にもどっていた。そこでは、床にすわっているのはブリディのほうで、ＣＢはかたわらに立ち、こちらに両手を伸ばしていた。その手にはなんの痕も――すすも、やけども――なかった。

よかった。そう思いながら、ブリディはその手をぎゅっと握った。

ＣＢが手をひっぱり、ブリディを立たせてくれた。

でも、もしテレパスだと知られたら、彼らはためらうことなく、ＣＢを火の中にまた送り出すだろう。ＣＢを尋問し、感受性を高める薬剤を投与し、ＣＢは声を締め出せなくなる。生きながら火焙りにされ――

「準備はいいかい？」ＣＢがいった。

「いいえ。ほかになにか、できることがあるはずよ。図書館で話したとき、妨害装置《ジャマー》を開発してるっていってたじゃない。それを――」

「いまから五分でなにか発明して、声をブロックするって？　残念ながら、それは無理」CBはやさしくほほえみかけてきた。「たぶん、思うほどひどいことにはならないよ。こんな騒ぎが起きたあとでは、連中も、これ以上テレパシーには関わりたくないと思うかもしれないし。トレントの心を聞くかぎり、彼の声は、体じゅうを這いまわる虫の群れの姿をとっているらしい。それに、霊能者の反応は、ヴェリックを心底怖《お》じ気《け》づかせた。彼ら自身もすでに思い知ったかもしれない。テレパシーなんか最低だって――」

〈バカじゃないの！〉どこからともなくメイヴの声がした。〈そんなこと思うわけないじゃん。正体を知られちゃいけないってCBにいってよ、ブリディ叔母さん！〉

「ここでなにしてる？」CBが詰問した。「セーフルームにいろといったはずだぞ」

〈聞いてただけよ〉メイヴがけんか腰でいった。〈聞いててよかった。あの人たちを助けるなんて、最悪！〉

「彼らがきみの正体をつきとめることもね。中に戻れ」とCBが命令し、三人はとつぜんまた中庭に戻っていた。メイヴはラプンツェルのドレスとティアラ姿で、両手を腰にあて、黒ずんだ敷石の上に立っている。

「テレパシーのことを教えちゃだめ。いったん知られたら、二度と放っておいてもらえなくなる。なにもかも白状するまで、ずっと悩まされる」

「メイヴのいうとおりよ」ブリディはいった。「水中に血の臭いを嗅ぎつけたら――」

「――かならずすべてを白状させる」とメイヴ。「そしてトレントは新型携帯電話にテレパシー機能を搭載して、世の中のママはみんなそれを買うから、子どもがなにかいけないことをしたらぜんぶバレて、なにもできないし、どこへも行けなくなる！　ダニカのママはほんとに厳しいの。もしダニカがゾンビ映画を見てると知ったら、永遠にネット禁止にされる。ほんとに意地悪な親を持つ子もたくさんいるんだよ。声を聞くよりもっとひどいことになる！　知られちゃだめ！」

「わかってるよ」ＣＢはいった。「だからきみは帰らなきゃいけない。きみのことは知られてないし、知られないままにしとかなきゃいけないからね。きみに必要なのは――」

「教えないって約束してくれなきゃだめ！　うちのママが、ヘリコプターママ更生セミナーを受けたときのこと覚えてる？」とブリディに向かって訴える。「あたしのフェイスブック・ページとメッセージはもう読まないし、しじゅうつきまとうのもやめるって約束したのに、守らなかった！　信用しちゃだめ」

「信用しないよ」とＣＢ。「だいじょうぶだから」

「だいじょうぶじゃない！」メイヴはほとんど叫んでいた。「ゾンビみたいなもんなんだから。撃つだけじゃだめ。頭を吹き飛ばさないと、何度でも立ち上がって襲ってくる。それに、どっちみち、なんで助けなきゃいけないの？　ウジ虫なのに！」

「ぼくらがウジ虫じゃないからだよ」

「でも、だからって正体を明かすことなんかない！　声をブロックできないといってたけど、力を合わせればできるって。あたしも手伝えるし、三人がかりなら――」

「だめだ」とCB。

「あなたのことが知られるリスクはおかせないのよ」とブリディが説明した。

「だいじょうぶ」メイヴは自信たっぷりにいった。「山ほどバリケード築いてるから。それにCBに周波数ホッピングも教わったし。ぜったい見つからない。他人の防壁の中に入る手管《てくだ》もたくさん知ってるし――」

　そうでしょうとも。

「――他人の思考をブロックする手段もね。あたしたちが交替で――」

　CBはもう首を振っている。「いつまでもはつづけられない。防壁を築く方法を教えることが、唯一の解決策だ。さあ、ブリディ」とこちらに手を伸ばす。

「でも、それしかないわけない！」メイヴは泣きわめいた。「ほかになにかあるはず。

『ゾンビゲドン』みたいな手を使ってだますとか。ショッピングモールに立てこもってると思わせておいて、ゾンビがみんな中に入ったら、モールに閉じ込めて、自分たちのことを忘れさせる薬を投与して――」

「ぼくらのことを忘れさせる薬なんかないよ」とCB。

「違う！」メイヴはいらいらしたように叫んだ。「だませるってこと。人間はテレパシーが実在するなんて信じないし、心が読めるふりをしているだけのインチキ霊能者がいっぱいいるっていってたじゃない。だから、CBとブリディが防壁を築く手助けをしてるあいだに、あたしは具合が悪くなったっていってママに病院に連れてきてもらって――」

「だめ。ぜったいだめ」

「いいから聞いて。ナニー・カメラをここに隠すの。で、仕事が終わったら、CBがブリディに『これでだませたと思うか？』って訊いて、ブリディは、『ええ。ほんとにテレパシーだと思い込んでる。テスト室さえ調べられずにすめばね』って答えるの。それで向こうはテスト室を調べてナニー・カメラを見つけて、テレパシーは大がかりなインチキだったんだと気づく。CBが病室を盗聴してるとブリディが思ったみたいに、テスト室に隠しカメラを――」

「だめだ」CBがいった。「まず第一に、彼らはナニー・カメラなんかにだまされないし

――」

「でも、あたしなら――」

「第二に、きみは病院に近づかない。家から一歩も出ずに、城にこもり、はね橋を上げて、もう出てきてもいいとぼくがいうまで、ずっとそこにいる」

これこれをするなと禁止することがメイヴに対してどのくらい効果的かはよくわかっている。目を離したとたん、メイヴは壁を超え、「ゾンビゲドン」や「美女と野獣」で学んだ以上に危険な作戦を実行するだろう。それを止めるには、メイヴの能力を知られることがみんなにとって壊滅的な結果をもたらすのだと納得させるしかない。

「こっちに来て、メイヴ」ブリディはハコヤナギのそばに歩み寄り、ひっくりかえったベンチをもとに戻した。ベンチの端にすわると、てのひらでとなりを叩き、「ここにすわって」

「いや」メイヴは腕組みし、肩をそびやかしている。

「CBはあなたを守るためにこんなことするんじゃないの――あなたがとても利口で、怖がってないことは彼もよく知ってる。なのに決断したのは、テレパシーの原因がなんなのか知られないことが最重要だからよ」

「あたしはそんなこと洩らしたり――」

「あなたが洩らさないのはわかってる。でも、ドクター・ヴェリックとライザンドラがあなたの存在を知るだけで、情報が洩れることになる」

「でも、CBは自分の正体を明かそうとしてる。それだって同じじゃない」

「いいえ、そうじゃない。いま現在、彼らは、わたしがテレパシー能力を獲得した原因はEED処置だと思っている。アイルランド系の遺伝子じゃなくてね。そして彼らは、CBがアイルランド系だということを知らない。ユダヤ系だと思ってる。でも、あなたの存在を知ったら、それが手がかりになって――」

「魔女が馬を見たときみたいに」メイヴがいった。

「魔女？」話が見えない。「『ゾンビゲドン』の話？」

「ううん。『塔の上のラプンツェル』。魔女は馬を見て、馬がいるからにはきっと乗り手がいる、塔が見つかったのかもしれないと考えてひきかえすの。それで、ラプンツェルがいなくなってるのに気づいて――」

「まさにそれよ。ひとつの手がかりが次の手がかりにつながる。それを止めることはできない。まるで――」ブリディは〝雪だるま〟といいかけて思いとどまった。『アナと雪の女王』の粗筋を聞いている時間はない。「フィードバック・ループみたいに」と、かわりにいった。「なんなのか知ってるでしょ？」

「もちろん、フィードバック・ループがなんなのかくらい知ってる」

「フィードバック・ループ」とＣＢがつぶやいた。

「なに？」とブリディ。

「なんでもない」ＣＢは手を振って、ブリディに話をつづけるように促した。

「だからね、メイヴ、いったん動き出したら、フィードバック・ループはどんどん強化されて、止める方法がなくなるの。でしょ、ＣＢ？」とたずねたが、彼は返事をしなかった。

「ドミノ倒しみたいに」とメイヴがいった。「ひとつ倒したら、次々にどんどん倒れてゆく」

「ぜんぶ倒れてしまうまでね。そういうこと」とブリディ。「あなたがテレパシー能力者だと知られたら、遺伝形質が鍵なんだと気づかれて、彼らはＲ１ｂ遺伝子クラスターに着目する。そうなれば、テレパシーの仕組みが明らかになって――」

「それを電子的に複製する方法が示される」ＣＢがもの思いから醒めていった。「そして、いったんそうなったら、ぼくらに止めるすべはない」

「だから、あなたの存在を知られないことがほんとうに重要なの」

メイヴはうなずいた。「『サイレンス・オブ・ザ・ゾンビーズ』みたいに。ゾンビから隠れてるあいだ、ものすごく静かにしてなきゃいけなくて――」

「まさにそれだ」とＣＢ。「こっち側のことはブリディとぼくにまかせてくれ。きみには、城に入ってはね橋を上げてから、城のいちばん安全な場所へ——」

「塔」とメイヴ。「百パーセント安全。だれも入ってこられない」

「よし。出てきても安全だとぼくが伝えるまで、そこに閉じこもっててくれ。それまでだれにも話しかけちゃいけないし、だれの声も聞いちゃいけない。ブリディやぼくの声も」

「聞いちゃいけないんだとしたら、出ても安全だっていったとき、どうやって聞けばいいの？」メイヴが実際的な質問をした。

「ショートメッセージを送るよ」

「どうやって？　スマホ持ってないくせに」

「ブリディのを借りる。心配ない。なにもかもきっとうまくいく。計画があるんだ」

「どんな計画？」メイヴが勢い込んでたずねた。「教えて」

「無理だよ。聞かれてるかもしれないからね。でも、これだけはいえる。きみが自分の役割を果たしてくれないと、この計画は成功しない」

「オーケイ」メイヴは不満がましく、「ちゃんとした計画だといいけど」といって消えた。

「そうなの？」メイヴが去ったあと、ブリディはたずねた。「ちゃんとした計画？」

ＣＢはその質問を無視して、「ドクター・ヴェリックが接続について説明したとき、神経のルートはフィードバック・ループをつくるといったんだよね。きみたちのあいだの信号ひとつひとつが、指数関数的に接続を強化する、と？」

「ええ。そしたらあなたが、そういう仕組みじゃないといったのよ」

「そのとおり」

「だったらどうしてそれが計画の役に立つの？」ブリディはたずねたが、ＣＢはやはり答えない。「計画なんてないんでしょ」

「うん、まだない。でも、心配ない。なにか思いつくから。もしほかのプランがぜんぶ失敗したら、『ゾンビナード』みたいに、逃げながら死体の腕や足や手をばんばん放り投げるさ」ＣＢはにっこり笑って、「まじめな話、その時がきたら、ぼくらは橋を渡ることになる。それがタラハチー橋じゃないことを祈ろう。それまでのあいだ、きみの恋人とライザンドラが防御線を築くのに手を貸さないと」

「彼はわたしの恋人じゃない」

「時が来たら、その橋も渡ろう」

ＣＢはもういちど手をさしだし、ブリディを連れて中庭を出ると、テスト室に入った。

「いまのうちに入らなきゃ。向こうが捜しにくるまえに」ブリディがためらうと、ＣＢはいった。「ぼくはきみを劇場から無事に連れ出しただろ？　図書館から連れ出しただろ？

ここからも無事に出られるよ」

だといいけど。ブリディは強くそう思った。

「さあ」といって、ＣＢはほほえみかけた。「フランスを救いにいこう」

31

「ぼくを信じてる？」
「百パーセント」
「よかった。ついてきて。ここから出るよ」

——ＴＶドラマ「アリス」

ＣＢは向こうが捜しにくることを心配していたが、彼らは全員、もう片方のテスト室にいた。ほかに看護師がひとり、ライザンドラのかたわらにひざまずいて血圧を測っている。肩に毛布をかけられ、椅子にぐったり腰かけたライザンドラは、酸素マスクごしに苦しげな息をして、看護師に触れられるたびにびくっとする。トレントはその向かいに腰を下ろし、強迫行為のように自分の腕と脚をしきりにこすっている。

ドクター・ヴェリックが顔を上げ、ＣＢとブリディを見ると、ぶっきらぼうにたずねた。

「どうしてテスト室にいない？」

それと同時に、トレントがいった。「ここでなにをしてるんだ、シュウォーツ？　コムスパンからよこされたのか？」

そしてライザンドラは壁ぎわに下がり、告発するように指をブリディにつきつけて叫んだ。「その女を近づけないで！　またやられる！」

〈だれもなにもしませんよ〉ＣＢがライザンドラにそういうのが聞こえた。〈助けにきたんです〉

ライザンドラにもそれが聞こえたことは明白だった。ブリディに指をつきつけたままＣＢのほうを向き、驚いたように彼を見やったからだ。トレントに聞こえていないことも、同様に明白だった。彼は心配そうな口調で、「シュウォーツ、この件についてはコムスパンの人間には口外無用にしてほしいんだが」といった。

ドクター・ヴェリックはＣＢのほうに歩み寄り、「あなたはここにいてはいけない、ミズ・フラニガン。この男は？」と詰問した。「それに、ここでなにをしている？」

「彼はＣ・Ｂ・シュウォーツ」トレントがかわりに答えた。「コムスパンの社員です。社用で来たんじゃないかと」ＣＢのほうを向いて、「違うかい？」

「違う」とＣＢ。

「彼は——」とライザンドラが口を開く。

CBがそれをさえぎり、〈ドクター・ヴェリックと看護師に、ここから出ていくようにいってください〉と命令した。〈この件が世間に知れる事態は望まないでしょう？〉

ライザンドラはうなずき、看護師に出ていくようにいった。

「入院が必要です」看護師が抗議し、ドクター・ヴェリックを見やった。「明らかに錯乱状態ですし、心拍数が——」

「ただちに看護師を退室させて」ライザンドラはいったが、ブリディはほとんど聞いていなかった。CBの心の声が聞こえるのに、どうしてライザンドラやドクター・ヴェリックの声は聞こえないんだろう。

ラジオだ、と思い当たった。洪水で電源が落ちてしまった。看護師がなおも反論しているあいだに、ブリディは中庭に戻り、水たまりに横倒しになっているラジオを発見した。チューニング・ダイヤルは半分熔けているが、なんとか電源を入れることはできた。しかし、ドクター・ヴェリックの局もライザンドラの局も見つからない。トレントで我慢するしかない。

まちがいだった。彼の思考は、体中を這いまわる虫に対する恐怖と嫌悪のほとんど支離滅裂なごちゃ混ぜで、CBがここでなにをしているのか、会社になにを報告するつもりなのかという心配がそれにミックスされている。ブリディが音量つまみをタップすると、ライザンドラの思考がどっとあふれ出てきた。トレント以上にヒステリックで支離滅裂だ。看護師はまだドクター・ヴェリックと言い争っている。「彼女が出ていくか、さもなければわたしが出ていきます」ライザンドラは毛布にくるまったまま立ち上がろうとした。「いや、だめだ」ドクター・ヴェリックがあわてていった。「看護師、話は終わりだ」といって、出ていくように合図した。

「でも――」

「きみがいるせいで、わたしの患者が動転している。必要なときは呼ぶから」

看護師がテスト室を出て、ドアが閉まるなり、ドクター・ヴェリックがブリディのほうを向いて、「さて、いったいなにがどうなっているのか、この男がここでなにをしているのか、これで話してもらえるだろうね」

「その人は、彼女が心で話しかけていた読心者です」とライザンドラ。「彼女が秘密にしようとしていた人物」

〈ＣＢが？〉トレントが信じられないというように心の中でつぶやくのが聞こえた。

「そうなのかね、ミズ・フラニガン？」ドクター・ヴェリックがブリディにたずねた。

〈だいじょうぶだ、ブリディ〉とＣＢ。〈彼に話して〉

「ええ」ブリディは渋々いった。

「彼と心の声で話していることをどうして話そうとしなかったのかね？」とドクター・ヴェリックがたずねた。

　こうなることがわかっていたからよ。ブリディは苦い思いを嚙みしめた。まさにいま起きているようなことが起きるだろうと。尋問。「先生が、接続するにはふたりの人間が感情的に結ばれていなければならないとおっしゃったので、トレントがもしこのことを知ったら――」

「C・B・シュウォーツと感情的に結ばれていると思われるって？」とトレントがいった。「冗談だろ？」

　ブリディは顔をしかめた。

　ドクター・ヴェリックがCBのほうを向いて、「きみたちふたりがコミュニケートできるようになったのはいつから？」

「ミズ・フラニガンの手術の直後から」とCB。

「直後って――？」とトレント。

　ドクター・ヴェリックはひとにらみしてトレントを黙らせると、「だからあの夜、あなたは病室を抜け出した」前々から抱いていた疑念が裏づけられたというように、ブリディに向かっていった。「彼の声を聞いて、怖くなったから」

「ああ、そのとおり」とＣＢがかわりに答えた。

「わたしの患者たちにこんな事態を引き起こしたのはきみか？」

「いいえ」とブリディはいった。「わたしです」

「きみが？」トレントが嚙みつくようにいった。

「だれがやったかは問題じゃない。重要なのは、二度と起きないようにすることだ」そういって、ＣＢはライザンドラのほうに歩き出した。「彼らと話をする必要がある。ぼくは――」

ドクター・ヴェリックが行く手をさえぎった。「わたしの患者に近づくことは許さない。ミズ・フラニガンとどのようにして接続するにいたったかを説明してもらうまでは。だれがきみのＥＥＤを？」

「こんな話をしてる時間はない」とＣＢ。「看護師の話を聞いたでしょう。ライザンドラの心拍数は危険なほど高い。ぼくに――」

「質問に答えてからだ。だれがきみのＥＥＤを？」

「だれも」

それをいっちゃだめ、とブリディは思った。

「数日前、ラボでケーブルにつまずいて、頭を打ったんです」CBは、うなじの、ブリディの傷と同じ場所を指さした。「それで気を失って、次に気がついたら、心の声が聞こえるようになっていた。ミズ・フラニガンの声を含めて。それに」トレントとライザンドラを身振りで示し、「そのふたりがいま聞いたような、見知らぬ群衆の声。身を守る方法を教えないと、ふたりはまたそれを聞くことになる」

「身を守る？」ドクター・ヴェリックがいった。「どういう意味だね？　それに、患者をさらに傷つける結果にならないとどうしてわかる？　きみにテレパシー能力があることさえ、わたしにはわからないのだよ。なんの証拠も示されていない」

「あの夜、病院に電話して、ミズ・フラニガンが病室を抜け出し、階段室にいると通報したのはぼくだ。病院の電話受付記録とコムスパンの発信記録をチェックしてみればいい。あの夜、ぼくはコムスパンから病院に電話した」

「なんの証拠にもならん」

「なあ、証拠ならあとでいくらでも見せるから、いまは早く――」

「証拠を見るまでは、けっして――」

「わかった」CBはテーブルからジーナー・カードをひっつかんだ。「ブリディ、ドクター・ヴェリックのオフィスに行って、ぼくが送る内容を書き留めて」カードをドクター・

ヴェリックに手渡し、「シャッフルして」

〈ほんとにこれでいいの？〉ブリディはたずねた。

〈ああ。行って〉

ブリディはうなずき、奥の廊下を歩いて、最初に通されたオフィスへ行った。さっきテスト室を追い出された看護師と口論する羽目になったら面倒だと思ったが、部屋は無人だった。デスクからペンをとり、メモする紙を探して次々に引き出しを開けた。いちばん下の引き出しに、見覚えのある透明なファスナーつきプラスチックバッグが入っていた。テストの前に看護師がブリディの持ちものを回収して入れた袋だ。

〈いいか？〉とＣＢ。

〈ちょっと待って〉ブリディは袋から携帯電話を出してポケットにしまった。〈オーケイ、わたしはなにを？〉

〈いまからいうことを書き留めるだけでいい〉といって、ＣＢは順番に模様を告げ――星、星、十字、波線、円――ブリディはそれを書き留めた。

〈オーケイ、戻ってきて〉とＣＢがいい、ブリディが戻るなり、メモした紙をひっつかんで、ドクター・ヴェリックの手に突きつけた。「これが証拠。さあ、ふたりの手助けをさせてくれ」

ドクター・ヴェリックは聞いていなかった。リストとジーナー・カードを見比べながら、「パーフェクトだ」と驚嘆したような口調でいう。

〈ぜんぶ正解をいったの？〉ブリディはぞっとした。ドクター・ヴェリックに、CBのテレパシー能力の全容を知られるのは自殺行為だ。CBは――

〈駆け引きしている時間はなかった〉とCB。〈彼を納得させるにはこれしかない〉

ただし、ドクター・ヴェリックは納得していなかった。「ありえない。なにかのトリックか？」

「いいえ」ライザンドラが震える声でいった。「本物です。彼が送信しているのを聞いたから。おねがい、彼にやらせて」

ドクター・ヴェリックは霊能者をにらみつけた。「これは、この病院の医療規則に根本的に――」

「なあ」とCB。「あんたが望むなら、どんなテストでもスキャンでも受けるから――」

〈だめ！〉

「ぼくらにそのふたりの手助けをさせてくれ」

「おねがい！」ライザンドラが痙攣《けいれん》するように体を震わせながら懇願した。「彼のいうとおりにして。声が戻ってくる前に」

「いいだろう」とドクター・ヴェリック。「しかし、そのあとでちゃんと答えてもらう」

「取引成立だ」CBがいって、すぐさまライザンドラのもとに行った。「きみはトレントを手伝って」とブリディにいう。〈それと、ヴェリックにぼくの邪魔をさせないでくれ〉

ライザンドラの正面にしゃがむと、〈だいじょうぶだ。ぼくはここにいる。ちゃんとつかまえてるから〉

「なにをするつもりだ?」ドクター・ヴェリックが彼らを見ながらたずねた。

「鎮静薬が与えたダメージを修復するの」とブリディ。「もし可能なら。彼女にほかになにか投与した?」

「患者の治療に関する情報は守秘義務の対象となる」とドクター・ヴェリックはぎこちなくいった。「他人に伝えることは――」

「好むと好まざるとにかかわらず、情報はもう洩れてる。さあ、教えて。ほかになにか投与した? それとも、催眠術とか?」

ドクター・ヴェリックはライザンドラのほうを見やった。まだ震えているものの、CBが話しかけているおかげで、さっきよりも落ち着いている。

「いや、鎮静薬だけだ」とドクター・ヴェリック。「前にも服用したことがあって、なんの副作用もなかったと本人が請け合った」といい、それからライザンドラに視線を固定したまま薬剤の名前と投与量を告げた。ライザンドラは、〈だいじょうぶ。声は届かないから〉とくりかえしいい聞かせるCBの顔をじっと見つめている。

〈そこらじゅうにいる！〉ライザンドラはすすり泣いた。〈いたるところに！〉

〈わかってる〉CBはなだめるようにいった。〈でも、だいじょうぶだ。声は――〉

「どこに行ったの？」ライザンドラが必死にCBをつかみながら叫んだ。「あなたの声が聞こえない」

ブリディは問いかけるようにCBを見た。〈声は届かないから〉と、なおもいいつづけている。

「聞こえない」ライザンドラはむせび泣いた。それから、〈ぼくはここにいる〉とCBがくりかえすと、急に緊張を解いた。

〈ああ、よかった〉とライザンドラはいった。〈一瞬、もしかしたら――〉

「いま、なにが起きた？」ドクター・ヴェリックがブリディにたずねた。

〈なにが起きたの？〉ブリディはCBにたずねた。〈どうして彼女にあなたの声が聞こえなかったの？〉

〈わからない〉CBは眉間にしわを寄せた。〈きっと、二、三秒、ほかの声がぼくの声を呑み込んでしまったんだろう〉

〈いえ、そうじゃない〉ライザンドラがいった。〈なにも聞こえなかった！〉

「ライザンドラはなぜきみの声が聞こえないといったんだね？」とドクター・ヴェリックがCBにたずねた。

「あなたが彼女の集中を邪魔したからよ」とブリディ。「椅子にすわって、できるかぎりじっと静かにして、彼らの集中を邪魔しないようにしてください。でないと、彼女はショック状態に陥るかも。もしくは、もっと悪いことが起きる」

「もっと悪いこと？」

「あなたが投与した鎮静薬によって、テレパシー信号に対する感受性が強くなり、感覚的過負荷を起こした。悪くすると精神崩壊につながりかねない。そんなことになったら、あなたのキャリアに傷がつくんじゃないですか？」

ドクター・ヴェリックは、急に蒼白になってうなずき、椅子に腰を下ろした。

〈よくやった〉とCBがいった。〈医療過誤訴訟の心配で頭がいっぱいになったから、しばらくは邪魔しないだろう。さあ、恋人がまた神経過敏にならないうちに助けてやって〉

ブリディはトレントを見やった。ズボンの上から神経質に脚をこすりはじめている。

〈まずなにをすれば？〉とブリディはCBにたずねた。

〈図書館でぼくがきみにしたこと〉CBがいった。〈いや、いまのはとりけし。防御線の

つくりかただけ教えてやってくれ〉

〈ラジャー、ドーン・パトロール。防御線のみ〉ブリディはそういって、トレントの向かい側に腰を下ろした。

「なにをにこにこしてる？」トレントがいった。「ぼくがどんな目に遭ったか、想像もつかないくせに。すくなくとも一ダースの声が、まわりじゅうから群がってきたんだぞ！」

一ダース。ブリディは、自分を呑み込んだ数千の声や、ＣＢの火傷した哀れな手を思った。

トレントがぶるっと身震いした。「やつらが服を這い上がって、耳の中に入ってきた。最悪だった！」

「そうね」ブリディは同情するように声をかけながら、ドクター・ヴェリックがノートに手を伸ばすのを目に留めた。テレパシーの危険性に怖じ気づいた説もこれまでか。「もう心配ない。二度と起きないようにできるから」〈でも、声に出してじゃなくて、心で話さなきゃだめ〉ドクター・ヴェリックに与える情報を最小限にすべく、そうつけ加えた。

〈わかった〉トレントが首筋を指先でひっかきながらいった。〈あらかじめ警告しといてくれてもよかったのに。考えてみろよ、もしテレパシー電話を発売したあとで、こんな事件が起きたら！〉

トレントは、すくなくともテレパシーがどんなに危険かを理解したわけだ。そう思いながら、防御線を築く方法を説明しはじめた。〈壁を想像して。もしくは――〉

〈想像?〉トレントが軽蔑したようにいった。〈こういうのを寄せつけないように想像する方法を教えてくれるっていうのか?〉

〈いいえ。あなたの脳は、電気化学的な防壁をつくりだす。でもそのためには、壁を思い浮かべるか――〉

〈シュウォーツに教わったのか?〉トレントがＣＢのほうを見ながらいった。あの夜、ブリディが車の中でＣＢの太腿をつかんでいたように、いまはライザンドラが彼のひざを死にもの狂いでつかんでいる。

〈きみにつかまれてたときのほうが楽しかったよ〉とＣＢがいった。ブリディは思わずまたほほえみそうになったが、トレントに見られないほうがいいと笑みを噛み殺した。

しかし、トレントはこちらを見ていない。まだＣＢを見ている。〈ぼくがあいつに嫉妬すると思ったなんて、信じられないよ! そりゃ、接続には感情的な絆が必要だとはいわれたけど、それにしたって! ノートルダムの鐘つき男だぞ?〉

わたしがあの扉を開けてあなたを虫に食わせるまであと一歩だったのに、とブリディは思った。でもそのとき、トレントを助けてやれとＣＢが口をはさみ、だからブリディは、

段階を踏んで防御線を設定させてから、〈もし声が聞こえたら、それに意識を集中して、「声はこれを突破できない」と考えて〉

トレントはうなずいた。〈意識を集中――〉声がそこで途絶えた。

ブリディは顔をしかめた。〈トレント、聞こえる？〉

応答なし。トレントの声がまったく聞こえない。それに、途絶えたのは彼の声だけではなかった。CBの声も、トレントをコーチするあいだ、うしろでずっと聞こえていたライザンドラの声も、やはり沈黙している。それに、つねに存在していた、防御線の向こうの声のつぶやきも聞こえない。

ブリディはCBのほうに目をやったが、CBとライザンドラは明らかに、おたがいの声がまだ聞こえている。CBは彼女に強く集中しているし、ライザンドラはまだ彼のひざを死にもの狂いでつかんでいる。じゃあ、いったいなにが起きてるの？

CBはやっぱり声をブロックすることにしたんだ、たとえ困難でも。それがテレパシーを彼らの手に渡さない唯一の方法だという結論に達してライザンドラをブロックし、今度はわたしをブロックした。

でも、だとしたら、わたしじゃなく、トレントをブロックしたはず。もしかしたら、わたしが彼と話していたから、両方をブロックせざるを得なかったのかもしれない。〈CB、あなたがやったの？〉と呼びかけた。

応答なし。〈ああ〉とか〈なにを？〉とか返答しないだけでなく、ライザンドラの顔からまったく注意をそらしていない。

わたしの声が聞こえないんだ、とブリディは思った。そしてブリディ自身は、まったくなにも聞こえない。

そのとき、トレントの声が戻ってきた。責めるように、〈どうして返事をしない？ 壁に集中してほしいのかとたずねたのに、返事をしなかっただろ〉トレントはシャツの前をひっきりなしに叩くのをやめていた。〈それに虫は――〉

ということは、ブロックされたのはわたしひとりだけ。〈ごめんなさい〉ブリディはいった。〈ええ、壁に集中して、こう考えて。「この壁は難攻不落だ」って。何度も何度もくりかえしそういって〉トレントがいわれたとおり唱えはじめたとたん、ブリディはさっきの遮断のことをまた考えはじめた。きっと、声の大洪水に対するなんらかの反応にちがいない。あれだけ大量の声は、精神が処理できる限界を超えていたため、神経がいわば失神状態に陥ったのだろう。

ＣＢに話すべきだろうか。でも彼は、すでにじゅうぶんな心配事を抱えている。プラス、ふたりに防壁を築かせるのに時間の猶予はあまりないといっていたのに、わたしはまだ、トレントのセーフルームにもとりかかっていない。

　トレントはまだくりかえしている。〈この壁は難攻不落だ〉

〈いいわ〉ブリディはいった。〈今度は、防御線の内側に、セーフルームをつくるの〉そして、それがどんなものでなければならないかを説明しながら、またとつぜん音が消えるんじゃないかと用心しながら耳をそばだてていたが、杞憂に終わった。

　よかった。心配の種はもうこれ以上必要ない。ライザンドラの衰弱も、トレントの体を這いまわる虫も、テレパシーがいかに危険かというCBの恐ろしい警告も、ドクター・ヴェリックにはなんの影響も与えなかった。熱心にメモをとりながら、もしライザンドラの精神的なショックが大きすぎてテストをモニターするのが不可能な場合は、マイクル・ヤコブセンとダウド夫妻を呼び寄せる必要がある、と考えている。

　つまり、ほかにもテレパスを抱えてるんだ。なんてことだろう。ということは、テレパシーは恐ろしいものだとトレントとライザンドラを納得させられたとしても、ドクター・ヴェリックには研究をつづける手段があるということだ。CBに話さなければ。

〈楽しい連想というのがなんのことだかわからない〉とトレント。

〈安全で、楽しく感じられる場所でなきゃいけないの〉ブリディはうわのそらでいった。

〈たとえば――〉

〈ハミルトンが使っているような豪華な役員室〉

もちろん。当然わかっていてしかるべきだった。CBがライザンドラの指導に忙しくて、これを聞いている暇がなくてよかった。

〈完璧ね〉とブリディはいった。役員室の壁や家具を想像するように指示してから、CBに呼びかけた。〈伝えることがあるの。サンタフェで会える？〉

〈もちろん〉CBはライザンドラに防御線に意識を集中するようにといってから、中庭にやってきた。

しかし、ブリディが用件を伝えると、CBは他のテレパスのことをすでに知っていた。

「ヴェリックの患者たちだ。前にヴェリックが彼らのことを考えるのを聞いた。マイクル・ヤコブセンが第一号。EED処置を受けたあと、フィアンセの声が聞こえると報告した。でも、フィアンセのほうは彼の声が聞こえず、ダウド夫妻はどちらも部分的なテレパシー能力しか持っていない。ヴェリックは、きみのほうがもっと有望だと思っていた」

「わたしが赤毛だから」

「うん。ヤコブセンはストロベリーブロンドで、ダウド夫妻の髪はどちらも鳶色だ」

「すくなくとも、まだアイルランド系の血筋には着目してない」

「うん。しかし、気づくのは時間の問題だ。赤毛は遺伝形質だし、ドクター・ヴェリックはすでに遺伝的な説明に傾いている。ダウドという名前はアイルランド系だ」

「でも、シュウォーツは違う。ヤコブセンはスカンジナビアの名前だし、ライザンドラのラストネームはワレンスキーよ」

「うん。でも、べつの理由を早く用意する必要がある——彼はすでに、ぼくがどうして赤毛じゃないのかといぶかしんでいる。もしライザンドラが回復して質問に答えられるようになったら、彼女の母方の先祖がメイヨー（アイルランドの州）出身だと知ることになる」

「べつの理由って、たとえばどんな？」

「遺伝形質という説明から彼を引き離すようなものがのぞましい。脳損傷とか薬物とか。ヴェリックが処方した鎮静薬をトレントが摂取していなかったかどうかつきとめよう。あるいは、彼が脳震盪を起こしたことがあるかどうか——サッカーの試合中に転倒するとか、愛車のポルシェを木にぶつけるとか、そんな理由でね。まあ、きみに対する態度を見てれば、彼が赤ん坊の頃に頭から地面に落とされた過去があるのは明白だけど、材料に使えるような事故がほかになにかなかったか調べてみて。もっとも、セーフルームをつくらせるほうが先だ。声の攻撃からいつまで彼らを守っていられるか、自分でもよくわからないからね」ＣＢはそういって、ブリディがテレパシーの遮断のことを告げる間もなく中庭から去った。

ブリディは、トレントが役員室を思い浮かべる手伝いを再開した。どうやらトレントは、何カ月も――あるいは何年も――前から、それを切望していたらしい。壁の絵画にいたるまで、その部屋に求めるものを具体的に考えていた。〈ハミルトンはモジリアニを飾ってるけど、ぼくとしてはアンドレアス・グルスキーかオロスコはどうかなと思ってるんだ〉ライザンドラのセーフルームもトレント並みに贅沢なんだろうか。いや、ＣＢがコーチしているのを聞いていると、彼女はむしろ、可能なかぎり頑丈にすることに集中しているようだ。〈もし扉を破って入ってきたら？〉と不安そうにＣＢに質問している。

〈そんな心配はないよ〉とＣＢ。〈でも、そのほうが安心できるのなら、もうひとつ錠を追加してもいい〉

〈その錠を本締めボルトにし――？〉という言葉の途中で声が途切れた。

「どこに行ったの？」ライザンドラがたずねた。「どうして聞こえないの？」ブリディにも彼女の思考が聞こえなかった。聞こえるのは、声に出してしゃべる言葉だけ。でも、ＣＢの思考はまだ聞こえる。

〈ここにいるよ、ライザンドラ〉とＣＢ。〈あわてないで。声は入ってこられない〉

「聞こえない」ライザンドラの声がうわずっている。

「どうなってる?」ドクター・ヴェリックが立ち上がった。

〈ぼくに話して、ライザンドラ〉とCB。〈どうなってるのか教えて〉

ライザンドラは目を大きく見開き、怯えた顔でCBを見つめた。

「ライザンドラ」CBが彼女の肩を軽く揺する。「ライザンドラ」

「あなたの声が聞こえない」とライザンドラ。「つまり、心の声が。声に出してしゃべる言葉はまだ聞こえる」

CBは眉根にしわを寄せた。「ほかの声はどう? 聞こえる?」

「いいえ」

〈ブリディ、彼女になにかいってみて〉とCB。

〈ライザンドラ、わたしの声は聞こえる?〉とブリディはたずねた。

「いまの、聞こえた?」CBがライザンドラにたずねた。

「いまのって、なに? なにも——あ、戻った」

「どうなっているのかとわたしはたずねたのだよ」とドクター・ヴェリックがふたりに近づく。

「しいっ」とCBがいった。〈ライザンドラ、なにがあったか教えて〉

〈とつぜん、なにもかも静かになったの。前にそうなったみたいに。あなたの声が聞こえ

なくなった。なにも聞こえなかった〉

〈音はだんだん小さくなっていった？　それとも、とつぜん途切れた？〉とブリディはたずねた。

〈とつぜんだった。スイッチを切ったみたいに〉

〈で、同じようにとつぜん戻った？〉

ライザンドラはうなずいた。CBがブリディに向かって、〈どうして――？〉

ブリディはCBと目を見交わした。今回は、サンタフェで落ち合いましょうという必要はなかった。CBはそくざに中庭に来て、「どうしてあんな質問を？」とたずねた。

「わたしにも同じことが起きたから」

「いつ？」

「ほんの二、三分前」

「トレントの声が聞こえはじめたころ、途切れ途切れにしか聞こえなかったときみたいな感じだった？」

「ううん。もっと唐突。通話中に電話を切られたみたいに。しかも、防御線の向こうの声まで含めて、なにも聞こえなくなった。トレントにもわたしの声が聞こえなくなってたんだと思う。どこに行ったのかと訊かれたから」

「ライザンドラも同じことをぼくにたずねた」CBは考え込むような口調で、「いまさっき彼女がしゃべっていたとき、その背後の思考は聞こえなかった。前にライザンドラに同じことが起きたときは、ヒステリックになりすぎて、ぼくの声が聞こえないだけと思ってた。でも、きみも同じことを経験したとなると……どのぐらいつづいた？」

「たぶん、一分間ぐらい。なにが原因だかわかる？」

「きみと同じく、さっぱりだよ。もしまた同じことが起きたらすぐ教えて。いいね？」

「どうやって？　そのときは、あなたにわたしの心は聞こえない。前回もあなたに呼びかけたけど、受信も送信もできなかった」

「オーケイ、じゃあ、声に出して教えてくれ。それと、トレントのセーフルームをできるだけ早く仕上げて。もしこれがあの大洪水の後遺症のひとつだとしたら、ほかにどんな症状が出るか知れたもんじゃない」CBはそういうと、ただちにライザンドラの指導に戻った。

ブリディはトレントに注意を向けた。〈あなたの役員室が正確にどんな外見なのか、くわしく教えて〉

〈まだ完成してない〉とトレント。〈デスクをどうするか決めかねてるんだ。ハミルトンのはマホガニー製だけど、チークのほうがもっとプロっぽい――〉

〈どうでもいいのよ。重要なのは――〉

〈でも、あらゆるディテールを視覚化しろっていったじゃないか。デスクの材質が決まってなかったら――〉声が途切れた。

〈トレント？〉ブリディは声に出して、「トレント？」

「なに？」とトレントがいった。「心で話をしなきゃいけないっていわなかった？」

〈いったわよ。聞こえる？〉

トレントは答えなかった。

「いまいったことが聞こえた？」と声に出してたずねる。「心で会話していたとき？」

「いや」トレントの表情から、心の声でなにか話しかけてきて、その返事を待っているのがわかった。

〈ＣＢ〉と呼びかけたが、すでに彼のほうからたずねてきていた。

〈どうなってる？　今度はトレントにも同じことが起きた？〉

〈きっとそうだと思う。単語の途中で声がぷつっと切れた〉とブリディ。

「なにが起きている？」ドクター・ヴェリックがたずねた。

ブリディもＣＢもそれを無視した。〈トレント、聞こえるか？〉とＣＢ。

〈トレントに聞こえるのはわたしの声だけよ〉とブリディが思い出させた。

〈じゃあ、きみが呼びかけてくれ〉ＣＢはそういって、彼女が、〈ブリディからトレントへ、トレント、どうぞ〉とくりかえすあいだ、注意深く彼を見つめた。

トレントはやはり答えないが、疑り深い表情が顔に浮かんだ。「もしきみがこれをやってるなら……」とＣＢに向かっていう。

「これって？」とＣＢ。「なにが起きてるか話してくれ」

「ミスター・ワースは、いま途絶を経験しているのかね？」とドクター・ヴェリック。

「しいっ」ＣＢがいった。「トレント、ブリディの声は聞こえる？」

「いや」トレントはとがめるようにブリディをにらみつけ、「ぼくの役員室に置くデスクの材質のことで彼女に質問していたら――」

「役員室？」ドクター・ヴェリックが割り込んだ。「いったいなんの話だ？　ミスター・シュウォーツ、きみはさっき――」

「しいっ」とＣＢ。「そのとき、なにが起きた？」

「急に割り込んで、聞こえるかと声に出して質問してきた。イエスと心で答えたのに、彼女には聞こえなかった。もし彼女が心でぼくに話しかけているとしても、それは聞こえない。なにも聞こえない」

「声を含めて」

「ああ。まったくなんの音もしない。ある瞬間まで聞こえていたのに」とつぜん、ブリディに彼の思考が聞こえるようになった。〈――次の瞬間、聞こえなくなった〉

〈またトレントが聞こえ出した〉とCBにいった。

〈ぼくもだ〉とCB。「トレント、ブリディが聞こえるか？」

「ああ」

「なにが起きているのか教えたまえ」ドクター・ヴェリックが要求した。

「わからない」とCB。

〈嘘だ〉トレントがいった。〈たぶん、この裏にはシュウォーツがいる。ぼくらには知る由《よし》もないんだ、その防壁なるものを築くことがはたして……うわ、やめてくれ、戻ってきた！〉そして、狂ったように脚をこすりはじめた。

よかった、とブリディは思った。声のおかげでトレントはしばらくのあいだドクター・ヴェリックにそれを伝えられない。〈トレント、だからセーフルームが必要なのよ。絵のことは忘れて、壁の視覚化を終わらせて〉

「どういう意味だね、わからないとは」とドクター・ヴェリックがたずねている。

「わからないんですよ」とCBがいった。「短時間、トレントとのテレパシー接続が失われていたけど、また回復した」

　ということは、ＣＢはこの件が重大事だと思わせたくないらしい。わたしも協力しないと。

「珍しい現象じゃないんです」とブリディはいった。「トレントとわたしは、前にもコミュニケーションの断絶を経験しました。接続して最初の数時間は、ときおり単語やフレーズが聞こえるだけだったし。そうよね、トレント？」

「ああ、でも――」とトレントが口を開いた。

　ブリディはそれをさえぎり、「ストレスが接続に干渉する場合があるといってましたよね」とドクター・ヴェリックに向かっていう。「トレントとライザンドラは、いましがた、とてつもなく大きなストレスのかかる経験をしたばかりだから」それからトレントに向かって、〈それに、ストレスは、声がまた襲ってくる原因にもなる。だから、セーフルームのドアをいますぐロックしなきゃいけないのよ〉

〈そうするよ〉トレントは大あわてで本締めボルトを思い描きはじめ、そのあいだにブリディは中庭にこもって、ＣＢがこの件の背後にいるというトレントの言葉について考えた。

　そうなんだろうか。遠感喪失《ブラックアウト》は、声とのあいだにとつぜん防音バリアが置かれたみたいな感じだった。ブリディの防御線の煉瓦壁に似ているが、さらに効果の高いバリア。しかしＣＢは、自分には声をブロックする力はないといっていた。彼が消耗しきっていることに嘘はない。ライザンドラをコーチしているいまの彼のようすを見ても、顔には疲労のしわが刻まれ、目の下には隈《くま》ができている。あれを偽装するのは不可能だ。

　声を完全にブロックできるのはせいぜい二、三分だというＣＢの言葉が嘘だとは思わないが、しかし、いまのブラックアウトはその範囲内におさまっている。やろうと思えば、ＣＢにも可能だったはず。ただし、一分かそこら声をブロックすることが、いったいなんの役に立つんだろう。テレパシーが機能しなくなったとドクター・ヴェリックに思わせるのはまず無理だ。それに、もしＣＢがこの途絶の裏にいるなら、それを小さく見せようとはしないだろう。

　もっとも、この現象が、自分とはまったく無関係に、自然に起きたことだと思わせるつもりなら話はべつ。そうすることで、ドクター・ヴェリックがスキャンを要求したとき、テレパシー能力が無効になったふりができる。そう考えれば、ブリディ自身の能力が無効になった理由も説明がつく。途絶が全員に影響しているように見せるために、一度はブリディをブロックしなければならなかった。あれほど簡単にスキャンを承諾したのもそれで腑に落ちる。もともとスキャンを受ける気などなかったのだ。

〈トレントのセーフルームはどうなってる？〉ＣＢがたずねた。〈もう声を防げる状態になった？〉

〈だと思う〉

〈よし〉とＣＢ。〈ぼくはも――〉

声が途絶えた。「もう」の「も」と「う」のあいだでぷつっと切れた。またわたしをブロックしてる。でもどうして？　ほかの人を納得させるためなら、一度ブロックするだけでいいはずなのに。

〈役員室は完成した。次はどうすればいい？〉とトレントの声がした。

ということは、ブロックされてるのはわたしじゃない。ブリディはＣＢを見やった。ＣＢは聞き耳をたてるように顔を上げている。その顔には、ショックを受けたような、当惑の表情が浮かんでいた。〈ＣＢ、どうしたの？〉と呼びかけたが、返事がない。

彼が遮断されているからだ。彼の声はわたしのところまで届かない。だから聞こえない。あるいは、すくなくともそう思わせようとしている。自分も被害者なら、途絶を引き起こした犯人だと疑われることはない。

しかし、もし彼がそう見せかけているのなら、なぜ声に出して、「いまぼくが遮断された」といって、テレパシーになにかが起きているらしいとドクター・ヴェリックに訴えないのか？　ＣＢはなにもいわない。麻痺したような顔で、ただ突っ立っている。

見せかけじゃない、とブリディは思った。一分後、ブラックアウトが終わったとき、Ｃ

Bは〈ブリディ、きみに起きたことがいまさっきぼくにも起きたみたいだ〉といい、なにが原因なのかたずねると、〈さっぱりわからない〉と答え、ブリディはそれを信じた。

〈きみのがはじまったときは〉とCBがたずねた。〈とつぜ――〉

ブリディは唐突に沈黙に囲まれた。またCBが遮断されたんだろうか？　しかし、今回ブラックアウトしたのがブリディだということは明白だった。トレントも聞こえない――あるいは、声の群れも。

〈CB？〉この状態ではメッセージが伝わらないことは明らかだったが、それでも呼びかけてしまう。「いままた起きた」

「ほんとに？」CBの声や表情に現れている混乱と不安は、とうてい見せかけではありえなかった。

彼が引き起こしてるわけじゃない。それは確かだ。でも、じゃあなんだろう？　それともだれ？

メイヴだ。ブリディは、自分が断絶していることに感謝した。トレントにもライザンドラにも聞かれないで済む。これはメイヴの仕業だ。

メイヴは城の中にいると約束したが、防壁が自分を守ってくれると確信している。そして、ただ約束したというだけではメイヴを止められない。メイヴは何度となく、これこれをしないと母親に約束したが、躊躇《ちゅうちょ》なくあっさりそれを破ってきた。

　メイヴと話をしなければ。しかし、遮断されているあいだは不可能だし、断絶が終わったら、トレントとライザンドラに聞かれることになる。そして、優先順位の一番は、メイヴを彼らのレーダーの範囲内に入れないことだ。

　トレントとライザンドラが同時にブラックアウトするまで待つしかない。もしそうなることがあるとすれば。いままでのところ、断絶は一分か二分しかつづかない。もっとも、今回はそれよりすこし長くつづいているような気がする。

　個々の遮断時間が長くなれば、そのうち重なるようになって、そうすればきっと――と思ったとき、唐突にまた聞こえるようになった。ライザンドラがCBに、〈わたしの扉は声を締め出すには強度が足りないと思う〉と話している。ということは、遮断されたのがライザンドラじゃないことは明らかだ。

〈トレント？〉ブリディは呼びかけた。

〈彼は連絡を絶たれている〉とCBがいった。〈きみもそうだったのかな〉

〈いまさっきまで。わたしとトレントは同時に遮断されてた？〉

〈どうかな。遮断時間は長くなってきてると思う〉

〈もっと頑丈な錠前が必要ね〉ライザンドラがいった。〈本締めボルトひとつだけじゃだめ。必要なのは――〉「いままた起きた！」

「ぼくにも起きた」とトレントが割り込んだ。

「いったいなにが――？」といいながら、ドクター・ヴェリックがＣＢに歩み寄った。

ここにいて、ＣＢを助けるべきだ。そう思ったけれど、こっちのほうがもっと重要だ。それに、だれも聞いていない状態でメイヴと話をする唯一のチャンスかもしれない。ブリディは中庭に飛び込んで扉を閉め、メイヴに呼びかけた。〈いますぐ話がしたいの〉

返事がない。

もちろんそうだ。なにを訊かれるかわかっているのだから。〈シンディ！〉ともういちど呼びかけた。〈ラプンツェル！　メイヴ！　いますぐ返事をして！〉

やはり返事がない。持ち時間は急速に尽きようとしている。ライザンドラとトレントはいまにも断絶から復帰するかもしれない。あるいは、わたしがセーフルームに入っていることにＣＢが気づいて――

〈こんなことするなんて信じられない！〉メイヴがいった。〈ＣＢにいわれたとおり城にいて、だれにも話しかけなかったのに。どうしてあたしをブロックするわけ？〉

32

今度は、しっぽの先からはじまって、かなりゆっくりと消えていきました。

——ルイス・キャロル『不思議の国のアリス』

〈しいっ、メイヴ〉ブリディは反射的にそういって、ライザンドラとトレントとドクター・ヴェリックを見やった。〈そんなに大声出さないで。聞こえちゃう〉

〈ううん、聞こえない〉とメイヴ。〈ファイアウォールと暗号化ウォールを十五段階も張りめぐらしてるから。あたしをブロックする必要なんかなかったのよ！　あんなことするなんて信じられない！〉

〈なにがあったのか正確に教えて〉

〈なによ、まるで知らないみたいに！〉

〈知らないのよ。誓ってもいい。教えて〉

〈あたしはCBを聞いてたの——話しちゃいけないっていわれただけで、聞いちゃいけないとはいわれなかったから——そしたらとつぜん、なんにも聞こえなくなった。ラップトップがクラッシュしてブルー・スクリーンになるときみたいだった。なにも聞こえなかった。ゾンビまで含めて〉

〈それから？〉

〈それから、こんなことするなんて信じられないって、叔母さんとCBに怒鳴った。フェアじゃない、って〉

〈なにも聞こえなくなったあと、なにをしたの？〉

〈再起動しようとしたけど、無理だった。思いつくかぎりのキーを叩いたけど——〉

〈キーって？〉

〈うん。ほら、キーボードについてるやつ。ほんとはキーじゃなくて、ただのイメージだけど。セーフルームとか、叔母さんのラジオとかといっしょ。とにかく、あたしはラップトップをイメージして、クラッシュしたときにやるようなことをぜんぶ試してみた。電源を落としてからまた入れたり、Vチップかなにかのせいだった場合を考えてBIOSを初期化したり。でも、どれもうまくいかなかった。そのとき、あっけなく音が戻った〉

〈どのくらいつづいた？　聞こえない状態は？〉

〈すごく長いあいだ。十五分とか。ブロックなんかしなくてよかったのに。CBにいわれたとおりにしてたんだから。はね橋を上げて、落とし格子門を下ろして、そのあと塔に入って、ずっとそこにいたんだから。あたしはただ、どうなってるか、ようすが知りたかっただけ〉

〈聞く以外のことはなにもしてなかった？〉

〈してない！〉メイヴは激しい調子でいった。〈いったでしょ、あたしは――〉声が音節の途中で切れた。

うわ、今度はわたしが遮断された。またブロックされたと思って、メイヴがかんかんになるだろう。そのとき、ライザンドラが、〈まただ。どうして何度も同じことが起きるの？〉というのが聞こえて、遮断されたのはメイヴだと気がついた。

だとしたら、メイヴはますます激怒する。CBに伝えなきゃ。

でも、どうやって？　盗み聞きされるリスクはおかせない。ということは、ライザンドラとトレントがふたりとも遮断されるまで待つしかないが、いまはどちらも遮断されていない。ふたりとも、なぜ断絶が起きるのかと騒いでいる。

「わからない」とCBがふたりにいった。

「まさか。おまえがやってるんじゃないとどうしてわかる？」トレントがそういって、ドクター・ヴェリックのほうを向いた。「彼がテレパシーを遮断して、必要なデータをわれわれに渡さないようにしているのかもしれない。この〝手助け〟という話だって、ただの策略だったのかもしれない。そうすることでサボタージュを——ほらね？　またぼくを遮断した」

　よかった。これでひとりかたづいた。

「ミスター・シュウォーツ、もしきみがわたしの患者のテレパシーに干渉しているなら——」といいながら、ドクター・ヴェリックが威嚇するように進み出た。

「彼はそんなことしてません」ブリディはあいだに割って入り、「わたしたちにも同じことが起きてるの。なにが原因なのか、わたしたちにもわからない」

「ほんとうかね？」ドクター・ヴェリックが問いただした。

「ああ」とＣＢ。「ただし……ずっと考えてたけど、遮断を経験したのはライザンドラが最初だった。そうだよね、ブリディ？」

「ええ」それがＣＢの求めている答えだったことを祈りながら、ブリディはいった。

「オーケイ。まずライザンドラに起きて、それからブリディ」ＣＢが順番に指さしながらいった。「それからまたライザンドラ、その次がトレント——」

「どういう順番で起きたかで、なんの違いがある？」ドクター・ヴェリックがじれったげにたずねた。

「ライザンドラが原因かもしれない」

「わたしが？」ライザンドラが憤然としていった。「サイキック・スピリット・ギフトはわたしにとってすべてなのよ。なのにどうして……」

「意図してやったとはいってない」とＣＢ。「ドクター・ヴェリック、あなたは、ミズ・フラニガンから情報を得るため、ライザンドラに鎮静薬を投与した。その結果、聞こえる声の数に制限をかけていた彼女の能力が損なわれ、ライザンドラはもっとたくさんの声を聞くようになった。数百――」

「数千」とライザンドラがいった。「数万」

「そのとおり」とＣＢ。「ライザンドラはとつぜん、処理しきれないほどの数の声を聞いて、精神がシャットダウンした。電力系統が過負荷を起こして、ヒューズを飛ばすように」

じゃあ、メイヴのいうとおりだったんだ。システムがクラッシュした。

「でも、ぼくは鎮静薬を投与されてない。そのふたりもだ」トレントがブリディとＣＢを指さした。「なのにどうして、ぼくらにまでシャットダウンが起きた？」

「三人とも、テレパシー的にライザンドラとつながっていたからだよ」とＣＢ。「だから、声も、声に対する彼女の反応も、ライザンドラからぼくらに向かって、順番に滝《カスケード》のように伝《し》わった《た》のかもしれない。そして彼女の心がシャットダウンしたとき、ぼくらの心もそうなった。ひとつブレーカーが落ちると、次のブレーカーが落ち、また次のブレーカーが落ちるみたいに」

　さっきはブレーカーじゃなくてヒューズだといってたけど。ともかく、もしそれが大洪水への反応だとしたら、どうしてそのときじゃなくて、三十分もあとに起きたんだろう。

　しかし、ドクター・ヴェリックは、それについては疑問を感じていないようだった——あるいは、ＣＢの説明のほかの部分にも。「ということは、鎮静薬の効果が薄れるにつれて、シャットダウンの時間もしだいに短くなり、やがてはゼロになると」

　ＣＢはうなずいた。

「各人の遮断が、正確にいつ起きたのかを知りたい」とドクター・ヴェリックがいった。そして、ＣＢとブリディがトレントとライザンドラに、声が聞こえたらただちにセーフルームに入るよう訓練しているあいだ、ドクター・ヴェリックは断絶のパターンと持続時間を図表にした。

　目に見えて長くなってはいないものの、短くなってもいなかった。トレントとライザンドラのブラックアウトが重なることはなかったため、メイヴも断絶を経験していることを

ＣＢに伝えるチャンスはなかった。

もっとも、メイヴがほんとうに断絶を経験しているとはかぎらない。メイヴがそういったからといって、それが真実だという保証はない。メイヴに嘘をつく能力があることは明白だし、嘘がとてもうまい。メアリ・クレアが母親である以上、それも当然。彼女の話すべてが、ブリディに疑われないためにでっちあげたものかもしれない。

なぜなら、全員をブロックするなんて危険すぎるといってわたしに止められるのがわかっているから。それに、どんなに天才だとしても不可能だ。この作戦が多少なりとも効力を持つためには、テレパシーは永遠に消失してしまったのだとドクター・ヴェリックとトレントが納得するくらい長いあいだ、トレントとライザンドラの双方をブロックしつづける必要がある。数日か、もしかすると数週間。でも、メイヴがブロックしていられるのは、目を覚ましているあいだだけだ。

百歩譲って、メイヴがなんとかそれをやりおおせたとしても、ドクター・ヴェリックは納得しないだろう。彼には、テレパシー能力を持つ患者がほかにもいる。メイヴは彼らが存在することも知らないのだから、ブロックすることはできない。ブリディとＣＢがその話をしたとき、メイヴがそれを盗み聞きしていたとしても、彼女はほかのテレパシー能力者の声を知らないのだから、数千の騒がしい声の中から彼らを見つけ出すことは不可能だ。

それにメイヴはいまでも、トレントとライザンドラを一度に二分間以上ブロックすることさえできずにいる。

いや、それは違うかもしれない。ブリディが断絶から抜けたとき、今回は六分近くつづいたとドクター・ヴェリックから告げられた。さらに、断絶の頻度は着実に増大している。

「正確になにが起きているかを判断するために、きみたち全員のｆＣＡＴを実施したい」

ブリディは反射的にＣＢを見やった。それはいい考えじゃないと反対するだろうと思ったが、ＣＢはいった。「オーケイ。もしかしたらそれでなにかわかるかもしれない」

これがあなたのやったことの結果よ、メイヴ。ブリディは、スキャンに同意すべきじゃないとＣＢに合図する方法をなにか考えようとしたが、ドクター・ヴェリックはすでに、「ミスター・シュウォーツ、きみとライザンドラを先にしよう。こちらへ」といって、ふたりを廊下へ導いた。

〈おねがい。おねがいだからセーフルームに入って、ＣＢ〉とブリディはいった。

〈オーケイ、いるよ〉とＣＢ。

〈こんなことしちゃだめ〉

〈しなきゃいけない。なにが起きているか知る必要がある〉

〈わかってない〉とブリディはいった。〈わたしの考えでは――〉そして声がまた消えた。

〈メイヴ〉ブリディは憤然といった。〈もしあなたがこれをやってるのなら……〉しかし、メイヴには声が聞こえない。だれにも聞こえない。ブリディは沈黙のドームに閉じ込められている。

わたしがＣＢに話すのを妨害するためにメイヴがやっているに違いない。願わくは、ＣＢのスキャンになにも現れないことを見越しての行動でありますように。でも、もしメイヴが干渉した証拠が画像に写るとしたら？　メイヴと話す必要がある。でも、それは不可能だ。ここに囚われている状態では。

電話すればいい、と思い当たった。トレントに怪しまれずにこの部屋を離れることができれば。

トレントは、ドクター・ヴェリックがふたりを連れて部屋を出た瞬間から、自分のスマートフォンを手にしていた。ブリディは、彼が一心不乱にショートメッセージを打ちはじめるのを待ってから、「ドクター・ヴェリックが戻ったら、化粧室にいると伝えて」と声をかけた。

あいまいにうなずくトレントをあとに残してテスト室を出ると、奥の通路を歩いて、ドクター・ヴェリックのオフィスを抜け、廊下に出た。急ぎ足で廊下を歩き、この病院での最初の夜に逃げ込んだのと同じような階段室に飛び込んだ。電話をとりだしたあと、しばらく耳をすましてまだ遮断されているのを確かめてから、メイヴにかけた。

メアリ・クレアが電話に出た。「あいにくだけど、ブリディ」とぶっきらぼうにいう。「メイヴとは話せないの。スマホ権を剝奪したから。通信禁止になったの」

「通信禁止？」

「そう。『脳、脳、脳』を観てる現場を捕まえたのよ。ゾンビ映画を観るのは禁止だといってるのに、公然と反抗したの。あの子がゾンビ映画観てるの知ってた？」

「いいえ」ブリディは嘘をついた。「どうやって捕まえたの？」

「ウーナ伯母さんのところにスープを持っていってと頼もうと思って、部屋に入ったの。リュウマチがまた悪くなってるんじゃないかと心配で。けさ訪ねたら、話をしたがらなくて、いまは電話にも出ないのよ。それで、だれかようすを見にいったほうがいいと思ったんだけど、キャスリーンも電話に出なくて。だからとにかく、お使いを頼もうとメイヴの部屋に入ったら、あの子がラップトップでおぞましいゾンビ映画を観てたのよ。あわてて消そうとしたけど、間に合わなくて見つかったというわけ。さいわい、まだ最初の二、三分しか観てなかった。もしぜんぶ観てたら、何週間も悪夢に悩まされてたでしょうね。あの子になんの用？」

「たいしたことじゃないの」と答えながら思った。メイヴじゃなかったんだ。もしメイヴが声をブロックしていて、自分もブロックされているふりをしていたのなら、「脳、脳、脳」を観ている現場を母親に捕まったりするはずがない。

ということは、ヒューズが飛んだか、ＣＢがいったようにブレーカーが落ちたか、そのたぐいの現象だ。

しかしＣＢは、薬剤の効果が薄れるにつれて断絶時間が短くなるはずだというドクター・ヴェリックの考えに同意していたのに、現実はそうはなっていない。テスト室に戻ったときも、ブリディはまだ切り離されていた。トレントはエセル・ゴドウィンと電話で話をしていたが、一瞬だけ携帯を耳から離し、また遮断されたと告げた。そして、ＣＢとライザンドラを連れて検査から戻ってきたドクター・ヴェリックによれば、ＣＢの場合もライザンドラの場合も、断絶のせいで、はっきりした結果は得られなかったという。なお悪いことに、ＣＢのブラックアウトは十二分間つづき、ライザンドラのほうは十八分近くつづいて、いまも回復のきざしはない。「断絶時間は縮小傾向にない」とドクター・ヴェリックはいった。「むしろ拡大している！　これをどう説明するね、ミスター・シュウォーツ？」

「さあね。ひとつ考えられるとすれば」ＣＢは紙を一枚とって図を描きはじめた。「ほら、まずライザンドラ、それからミズ・フラニガン、またライザンドラ――」

「その話はもう済んだだろう」とドクター・ヴェリック。

「それからミスター・ワースとぼく」CBは図に線を加えながらつづけた。「それからまたミズ・フラニガン、次にライザンドラ」

「そう、それはわかっている」ドクター・ヴェリックがじれったげにいう。

「そのとおり。しかし、このパターンを見て」CBは全員に図を見せた。「ライザンドラからはじまって、彼女に戻りつづけている。ということは、たんなるカスケードじゃなくて、フィードバック・ループになってて――」

　フィードバック・ループ？

「ある人物からべつの人物に移るたびに効果が強まっている」

「効果ってなんの？　過負荷の？」

「あるいは、それに対するライザンドラの反応」とCB。「入ってくるテレパシー信号の流れがブレーカーを落とすのではなく、ある種の信号抑制因子のトリガーを引くのだとしたら？　全員がつながっているから、そのアクションはほかの全員に伝わり、それぞれの信号抑制因子のトリガーを引く」

「しかし、もしそれが信号抑制因子なら、声を完全に遮断するはずだろう。間欠的な断絶を引き起こすのではなく」

「信号を打ち消すのにひとつ以上の抑制因子が必要だとしたら、こういう結果になってもおかしくない。それとも、抑制メカニズムが弱すぎて、信号を打ち消しつづけることができないとか。フィードバックでは」CBは、図のそれぞれの名前を順番にマルで囲んでは、その線をまたライザンドラまでひっぱって、連続するループを描いた。「ライザンドラの情報がぼくら三人にカスケードするだけじゃなく、ぼくらの反応もいっしょに次に伝わる。だから、一周するごとにカスケードが増強されて、抑制因子の数が増えるか、抑制因子の反応が強くなるか、もしくはその両方が起きる」

そして断絶はより長く、より頻繁になる。まさにいま起きていることだ。

「しかし、ほかの人間には影響しないのだろう？」ドクター・ヴェリックがたずねた。

抱えているほかの患者のことを心配してるんだ、とブリディは思った。

「影響を受けるには、きみたちとテレパシー的につながっている必要がある。そうだろう？」ドクター・ヴェリックがしつこくいう。

「あるいは、盗み聞きしているか」とCB。メイヴが影響を受けたのはそのせいだ。ずっと聞いていたおかげで、フィードバック・ループに巻き込まれてしまった。

〈メイヴもブラックアウトを経験したのか？〉とCBがたずね、ブリディは反射的に〈しいっ〉と返したが、〈だいじょうぶだよ。ライザンドラとトレントはいま、ふたりともブ

ラックアウトしている。メイヴの断絶はいつ起きて、どのぐらいの長さだった？〉

ブリディはそれを伝え、さらに「脳、脳、脳」を観ている現場をメアリ・クレアに捕まった話をした。

〈じゃあ、メイヴの話は嘘じゃないな〉とCB。彼もメイヴがブラックアウトの犯人じゃないかと疑っていたらしい。

〈うん、一瞬、頭をよぎったよ〉とCB。〈もっとも、メイヴにその能力があると本気で思ってたわけじゃないけどね。いくら濠と茨とファイアウォールを擁しているとはいっても〉

〈でも、あなたにはその能力がある〉

〈ここまでの力はないよ。こんな力を持っている人間なんか、ひとりも知らない〉

〈ライザンドラはどう？　わたしたち、彼女のことはなにも知らない。もしかしたら、あなたが思っている以上に高いテレパシー能力があって、競争相手を排除するためにわたしたちを遮断して――〉

〈いや。ぼくは彼女の心が読めるんだよ、ね？　ライザンドラはこの件すべてに困惑しているし、彼女がいうところの〝サイキック・スピリット・ギフト〟を失うんじゃないかと怯えている。たとえ初歩的なものでも、もし彼女に声をブロックするスキルがあったとし

たら、あんなに激しく洪水に巻き込まれることにはなってなかったはずだ。信じてくれ、ライザンドラじゃない〉

じゃあ、ライザンドラではない。明らかに、トレントでもない。トレントには、ブロックすることはおろか、CBやライザンドラを聞く能力さえないのだから。それにこれは、トレントにとって、いちばん起きてほしくないことだ。ということは、CBのフィードバック・ループ仮説しか残らない。

でも、CBとわたしには――と考えたところで、あわててその先の考えを押しつぶした。CBが次にブラックアウトするまでは考えちゃだめ。

CBが遮断されるなり、ブリディはライザンドラとトレントの状態をチェックし――ライザンドラは断絶中、トレントはこの悪い知らせをハミルトンにどう伝えるか悩んでいる――それからセーフルームに入って、扉にかんぬきをかけた。そのときようやく、先ほどの考えが意味するところをじっくり検討した。

CBはカスケードが抑制因子のトリガーを引いたといったけれど、ブリディもCBも、抑制因子を持っていない。その遺伝子を欠いている。プラス、CBは、神経のルートがフィードバック・ループをつくることについてドクター・ヴェリックがなんと説明していたか、テスト室でしつこくたずねていた。あの質問と、今度はこの説明。偶然ではありえない。抑制因子が断絶の原因だと嘘をつく理由はひとつしかない。この現象は、ＣＢが引き起こしている。

断絶が間欠的なのは、いまの彼にとってはそれがせいいっぱいだからだろう。消耗しすぎていて、三人を同時にブロックしつづけることは不可能だから、強化フィードバック・ループ説を考えついた。明日になって、いくらか睡眠をとって回復したあとなら、全員をブロックできるかもしれない。ただし、ドクター・ヴェリックのほかの患者はべつ。ＣＢも彼らの声を聞いていない。

しかし、トレントとライザンドラを遮断しただけではなにも解決しない。それに、もし彼が他人をブロックできたのなら、どうしてきのうの朝、トレントがブリディの心の声を聞く前に、彼をブロックしなかったんだろう。そうすれば、こんな泥沼にははまらずにすんだのに。

それに、もし彼が遮断しているのなら、はじめて切り離されたとき、どうしてあんな顔をしたのか？　あの表情が演技だったはずはない。あのときの彼が、どんなに当惑し、怯えた顔だったかを思い出しながら、ブリディは心の中でいった。彼がどんなにすごい嘘の天才でも、不可能だ。

でも、もし彼がやっていないのなら、なぜ抑制因子のことで嘘をついたのか？　それに、どうして彼らの断絶のタイミングが、スキャンを受けるタイミングとこんなにぴったり重なったのか？　ブリディとトレントがｆＣＡＴに連れていかれたときは、検査室に入る前から断絶が起きて、ドクター・ヴェリックはなんの成果も得られなかった。

ＣＢの仕業に違いない。きっと、なにか計画があるんだろう。ほかのテレパスをここに連れてこさせて、彼らの肉声を聞いたうえで、全員をブロックするエネルギーがあることを祈るとか。やはり不首尾に終わった二度めのｆＣＡＴから戻ったとき、ＣＢは憔悴しきったようすだったから、ブリディは断絶の時間が短くなることを半分予期していた。ＣＢにはもう、ブロックしつづける体力が残っていないはずだ。

しかし、そうはならなかった。時間が経つにつれ、断絶は長く、その間隔は短くなり、夕方が近づくころには、四人全員が同時にブラックアウトしはじめていた。

「ひどいな」とトレントがいった。「シュウォーツはなんとかしてこれを止められないのか？　第二のフィードバック・ループをスタートさせて、抑制因子を抑制するとか」

ブリディは信じられない思いでトレントを見つめた。「声に戻ってほしいと本気で思ってるの？」

「いや、もちろん思ってないさ。しかし、プロジェクトはどうなる？　ハミルトンになんていえばいい？」トレントはスマートフォンを振ってみせた。「きょうの結果はどうだったかと、いまもメッセージが来てるんだぞ」

ブリディはCBに目をやった。ドクター・ヴェリックといっしょに、自分の脳のスキャン画像を見ている。緊張し、消耗しているように見えた。「あんまりうまくいかなかったといえば？」とブリディ。

「すばらしい」トレントは皮肉っぽくいった。「アップルが新型iPhoneを出すまでわずか二カ月しかない。ハミルトンには、アップルが真っ青になるようなブレークスルーの瀬戸際だといってあるのに、いまはその成果を示すものがなにひとつない。すべてが――ぼくの将来、ぼくのキャリア、ぼくの職が――これにかかっている、なのにきみは、あまりうまくいかなかったとハミルトンに伝えろっていうのか？ 彼がなんと返信してくると思う？」

「このままテレパシー電話の開発を進めてからこんな事態が起きた場合よりはましな返信じゃないの」とブリディはいった。「そんなことになったら、アップルとサムスンがどんな広告を打つことか。『すくなくとも、当社のスマートフォンは、ユーザーの気を狂わせることはありません。あるいは、命を奪うことも』」

「いやはや。まったくそのとおりだ！ それは考えなかったな」トレントはまた自分のスマートフォンに目を落とした。「しかし、それでもハミルトンを納得させる役には立たない。なにかいわなきゃいけないんだ」

「ほんとのことをいえばいいじゃない。テレパシーは危険すぎて使えないことが判明した、電話に搭載することを不可能にするような、意図せざる結果が生じた、って」

「そんなことといえるもんか！　実現可能だと請け合ったんだ——百パーセント安全だと。それに〝意図せざる結果〟なんていったら、ぼくがちゃんと考えてなかったみたいじゃないか」

まさにそのとおりじゃないの。「じゃあ、複雑な要素があったといえば」

トレントは顔をしかめた。「〝複雑な要素〟が〝まぎれもない失敗〟の婉曲表現だってことはだれでも知ってる」

なら、いまの状況にぴったりなのに。

「もっとネガティヴに聞こえない表現は考えつかないのか？」とトレント。

「〝興味深い進展があり、さらに検討を要する〟は？」

「うん、それはいいね。興味深い進展、か。二、三件、電話をかけてくるとドクター・ヴェリックに伝えてくれ。すぐ戻るから」トレントは部屋を出ていった。

ＣＢは、ドクター・ヴェリックとまだ話し込んでいる。いまにも死にそうな顔で、全身が疲労で崩れ落ちそうに見えた。

ドアにノックの音がして、看護師が顔を出した。「お邪魔してすみませんが、ドクター。患者さんのひとりから電話で、緊急の用件だと」

ドクター・ヴェリックはうなずき、「すぐに済むから」といって部屋を出ると、ドアを閉めた。たぶん、看護師とふたりだけで話ができるように。

ということは、ドクター・ヴェリックはわたしたち全員が遮断されていると思っているか、テレパシーという概念をいまだによく理解していないか、どちらかだ。電話回線の向こう側にいる人物の声は聞こえないかもしれないが、ドクター・ヴェリックの心の声は聞こえる。それに、さっきの看護師の声も。

ブリディは中庭に入り、ラジオでドクター・ヴェリックの周波数を探し出すと、音量つまみをタップした。「マイクル・ヤコブセンさんです」という看護師の声が聞こえた。「フィアンセとの精神的接触がすべて断たれたそうです。三十分前、彼女の声がとつぜん聞こえなくなって、それ以来、彼女からまったくなにも聞こえてこない、と」

33

「アイルランド人であるということは、いつかは世界に心を傷つけられると知ることだ」

――ダニエル・パトリック・モイニハン（アメリカの政治家・社会学者）

ドクター・ヴェリックはただちにもう一組のテレパシー能力者であるダウド夫妻に電話し、精神でコミュニケートする力になにか異変はあったかとたずねた。ないという返事だったが、三十分後、また看護師がやってきて、ポール・ノースラップという人物が、いまさっき〝短時間の断絶〟を経験したと報告した。

その時点で、トレントとライザンドラはどちらも三十分にわたって断絶しており、ブリディは、いつまでもつづくんじゃないかと思うほど長かった、二十四分間の沈黙を抜けたところだった。〈いまの聞いた、ＣＢ？〉とブリディはたずねた。

〈ああ〉CBはむっつり答えた。〈いまもまだぼくの仕業だと思っている場合に備えていうと、ポール・ノースラップがだれなのかも知らなかったよ〉

〈だったらどうやって――?〉

〈わからない。もしかしたら、大洪水が起きたときにたまたま聞いていたのかもしれない。それとも……〉

それとも、ドミノ倒し式に、テレパスからテレパスへ次々に断絶が連鎖している。そして、ループのたびに強さを増している。

そのころには、ブリディの断絶時間は心の声が聞こえる時間よりずっと長くなっていたので、ドクター・ヴェリックがオーダーしたfCATスキャンを心配する必要も、ジーナー・テストで嘘をついてスコアを下げる必要もなかった。

〈デューク大の実験の、例の被験者といっしょだ〉二度めのテストのあと、CBはいった。〈前に話した被験者のこと、覚えてる？　テレパシー能力があるとライン博士が信じていた人物。彼はすごく高いスコアを記録していたのに、とつぜんがくんと成績が落ちた〉

〈協力するのをやめたんだろうといってなかった？〉とブリディ。

〈うん。でも、もしぼくがまちがってたら？　ぼくらにいま起きてるのと同じことが彼にも起きたんだとしたら？　ライン博士が〝感受性を高めるため〟に鎮静薬を投与し、それ

が大洪水を引き起こして、テレパシーの停止につながったんだとしたら？〉

〈それを確かめる方法はある？〉とたずねたが、もしCBが返事をしたとしても、ブリディには聞こえなかった。また、すべてが遮断されてしまった。

どうやらCBも同じだったらしく、彼はドクター・ヴェリックに向かっていった。「また聞こえなくなった。それにふたりとも、くたくたになってる。きょうはもう帰宅してゆっくり休んだら、またコミュニケートできるようになるかもしれない」

「だめだ」とトレント。「あしたにはもう能力が消えているかもしれない。そうなる前に、できるかぎりのデータを集めないと」

「データなんてどうでもいい」とライザンドラ。「この現象を止める方法を考えて」そこでドクター・ヴェリックは、imCATを各人にオーダーした。

しかし、トレントはまだ遮断されたままで、ブリディとCBはどちらもスキャンをはじめて一分もしないうちに断絶に入り、ライザンドラは技術者が検査台に彼女を寝かせる前にブラックアウトした。ドクター・ヴェリックはとうとうあきらめて、やはり全員を帰宅させることにした。

「明朝九時に来てほしい」とドクター・ヴェリックはいった。「それまでは、思念の送受信が可能になった時刻とその持続時間を記録しておいてほしい。もしその期間が長くなるようだったら、電話して知らせてくれたまえ」

「わたしはどうなるの？」とライザンドラ。「わたしも帰宅しろと？　ここまで呼びつけて、わたしのサイキック・スピリット・ギフトを失わせておいて、このままセドナに帰れと？　もしこの力が戻らなかったら？　わたしはどうすればいいの？　破滅よ！」

ドクター・ヴェリックは彼女の相手にかかりきりになり、トレントは携帯を耳に当てながら、「ぼくはコムスパンに戻らないと。ハミルトンが会いたいといってる」といって部屋を出ていった。

よかった。これでＣＢとふたりだけで話をするチャンスができる。しかし、ドクター・ヴェリックのオフィスをつつがなくふたりであとにすると、ＣＢがいった。「ぼくはラボに戻って、なにが起きているか調べてみる。もしよければ——」

「ひとりで帰れるかって？　もちろん帰れるけど。ねえ、ドクター・ヴェリックにいったみたいに、ほんとにフィードバック・ループだと思ってる？」

「たぶん。と思う。わからない」

「でも、神経のルートはそういう仕組みじゃないといってたじゃない」

「ふつうはそうだけど、でも……」

「でも、洪水にしろ、滝《カスケード》にしろ、フィードバック・ループにしろ、わたしたちの抑制因子をどうして発動させられるの？　あなたとわたしは、そもそも抑制遺伝子を持ってもいないのに」

「さあね」ＣＢはぶっきらぼうにいった。「もしかしたらぼくがまちがってて、ぼくらは抑制遺伝子を持ってたんだけど、いままで活性化していなかったのかもしれない。あるいは、カスケードが、抑制遺伝子のトリガーを引く命令だけじゃなく、抑制遺伝子をつくりだす命令まで伝達したのかもしれない」疲れたように片手でひたいをこすりながら、「それとも、なにかぜんぜんべつの理由かも」といって、病院のロビーに立ちつくすブリディを置いて去っていった。

ブリディは迎えを頼もうとキャスリーンに電話したが――ＥＥＤの件を親族に知られることなど、いまとなってはもうどうでもいい気がする――キャスリーンは出なかった。ウーナ伯母にかけようかと考えたが、リュウマチで寝ているなら邪魔しないほうがいい。そして、いまのブリディに、メアリ・クレアに立ち向かう気力はなかった。とくに、メイヴと出かけたときに娘がスマートフォンで「脳、脳、脳」を観るのを許したのかと詰問するメッセージを読んだあとでは。

前回この病院をあとにしたときは、ＣＢが玄関で待ち受けていて、「マイ・レイディ、馬車がまいりました」といってにっこり笑った。そのときのことをなるべく考えないようにしながら、ブリディは電話でタクシーを呼んだ。

アパートメントに帰りついたとき、メアリ・クレアが待ちかまえていることを半分覚悟していたが、姉の姿はなく、新しいメッセージも入っていなかった。メイヴからも。精神のメッセージも含めて、連絡がない。メイヴの場合も、断絶が長くなってるんだ。茫然とスマートフォンを見つめたまま、そう思った。

残りのメッセージをチェックしながら、キャスリーンからの連絡があれば折り返し電話して気さくな声を聞けると半分期待していたのに、入っていたのはトレントからのメッセージが一通だけ。きょうあったことは会社ではだれにもいわないようにという注意だった。まあ、とにかく電話してみようと思ってキャスリーンにかけてみたが、相手は出なかった。寝たほうがいいのはわかっていたけれど、眠れる気がしなかった――疲れすぎている。それに、腹ぺこすぎる。朝からなにも食べていない。

もしかしたら、それが問題のひとつかもしれない。感情的に昂ぶった状態はテレパシーに影響する場合があるとCBはいった。空腹もそうかもしれない。そう思ってキッチンに行って、冷蔵庫を開けてみた。

食べられそうなものはなにもない。戸棚の中も似たようなものだった。アヒルの餌を探してメイヴが家捜ししたあとだから、わずかに残っているのは、ビーツの缶詰が一個と、ほとんど空っぽになったオーガニック・マルチグレイン・スクエアの箱がひとつだけ。ラッキー・チャームじゃなかっただけまだましか。そう思いながら、中身をボウルに注いでカウチに持っていったが、スクエアは、マシュマロと同じくらい味がしなくて、かたちも同じくらいあいまいだった。カーネギー・ルームでテーブルの向かいにすわったCBが、それぞれのマシュマロがなにをかたどったものなのか当てようとしていたのを思い出した。緑の帽子、黄色い犬用の骨、アルビノの茄子。

〈聞いてる?〉と呼びかけたが、断絶中か、もしくはテレパシーが停止した原因の究明に没頭しているらしい。

それとも、わたしと話したくないだけかも。そもそもこうなったのはわたしの責任だから。空腹感は去っていた。カスケードのひきがねを引いたのはライザンドラとその抑制因子かもしれないが、水門を開けたのはわたしだ。わたしが声の群れを引き入れた。

手つかずのボウルをキッチンに持っていって、シンクにシリアルを捨て、リビンググルームに戻った。

ベッドに行かなきゃ。そう思ったが、カウチにすわったまま、CBが——またはメイヴが——断絶期間が短くなりつつあると報告してくるのを期待して待った。しかし、聞こえたのはトレントの声だけだった。〈ハミルトンにいったいなんといおう?〉と、切羽詰まった調子でトレントはいった。〈もしかしたら、なにもいわずに済むかもしれない。これはただの一時的な不具合で、返事を引き延ばしているあいだに――〉

声が途切れたが、ブリディはそれにも気づかず、じっと考えていた。一時的な不具合。親族みんながわたしを説得して、EED処置を思いとどまらせようとしていたとき、キャスリーンが送ってきたリンクの中に、EEDの効果は一時的なものにすぎないという記事があった。そのせいということはありうるだろうか？　わたしが受けたEEDの効果が薄れてきたことが、テレパシーでつながっている他の全員にまで影響した？　だとしたら、EEDをやり直して……。

翌朝、病院で会ったCBにその話をすると、「ぼくもそれは考えた。でも、EEDの効果が薄れるには、数日じゃなくて数カ月かかる。それに、だったら最初にブラックアウトするのは、ライザンドラじゃなくてきみだったはずだ」と、CBは指で髪をすきながら、疲れた顔でいった。

ゆうべよりさらに消耗しているように見える。「ちゃんと寝たの？」

「あんまり。でも、潜在意識で声をブロックしてるわけじゃないとわかる程度には眠ったよ。そうだったらいいのにとひそかに願ってたんだけど。きみは？　眠れた？」

「多少は」

「まだ遮断されてる?」

「いいえ。でも、断絶は着実に長くなってる」ブリディは自分で書いた時間表を見せた。「いまは、声が聞こえる時間より、断絶している時間のほうが六十パーセント長い」

「ああ、ぼくもそうだ」

「CB、ごめんなさい。あの扉を開けたとき、こんなことになるとは――」

「わかってる。自分を責めることはないよ。そもそも、それが原因じゃないかもしれないし。ドクター・ヴェリックがさらに検査を重ねてデータを集めてからでないと、根本的な原因がなんなのか、はっきりとはわからない。彼はもうワンセット、imCATを撮りたいといってる。被験者の片方が送信し、もう片方が受信しているときの画像。もっとも、そんなタイミングが見つかるかどうか怪しいもんだけどね」

そんなタイミングは見つからなかった。トレントとライザンドラは、いまではほとんどずっとブラックアウトしたままなので、ドクター・ヴェリックはブリディが断絶から抜ける瞬間を待ってスキャンを開始したが、ほとんどすぐにまたブラックアウトしてしまい、三分後にはCBもそれにつづいた。ドクター・ヴェリックは、状況が改善するまでテストは延期するから、もう帰っていいと彼らに伝えた。

CBは病院に残り、スキャン結果をドクター・ヴェリックと検討することになり、「なにが写ってるかわかりしだい連絡するよ」とブリディにいった。「しかし、大洪水が元凶だという可能性がどんどん高くなっているみたいだね。聖人について、ちょっと過去の例をリサーチしてみたんだけど、何回か声を聞いたあと、なんらかの圧倒的な宗教体験によって〝死人のようにばったり倒れ〟、それ以来、声を聞かなくなった聖人が二、三人いる。これは、今回の大洪水と、それに続く断絶によく似ている」

「ジャンヌ・ダルクは？」とブリディはたずねた。「彼女にもそんなことが起きたの？」

「わからない。またあとで話そう」といって、ＣＢはテスト室に戻っていった。

病院を出て車に乗り込むと、ブリディはスマートフォンでジャンヌ・ダルクを検索し、彼女が死の間際まで声を聞きつづけていたことを知ってほっとした。しかし、ジャンヌ・ダルクは例外だった。〝幻視〟のあと、とつぜん声が聞こえなくなり、死ぬまでもとに戻らなかった聖人の数をＣＢは二、三人といったが、それは過小申告だった。実際は、すくなくとも一ダースいる。聖ブリギッドは〝そのとき以来、なにも聞かなかった〟し、トゥランの聖ベガも同様。ただし彼女は、〝苦行と祈りと大量の涙で声が戻ることを熱烈にこいねがい〟、自分がおかした罪のせいで声を聞く力を失ったのだと信じていた。

わたしみたいに、とブリディは思った。

車でコムスパンに戻ると、オフィスに閉じこもり、まだ仕上がっていない部署間コミュニケーション・レポートの作業に集中して、メイヴがまだ連絡してこないことについて考えまいとした。

トレントやライザンドラのように、メイヴもずっと断絶がつづいているのかもしれない。しかし、だとしても電話をかけてくることはできる。スマホ権を剥奪されたとしても、それであきらめるようなメイヴじゃないし、学校に行けば、ダニカの携帯を簡単に借りられる。

ブリディはメアリ・クレアに電話した。「ああ、ちょうどよかった、いま電話しようと思ってたところ」メアリ・クレアがいった。「きょう、キャスリーンと話した？」

「いいえ」

「わたしも話してないの。日曜の夜からずっと連絡してるんだけど、電話に出なくて」

メイヴにゾンビ映画を見せた容疑で尋問されるのがわかってるからよ。「たぶん、携帯の電源を入れ忘れてるのよ。メイヴはどう？」

「むくれてる。ダニカのお母さんに電話して、ダニカの携帯もパソコンもメイヴに貸さないようにしてくれっていったもんだから」

メイヴが電話してこない理由がそれでわかった。たぶん。

「ウーナ伯母さんからは連絡あった？」とメアリ・クレア。「そっちも電話に出ないんだけど」

「リュウマチのことがまだ心配なの？」

「ううん。フェイスブック見たら、〈アイルランドの娘たち〉の会かなんかに行ってたみたい。でも、電話に出ない理由はわからない」

ウーナ伯母さんも、メアリ・クレアと話したくないのかも。

「キャスリーンがなにか莫迦なことしてるってことはないわよね。スタバの男と駆け落ちするとか」

「どこからそんな話が出てきたの？」

「日曜の夜遅く、思いがけないところでしあわせを見つけたとかなんとか、フェイスブックに書いてたのよ。あの子がいつもいつも、出会ったばかりの男を好きになるの、知ってるでしょ。そんなの莫迦《ばか》げてる、知り合って二、三日の男がどんな人間なのかなんて深く知りようがないんだから、そんな相手を愛するなんてありえないっていってるのに。ねえ」

「もう切らないと。べつの電話が入ってるの」

ブリディは電話を切り、メアリ・クレアと話しているあいだにＣＢからの着信がなかったかチェックしたが、その形跡はなかった。ドクター・ヴェリックによれば、ＣＢは午後一時に病院を出たそうなのに、午後じゅうずっと連絡がない。

　午後四時半、もう我慢できなくなった。帰り支度をして、頭痛がするから早退するとシャーラに伝えてから、CBのラボに行こうとオフィスを出た。

　だが、CBは廊下に立って、スーキとしゃべっていた。スーキは、ブリディの姿を見るなり、足早にやってきて、「CB、どうしちゃったの？」と、彼のほうを見ながら、ブリディの耳もとでささやいた。「どうにか人前に出せるくらいに変身してるじゃない」

　そのとおりだった。ボタンダウンのシャツに、耳にはイヤフォンなし。ひげもきれいに剃って、朝よりも元気そうで、余裕がありそうに見えた。断絶の原因をつきとめたんだ。そう思って、ブリディの心に希望の光が射した。

「おまけにすごく気さくな態度で。彼、脳移植でもしたの？」スーキはCBのほうに思わせぶりな視線を投げて、「じっさい、なんかちょっとキュートじゃない、オタクっぽいなりに？　じゃなくても、髪に櫛を入れたらそうなる。そりゃもちろん、トレントほどじゃないけど。そういえば、彼、どうしたの？　きょう見かけたけど、ひどい顔だった！　ヘルメス・プロジェクト、うまくいってないの？」

　答えは慎重に。相手はコムスパンのゴシップ・セントラルだ。「ううん、万事順調。うまく進んでるって。たぶん、やらなきゃいけないことが多すぎて、ちょっとストレスが溜まってるのよ。そういえば、わたし、CBをつかまえなきゃいけないんだった。アプリのことで話があるの」といって、歩き出したCBを急ぎ足で追いかけた。

「CB!」〈CB!〉しかし、CBは歩調をゆるめない。

コピー室の前でつかまえて、中にひっぱりこんだ。ドアを閉めて、「なにが原因かわかった?」とたずねた。

「なんともいえない」

ということは、ノーだ。間近に見ると、さっきの印象はまちがいだったのがわかった。元気そうに見えたのは、ただのあきらめ。

「自然治癒した、ある耳鳴り患者に関する論文を見つけたんだけど」とCB。「パターンは同じだった――感情的なショックにつづいて、耳鳴りがしない時間が少しずつ長くなっていって、ある期間からあと、まったく聞こえなくなる」

「で、耳鳴りは二度と復活しなかった?」

「そういうこと。もうひとつ、二、三分前にヴェリックが電話してきて、ダウド夫妻はふたりともゆうべからブラックアウトしてるって。全員の断絶の持続時間をグラフにしてみたんだけど、フィードバック・ループによる増幅の度合いと一致している。ということは、まちがいなく、カスケードが原因だ」

「それがどういうわけか、抑制因子をつくる命令を伝達した？」

「うん。もしくは、ぼくらの脳が自前で肩がわり手段を編み出したか」

「肩がわり？」

　CBはうなずいた。「損傷を負った脳は、しじゅう肩がわりの方法を編み出してる――破壊された部分のかわりになる新たなルートや接続。おそらく生き延びるために、ぼくらの脳は、失われた抑制遺伝子の役割を兼ねるなにかを急いでつくりだしたんだよ」

「耳鳴りは〝ある期間からあと〟やんだといったけど、それってどのくらい？」

「二、三日」

　二、三日。「CB、ほんとにごめんなさい。わたし――」

「ごめんなさい？　冗談だろ。きみはぼくに恩恵をほどこしてくれたんだよ。声が聞こえなくなったいま、ぼくは球場にも映画館にもレストランにも行ける。それに、部署間会議にも出られる」といって、CBはにっこり笑った。

「声が聞こえなくなったことを謝ったんじゃないの。謝りたいのは、テレパシー能力を失わせたこと」

「重要なのは、ヴェリックときみの恋人が汚い手でテレパシーに――そしてメイヴに――触れないことだよ。それに、テレパシーがない生活は、ぜんぜん悪くない。あの地下牢から、こうして連れ出してくれたし」と、両腕を広げてコピー室を示し、「カフェテリアで食事をしたりもできる。ふつうの人間みたいに人前に出られるから、髪だって切りにいける」

いいえ、やめて。ブリディは思った。そのヘアスタイルが好きなの。

しかし、CBには聞こえない。「それに、とうとうまともな服を買えるようになった。就職の面接を受けるなら、それが必要になるからね」

締めつけられるように胸が痛んだ。「コムスパンを辞めるの？」

「たぶんね。まだわからないけど。でも、コミュニケーションを制限することに集中できる職場で働けたら楽しいだろうなと思ってたんだ。コミュニケーションに溺れさせるんじゃなくて――ごめん、たとえが悪かった。それに、どっかあたたかい場所で働くのもいいなと思って。だろ？」

ブリディは悲しげにうなずいた。

「おいおい、そんなに暗い顔するなよ。以前のような日常をとり戻したいっていってたじゃないか」

ええ、わたしはいろんなことをいった。あなたと二度と話したくないといった。わたしたちのあいだに感情的な絆なんかないといった。どこかに消えて、わたしを放っておいてといった。どれも、本心じゃなかった。どれひとつとして。

「つまりさ、こう考えてみるといい」CBが軽い口調でいった。「シャワーを浴びてるときにスパイされたり、真夜中に押しかけられたりする心配はもうなくなるんだよ。ぼくのほうは、サイコパスや変態の思考を聞かされなくて済む。これからはもう、〝水瓶座の時代《エイジ・オブ・アクエリアス》〟という言葉も知らない人たちに向かって、『アスパラガスじゃなくてアクエリアスだ！』と怒鳴りながら余生を送ることもない」

「でも、他人が考えていることがわからなくなって――」

「いつでもスーキに訊けるさ」それから、とつぜん真面目な口調になり、「いちばんだいじなのは、メイヴがぼくみたいに、いつ秘密が暴かれるかと怯えながら思春期を過ごさなくて済むことだよ。その秘密を使ってだれかが彼女を脅かすことも、世界を脅かすこともない。メイヴはふつうの生活を送れる。まあ、メアリ・クレアを母親に持つ娘としては可能なかぎり、ってことだけどね」といってにやっと笑った。

ブリディはうなずいた。「メアリ・クレアは、メイヴを堕落させてゾンビ映画を見るように仕向けた犯人を捜査中」

「知ってる。メイヴに聞いたよ。ゆうべ電話があって」

でも、わたしには電話してこない。

「なにが起きているか説明した」

「ショックを受けてた?」

「うん、まあ、そういっていいだろうね」CBは顔をしかめた。「でも、万事うまくいくと納得させたよ」

万事うまく。

「その一方、ライザンドラのほうは、サイキック・スピリット・ギフトを返さないなら、訴訟を起こして全財産を巻き上げてやるとヴェリックを脅している。それで思い出したけど、ヴェリックに電話しなきゃ。耳鳴りの件でわかったことを教える約束だった」

CBはドアを細めに開けて外を覗いた――なによりもその行動が、彼にはもう声が聞こえないことをブリディに納得させた。「敵影なし」といってCBはエレベーターのほうに歩き出し、肩越しにふりかえって、「あした話すよ」

いいえ、あなたはもう話さない。ブリディはさびしくそう思いながら、駐車場に出て車に乗り込み、帰宅した。もう二度と、わたしと話さない。

二、三日かかるという話もまちがいだった。この調子だと、心が聞ける時間は、家に帰りつくまでにゼロになってしまう。

そう思ったけれど、アパートメントまで階段を上がる途中で、かすかすぎてだれなのかわからない男性の声が聞こえた。「……通せない」

〈CB?〉期待を込めて呼んだ。

「わかってもらおうとはしたんだよ」と声。やっぱりCBじゃなかった。声の群れのひとつでさえない。階段を降りてくるだれかの肉声。「でも、終わったことを受け入れてくれなくて。とにかく、彼女がやったことは許せない」間があり、それから男はいった。「どうしたらいいかわからない」

わたしも、とブリディは思った。いったいどうやって今夜を過ごそう。ただカウチにすわって、最後の断絶がやってくるのはいつだろうと思いながら過ごすわけにはいかない。いまこの瞬間は、じっと耳をすませば、まだ声が聞こえる。もう必要がなくなった防御線の向こうの声がそうだったような、かすかなつぶやき。

〈CB?〉ブリディは呼んだ。〈メイヴ?〉しかし、だれも答えない。

ベッドに入るにはまだ時間が早すぎる。ブリディはキッチンに行って、まずいマルチグレイン・シリアルの最後の残りとミルク少々をボウルに注ぎ、それを持ってコンピュータの前に戻った。

メアリ・クレアからメールが来ていた。キャスリーンはやっぱり駆け落ちしていなかった。ウーナ伯母といっしょに〈アイルランドの娘たち〉の会に出ていた。「どうも、大がかりな『アイルランド伝統祭《ハイバーニアン・ヘリテージ》』的なイベントを準備してるらしくて、それでふたりと連絡がつかなかったみたい。きのうはまる一日、夜までそこにいて、きょうも一日じゅうそっちだったんだって」

ウーナ伯母さんはリュウマチで寝ていると思ったのに。ふたりが家にいて、話ができたらよかったのに。

それでもまだ、ベッドに入るには早い時刻だった。ウェブで〝耳鳴り〟を検索し、ＣＢが見逃している、症状がぶりかえした患者の例が見つからないかと思って探したが、見つからなかった。一時間後、あきらめて寝ることにした。

電話が鳴った。「ずっと連絡をとろうとしてたんだ」トレントがじれったげにいう。

「家に帰ってから、ぼくからの精神メッセージはひとつも受けとらなかった？」

「ええ。どうして？」と勢い込んでたずねた。もしトレントにわたしの心がまた聞こえはじめているなら、カスケードの効果が永続的なものだというＣＢの説はまちがっていたことになる。「戻ったの？」

「いや」とトレント。「くそっ。もしかしたらきみにはまだ聞こえてるんじゃないかと思ったんだ。そしたら、ドクター・ヴェリックが新たなｉｍＣＡＴを撮れるからね。ｉｍＣＡＴでは、テレパシーに関係するシナプスを特定するじゅうぶんなデータがまだ得られていない。テレパシーの実在を決定的に証明するものがないと、ハミルトンは、この件を先に進めるために必要なリソースの提供に応じてくれないんだ」

先に進める？「トレント、まさか、いまでもまだ、精神コミュニケーション電話を開発しようと考えてるわけじゃないでしょうね！　どんな結果を招くかはその目で見たはずよ。声の群れが――」

「わかってるよ」思い出してぞっとしているのが、トレントの口調から聞きとれた。「でも、テレパシーを止める方法があるとわかったわけだから、きっと、うまくコントロールする方法もあるはずで――」

メイヴのいうとおりだ。煙に焦がされた中庭の壁や、火ぶくれのできた扉の塗装を見ながら、ブリディは苦い思いを噛みしめた。彼らがいったんテレパシーに手をかけたら、説得してやめさせることなど不可能だ。

「でも、テレパシーを再起動する方法が見つかるまではなにもできない」トレントがつづけた。「それには、思念でコミュニケートしているあいだ、脳でなにが起きているかを示すスキャンが不可欠なんだよ。シュウォーツはまだきみとコンタクトしてる？」

「いいえ」

「くそっ。テレパシー能力があるかもしれないほかの人間の話をたまたま聞いてたりしてないよね？」

「してない。それに、もしそういう人がいたとしても、彼らとの接続も、ドクター・ヴェリックの患者たちのように、カスケードによって停止しているはず」

「それでも、テストできる人間がだれかいるはずだ」

メイヴとか？　カスケードが彼女のテレパシー能力を消し去ってくれてほんとうによかった。でないとトレントは、なんの良心のとがめもなく、メイヴをスキャンにかけていただろう。たとえ九歳でも。

「早くだれか見つけないと」とトレント。「あとどのくらいハミルトンを待たせておけるかわからない。シュウォーツに電話して、テレパスを調達することがどんなに重要か、念を押しといてくれ。くそっ、こんなことが起きるなんて信じられない！　必要な証拠を手に入れるまで、あと一歩だったのに」

あと一歩。そのタイミングでこの現象が起きてくれて助かった。しかもそれは、テレパシー能力を持つ全員に影響した。でなければ彼らは、ヴェリックのほかの患者にかたっぱしから鎮静薬を投与していただろう。患者を死なせることになろうが、頓着せずに。そしてトレントは、新型電話の回路設計に忙殺されていただろう。

ほんとにラッキーだった。そのとき、ブリディの脳裏にふと記憶が甦った。日曜の朝、トレントから救ってくれるどんぴしゃりのタイミングで、アパートメントの玄関にメイヴが現れたこと。あのときもわたしは、ラッキーな偶然だと思っていた。

「聞いてる？」とトレントがいった。「CBから連絡があったら、ただちに携帯にメッセージを送ってくれっていったんだ。ぼくの将来だけじゃなくて、きみの将来も危ういんだぞ」

「わかってる」ブリディは電話を切り、そこに立ちつくしたまま考えた。偶然のわけがない。運でもない。タイミングが完璧すぎる。それに、非論理的だ。断絶がほんとうに、声の群れに対するライザンドラの反応によって引き起こされたのだとしたら、彼女が声に呑み込まれた瞬間にはじまっていたはずだ。三十分もあとじゃなくて。

それに、なぜそれがCBに影響したのか？　彼は十三歳のときに、なんの防備もないいま、声にフルパワーで襲われているけれど、それは抑制因子や肩がわりをつくりだすトリガーを引かなかった。じゃあ、どうして今回はこんなことが起きた？

いや、そんなことは起きてない。CBは嘘をついた。彼が声をブロックしている。不可能だと自分でいっているにもかかわらず。もしかしたら、メイヴが協力しているのかもしれない。片方が寝ているあいだはもうひとりがカバーして、ふたりでかわるがわるブロックしている。あるいは、不可能だというCBの言葉が嘘で、いつでも好きなときに、何人でも好きな人数をブロックできるのかもしれない。

　でも、もしそうだとしたら、なぜ彼は、ジーナー・テストのあいだ、ライザンドラがブリディの心を聞きつづけることを許したのか。あるいは、最初にブリディが〈どこにいるの？〉とCBに呼びかけたとき、トレントがそれを聞くのをなぜブロックしなかったのか。それ以前に、そもそもブリディとメイヴが声を聞くことをどうして放置したのか。

　CBが意のままに声をブロックできると信じることは、わたしが洪水に溺れ、メイヴがゾンビの群れに襲われたのもCBの意図だったと信じることになる。でも、そんなことは信じられない。CBはそんな人じゃない。ブリディは頑固にそう思った。

　プラス、彼がはじめて断絶を経験したときの顔。ものすごくショックを受け、ものすごく……うちひしがれていた。なにが起きているか、CBにはわからなかったんだ。ブリディはそのときそう確信したし、いまも確信している。

　となると、残るのはメイヴだ。しかし、もしメイヴの仕業なら、そしてわたしに疑われてると思ったら、それをごまかすためにメイヴはなにか作り話を持ち出すだろう。

　メイヴはなにもしなかった。なにか連絡してきた唯一の人物はトレントだった。午後十一時、CBから連絡はあったかとたずねるメッセージをよこし、ノーと答えると、『たぶんラボだ。下は圏外だから』と返信してきた。

あるいは、ほかの場所も。と、沈黙に耳をすましながら思った。夜が更けるにつれて、沈黙が深くなるような気がした。防御線の向こう側に残っていた最後の声の痕跡もそれとともに消えてしまった。そしてメイヴが――あるいはCBが――ブロックしているのだという一縷《いちる》の希望も。

十一時半、電話が鳴った。またトレントだ。そう思ったが、画面を見ると、メアリ・クレアだった。しかし、実際はどちらでもなかった。メイヴだった。「話があるの」

「スマホ権はお母さんに剝奪されたんじゃなかったの」

「された」

「じゃあ、いまはどうやって電話してるの」

「バカみたいな家電で。ママがいびきかきはじめるまで待って、それで電話した。好きなときにただ話しかけることがもうできないなんて最低！　なんにもできない」

「まだネット禁止中？」

「うん」メイヴはうんざりしたようにいった。「みんなブリディのせいだからね。叔母さんが声を解き放たなかったら、こんなことはなにも起きなかった。あのバカみたいなドミノ倒しも起きなくて、あたしがブラックアウトすることもなく、ママが部屋に入ってくるのが前もってわかったはずだから、捕まることもなかった。なのにいまは、ラップトップでなにも見ちゃいけないんだよ。ママがぜんぶにブロックをかけたから、Hulu や YouTube も見られない。だから、動画はなんにも見られない。叔母さんのせいでなにもかもめちゃくちゃ！」

そうね、とブリディは思った。そして、そんなつもりはなかったとメイヴに——あるいはCBに——いっても、なんの役にも立たない。わたしがやったという事実は残る。CBは、意図せざる結果についてあらかじめ警告してくれていたのに、わたしはそれを聞こうとしなかった。

「ほんとに最低！」メイヴは叫んだ。「つまり、ゾンビはほんとに怖かったから、ゾンビをもう聞かなくてよくなったこととか、しじゅう隠れて暮らして、モールとか学校とかに行ったらどうなっちゃうんだろうって心配しなくてよくなったことはうれしい。でも、楽しいこともあったんだよ。お城が持てたし、ブリディやCBと話ができて——」

「話ならいまだって——」

「同じじゃない！」メイヴは怒鳴った。「前はどこにいても話ができた！　その力がなくなったのがイヤなの」

CBも同じ気持ちだろう。口でなんといおうとも。

彼は、ずっと隠れていることと、荒れ狂う声と、人間の醜い面をつねに見せつけられることを嫌っていた。世捨て人になって、頭がおかしいやつだと思われることを嫌っていた。

それでも、それが彼の人生だった。彼が知る唯一の人生だった。そして、テレパシーという彼の能力《ギフト》は――それに付随するすべてのマイナス要素にもかかわらず、やはりそれは贈《ギ》りもの《フト》だった――彼という人間のかたちを決定し、いまの彼をつくりあげた。やさしくて、おもしろくて、献身的で、信じられないほど勇敢な彼を。

それに、テレパシーには、ＣＢが愛した側面もあった――深夜の沈黙と、カーネギー・ルームと、ふたりが共有したクロストーク。

「いま、テレパシーがなくなったのは、その力を手に入れる前に戻るよりずっとひどい」とメイヴ。「だって、前はそれがどんなものか知らなかったけど、いまは知ってる。それがどんなに素敵だったかわかってるし、なくなってほんとに悲しいんだよ、ね？」

「わかる」ブリディは、車の中でとなりにすわっていたＣＢ、書庫でこちらに身を乗り出して、「ガイズ＆ドールズ」と、ブライディ・マーフィと、ハネムーンでどこへ行くかについて話していたＣＢを思い出した。

「戻る見込みはないんだよね？」メイヴが残念そうにたずねた。

「ＣＢはそう思ってる」

「だと思った」メイヴはため息をついた。「彼のこと、ほんと好きだった。ブリディ叔母さん、もう、トレントと結婚したりしないよね？」

「ええ」

「まあ、とにかく、ならよかった。ねえ、ほんとに戻らないと思う？　電話する前まで『塔の上のラプンツェル』観てたんだけど、魔女がラプンツェルの恋人を殺して、すごくおそろしいの。なにをしてもとりかえしがつかないと思うとこだけど、ラプンツェルが泣き出して、涙のひと粒が彼の頰に落ちると、それが大きな金色の花火みたいなものになって、彼が生き返って、それからふたりはいつまでもしあわせに暮らすんだよ」

涙がテレパシーを生き返らせてくれるとは思えない。それに、もしかしたら泣き出してしまうかもしれないと心配だったから、「『ラプンツェル』をどうやって観たの？」とたずねた。「ラップトップをブロックされてるんでしょ」

「されてる。でも、回避する方法を見つけたから。いっちゃだめだよ。もし知られたら、永遠にネット禁止になるから！」

たぶん、それが当然の報いだろうけど。と思ったが、ブリディは「いわない、約束する」と答えた。

「『ゾンビゲドン』を観てたこともいわないと約束して。それに——」メイヴの声がささやきになった。「切らなきゃ。ママが起きたみたい。こんなの大嫌い！」声が途切れた。

わたしも大嫌い。それに、あなたをこんな目に遭わせた自分も大嫌い。

それに、さっき考えた仮説が願望の現れにすぎないという証拠がもっと必要なら、いまの電話がまさにそれだ。メイヴの声の欲求不満と失望と悲しみが演技だなんてことはありえない。

もっともメイヴは、役者としてはCBよりさらに一枚うわ手だし、メアリ・クレアの制限やブロックやVチップすべてを回避して、観たい映画を観ることができる。死んだ者が生き返る映画を。メイヴが、CBに秘密を誓わされて、ほかの方法では連絡することができず、ああいうかたちで、すべてはまだ失われたわけじゃないというメッセージを送ってきたなんてことがありうるだろうか。

それがほんとうならいいのに。ブリディは強く願った。なぜなら、もしそうでなかった場合、わたしは自分がCBのギフトを――そして彼の人生を――だいなしにしたという事実と直面しなければならないのだから。

彼はもう二度とカーネギー・ルームに入れない。テレパシーの助けがなければ、ほぼ確実に図書館員に捕まってしまう。それに、午前三時は、もはや、星をちりばめた魔法の時間ではなくなる。F・スコット・フィッツジェラルドやほかのすべての人間にとってと同じ、眠れないままベッドに横たわり、起きるかもしれない恐ろしいことや、自分がしでかした恐ろしいことについてぐるぐる考えつづける時間になる。

「このパズルに、すべてを説明するもうひとつのピースがあれば、話はべつだけど」とつぶやいて、午前一時ちょっと過ぎ、ブリディはとうとう眠りについた。

さらに深い闇の中で、ブリディは唐突に目を覚ました。なにかを聞いたと思ったが、部屋の中はしんと静まり返っている。真夜中の沈黙。目覚まし時計に手を伸ばした。午前三時。ＣＢの時間だ。

〈ＣＢ？〉闇の中に、希望をこめて呼びかけた。〈聞いてる？〉

応答なし。

声じゃなかった。闇を見つめながら、頭の中に聞こえた音を再現しようとした。ノイズでもない。とつぜんの物音の停止。冷蔵庫のブーンという作動音が止まったような。あるいは、外に停車中の車がエンジンを切ったような。

ただし、いまのは外じゃない。そのとき、ぞっとするような確信をもって、ブリディはなにが止まったかをさとった。ＣＢが両手で彼女の手を握り、自分の心臓の上に押し当てている感じ。

カーネギー・ルームで目を覚まして、彼が眠っているのを見たあのときにはじめて感じて以来、その感覚は、意識にのぼらないまま、ずっと残っていた。断絶に見舞われたときも、その感覚はそこにあった。だから——あらゆる否定的な証拠にもかかわらず——テレパシーはまだ停止していない、CBとメイヴがブロックしているだけなんだと信じつづけていた。そんなことはありえないとわかっていたのに、そう信じたのは、彼がまだそこにいて、しっかり手を握り、胸に強く押し当ててくれていたからだった。いまのいままで。最後の最後になくなったのがそれだったという考えは、いくばくかの慰めになった。ということは、すべてをだいなしにしたわたしを、百パーセント憎んでいたわけじゃなかったんだ——どうしてそんなことがありうるのかわからないけれど。CBはわたしを救出し、守り、火の中と水の中を突っ切って助けにきてくれた。ジャンヌ・ダルクのように。ノートルダムの鐘つき男のように。その彼に対してわたしは、大聖堂を、そして図書館を燃やすことで報いた。

〈CB、あなたの午前三時の話はまちがってたわよ〉聞こえないのはわかっていたけれど、ブリディはいった。この先も、もう二度と聞こえないだろうけれど。フィッツジェラルドが正しかった。午前三時は、一日の中で最上の時刻じゃない。最悪の時刻だ。まちがいなく、魂の暗い夜。

34

「じゃあ、白馬の王子様が塔に登って彼女を助けたあと、どうなるんだい？」
「彼女がすぐに王子を助け返すのよ」

——「プリティ・ウーマン」

どん底に落ちることの利点は、それ以上悪くならないことだ。闇の中に横たわり、静寂に耳をすましながらそう思ったが、それはまちがいだった。翌朝、車で出社して、まだ駐車場から出ないうちにスーキと出くわした。「ひどい顔。トレントと別れたの？」すくなくとも、ヘルメス・プロジェクトが瓦解したのはほんとうかとは訊かれなかった。ということは、トレントはハミルトンに対する言い訳をなにか思いついて、まだみんな職を失わずにいるわけだ。いまのところは。
「でしょ。どうなの？」スーキは好奇心に目を輝かせながら食い下がる。

「もちろん、別れてなんかない。親族の問題のせいですごく遅くまで起きてたから。それだけ。なんで？　別れてほしかったの？」

「ううん。彼の車は好きだけど。それに彼が贈る花束もね。でもいまは、べつの人に目をつけてるの。ねえ、C・B・シュウォーツにつきあってる相手がいるかどうか知ってる？」

もういない。わたしが彼の人生をだいなしにして以降は。「さあ」

「彼、ゲイじゃないわよね。キュートな男はきまってゲイだけど」

書庫でこちらにおおいかぶさり、心臓の鼓動が聞こえるくらい近くに立っていた彼のことを思った。「ゲイじゃないと思う」

「よかった」スーキは黄色い声でいった。「彼、ユダヤ系でしょ？　改革派かどうか知ってる？」

「自分で訊いてみたら？」

「ググろうと思ってたんだけど、きのう電話をなくしちゃったの。どこにも見つからなくて」といって、スーキは、あらゆる場所を探索した大河ストーリーを語りはじめた。「人に電話を借りて自分の番号にかけてみたんだけど、つながらなくて――」

「それで思い出したけど、折り返さなきゃいけない電話があるんだった」といって、ブリディは自分のオフィスへと歩き出した。

「見つけたら教えてね！」うしろからスーキが声をかけてきた。「ねえ、デートに誘うように仕向けるべきか、こっちから誘うべきか、どっちがいいと思う？」

それだけでもまだ不運が足りないというように、オフィスに着くと、シャーラがいった。

「トレント・ワースから、いまさっき電話がありました。いますぐ会いたいって。きっとＥＥＤの件ね」

「い、ＥＥＤの件？」思わず舌がもつれた。

「ええ。すごく興奮してるような口ぶりでした。きっと、手術の日どりを前倒しにできたんじゃないかしら」

それとも、カスケードの影響を受けていないテレパスを見つけ出したか。ブリディは急いで彼のオフィスに向かった。しかし、着いてみると、エセル・ゴドウィンに報告書のコピーをとってくるように命じて人払いしたあと、トレントが最初にたずねたのは、「で、シュウォーツはほかのテレパスを知ってた？」

「いいえ」

「で、連絡がなかったということは、きみは、ゆうべぼくと話したあと、なにも聞こえてないんだね？」

「ええ。完全に消えてしまった。あなたは？」

「聞こえてないよ。ライザンドラも、ドクター・ヴェリックのほかの患者たちもね。いまさっき、ドクター・ヴェリックと話したけど、きのうから、だれもなにも聞いてないって。シュウォーツの仮説が正しかったみたいだな。声の群れのトラウマが引き起こした連鎖反応で、テレパシーは永遠に停止してしまった」

なのにどうして絶望してないんだろう。きのうは、テレパシーが消え失せたとハミルトンに報告しなければならないことで、首をくくりかねないくらいの嘆きぶりだった。なのにいまは、絶望していないばかりか、シャーラがいったとおり、興奮しているように見える。どうして？　きのう撮ったスキャンから、ドクター・ヴェリックが、テレパシーを再現する電子回路をつくるのにじゅうぶんなデータをどうにかして引き出したとか？

「きみの助けが必要なんだ」とトレントがいった。「きみとぼくがＥＥＤ処置を受けたという噂を広めてほしい」

噂を広める？「でも、秘密にしておきたいと――」

「それはテレパシーが停止する前の話。いまはみんなに広める必要がある」

「どうして？」

「先週、ＥＥＤ処置を受けたと話してくれ」と、質問を無視していう。「でも、接続するまでははだれにも話したくなかった、と。それに、接続は、想像していた以上にいいものだったとほのめかしてほしい」

「でも、わからない。みんなに広めることになんの意味が——？」

「ぼくが考えた計画の一環なんだよ。ぼくらは秘密裏にＥＥＤを受けたことを明かす。そして、処置を受けた理由は、ヘルメス・プロジェクトと関係があることを、それとなくほのめかす。それがなんなのかは口外できないけど、通信産業に革命を起こすことになる、と。それから、ぼくらが発見したものがテレパシーらしいという噂を広める」

うわ、やっぱりじゅうぶんなデータが集まったんだ。ＣＢに警告しなきゃ。

「いろんなディテールを断片的にちりばめるんだ。テレパシーでどんなふうにやりとりできるかとか、精神コミュニケーションを携帯電話で再現する方法をどうやって見つけたかとか」

「でも、どれも真実じゃない」といいけど。

「ああ。でも、向こうはそれを知らない。あるいは、ぼくらが上に話して、この件はぜんぶ策略だと打ち明けたことも」

「策略？」いったいどういうことなのか、さっぱりわからない。

「ああ。会社には、これはぜんぶトリックで、スパイをあぶりだすための作戦なんだと話す。つまり、こっちには、アップルがコムスパンにスパイを送り込んでいるという確信がある。だから今回のこの件は、なにもかもぜんぶ――EED処置を受けたことも、テレパシーも、スキャンも――そのスパイを捕まえるために用意した囮《おとり》だと。そして、ぼくらがほんとうに開発している新技術からアップルの目をそらす陽動でもある、と」トレントは勝ち誇ったように締めくくった。「冴えてるだろ?」

ええ、とブリディは思った。この作り話はまちがいなくトレントのくびをつなぎとめる。もしほんとうにスパイがいたら、そのスパイはテレパシーの件をアップルに報告し、アップルがそれにひっかかったら、コムスパンはアップルの産業スパイが潜り込んでいる証拠をつかんだことになり、トレントは会社の英雄として、最後はたぶん、彼が求めてやまない役員室をほんとうに手に入れるだろう。

もし彼の計画がうまくいけば。しかし、EEDとテレパシーが陽動作戦なら、本命のプロジェクトが必要だ。そんなものは存在しない。ブリディはそう指摘した。

「いや、存在するとも」トレントは企画書をとりだした。「見よ、コムスパンの新型電話、その名も隠れ家《レフュージ》だ。本機は、日々の受けたくない電話やメッセージの雨あられからユーザーを守ります。〝着信保留〟リストに入れておくだけで、話したくない相手からの電話を選択的に排除します。あるいは、そのときにかぎって話したくない相手の場合は、〝現在、着信を完了することができません〟というメッセージを自動送信します。すでに電話に出てしまった相手ともう話したくない場合は、キーを一個押すだけで、自動的に声が途切れるよう、音声を加工します」

ＣＢのアイディアだ。ＣＢの聖域電話《サンクチュアリ・フォン》。

「声の群れに襲われたときにこのアイディアを思いついたんだ」とトレント。「望まない侵入から身を守る必要がある。われわれには、襲ってくるすべての人間と情報からの避難所が必要だ。どう思う？」

あなたはＣＢのアイディアを盗んだんだと思う。そして彼には発案者の名誉さえ与えないつもりね、このヘビ野郎。「でも、いま思いついたんなら、アップルの新機種リリースにどうやって間に合わせるの？」

「間に合わせる必要はないんだ。わからないか？ iPhone の新機種を先に出させたいんだよ。向こうはきっと、コミュニケーションの強化を売り文句にする。そしたらこっちは、『でも、ご心配なく。当社があなたをコミュニケーションから守ります』と宣伝する」

で、あなたからわたしたちを守ってくれるのはだれ？ ブリディは苦い思いを嚙みしめた。ＣＢのテレパシー能力を奪っただけでもじゅうぶんひどいのに、今度はトレントがＣＢの考案した新機種の仕様を盗み、なお悪いことに、アップルにテレパシーを研究させようとしている。アップルなら、断絶の影響を受けていないテレパスを見つけられるかもしれない——あるいは、ドクター・ヴェリックのスキャンに、テレパシーを電子的に再現するのにじゅうぶんなデータが見つかるかもしれない。そしてアップルには無限のリソースがある……。

　ＣＢに警告しないと。いますぐ。

　しかしトレントは、すべてのディテールを語り終えるまでブリディを解放するつもりはないらしい。「ぼくの電話は、着信を偽装することもできる。だから、『ごめん、この電話をとらなきゃ』と言い訳できる。この機能をぼくは〝トラップドア〟と呼んでる。どう思う？」

　それはＣＢのＳＯＳアプリで、あなたはそのアイディアも盗んだんだと思う。「魅力的なアイディアね。ねえ、トレント、もう行かないと——」

「いや、まだ行っちゃだめだ。話が終わってない」トレントがブリディの両手をつかんだ。「この計画をうまく動かすには、ぼくらがつきあってるのは計画の一部だと上に話す必要がある。ＥＥＤは感情的な絆で結ばれたカップルのあいだでだけ機能するから、きみはこの作戦に真実味を加えるためにぼくとデートする役に志願した、と」

「真実味？」ブリディはうわのそらでそう訊き返しながら、ここから抜け出す口実を考えていた。トレントがなにを企んでいるか、ＣＢに伝えなければ。トラップドア・アプリは悪くないアイディアだ。あるいは、トレントを転落させる本物のトラップドアとか。

「もちろんぼくらは、感情的な絆うんぬんはテレパシーとなんの関係もないことを知っている。でなきゃ、きみがシュウォーッツと接続するわけがないからね」とトレント。「でも、彼らはそれを知らない。だから、ぼくらがつきあってると見なされたら、ＥＥＤがただの偽装工作だとは思ってくれないかもしれない」

彼はわたしを捨てようとしてるんだ。遅まきながらそう気がついて、ブリディはちょっと動揺したふりをすべきだろうと考えた。「つまり、もうつきあわないってこと？」

「残念ながらそういうことだね、ハニー。ただの芝居だったと思わせる必要がある。でないと、病院の記録を調べて、ドクター・ヴェリックに問い合わせて、その結果、ぼくらの計画がすべて水の泡になってしまうかもしれない。だから、わかるだろ。みんなに対して、ぼくらが――」

「つきあっていたのはすべてプロジェクトのためで、あなたはほんとうはわたしを愛していたわけじゃなかったと思わせる。ええ、すごくはっきりわかる」

「ああ、それはよかった」とトレント。「こんなことしなきゃいけないのはすごく残念だけど、スイートハート、でも、ぼくらの個人的な感情なんかより、ぼくらにとってはるかに大きなものがかかってるから」

ええ、確かにそうね。だから早くここを出て、CBを捜しにいかないと。

「もちろん、あと二日間は、ぼくらがカップルだと思わせておく必要がある。きみはEEDについて、二、三のヒントをさりげなく洩らす。たとえば、〝病院にいたときは〟っていう話とか。あしたの朝、ぼくはきみに花を贈って、きみのオフィスを訪ねる。シャーラはいるかな？」

「ええ」もしテレパシーがまだ存在するなら、ここを離れる口実に、いますぐ電話してとメイヴに頼むのに。

「接続したような感じはまだしないかい、とたずねるショートメッセージを送るから――」

ブリディの電話が鳴った。助かった。そう思いながら、ポケットからスマートフォンをとりだした。

「――アシスタントがそれを見るように仕向けて――」

「ごめんなさい。この電話に出ないと。アート・サンプスンから」ブリディは適当にいって、電話を耳に当てた。

トレントがうなずいた。「彼にもヒントを与えてくれ。コムスパンじゅうにニュースが広まるのが早ければ早いほどいい」

「そうする」ブリディは足早にトレントのオフィスを出て廊下を歩き、歩きながら通話を終わらせた。エレベーターに急ぎ、地下まで降りていく途中で、ＣＢはラボにいないかもしれないという考えが頭に浮かんだ。いまとなっては、どこにいてもおかしくない。コピー室でレジュメをコピーしているか、スーキといちゃついているか。

でも、さいわい、ＣＢはラボにいた。ポータブル・ヒーターの横にしゃがみこんでいる。ラボの気温を指標にするなら、ヒーターはどうやらまだ故障中らしい。もっとも、ＣＢはパーカを着ていない。ドクター・フーのＴシャツの上はネルシャツ一枚だった。ヒーターの裏側のパネルをまたはずし、配線をいじっている。「なんの用？」と一瞬だけ顔を上げていう。

「話があるの」

「そこのペンチをとってくれる？」散らかった作業台の上を指さした。

「ええ。いいえ。だいじな話なの」

「これもだよ。これを直さないと、ふたりとも凍死してしまう」

そのとおりだ。いつもよりさらに寒い。「それ？」ブリディは、工具や基板や計器やケーブルが散乱する作業台の上のごちゃごちゃを見ながらいった。

「そっち側の端にあるラジオペンチ」

ブリディがそれを手渡すと、ＣＢはヒーターの中のなにかをひねり、それから立ち上がって、シャツの裾で両手を拭いた。「で、急用ってなに？　どういうこと？」

以前、わたしの心を読めたときなら、そんな質問はしなくてよかったのに。「トレントがあなたのサンクチュアリ・フォンとＳＯＳアプリのアイディアを勝手に使って、自分の発案だと上にいうつもりよ」

「まあ、法律的にいえば、彼のアイディアだからね」とＣＢはおだやかにいった。ひざまずいて、ヒーターの裏側のパネルをもとに戻そうとしながら、「あるいは、すくなくともコムスパンのアイディアだ。この会社で働く人間は、全員、就業中に思いついたアイディアについて、知的財産権譲渡契約を結んでいるから」

「でも、すくなくとも発案者としてクレジットはされるべきよ！　しかも、最悪なのはそれじゃないの。彼はコムスパンの全社員に、わたしたちがＥＥＤ処置を受けたことと、テレパシーとスキャンのことを話すつもりなの」

「知ってるよ」ＣＢは顔も上げずにいった。「ぼくの発案だから」

「あなたの発案？　でも……わからない。もし産業スパイがいるなら——」

「いるよ」ＣＢはパネルをはめるのに苦労している。

「いる？　だれ？」

CBは答えない。まだパネルをいじっている。

「スパイがアップルに伝える」とブリディ。「もしアップルがリサーチをはじめて、テレパシーに関する研究開発をやってるらしいという噂が広がったら、テレパシーが存在しないことなんかどうでもよくなる。みんながテレパシーを――」

「いや、そうはならない」CBはようやくヒーターの裏側のパネルをもとどおりはめることに成功した。「アップルが餌に食いつくのに与える時間は、せいぜい一週間くらいだからね。それから、すべてはコムスパンの策略だったという話をツイッターで流す。アップルはその策略にまんまとはまって、テレパシーが実在すると信じこんだ。もしかしたら、幽霊とか、チャネリングとか、アブダクションとかのたわごとも信じてるかも……うんぬんと」

それでアップルの面目はまるつぶれになり、彼らは――そして他のすべてのスマートフォン・メーカーは――テレパシーに関する研究を、疫病のように避けることになる。ちょうど、ブライディ・マーフィとライン博士の大スキャンダルのあと、科学者たちがそうしたように。そしてテレパシーは、あと五十年のあいだ、疑似科学の地位に戻ることになる。

「つまりぼくらは、非公式にこう発表するわけだ。なにもかもすべて――」

「ほんとうに開発している新機種がどういうものか、アップルに探られないための陽動作戦だった」とブリディはいった。「それは知ってる。で、コムスパンがほんとうに開発していた新機種というのが、あなたのサンクチュアリ・フォン」

「うん」CBはヒーターの背面パネルをねじで留めながらいった。「病院でクモやゲジゲジの大群に襲われたあとなら、トレントも、望まない着信まで含めて、なにかをシャットアウトするっていうのが名案だと思うだろうと考えたんだ。じっさい、そのとおりだった」

「でも、あなたのアイディアなのに、トレントにくれてやるなんて――」

「アップルの新機種に対抗できるようなプランを提供する必要があった。アップルの新製品発表まで二カ月を切っているのに、トレントが準備しているのは、声が聞こえるという莫迦げた話だけ。しかも、彼にはもう聞こえなくなっている。ということは、彼は職を失うことになる。もしそうなったら、名誉挽回の唯一の希望は、テレパシーの実在を証明することだけ。ということは、トレントはいつまでもこの件を追いつづけることになるけど、万が一にも、彼がメイヴにたどりつくような事態にはなってほしくない。そこのドライバーとってくれる？」とCBが指さした。

ブリディがとって渡すと、「ありがとう。サンクチュアリなんとかを提供することで、トレントは首がつながって、これから二、三カ月はその新機種にかかりきりになるし、そのあとは、ＷＩＲＥＤやウォール・ストリート・ジャーナルのインタビューに登場して、『コムスパンはいかにして〝もっともっともっと〟から消費者保護へと方向転換し、通信ビジネスを革新したか』について語ったり、サムスンやモトローラからのヘッドハンティングに対処したりすることに忙殺されて、テレパシーのことなんか一分たりとも考える余裕がなくなる。信じてくれ、サンクチュアリをトレントにひきわたすのは、ぼくらから目をそらすための些細な代償だったんだよ」

「でも、それが目的だとしたら、ＥＥＤの件を洩らすのはいちばんやっちゃいけないことなんじゃないの？　なのにどうして――？」

「そうするしかなかった。トレントはＥＥＤの件をすでにハミルトンに話していたし、そうしなきゃ、ハミルトンがテレパシーの件をあきらめてくれるかどうかわからなかったからね。ハミルトンは、世界を一変させる新技術をその手に摑んでいると思っていた。サンクチュアリ・フォンで妥協することを納得させる唯一の策は、自分が世間から莫迦に見られるんじゃないかという恐怖だ」

　そのとおりだ。みずからテレパシーを経験したのに、それが消えてしまったんですとトレントが報告しても、ハミルトンがあっさり受け入れるとは思えない。研究を続行しろといいはるだろう。しかし、そもそもテレパシーなんか存在しなかった、ライバル会社をあざむくための策略の一部だったといわれたら、自分自身もそれにひっかかるような莫迦だったと認めはしないだろう。

「でも、アップルがほんとに革命的な新製品を準備してて、サンクチュアリ・フォンではとても対抗できないとしたら？」

「だいじょうぶだよ」

「どうしてわかるの？」

「ぼくは心が読める――読めたんだよ。iPhone の新機種のウリは、ハッカーからクラウドを守る安全性の強化だ。皮肉だろ？　プラス、バッテリーの持ち時間が長くなることと、画面がちょっとだけ大きくなること」

「でも、だったらアップルは、サンクチュアリ・フォンに対抗できるものを、なにか見つけなきゃいけなくなる。それと、面子《めんつ》をつぶされたことに対する仕返しの手段を。アップルが調査をはじめて、トレントとわたしがほんとにＥＥＤ処置を受けていたことを知られたら？　ライザンドラはドクター・ヴェリックを訴えると脅してる。もし彼女が――」

「訴えないよ」ＣＢは自信たっぷりにいった。「訴訟は、彼女が〝サイキック・スピリット・ギフト〟を失ったと公《おおやけ》に認めることを意味する。クライアントにそんなことを知られるわけにはいかない。そうなれば、大挙して離れていくだろうからね」

「でも、ライザンドラに心が読めないことがわかったら、どのみち顧客は離れていくんじゃないの？」

「顧客は気づかないよ。どのみち、ライザンドラはほとんどの面談をコールドリーディングでこなしている——そして、相手が聞きたいと思うことを話している。ドクター・ヴェリックのほうはどうかといえば、ちょうどいま、その問題を解決しようとしていたところだ」といって、ヒーターの手前側のスイッチを入れた。

修理がうまくいかなかったらしい。作動音は聞こえず、電熱コイルがオレンジ色になることもなかった。しかしCBは、それに気づいていないようだった。尻ポケットからスマートフォンをひっぱりだし、番号を入力している。耳に当てると、「もしもし、C・B・シュウォーツです。ドクター・ヴェリックに連絡を。この番号で連絡がつきますので」といって、電話を切ってから、画面をじっとにらんでテキストを打ちはじめた。

ブリディはけげんな顔でそれを見ながら、「ショートメッセージを送ってるの？」

「いや。ツイートだよ」と、なおもタイプをつづけながらいう。「きっと次の質問は、いつからツイッターやってるの、だろ」

「いいえ。いつからスマホ持ってるの、と訊くつもりだった」

「持ってない。これはスーキのを借りてるんだ。というか、パクった」もしくは、また彼と話をする口実をつくるために、スーキがわざとここに置き忘れたか。自分のスマホの番号にかけても、ここは電波が届かないから通じないことをスーキは知っている。ということは、自分でとりにこないといけない。でも、だったらどうして――？

「どうしてここからツイートできるの？　電波が届かないのに」

CBはツイートボタンを押してから、こちらを見た。「ああ、そう、その件。電波が届かないというのは、完全に自然現象というわけじゃないんだ」

ブリディはヒーターのほうを見やった。「電波を妨害してたのね」暖房が効かないのも当然だ。

「うん、そのとおり」CBが認めた。「で、いまさっきそのスイッチを切ったから、ここなら電波が届かないと思って安心してるんだったら、携帯の電源を切ったほうがいいかも」といったとき、スーキの電話が鳴った。「ごめん、これに出ないと」

ブリディはうなずき、自分の電話が鳴る前に電源を切った。

「ドクター・ヴェリック」とCBがいった。「なに？……もっとゆっくり。じゃないと聞きとれ……ゆっくり……失礼、最後のところがよく聞こえなくて。もう一回いってもらえますか？」CBはスマートフォンを耳から離し、スピーカーのアイコンをタップしてから作業台に置いた。

「洩れたといったんだ！」ドクター・ヴェリックが興奮した口調でいう。

洩れた？

ブリディははっとしてＣＢに目をやったが、ＣＢは落ち着いて電話を見ている。「どうしてわかったんです？」

「ツイートが届いたんだ。『速報：ＥＥＤで心を読めるようになる！』それから、わたしのウェブサイトへのリンク」

うわ。もしかしてこれが、トレントのいう〝二、三のさりげないヒント〟？

「わたしの業務に、これがどんな大きなダメージになりうるかわかるかね？」ドクター・ヴェリックが怒鳴る。「読心術？　クライアントには王室のメンバーもいるんだぞ。こんな話が広まったら――」

「だれのツイートかわかりますか？」とＣＢ。

「アカウント名は〝ゴシップ・ギャル〟となっているが、ライザンドラに決まっている。サイキック能力をなくしたことに対する彼女流の復讐だ」

「ハッシュタグは？」

「ＥＥＤイコールＥＳＰクエスチョンマーク」

「いつそれが？」

「ちょっと待って」とドクター・ヴェリック。短い沈黙につづいて、さっきよりさらに興奮した口調で、「またふたつ、新しいツイートが来た。同じアカウント、同じハッシュタグだ。最初のは、『噂によると、某有名EED医師が自分の患者を使ってデューク大学流のESP実験を敢行』。ウィキペディアのライン博士のページにリンクが張ってある」ドクター・ヴェリックは完全に我を忘れているようだった。「二番めのは、『ブリディ・フラニガンは第二のブライディ・マーフィか？』」

　ブリディは息を呑んだ。

「ブライディ・マーフィが何者か知っているかね？」ドクター・ヴェリックが怒鳴った。

「ええ」とCB。「確かに、こりゃ深刻だ。あんな詐欺師と並べて名前を出されたら、ドクターの評判が一気に地に落ちるかも。ライン博士がどうなったかは覚えてますよ。それに、シャーリー・マクレーンが――」

「だから、いますぐなんとかしてもらわないと困る！」ドクター・ヴェリックが怒鳴る。

「こういうツイートが広まるのを阻止したまえ！」

　でも、そんなことは無理だ。たぶん、いまごろはもう、リツイートの嵐だろう。すでに記者が電話してきて、前世の記憶についてわたしに質問しようとしているかもしれない。

携帯の電源を切っておいてよかった。でも、階上《うえ》に上がったとたん、新たな洪水に見舞われる。ブライディ・マーフィがらみということで、メディアはわたしがアイルランド系であることに着目し、親族のインタビューを試みるだろう。メイヴを含めて。ここにいちゃいけない。もしCBといっしょにいるところを見つかったら……。

ブリディは戸口に歩き出したが、CBが片手をつかんで引き止めた。「行かないで」と口だけ動かしていい、それから声に出して、「そのツイートを見たのはいつです、ドクター・ヴェリック？」

「いまさっき。電話の直前」

「よかった。送信されたツイートを削除できる場合もありますから」

「いえ」とブリディ。「それは――」

「しいっ」CBが口を動かしていうと、スピーカーフォンを解除して、電話をまた耳にあてた。「なんとか止められると思いますよ、ドクター・ヴェリック。でも、急いで行動しないと。無理だった場合に備えてですが、テレパシーの件を知ってるのはほかにだれが？」間。「よかった。で、ジーナー・テストの結果とスキャン・データにアクセスしたのは？」

ブリディは、電話するCBを眉間にしわを寄せて見守った。よくわからないことが起きている。この会話全体がどこかおかしい。どうしてCBはあのツイートの話を聞いてパニックを起こさないのか？　あわてて当然なのに。でないとしたら……

もちろんだ。ツイートしたのはゴシップ・ギャルじゃない。CBだ。

「ほかの患者はどうです？」CBが話している。「テレパシー能力を示した人たちは？　彼らにはどこまで話しました？」間。「よかった。とにかく、できるだけのことはやってみます。いや、ツイートの転送は不要。ただ削除してください。なんとかできるかどうかわかりしだい連絡します。それまでは、だれにも電話もツイートもメッセージもしないように」

CBは電話を切った。「いい知らせだ。彼はテレパシーについてだれにも話してない――決定的なテスト結果が出るまで待っていたらしい。だから、看護師を含めて全員に、ミラー・ニューロン強化の実験だと説明していた。それに医師の守秘義務があるから、スキャン・データやジーナー・テストの結果が他人の目に触れることはないだろう。もっとも、いまこの瞬間、彼がシュレッダーにかけている可能性が高いと思うけど」

「あなたがツイートを送りつけて、死ぬほど怖がらせたおかげで」

「やっぱりバレたか」とCB。「テストを受けさせたほかのEED患者やライザンドラ以外の霊能者《サイキック》に研究内容を話してるんじゃないかと心配だったけど、それはなかった――彼が見つけられた赤毛の霊能者は、ライザンドラひとりだけだったらしい。それと、ほかの患者には、きみがいわれたとおりの説明をしていたらしい。受けとる感情が強すぎると、それが言葉のかたちをとるように思えることがある、と。テレパシーだとはおくびにも出してないそうだ。ということは、そっちから洩れる心配はない。だから、だいじょうぶなはずだ」

「いまこうして話してるあいだにも、さっきのあのツイートがじゃんじゃんリツイートされてるのをのぞけば」

「されてないよ」CBはまたスマートフォンの画面をにらんでタップしながら、「ヴェリックにしか送ってないし、彼の電話からはさっき削除したから。それにスーキの携帯からもね。どっちも、十分間のフェイルセーフ・インターバルの範囲内だから、ほかのだれかに転送される心配はない。思い直しアプリは名案だといっただろ」

CBは、『ツイートを削除しました』と表示された画面を見せ、それからまたスワイプしはじめた。「あとは、ヴェリックに折り返して、うまくいったと伝えるだけだ。待ってて」といって、電話を耳に当てた。「ドクター・ヴェリック？　いい知らせですよ。例のツイートは、広まる前にぜんぶ削除できたようです」

電話しているCBを見ながら、考えていた。彼は、ドクター・ヴェリックばかりかトレントまで、じつにうまく処理してみせた。でも、なんのために？　これだけ込み入った策略すべては、いったいなんのためだったのか。この件に関する自分の関与を隠したい気持ちと、メイヴを守りたい気持ちはよくわかる。でも、トレントはメイヴがテレパシー能力を持っていることなど知る由《よし》もないし、ドクター・ヴェリックにいたってはメイヴの存在さえ知らない。だから、トレントがどんなに調べようと、それが脅威になることはない。それに、テレパシーが消えたいま、ドクター・ヴェリックがスキャンやジーナー・テストの結果を破棄する必要もない。

なのにどうしてＣＢは、あんなふうにドクター・ヴェリックを脅してまでデータを破棄させようとするのか？　どうしてわざわざサンクチュアリ・フォンの企画をプレゼントして、トレントを失職から守るだけでなく、コムスパンの英雄にまで押し上げるのか？自分とメイヴの痕跡を消そうとしているだけじゃない。ほかになにかある。もう彼に心を読まれないにしても、やっぱりセーフルームのほうが考えがまとまる。ブリディはそう思って、ブルーの扉を抜け、中庭に入った。

　壁にはまだ黒いすすのすじがついているし、敷石のそこここに水たまりが残っているが、ブリディの目には入らなかった。扉にかんぬきをかけてから、火ぶくれのできたペンキの前にじっと佇《たたず》み、ＣＢがなにをしているのか考えようとした。彼とドクター・ヴェリックの会話が、いったいなにを思い出させるのか。

　劇場のあの夜だ。ナイアガラの滝とラッキー・チャームとハネムーンでデス・バレーに行くことについてしゃべりつづけ、声からわたしの気をそらそうとしていたあのとき。CBはいま、トレントとドクター・ヴェリックの心をテレパシーからそらそうとしている。すべてはそのためだ——サンクチュアリ・フォンも噂の流布も産業スパイもツイートもぜんぶ。すじが通らないのも当然だ。ぜんぶただのおしゃべり。あることを考えさせないようにするための陽動だ。でも、そのあることって？

「すべてのツイートが削除できたことは九十パーセント確実です」とCB。「でも、もし失敗していた場合に備えて、二、三日、記者から身を隠すのがいいかもしれませんね。世界のあちこちで手術してるんでしょう？　おお、もうぼくより先をいってますね。人間、考えることはいっしょってやつですか」

　わたしがまちがってた。CBのしゃべりを聞きながら思った。気をそらそうとしてるだけじゃない——ドクター・ヴェリックを国外に追い出し、トレントを電話の開発と噂の伝《でん》播《ぱ》で忙殺しようとしている。それで思い出すのは劇場の夜じゃない。かんぬきをかけた扉に目をすがめながら、関連する記憶を掘り出そうとした。まるで、火ぶくれのできたペンキが答えを教えてくれるかのように。確か、どこかべつの場所だった。

車の中だ。劇場から助け出してくれたあと、車で図書館へ向かう途中。CBは、詩を暗唱したり、「ギリガン君SOS」のテーマソングや「ビリー・ジョーの唄」を歌ったりして、声をコントロールすることについて話してくれた。

でも、永遠にそんなことはつづけられない。そう抗議すると、CBは、「永続的な防御をかためるまでの、一時的な対策だから」といった。

一時的な対策。トレントの関心をそらし、ドクター・ヴェリックを国外に出し、コムスパンとアップルに目標とすべきぴかぴかの新しい電話を与えること。どれもこれも一時的な対策だ。CBが声に対してそうしたように、彼らを寄せつけないでおくために考えられたもの。永続的な防御をかためるまでの一時的な対策。そして、彼が防御を必要とする対象はひとつしかありえない。

テレパシーは消えていない。CBが声をブロックしている。できないといったのは嘘だった。いままでずっと、彼がブロックしてたんだ。

でも、声をブロックできるなら、ジーナー・テストとスキャンの前にやっておけば、ドクター・ヴェリックにその結果を破棄させる必要もなかったはずだ。テスト室からブロックできたのなら、彼が存在を知られることもなかった。それに、もし声をブロックできるなら、どうして永続的な防御が必要なのか？　ぜんぜん筋が通らない。ブロックできたはずはない。

でも、げんにブロックしている。テレパシーが戻ってこないとあんなに自信を持っている理由は、そもそもテレパシーがなくなっていないからだ。そしてわたしは、彼がそれを認めて、なにが起きているのか話してくれるまで、てこでもこの部屋を動かない。

でも、これまでずっと認めなかったのだから、面と向かっているというだけでいま認めはしないだろう。ほんとうのことをいわせるには、べつの手を考えないと。

「頼りにしててください、ドクター」ＣＢが電話に向かって話している。「ぼくらだって、先生と同じくらい、この件全体をとっとと忘れたいんですよ。さようなら。いい旅を」

ＣＢが電話を切った。「グッド・ドクターは、小スンダ列島のツパンガ王とその愛妻にＥＥＤ手術をしにいくそうだ」とブリディに向かっていう。「ぼくの知るかぎり、携帯の電波がごく一部にしか届かないエリアだ」電話になにか打ち込みはじめた。「それと、ライザンドラはセドナに戻って仕事を再開したみたいだ」画面をこちらにかざし、「ほら」

画面の画像は、夏のスピリット・セミナーの広告だった。主役は、『ヒマラヤ山脈における浄化の黙想から、精神のもっとも内奥を見つめる古代の技術を習得して帰還したばかりの』ライザンドラその人。

浄化の黙想。なるほど、ものはいいようだ。

「ほらね？」とCB。「ライザンドラのことは心配ないっていっただろ」

「じゃあ、残るはトレントだけね」ブリディはそういって、ラボの戸口に歩いていった。「トレントには、わたしたちがEEDを受けたっていう噂を広めはじめてくれと頼まれた。だから、そろそろとりかかったほうがよさそう」

「名案だ」CBは自分のラップトップのところに歩み寄った。「ぼくのほうは、スーキに、電話を見つけたってメールするよ」

「ええ」ブリディはドアにたどりついた。「コムスパンの情報源も、携帯がないと機能しないから」

CBは画面をにらんでメールをタイプしはじめた。ブリディはラボのドアを十センチほど開けてから、〈なんなら、スーキにスマホを届けて、手間を省いてあげるけど〉

「いや、自分で行くよ。たまには上に行きたい気分なんだ。いまはもう――」と、そこでCBの言葉が途切れた。

目と目が合った。

ブリディは不気味な笑みを浮かべた。「いまはもうどうしたの？　いまはもう、声が聞こえなくなったから？」

35

「事態はまったく絶望的だ――でも、深刻じゃない」

――「フィニアンの虹」

長い一分間、ふたりはヒーターをはさんで無言で向かい合っていた。それから、「気づかれるんじゃないかと思ってた」とＣＢがいった。〝打ち明けるつもりだったんだ〟でも、〝聞いてくれ、これには事情があるんだ〟でもない。〝気づいてくれてよかった。きみに嘘をつかなきゃいけなくてずっと苦しかったんだ〟ではけっしてない。ただ、〝気づかれるんじゃないかと思ってた〟。

〈嘘をついてたのね〉と力なく思った。〈トレントといっしょ〉

でも、ぜんぜんいっしょじゃない。トレントの裏切りは確かに裏切りだが、これはもっとずっと悪い。ＣＢのことは信じていたのに。彼のことは――

「気づいてなかった」といいながら、ブリディは自分の手がまだドアに触れていることに感謝した。体の支えになってくれる。「いまのいままで。声を遮断したのは大洪水じゃない。そうでしょ？　あなただった。あなたがずっと、声をブロックして――」

「しいっ」とＣＢがささやき、ぱっと近づいてくると、ブリディの体越しに手を伸ばしてドアを閉め、ロックした。〈ここに来ることをだれかにいった？〉

ブリディは首を振った。

〈だれかに見られた？〉

「たぶんだれにも――」

〈しいっ、声を小さくして〉と強い調子でいって、ＣＢはドアに耳を当てた。しばらくじっと聞き耳をたててから、〈だいじょうぶだ。だれにもつけられてない〉といったものの、それでもドアを開けて左右を確かめてから、壁に貼ってある『立入禁止』の貼り紙をはがして、ドアの外側にくっつけた。

またドアを閉めてロックしてから、『危険――入室禁止――実験中』と書かれた第二の貼り紙をドアの窓にテープで留め、ヒーターではないヒーターに歩み寄ってスイッチを入れた。ラジオのところに行くと、電源を入れて音量を最大にしてから戻ってきて、ブリディを部屋の中央に手招きした。「このことは、だれにもひとこともいっちゃいけない」と声を低めていう。「とくに、トレントには」

「わたしが彼に話すと思ってるの？」とても信じられない。「まさかそんなふうに——」

「いや、もちろん思ってない。でも、そういうことじゃないんだ。考えてもいけない。だからぼくは——」

「わたしに黙っていたのは」と怒りにまかせていう。「わたしが知ったら情報を洩らすと思ったから。だから、テレパシーが消えた責任はわたしにあると思わせた。あなたの人生をめちゃめちゃにしたと思わせたのよ！」

「ごめん。悪かった。でも、どうしようもなかったんだ。かかっているものが大きすぎたから。危険はおかせなかった。万一、トレントが、メイヴや——」途中で口をつぐみ、いいなおした。「彼がどんな人間かはその目で見ただろ。あれだけの虫に攻撃されても、アクセルをゆるめることさえなかった。いまもまだ、テレパシーは自分がコントロールできるものだと信じている。テレパシーがまだ存在しているという、ほんのわずかな手がかりでもあれば、トレントはろくでもないスマホにそれを搭載して全世界に押しつけるまであきらめないだろう。テレパシーは消えたと彼に思わせることが最重要だったんだ。そして、ぼくらにとって最善の策がきみだった。もしきみがそう信じていれば、彼にうっかり——」

「秘密を洩らすことはない」

「うん。いまもそれが最重要だよ、もうきみが知ってしまったからには。トレントに一歩も近づかないことが求められる」

「どうやって？　あなたのささやかな陽動作戦のおかげで、彼とわたしは、EEDで結ばれた幸福なカップルだとみんなに思わせなきゃいけないのよ。いつまでも彼を避けつづけるなんて無理」

「その必要はない。あと二日だけ」

「二日たつとどうなるの？」

CBは苦しげな表情で口ごもった。

「もうここまで話しちゃったんだから、残りを話しても同じことでしょ。あと二日でどうなるの？」

「ジャミング装置のプログラムが完了する」

ブリディは反射的にヒーターに目をやった。この部屋がいつもこんなに寒いのも不思議はない。あれはヒーターじゃなかった。テレパシー信号妨害装置だった。

「違うよ」とCB。「あれはただの携帯電話用通信妨害装置。で、これが」と作業台のごちゃごちゃの中から一台のスマートフォンをとって、「声を妨害する装置」

「スマートフォンが？」

「いや、外見が似てるだけだよ。じっさいは妨害器《ジャマー》だ。声をブロックする信号を送り出す。というか、ぼくがプログラムを書き上げたらそうなる」

「つまり、ジャマーは機能しないといったのは嘘だったのね」

「嘘じゃない。じっさい、あれだけの数の人々のテレパシーを永久的にブロックするだけのパワーを生み出す方法がなかった」

「でももう、あなたはそれを見つけた？」

「いや。きみが見つけたんだ」

「わたしが？」

「うん。きみのＥＥＤの、たくさんある意図せざる結果のうちのひとつ。ただしこれだけは、いい結果だったけどね」

「どういうこと？　いったい――」

「ＥＥＤを受けて、テレパシーでつながったあと、きみはぼくにこういった。神経のルートがフィードバック・ループをつくらないように、声に出してしゃべらなきゃいけない、と」

「そしてあなたは、そういう仕組みじゃないといった」

「それはそのとおりだよ。でも、洪水のあと、メイヴに城の中にいなさいと話しているとき、きみはまた、フィードバック・ループに言及した。それを聞いて、はっと気がついたんだ。自分は、問題を最初からまちがって考えていたんだって」

あのとき、フィードバック・ループについてさんざん質問をしたあと、CBは、大洪水がそのひきがねを引いたといった。それがただの偶然じゃありえないのはわかっていた。

「そのとおり、偶然じゃない。フィードバック・ループは、断絶の完璧な説明になる。ただし、ぼくらが持っていない抑制遺伝子のトリガーを引いたという部分はべつ。その点に関しては、この考えかたではうまく説明できない――だからきみに、そこを突っ込まれたわけだけど、でもいまは、声をブロックする話だ。あのときぼくが気づいたのは、もしフィードバック・ループをつくることさえできれば、そんな大きな電力を調達する必要はないってこと。必要なのは、動かしはじめることだけ。そしたら、あとはぜんぶ、フィードバック・ループがやってくれる」

だから、スマートフォン・サイズの機械でもだいじょうぶなんだ。作業台に置かれたジャマーを見ながら、ブリディは思った。「じゃあそれは、ヘディ・ラマーの周波数ホッピングなんとかを使ってるの？」

「部分的にね。ほかに、メイヴのゾンビ・ゲートと茨の森と濠の防衛網、それに『リトル

・ドリット』と『フロス河の水車場』を読むことで生まれるシナプス・パターン。そういう防御手段がそれぞれにフィードバックしてくるようなメカニズムをつくれば、永続的に声をブロックできる。テレパシーを停止させている仕組みだといって、あのときぼくがヴェリックに説明した原理と同じだ。ただし、これはじっさいに声をブロックする」と、CBはジャマーをかざしてみせた。「本物のサンクチュアリ・フォンだ」

ジャミングの効果は、一回ループするごとに——それを受けとる聞き手ごとに——増幅されて、最終的に、声は完全に停止する。その効果は、大洪水がカスケードを生み出したというCBの説が正しかった場合と変わらない。テレパシーは永遠に消えてなくなる。

「そのとおり。確かにそうなる」とCB。「でも、それがヴェリックやトレントみたいな連中がテレパシーを食いものにしたり、メイヴに魔手を伸ばしたりすることを止められるなら、それだけの価値はある」

「でも——」

「それに、ぼくらのことを心配してるなら、テレパシーがなくたってコミュニケートはできるよ。ただ、世間の人と同じように、Canoodle.com に参加して、おたがいの写真をスワイプしなきゃいけないというだけで」

でも、CBからギフトが奪われてしまう。

「うん。でも、カーニヴァル・ピザへ行けるようになる。それに、芝居にも」

でも、図書館には行けない。

「まあ、カーネギー・ルームには入れないかもしれないけど、でも、閲覧室には行ける。書庫にもね」といってにやっと笑う。「それに、もう大洪水はない。ゾンビもいない」

火事も。CBの手を見ながらブリディは思った。

「火事もない。最高だよ。それにどのみち、たぶんもう、テレパシーなんかないほうがいい。まだきみに話していなかったことがあって——例の、意図せざる結果というやつだけど。信じてほしい。テレパシーがないほうが、ぼくらはうまくいく」

CBはジャマーを置いて、ラップトップに歩み寄った。「でも、そのためには、ジャマーを完成させて動かさなきゃいけない。だから、そろそろ仕事に戻ったほうがよさそうだ。きみのほうは、トレントとEEDを受けたという噂を広めはじめたほうがいい。最初は、ジル・クインシーをおすすめするね」といいながら、CBはキーボードを叩きはじめた。「『これは秘密なんだけど、でも、どうしてもだれかに聞いてほしくて』といって、秘密を誓わせる」

「でも、全員に知らせたいんじゃ——」

「そうだよ。確実に全員に知られるようにするための最上の方法は、だれにもいうなと釘を刺してから他人に話すこと。とりわけ、悪意のある人間にね。上に戻るとき、だれにも姿を見られないように気をつけて。ああそれと、出たついでに、『危険・放射線』の紙をエレベーターの向かい側の壁に貼っていってくれるかな、だれにも邪魔されないように」

CBはパソコンの作業に戻った。

もう帰ってくれという、はっきりした意思表示。それに、じっさいCBのいうとおりだ。ジャマーが早く完成すれば、彼らはそれだけ安全になるのだから。でも、CBの態度には、それ以上のなにかがある。早くわたしを追い出したがっているような感じ。このままわたしと話をしていたら、うっかり秘密を洩らしてしまうかもしれないと恐れているみたいに。

考えてみると、CBは、声をいまどうやってブロックしているか説明しなかった。それに、テレパシーをなくしたほうがいいという理由になる、問題の〝意図せざる結果〟がなんなのかもいわなかった。このジャマーの作業をしているあいだ、どうやって全員をブロックしているのかについても、明らかにしていない。

CBは、まだなにか隠している。それをつきとめるまで、わたしはここからてこでも動かない。

ブリディは、彼がラップトップで作業している場所に戻った。「いったいどうやってやってるの？」

　CBが画面から目を上げた。「やってるって、なにを？」

「ブロック。ジャマーのプログラムがまだ完成してないなら、どうやって――」そのとき、スーキの電話が鳴った。

「ごめん」CBが断って、電話に出た。「もしもし、スーキ。うん、コピー室にあった。いま電話しようと思ってたんだ。すぐ持っていくよ」電話を切った。「どうやら彼女、電話なしじゃ五分も生き延びられないらしいね」

　スーキのスマートフォンをブリディにさしだして、「上に戻るなら、これをスーキに届けてくれないか。そのついでに、EEDの件を話せばいい。ただし、早く行かないとだめだよ。いますぐほしいっていってたから」

「いいえ、いってない。いまのはあなたのSOSアプリ。どうやって使うか、前に見せてくれたでしょ、ね？　望まない会話を切り上げるのにどんなに役立つかも。ちょうどいまみたいに」ブリディはむっつりいった。「それに、携帯電話用通信妨害装置をさっきオンにしたはず。ここはいま、電波が通じない」

　ブリディはスーキのスマートフォンをとって、作業台の上に乱暴に置いた。「あなただって多少は眠らなきゃいけない。そのあいだ、どうやってブロックしてるの？　それに、そんなおおぜいの人間をいっぺんにブロックすることがどうして可能なの？　ブロックする人間がひとり増えるごとに、むずかしさが指数関数的に増大するっていってたくせに。それに、彼らをブロックするのと、ジャマーのプログラムを開発するのと、どうやって同時にこなしてるの？」

　こなしてない。とつぜん、そう確信した。だれかほかの人間がいる。ＣＢはそのことを隠そうとしてるんだ。「メイヴね、そうでしょ？」とたずねた。「信じられない、メイヴにやらせてるなんて！」

「やらせてないよ。冗談だろ。メイヴはたったの九歳だぞ！　あの子を危険にさらすようなことはぜったいしない。それに、火事のあと、ラボでメイヴの話を聞いただろ。もし彼女に協力させていたら、きっとぼろが出て、ドクター・ヴェリックにアイルランドの血筋との関連を気づかれていただろう」ＣＢは首を振った。「それに、メイヴには学校がある」

「じゃあ、あなたがぜんぶ自分ひとりでやったと信じろと？」

　ＣＢは答えなかった。ただそこに突っ立って、推し量るような長い沈黙のあいだ、ブリディをじっと見ていた。これからつく嘘にわたしがだまされるかどうかを考えてるんだ、とブリディは思った。

〈だまされるもんですか〉とブリディはいった。〈嘘をつくときのルールを教えてくれたのはあなたなのよ、ね?〉「あなたにはパートナーがいたはず」とブリディは声に出していった。「メイヴじゃないとしたら、だれ?」

「いえない」とCBはいった。そしてブリディは、落胆とともに気づいた。いわれなくてもわかる。CBがわたしを避けていたのも当然だ。それに、もうぼくに我慢しなくていいといったのも。CBは、べつの相手と接続している。彼の秘密を洩らす心配がない相手。つねに救出したり、指導したり、なだめたりする必要がない相手——CB自身のような、生まれついてのテレパス。可能性があるのはたったひとりしかいない。

もっと早く気づいて当然だったのに。だから彼女は、コムスパンで起きることをなにもかも知ってたんだ。全社員の心が読めたから。CBは彼女の電話をパクったんじゃない。貸されたんだ。「スーキね。そうなんでしょ」とブリディはいった。

CBは信じられないという顔でブリディを見た。「スーキ? あのゴシップガール? 冗談だろ」

「答えになってない」

「確かに。いや、違う、スーキじゃないよ。彼女はテレパスじゃない、先天的にも後天的にも。彼女はただ、信じられないほどうるさいだけ。それに、アップルのスパイでもない。だれがスパイなのか、ぜったい当てられないだろうね」

「だれ？」

「エセル・ゴドウィン」

「エセル・ゴドウィン？　トレントの秘書の？」

「まさにその人」

「でもトレントは、彼女が思慮深さのかたまりだっていってたのに。それに、百パーセント忠実だって」

「そのとおりだよ。アップルに対してね。それに、彼女はすでに、きみたちのＥＤ処置とヘルメス・プロジェクトについて、アップルに報告している。革命的なブレイクスルーだとトレントがハミルトンに話していることも。だから、ダイレクト通信電話が本物だとアップルに思わせるのは簡単だろうね」

「でもどうやって――」といいかけて、ＣＢがまた、だれが協力者なのかという本題からうまく話をそらしていることに気がついた。「スーキじゃないとしたら、いったいだれ？」ブリディは詰問した。「いえないなんていわないで。聞くまでこのラボを出ていかないから」

「わかったよ」ＣＢは両手を上げて降参のポーズをとった。「でも、ここじゃだめだ」

「どういう意味、ここじゃだめって？　ドアはロックされてるし、電波は入らないし、だれにも聞こえない――」

「と思ってるだろ。セーフルームに入って。そこなら彼女に聞こえないだろうから」

「もしこれがまたあなたの陽動なら――」

「違うよ。行って」

ブリディは中庭に行って、扉を閉め、かんぬきをかけてから、足を止めてまわりを眺めた。まるで奇跡のように、洪水以前の状態に戻っている。浸水のあともすすのすじも消えて、ブルーの扉は真新しいペンキでぴかぴかに輝き、花々がまた咲き乱れている。

ブリディは、CBが前によじのぼったアドービ煉瓦の壁に急ぎ足で歩み寄り、てっぺんに目をやった。CBが壁を越えて降りてきて、声をブロックするのにだれの助けを借りていたか白状するのを、怯えながら待ち受ける。〝彼女〟とCBはいった。

スーキだ。それとも、ほかのガールフレンド。いずれにしても、こうしてブリディと話していることを彼が秘密にしておきたいと思っている相手――

「確かに」CBが背後からいった。「じっさい、もしぼくがきみにしゃべったことが知れたら、彼女に殺されるよ」

ブリディはふりかえった。CBがベンチの横に立っている。「沈黙の誓いをたてさせられたからね。聖パトリックとアイルランドのあらゆる聖人の聖なる血にかけて」

「聖パトリック……？」ブリディはベンチにどしんと腰を落とした。「ウーナ伯母さんだっていうの？」

「うん」とCBはいった。ショックと狼狽《ろうばい》と怒りを感じるべきなのはわかっていた。大伯母がテレパシー能力を持っていたという事実の衝撃。いつからかもわからないけれど、なにもかも彼女に盗み聞きされていたんだという狼狽。そして、なお悪いことに、CBのテレパシー能力とその人生を自分がだいなしにしたと思って落ち込んでいるあいだ、CBがずっとそれを隠していたことに対する怒り。でも、いま感じるのは、CBに恋人がいなくてよかったという安堵だけだった。

「もちろん、恋人なんかいないよ。よくそんなこと考えつくね」CBは顔をしかめた。

「やっぱりメイヴのいうとおり、ぼくは――」といいかけて口をつぐむ。

「ぼくはなに？　なにをすべきだったの？」

「なんでもない。そう、ウーナだよ。で、そのウーナに、きみにはぜったい話さないと誓わせられたんだ。この件をきみがひとことも洩らせないように。あるいは、考えることもないように」

「でも、わからない。どうやって――」

「どうやってって、どういうこと？　テレパシー能力が代々きみの家系に伝わってるのは明らかだろ」

「でも、じゃあ、メアリ・クレアとキャスリーンはどうして持ってないの？」

「メアリ・クレアはテレパシー能力を持ってる。メイヴを生んだその日から。ウーナがメイヴを守るためにずっとメアリ・クレアをブロックしてるんだ。ウーナにいわせれば、〝哀れなちびこい赤子が揺りかごの中で窒息しないように〟」

「キャスリーンは？」

「まだ能力が現れてない。遅咲きのようだね、きみや大伯母さんみたいに。ウーナが声を聞きはじめたのは四十歳になってからだった。きみのお母さんの場合は――」

「うちの母親？」

「うん。お母さんのテレパシー能力は三十歳になるまで発動しなかった。それに、きみのご先祖たちの〝サイキック・スピリット・ギフト〟もね。だからウーナは、メイヴが声を聞きはじめたとき、その徴候に気づかなかったんだ。ウーナが気づいたときには、すでにぼくが介入していた」

「でも……」ブリディは、この驚愕の事実をなんとか呑み込もうとしながらいった。「だったらみんなどうして――」

「ぼくがずっと隠していたのと同じ理由」

火焙りにされる可能性があるから。

「そのとおり。それと、忘れないで、ウーナが能力に目覚めたのは四十歳のときだったから、人間の行動を観察する時間がそれまでにたっぷりあった。人間性なるものについては、彼女はぼく以上に低く評価している」にやっと笑って、「ブライディ・マーフィを覚えている年齢だから、テレパスだと知られたらなにが起きるか正確に知っていた」

「だから、あなたみたいに秘密にしていた」ブリディはそういってから、かならずしも正しくないことに気づいた。「あの虫の知らせも本物だったってこと？」

「いや。いっただろ。予知能力は存在しない。でも、〝千里眼〟は、それを口に出しても、声を聞くことよりずっと安全だ。とくに、ウーナいうところの〝老いたひとりぼっちの独身女性〟で、ちょっとばかり頭がいかれてるとみんなから思われがちなタイプの場合は。それも、千里眼や虫の知らせを信じていると評判のアイルランド出身ならなおさらだ」

「じゃあ、なにもかもテレパシーを隠すための隠れみのだったの？　ショールも、豚足煮込《クルビーン》みも、あのひどいモーリン・オハラ風のアイルランド訛《なま》りも」

「しかり、娘御《ラス》よ。すべては陽動作戦。しかも、すばらしくうまくいってる。ぼくはだまされた。自分から打ち明けてくれなかったら、ウーナがテレパスだなんて思いもしなかった。そして、きみに教えることができなかったのは――」

「秘密を誓わせられたから」

「うん。それと、トレントとライザンドラの双方がきみの思考を聞けたからね。百パーセントの確率で彼らをブロックできるかどうか自信がなかったし、だからきみには、カスケードがテレパシーを停止させたと思っていてもらう必要があった」

それは理解できた。ブロックされているだけかもしれないという疑念、もしくはテレパシーがまだ存在するかもしれないというわずかな可能性だけでも、計画全体がぶちこわしになる。

「どうしてもという必要に迫られないかぎり、ウーナは自分がテレパスだと名乗り出るつもりはなかった。彼女は、ぼくがメイヴに話しかけるのを聞いて、テレパシーに対処できるように手助けしていることに気づいた。でも、ぼくが防壁を築く方法を知っているかどうかについては、よくわからなかった」

ウーナ伯母さんがコムスパンに来たあの日だ、とブリディは思った。メイヴのレポートを手伝ってもらった礼をいわなきゃいけないからと、ひとりで地下のラボに行ったとき。

「ウーナは、メイヴを声から守る仕事を任せられるかどうか判断するために、ぼくが信頼できる人物なのかを確かめる必要があった」とＣＢ。「もし信頼できなければ、自分でメイヴを導くつもりだった」

そうなれば、ウーナ伯母さんにテレパシー能力があるとメイヴが知ることになっていた。

「うん。ウーナは、そのことをメイヴがどう受けとめるか自信がなかった――スパイされることについてあの子がどう感じてるかはきみもよく知ってるだろ。ウーナは、メイヴが自分の助けを拒むんじゃないか、その結果、声に呑み込まれるんじゃないかと心配だった。だからぼくたちは、ぼくがメイヴを手助けし、必要なときにウーナがバックアップするということで合意したんだ」

「そして、ウーナ伯母さんはそのとおりにしたわけね。ライザンドラとトレントをブロックするのに手を貸した」

「はずれ。ぼくとしては、ウーナに関しても、ヴェリックとトレントに存在を知られるリスクは避けたかった。それに、声をブロックするのにひとりが加わったからといって、それがどのくらい助けになるかわからなかったしね。おおぜいの人間をノンストップでブロックしつづけるのにはものすごいエネルギーが必要になるという話は嘘じゃない。それにウーナは、メアリ・クレアをブロックするので手いっぱいだったし」

「でも、ウーナ伯母さんの助けがなかったのなら、じゃあどうやって――?」

「ウーナが勝手にブロックをはじめたんだ。ぼくになにもいわずに」

「だからあんなに茫然とした顔だったのね」急に腑に落ちた。「どういうことなのかさっぱりわからないという顔をしていたのはそのせい」

「そのとおり。わからなかった。結果的には、そのことがプラスに働いたけどね。ぼくの反応は、きみを納得させただけじゃなく、ライザンドラも納得させた。それに、ヴェリックも」

「それからはあなたは……どうしてたの？　ウーナ伯母さんと交替勤務についたの？」

「〈アイルランドの娘たち〉の残りのメンバーといっしょにね」

「アイルランドの――？」

CBはうなずいた。「それについても、ウーナはぼくの耳に入れないようにしていた――大洪水がテレパシーを停止させたとぼくが思い込んだもうひとつの理由がそれ。ほかに説明を考えつかなかったからね。でも、〈娘たち〉が、ウーナのようなテレパスの隠れみのとなる組織兼互助会兼支援団体だとわかって――」

「アイルランド詩の朗読会やアイリッシュ・ダンスや結婚の仲介は、みんなただの隠れみのだったの？」

「いくつかはね。ほかのいくつかは、新人勧誘活動。もしうちの母親が義父の名字を名乗っていなかったら、きっとぼくも彼らに目をつけられて、ずっと前に集会に誘われていたと思う。それとさらに、いくつかは――いちばんだいじな部分だけど――アイルランド版の閲覧室だよ。みんなで『タラの館で奏でられたハープ』とか、『湖の小島イニスフリー』を暗唱したり、『フィネガンズ・ウェイク』を読んだり。ちなみに『フィネガンズ・ウェイク』は、いままでに書かれたものの中でもっともすぐれた遮蔽装置になる」

「で、彼女たちが声をブロックしてたの？　〈アイルランドの娘たち〉が？」

「それと、その娘たち。それに息子たち。ぼくの最大のライバル、ショーン・オライリーを含めてね。彼は、頭髪に恵まれてなくて、母親と同居していることに加えて、一度に六人の人間をブロックできる」

「彼ら全員がこの件に賛同しているの？　テレパシー能力を進んであきらめることも含めて？」

ＣＢはうなずいた。「それが唯一の答えだと知っているからね。彼ら全員で、一日二十四時間、週に七日ブロックしつづけている。彼らはとても優秀だ。でも、予備の人員まで動員したとしても、声を永遠にブロックできないことはよくわかっていた。それに、もしブロックをやめたらなにが起こるかも」

「でも、いまのところ、彼らはあなたと交替でブロックしてるの？」ブリディは、どういう仕組みなのか理解しようとしながらたずねた。

「うん。ただしじっさいは、ぼくがジャマーのプログラミングに専念できるように、ブロックのほとんどは、彼らが担当してくれている。ウーナは、きみとメイヴをブロックしている。ウーナには、ぼくのことが信用できないといわれたよ。感情に流されて、なにもかもきみにしゃべっちゃうんじゃないかって。とくに、午前三時の当直では」CBは悲しげな笑みを浮かべ、「ウーナのいうとおりだったかもね」

じゃあ、CBに対する思いが心にあふれたとき、彼に聞かれていたわけじゃなかったんだ。助かった。でも、その一方――うわ、まいった――ウーナ伯母さんに聞かれていたなんて。

「それも、秘密を守ると誓わせられた理由のひとつ」とCB。「しじゅう押しかけてきて、プライバシーをぜんぜん尊重しない親族のことをきみがどう思っているかよく知っていたから、心が読めることを知られたくなかったんだ」

しかも、何年もずっとそれをつづけてきた。だからこそ、トレントとつきあうことにあんなに強く反対した。CBと同じく、ウーナ伯母もトレントの心を聞いて、彼がなにを企んでいるか知っていたから。とにかく、わたしを守ろうとしてくれていた。

「ウーナは、自分にテレパシー能力があることを、ほかの親族にも知られたくないと思っている」とCBがいった。「いままでずっと介入してきたと思われたくないから」

「つまり、介入してきたことを知られたくないってことでしょ」

「まあね。それでもやっぱり、話しちゃいけない。とくに、メイヴにはぜったい話さないこと」

〈あたしになにを話さないって？〉メイヴの声が割り込んできた。〈テレパシーが消えたって、ふたりが嘘をついてたこと？〉憤然とした口調から、両手を腰に当てて、ナイフのような視線でにらみつけているメイヴの姿が目に浮かぶようだった。〈ずっとあたしをブロックしてたんでしょ。やっぱり！〉

「いつから盗み聞きしてた？」とＣＢが詰問した。

うわ、それを訊いちゃだめ。わたしたちがなにを話していたか、ぜったいつきとめようという気にさせるだけよ。

「わたしが知りたいのは」とブリディは声に出していった。「あなたがここでなにをしているかよ、メイヴ。ここはわたしのセーフルームで、いまはＣＢと内密の話をしているの」

〈内密だなんて知らなかったもん。ドアに貼り紙でもしといてくれなきゃ。それに、ふたりが話せることも知らなかった。声のものすごい洪水がテレパシーを押し流したっていってたじゃない。でも、そうじゃなかったんだよね。ものすごくいいバリケードを築いただけで〉

「ああ、そうだよ」とCB。「どうやってそれを突破した？」

メイヴはそれを無視して、〈どうしてあたしをブロックしたか、理由を教えて〉

「CBは、ドクター・ヴェリックとトレントに、テレパシーが完全に消滅したと納得させなきゃいけなかったからよ」とブリディがいった。

〈でも、それが目的なら、なんであたしに頼まなかったの？〉とメイヴ。〈ブロックなら、ブリディ叔母さんよりあたしのほうがずっと得意なのに。ありとあらゆる種類の――〉

「だめだ」とCB。「ぜったいにだめ。いっただろ、きみのことがだれかに知られる危険はおかせない。きみはひとこともしゃべっちゃいけないし、なにもしちゃいけない。こんなふうにぼくらと話すことも含めて。もしいましゃべっていることが外に洩れたら――」

〈洩れない〉メイヴは自信たっぷりにいった。〈あたしたちはいま、ブリディ叔母さんのセーフルームにいるし、あたしははね橋を上げてるうえに、さらに十五のファイアウォールがある。それとゾンビの群れ。ほら、「ゾンビゲドン」に出てきたみたいな〉

「どうでもいい」とCB。「盗み聞きすることも、しゃべることも禁止。声がなくなったと思ってるみたいにふるまうんだ。ぼくのゾンビの群れが完成するまで」

〈ゾンビの群れって？〉とメイヴ。〈ああ、ジャマーのこと？　それならぜんぶ知ってる〉

「どうやって?」CBとブリディが異口同音にたずねた。

〈あたしにはふたりの心が読めるんだよ、ね?〉

CBの頭に最初に浮かぶ考えは〝しまった、ウーナ伯母さんのことがバレる〟だと考えて、ブリディはそれをメイヴに聞かせまいと、あわてて口を開いた。「ジャマーのことをあなたが知っててよかった。だったらもう、CBが説明する必要ないわけね」

〈ううん、ある。どうしてテレパシーをぜんぶ止めたの? これじゃ、だれもおたがいに話ができなくなるのに〉

「テレパシーが悪用されるのを防ぐには、それが唯一の方法だったんだよ」とCBがいった。

〈ううん、違うよ〉

そしてこれから、「ガイズ&ゾンビ」だか「美女と野獣」だかの中で主人公が土壇場で起死回生の勝利を摑むためになにをしたかとえんえん聞かされることになる。「その話はあとにしましょう。もう行って」

〈どうして?〉メイヴは疑り深げにいった。〈ふたりでもっと内密の話ができるように?〉

「そうだよ」とCB。

〈たとえばどんな？〉

「きみには関係ない。ぼくとブリディ叔母さんのふたりだけの問題だ」

〈ああ、わかった。セックスでしょ〉

「な、なにいってるの――」とブリディ。

〈やっぱり。あたしがセックスのことを知らないと思ってるんでしょうけど、ゆうべ、ダニカといっしょに「ゾンビ・ガールズ・ゴーン・ワイルド」を観たんだから〉

「ネット禁止になってるんじゃなかった？」

〈なってる。でもいったでしょ、ママがあたしのラップトップにかけたブロックはもう解除した。ダニカのママのNetflixアカウントにかかってた制限もね〉映画のことはそれで説明がつくが、ダニカをどうやって部屋に潜り込ませたんだろう。

〈部屋に来たわけじゃないよ〉とメイヴ。〈いっしょにFaceTimeしてたの。ねえ、セックスじゃないとしたら、どうして聞かれちゃまずいの？〉

「ぼくがそういったからだ」とＣＢ。

　その理屈は通用しない、とブリディは思った。

「わかってる」といって、ＣＢはブリディの手をひっつかんだ。「だからだよ。さあ」とささやく。

〈テレパシーだと、ささやいても意味ないのに〉とメイヴ。

「確かに」ＣＢはそういって、ブリディの手を引き、風雨にさらされた木製の園芸用具戸棚に向かって中庭を歩きながら、「だから、ぼくらがここを出なきゃいけない」といって、戸棚の扉を開けた。からっぽの植木鉢を次々にとりだして、戸棚の上に置いてあるラジオの横に積み上げ、それから棚板をぜんぶ引き抜いて、敷石の上に投げ捨てた。

〈なにしてるの？〉とメイヴ。

ＣＢは答えなかった。戸棚の中に足を踏み入れると、うしろに手を伸ばし、ブリディの手をとった。

〈ねえってば〉とメイヴ。〈どこへ行くつもり？〉

「ナルニア国」ＣＢはそう答えると、「頭を下げて」とブリディに向かっていい、戸棚の中にひっぱりこんだ。

36

「玄関にだれか来たみたい」

――「歩け走るな！」

戸棚の裏側には木の板が張ってあるはずだし、そのうしろは中庭のアドービ煉瓦壁のはずなのに、どちらもなかった。戸棚の向こうには、白いプラスチックの壁があり、腰の高さにコントロール・パネルがついていた。ＣＢがボタンを押すと、ドアがカメラの絞りのように開いた。

「ブラスト・ドアだ」とCB。ブリディが先に行けるように、うしろに下がって待っている。「ごめん。ぼくの『スター・ウォーズ』フェイズの名残り」ＣＢがブリディにつづいて戸口をくぐると、シュッと音をたてて自動的にドアが閉まり、ふたりはトーチに照らされた石造りの通路に立っていた。突き当たりにアーチ形の木製の扉がある。「で、これは

『ノートルダムの鐘』フェイズの名残り」

「最高レベルの刑務所だっていってなかった？」といいながら、ブリディはCBと並んで通路を歩き出した。

「ぼくの防御線はね」

〈逃げても無駄よ〉メイヴがいった。〈見つけるだけ〉

「あなたのいったとおりね。テレパシーって最低」とブリディ。

CBはにやっと笑い、巨大な鉄製の鍵で木の扉を開けると、ブリディを急きたてて先に行かせ、反対側からまた扉に錠を下ろし、タイル張りの床の通路を先に立って歩き出した。車椅子と点滴スタンドが置いてある。「病院なの？」

「うん」

「でも、病院は嫌いなんでしょ」

「長くはいないよ」といって、ブリディの病室の前の廊下を急ぎ足で歩かせた。

〈ねえったら。どこへ行くつもり？〉とメイヴの声。

「デス・バレー」とCB。

「どこへ行くの？」ブリディはささやき声でたずねた。

「ぼくのセーフルーム」といってCBがドアを押し開けると、そこは、あの最初の夜にブリディが避難した階段室だった。

「これがあなたのセーフルーム？」コツコツ足音を響かせて階段を降りながら、ブリディはたずねた。

「いや」CBは、あのときブリディがすわっていた踊り場を足早に横切り、『2階』と記されたドアにつづく階段を降りた。ドアの先は、病院の廊下ではなく、べつの階段だった。

「声を締め出すために、こんなにいろいろつくったの？」あとについて階段を降りながらたずねた。

「いや。なにもわからない状態からスタートしたからね。ある部分は、初期の試みだ。それに、こういう場所は」と、いまいる階段を示した。気がつくとそれは、コムスパンの地下にあるCBのラボにつづく階段だった。「だいたい、周波数ホッピングのためだよ。声に居場所をさとらせないことが目的。これをつくるにはどうすればいいか、あの朝、デリで朝食をとりながら教えるつもりだったんだけど、そのとき無粋な邪魔が入った」

最後の数段をそそくさと降り、地下へつづくドアを抜け、エレベーターのほうに向かう。

「いまは」と上のボタンを押しながら、「ある小さな子どもに見つからないことが目的だけどね」目論見《もくろみ》はうまくいっているらしく、〈あたしは小さな子どもじゃない！〉と怒鳴るメイヴの声は聞こえてこなかった。

エレベーターが目的階に到着し、ドアが開いた先は、図書館が閉まったあとにふたりがこっそり歩いた廊下だった。半分まで進んだところで、CBが「待ってて」といって、職員ラウンジに飛び込んだ。半分食べかけのバースデーケーキと投げ銭缶がまだテーブルの上にある。CBは引き出しを次々に開けて、中をひっかきまわしはじめた。

「なにを探してるの？」ブリディはささやき声でたずねた。

「これ」といって、スコッチテープとフラッシュライトをかざしてみせた。それをポケットにつっこむと、カウンターから紙を一枚とって、マーカーでなにか書いてから、鉄製の鍵を投げ銭缶に投げ込み、カーネギー・ルームの鍵とブリディの手をつかんで、電気を消し、暗い廊下を階段に向かって急ぎ足で歩いた。その階段の上はカーネギー・ルームのはずだが、そうではなく、コムスパンの駐車場に出た。彼の心が読めなかったのも不思議はない。だれも、この防御の迷路を抜けることはできない。

「うん、まあ、それが唯一の理由じゃないけどね」CBが車の列のあいだをドアに向かって急いだ。ふたりの足音がこだまする。

「もうひとつの理由は？」

「着いたら話すよ」

「着くってどこに？」とたずねたとき、CBはドアを押し開けた。その先は書庫だった。

だれもこの迷路を抜けられないと思ったのはどうやらまちがいだったらしく、本棚の列に沿って半分も行かないうちにメイヴの声がした。〈もう、いいかげんにしてよ。どこへ行くのか教えて〉

「ハバナ」とCBがいって、階段室のドアを開け、ブリディの手をひっぱって向こう側に出ると、背後でドアを閉めた。

ふたりが立っているのは、劇場のロビーだった。

〈こんなのフェアじゃない！〉メイヴの叫び声が響くなか、CBはブリディを急きたてロビーを歩いていった。進むにつれて、メイヴの声がだんだん小さくなっていくような気がした。

ふたりは絨毯敷きの階段を駆け上がって劇場の扉を押し開け――カーネギー・ルームにつづく階段に出た。CBがかがみこんでドアの鍵を開ける。

CBのセーフルームはカーネギー・ルームなんだ、そう思って胸を打たれた。もしこれがカーネギー・ルームなら。

カーネギー・ルームだった。せまい階段を駆け上がり、オーク材の戸口を抜けると、暖炉と本棚とテーブルが目に入った。テーブルの上の箱はラッキー・チャー――

〈もう降参したら？〉とメイヴがいった。〈あたしからは逃げられないんだから〉

「ああくそ、かんべんしてくれ！」ＣＢがそういって、ブリディを部屋の中に押し込み、カードファイル・キャビネットの前にひざをついた。「信じられない。いままでだれもこのセーフルームを見つけられなかったのに。きみの勇敢なる大伯母さえ。『哀れなちびこい赤子』……なんて信じられない」

ＣＢはペルシャ絨毯を床板からめくった。「さあ」磨かれた板張りの床の四角い一画を持ち上げ、その下の暗い穴に飛び下りると、ブリディに手を伸ばした。

ブリディが降りると、ＣＢは落とし戸を閉め、ふたりはブリディのアパートメントの前の通りとおぼしき道を急いだ。もっとも、暗すぎてはっきりとはわからない。「どこへ行くの？」

「内陣」とＣＢがささやいた。「そこなら、たとえメイヴでも見つけられない。願わくは」

角を曲がり、またべつの暗い通りを通って、図書館の玄関ドアの前に着いた。「急がないと。ここだ」といって、フラッシュライトをブリディに手渡し、職員ラウンジから持ってきた紙をテープでドアに留めた。紙には『立入禁止！　きみのことだ、メイヴ！　本気だぞ！』と書いてある。

ブリディからフラッシュライトを受けとって、ＣＢがドアを開けた。真っ暗闇。「入って。早く」とささやき、ブリディにつづいて中に足を踏み入れると、ドアを閉めた。「こっち」ブリディの手をまさぐり、漆黒の闇の中へと導く。

「ここはどこ？」とブリディ。「カルカッタの地下牢？」

「違う」CBがようやく足を止めた。

「フラッシュライトはどうしたの？」

「ここにある。でも、点灯する前に、話しておかなきゃいけないことがある」

「ほんとはX線の眼を持ってるんでしょ」

「いや。まじめな話なんだ、ブリディ。ぼくがきみの心を読めて、きみがぼくの心を読めない理由は、セーフルームだけじゃない。ぼくはずっときみをブロックしてきた。なぜなら――」

「なぜならトレントのことを考えているあなたの心を聞いたら、彼がどんなヘビ野郎かを知って、わたしが傷つくことになるから。わかってる」

「それもひとつだけど――」

「プラス、声の群れだけでわたしの脳がいっぱいになって、それ以上、他人の考えは処理しきれないと思ったから。そしたらトレントが現れて、彼に聞かれるかもしれないから、わたしに心を読ませられなくなった」

「そのとおり。でも、ぼくがきみをブロックした理由はそれだけじゃない。テレパシーなんか消えてなくなったほうがいいと、さっきいっただろ？　あれは本気だった。あれは――」CBは言葉を切り、大きく息を吸って、いい直した。「ものごとには意図せざる結果があるという話を覚えてる？　じつは、テレパシーも例外じゃないんだ。病院でのあの最初の夜――」

〈ここにいたのね〉メイヴの声が闇の中ですぐ横から響いた。〈見つけるっていったでしょ！　あたしを撒けるつもりだったなんて信じられない〉

「『つもりだった』というのはじつにぴったりの言葉だね」とCBがいった。「どうやってここに入った？」

〈冗談でしょ。そんなの簡単〉

「わかった。だったら出ていくのも簡単だな」とCB。「ブリディ叔母さんとふたりだけで話す必要があるといったはずだ」

「つまり、ふたりはまだセックスしてないってこと？　キスはした？」

「あなたには関係ない」とブリディ。「キスはプライベートな――」

〈ううん、違う〉とメイヴ。〈キスはPGにもなってないもん。キスぐらい、「おどる12人のおひめさま」にだって出てくるよ。「アナと雪の女王」にも、「魔法にかけら――」〉

「どうでもいい！」ＣＢが怒鳴った。「消えろ！」

「わたしにやらせて」とブリディは口をはさんだ。「行きなさい」とメイヴに向かって静かにいう。「でないと、『ゾンビ・ガールズ・ゴーン・ワイルド』を観たこと、お母さんにいうわよ」

〈そんなこと、いえるわけない！〉

「それに『ゾンビ・テラー』と『ワールド・ウォーＺ』も」ブリディは無慈悲につづけた。

「あと『ＳＡＷ《ソウ》・リボーン　ゾンビ拷問者の復讐』も観たって」

〈観てない！〉メイヴが憤然といった。

「ええ、観てない。わたしは知ってる。あなたも知ってる。でも、お母さんは知らない。お母さんはどっちのいうことを信じると思う？　さあ、もう行く？」

〈わかったわよ〉メイヴがうらみがましい口調でいった。〈おとななんて大嫌い！〉そして、ドアがバタンと閉まる音が聞こえた。

「メイヴは行っ――」といいかけたとき、ドアが開く音が聞こえた。

〈どうでもいいけど、でもＣＢのバカなジャマーは直しといたから！〉メイヴはそういって、またドアを叩きつけた。

「どういう意味だ、直したって？」ＣＢが叫んだ。「メイヴ、戻ってこい！」

〈行けっていったくせに。どっちかはっきりしてよ〉

「ジャマーを直したっていうのは、どういう意味だ？」

〈あたしが直したっていう意味。あたしたちがおたがいに話ができるように〉

「なにをしたって？」メイヴを絞め殺したいと思っているような口調だった。「メイヴ、誓っていうけど、もし計画を危険にさらすような――」

〈そんなことしてない。フィードバック・ループは、トレントやライザンドラやほかのみんなのテレパシーを停止させたままだから、あの人たちはテレパシーが消えてなくなったと思ってるし、それを使って悪いことはなにもできない。ただ、あたしたちのテレパシーは止めないっていうだけ〉

「あたしたち？」とＣＢ。「つまり、完全なテレパスのことか？」

そうか、メイヴはウーナ伯母と〈アイルランドの娘たち〉のことを知らないんだ。そう思ってから、ブリディはあわてて、メイヴに聞かれないようにその思考を押し殺した。

どうやら間に合ったらしく、メイヴは、〈うん。ＣＢとあたしとブリディ叔母さん。心配ないよ。悪い部分は消して、いいところだけ残したから〉

「悪い部分ってどういう意味だ？」ＣＢが詰問した。

〈ほら、怖い声とか。それはシャットダウンして、二度と戻ってこないようにしたけど、

それ以外のものはぜんぶ残した。だいじょうぶだって。ほかの人はだれも気づかないから。存在することも知らない〉

「で、具体的にいったいどうやった？」

〈ＣＢがやったやつをファイアウォールのうしろに置いてから、一部の機能を無効にして……うーん、言葉で説明するのがめんどくさい。複雑だから。でも心配ないよ、すごくうまく動くから〉といって、メイヴは消えた。

ＣＢはメイヴを呼び戻そうとしなかった。「なんてことだ。もしメイヴがあのプログラムをいじって、めちゃくちゃにしてたら……さあ！」ブリディの手をつかんで、闇の中をドアのほうに戻りはじめた。

「あの迷路ぜんぶを逆戻りしなくてもいいんでしょ？」なんとか追いつこうとしながらたずねた。

「うん、もちろん。ぼくらがずっとラボにいたのはわかってるよね？」

「ええ」といったものの、百パーセント事実ではなかった――幻想が完璧すぎる。いまもそうだ。戸口にたどりついてＣＢがドアを開けると、そこはラボだった。とつぜんの光にブリディは目をしばたたき、自分がＣＢの内陣からドアをくぐって歩いているのではなく、現実の作業台のそばに立って、スマートフォン／ジャマーを見下ろしているのだという考えに慣れるにはまるまる一分かかった。

その一分のあいだに、CBがドアを閉め、ドアはヘディ・ラマーのポスターが貼ってある壁に戻った。つまりそれは、CBの内陣を見るチャンスを失ったことを意味している。

CBはすでにラップトップに飛びつき、画面を見つめて狂ったようにタイプしていた。スクロールしてゆくコードを指で追いながらチェックし、眉根にしわを寄せ、それからまたタイプしはじめた。

「めちゃくちゃにされてた？」ブリディは不安な思いでたずねた。

「わからない」CBが数字の列に指先で線を引いた。「ここでメイヴがなにをしたのかがわからない。コードに変更を加えて――」それから、ブリディの横の作業台で、CBがスーキから無断借用しているスマートフォンが鳴った。「出てくれる？」とCBがラップトップの画面をにらんだままいう。

ブリディはうなずいて電話をとりながら、不思議に思った。さっき携帯電話通信抑止装置の電源を戻したはずなのに。

「戻したよ」携帯からメイヴの声がした。「迂回する方法を見つけたんだ」

それにどうやら、スーキの携帯の番号をつきとめる方法も。「メイヴ」ブリディは警告するように、「いったでしょ――」

「行ってとはいわれたけど、電話するなとはいわれなかった」メイヴが屁理屈で対抗する。「ＣＢが書いたバカみたいなコードをめちゃくちゃにしたんじゃないってことをＣＢにいわなきゃいけないの。あたしは直しただけ。ＣＢのやりかただと、バカみたいに時間がかかるし、あたしたちがおたがいに話ができなくなるから、それで――」

　ＣＢはブリディの手からスマートフォンをひったくった。「プログラムになにをしたのか、具体的に教えろ」といって、電話を肩にはさみ、またタイプしはじめた。「ふむ……うんうん……どうやって……？　うおっ！　それは考えなかった。いったい……？　ふむふむ……なるほど」通話を終えてから、さらに数分、じっと画面をにらんでいたが、ＣＢはやがて背すじを伸ばした。

「で？」ブリディはＣＢにたずねた。「メイヴはコードを直してた？」

「いや、まったく新しく、いちからプログラムを書いてた」ＣＢの顔にはおもしろがるような表情が浮かんでいた。「ぼくにわかるかぎり、その新しいプログラムは、ぼくが書いたのより、ものすごく効率がよくなってる。それに、ぼくにわかる範囲では、メイヴがいったとおりのことができる。声を排除したうえで、完全なテレパスに対しては、おたがいに話し合うことを許し、それ以外のすべてに対してはテレパシー信号を完全に遮断する」

　ＣＢは眉間にしわを寄せた。

「でも、それはいいことじゃない？」とブリディ。「テレパシーをあきらめなくていいってことでしょ？」わたしのせいであなたの人生がだいなしになることもない。

「うん。いいことだよ。すばらしい」しかし、CBの表情は、言葉とは裏腹だった。

「どうしたの？」とブリディ。「メイヴの変更で、ジャマーが完成するまでに二日より長くかかりそうなの？」

「いや。メイヴはすでにジャマーを起動してる。ぼくらがセーフルームを出た五分後から作動中」

「でもいったい……ここにいもしなかったのに」

「自分のラップトップでコードを書いて、ぼくのコンピュータに送ってきたんだ。すくなくとも、メイヴはそういってた――それがほんとうだと祈ろう。でないと、テレキネシスは実在しないというぼくの持論が崩壊することになる」

それは恐ろしい可能性だ。とりわけ、その力の持ち主がメイヴだとなると。でもいま、それについて、あるいは他のどんなことについても、不安を感じるのは不可能だった。ジャマーは完成して作動中、テレパシーは公式に、この世界のレーダーから消滅した。ブリディも、メイヴも、コムスパンの顧客も、二度と声の危険にさらされることはない。テレパシーはふたたび、インターネットのいかれた仮説とSF映画の領分に戻り、テレパスは声から自由になって、満員の映画館やショッピングモールやコーシャ・デリに出かけることができる。そしてウーナ伯母さんをはじめとする〈アイルランドの娘たち〉はブロックをやめて、結婚相手を斡旋《あっせん》したり、姪の娘たちにアイリッシュ・ダンスのレッスンを強制したりする日々に戻れる。

そしてＣＢは、もうだれからも尋問されたり、テストされたり、情報提供を強制されたりすることはない。火焙りにかけられることもない、とブリディはしあわせな気持ちで思った。ＣＢは安全だ。わたしたちの問題は解決した。

「だといいけど」とＣＢ。「まだメイヴがいる。それに——」

「どうやってブロックしていたのかは、遅かれ早かれ、メイヴに気づかれる。そうなったら、ウーナ伯母さんが——なお悪いことにメアリ・クレアまで——テレパスだと気づかれるのは時間の問題。そしたらメイヴは激怒するわね」

「うん。でも激怒するかもしれないのはメイヴひとりじゃないよ」とＣＢがつぶやいた。真剣な表情でブリディを見つめながら、「病院で、どうしてぼくらが接続したのか、きみが理由を知りたがっていたとき、接続は混線《クロストーク》のせいかもしれないといったよね？」

「あなたはそうじゃないと答えた」

「そうじゃなかった。でも——」

スーキの電話が鳴り、ブリディはそれをひっつかんだ。「メイヴ、もう電話してこないでっていったはずよ」

「わかってる。でも、いっとかなきゃいけないことがあって」

「なに？」ブリディはきびしい声でいった。「手短にして」

「オーケイ。そんなに怒らないでよ。いまごろもう、キスは済んでると思ったのに」まだはじめてもないわよ。あんたのおかげで。「いっとかなきゃいけないことってなに？」

「ウーナ伯母さんのこと」

うわ。テレパスだとわかったなんていわないで。

「ウーナ伯母さんが、あしたの夜のディナーに来られないかって。キャスリーンの婚約祝いに」

「婚約？」ブリディは当惑した。「ラテ＆ラヴの男と婚約したの？　彼、べつの相手ともう婚約してたんじゃなかった？」

「その人じゃない」とメイヴ。「ショーン・オライリーと」

「ショーン・オライリー？」ブリディはおうむ返しにいってから、驚愕の表情でＣＢに目をやった。「ウーナ伯母さんがわたしとくっつけようとしていた、例のすんばらしいアイルランド人青年?」

「うん。ただ、ほんとは青年じゃないけど。かなり老けてるし、禿げてる。ウーナ伯母さんとキャスリーンが、いっしょに準備してたアイルランド伝統祭だかに行ったら、そこにショーン・オライリーが来てて、そのあとなにがあったのか知らないけど——」

〈なにがあったかわかったよ〉とCBがいった。〈それに、最近テレパシー能力を発現させたフラニガン一族は、きみとメイヴだけじゃないってこともね〉

キャスリーンが声を聞きはじめたのなら、ショーン・オライリーが彼女を助け出して、どうやって防御するかを教えることになり……。

「とにかく、婚約したのよ」とメイヴ。「ママはかんかんになってる。そんな短期間で恋に落ちるなんて不可能だ、って。でも、あたしは、そういうことってあると思う」

わたしもよ。ブリディはそう思いながら、CBにほほえみかけた。

「つまり、ラプンツェルとフリン・ライダーは二日で恋に落ちたし、『ゾンビ・プリンセス・ダイアリー』のザンダーとアリスンは、五分くらいで恋をした。でもそれは、ゾンビに追われてて、あんまり時間がなかったせいだけど」

そう、時間がない。

「だからとにかく、ウーナ伯母さんがみんなを集めてるわけ」とメイヴ。「ウーナ伯母さんはキャベツのコンビーフ炒めをつくるんだって。だから、ブリディを呼ぶようにって。でも、来たくないなら来なくていいっていってた」

「もちろん行くわよ、喜んで」とブリディ。「ソーダブレッドを焼いて持ってくっていっといて。それと、クルビーンも」

「ＣＢも連れてきたいなら連れてきていいよ」とメイヴ。「ウーナ伯母さんには、もういってあるから」

「どうかしら」ブリディはおぼつかない表情でＣＢを見た。

「喜んでお邪魔するよ」とＣＢ。

〈ほんとに？　ようやく尋問をひとつ回避するのに成功したのに――〉

「ううん、そんなことにならないようにしといたから」とメイヴ。「ウーナ伯母さんからブリディを呼ぶようにいわれたとき、『ＣＢを招待してもいい？　ほら、科学のレポートを手伝ってもらったから』っていったら、大歓迎だっていわれたの。だから、ＣＢが来るのはあたしが呼んだからだと思ってる。そうすれば、いろいろ訊かれずに済むでしょ。いつからつきあってるのとか、トレントはどうしたのとか、結婚するのかとか」

「で、それだけのことをしてくれたかわりに、なにをしてほしいの？」

「ネット禁止を解除させて」

「わかった」とブリディ。「今夜、お母さんと話をしてみる。じゃあね。あと、もう電話してこないで」

ブリディは電話を切ってから、「ほんとにうちの親族とのディナーに来てくれるの？」とＣＢにたずねた。

「もちろん。つまり、これから話すことを聞いたあとでも、まだぼくを招いてくれるならだけど」ＣＢは大きく深呼吸した。「メイヴは、テレパシーの悪い部分をとりのぞいて、いいところだけを残したっていったけど、それは百パーセント真実というわけじゃない。テレパシーに固有の、ある性質があって、それは、テレパシーそのものをなくさないかぎり除去できないんだ」

「じゃあ、わたしたちはやっぱりたがいに話ができない？」

「いや、ぼくらは話ができるよ。でも、テレパシー信号がたがいにあまり接近して並ぶと、干渉が生じる。とりわけ、混線《クロストーク》が」

「わからない」ブリディはぞくっとする恐怖を感じた。「声が停止してないってこと？ わたしたちが近づくと声が戻ってきて——」

「そうじゃない」ＣＢはあわてていった。「いや、ジャマーは声を永遠に停止させた。でも……ぼくがきみをブロックした理由のひとつは、すでに聞こえている以上にたくさんの思考を聞くと脳が処理しきれないと思ったからだといったよね。そのとおりだ。きみに耐えられるとは思わなかった。でも、ぼくが心配してたのは、ふつうの、日常的な思考のことじゃなかった。心配だったのは……」

「心配だったのは、なに？」ブリディは先を促した。

「クロストークだよ。問題は、電子的なクロストークじゃないってこと。電子的な混線なら、修正したりフィルターにかけたりできる。でもこれは、テレパシーの本質的な一部なんだ。パートナー双方がたがいに心から愛し合っているとしても、人間の脳が処理しうる正直さと率直さには限界がある。たぶん、だから人類は抑制遺伝子を発達させてきたんだろうね。容量オーバーになるから。そして、テレパシーを捨てることが生き延びる唯一の道だとさとった。テレパシーは生存に有利な遺伝形質じゃないっていったのは、冗談じゃないんだよ」

「CB」ブリディが口をはさんだ。「いったいなんの話なのかさっぱりわからないんだけど。それがクロストークとどう関係するのかも」

「わかってる。ごめん。ぼくがいいたいのは……ほら、前にぼくが、セックスすることを〝つながる《フックアップ》〟っていっただろ。ええと――」

電話が鳴った。

ブリディが出た。「メイヴ、いったでしょ――」

「わかってる。でも、CBにいい忘れたことがあって」

「なに？」

「CBに話さないと」

ブリディは電話をCBに手渡した。「あなたによ」

CBはしばらく聞いていたが、やがて、「ほんとにそうしたほうがいいと？　でももし彼女が……」間があり、それからCBがいった。「うん。たぶんそのとおりだね」

CBは電話をブリディに返した。「電話なんか使うより、頭の中に話させてくれたほうがずっと簡単なのに」とメイヴ。

「だめ」ブリディはきっぱりいった。「さあ、もう行って。それと、もう電話はなし。盗み聞きもね。本気よ」ブリディは電話を切った。

CBは、心を決めかねているようにこちらを見ている。「いま、メイヴになんていわれたの？」とブリディはたずねた。

「これだよ」といって、CBはブリディにキスした。

世界がばらばらになった――病院の玄関前にいたCBを目にしたあのとき以来ずっと、自分はこのキスを待っていたのだといま気づいたが、世界が崩れ去ったのはキスだけのせいではなく、頭の中で起きていることのせいだった。ブリディはＣＢの感情を感じ、ＣＢの思考を聞いた。こんなことができるとは思ってもみなかったことをしていた。ブリディは彼の心を読んでいた。ＣＢは彼女の心を読んでいる。〈……勇気がなくて……拒まれると……だって、どうしてぼくなんか……美しすぎるし、聡明すぎて、ぼくみたいな人間は目にも入らない。まして……〉

そして彼女は、〈……失ってしまったかと思った……もう二度と話せないかと……〉

そしてふたりは、同時に話していた。ふたりの思考と感情がともにからまりあい、どちらがどちらのものかもわからなくなって……〈……なにもかもだいなしにしてしまったわたしなんか、もう二度と愛してはくれないと……そんなことあるわけが……わたしを許せないからブロックしているのだとばかり……気持ちを知られるのが恐くてブロックを……書庫で……あんなに近く……こんなに美しくて……あなたも……うん、うん、このもじゃもじゃの髪がどう思われてるかはわかってる……その髪、大好きよ！〉

ふたりの思考が合わさって、安堵と喜びとうれしさの支離滅裂な奔流となり、押し合い、ぶつかりあい、切望と説明と欲望の滝となってループした。声の洪水のように圧倒的で、ずぶ濡れにさせるけれど、でもたとえようもなく最高にすばらしく、ブリディはそれに呑み込まれ、それに溺れて――

水面に顔を出すスイマーのように口づけから身を離すと、よろよろあとずさり、体を支えるものを手探りして、作業台によりかかった。「いまのなんだったの？」とふるえる声でいう。

「いっただろ。信号同士が近づきすぎると、クロストークが起きて――」

「クロストーク？」ブリディは息を切らせて訊き返した。「単語やフレーズがいくつか混じり合うのかと思ってた。でも、いまのは――」

「大洪水。わかってる。ごめん。やっぱりあんなこと――」

「いつもあんなふうになるの？」ブリディは呼吸をとり戻すのに苦労しながらたずねた。だってあれは――

「いや、性的な接触がある場合だけだよ。つまり、キスとか愛撫とか――」

「でも、図書館では、セックスは声を遮断してくれるっていわなかった？」

「ほかの声についてはね。でも、相手の声はべつ。そっちのほうは、いわば逆の効果が生じる」

年間ベスト級の控え目な表現ね、とブリディは思った。

CBは心配そうにこちらを見ている。「だいじょうぶ？」

「わからない」ブリディは正直にいった。「あんなのはじめて……」片手を心もとなげに自分の胸に当て、「なんていうか、すごく……」

「うん、そう。かなり……圧倒的だから。予想したよりさらに激しかった。だから、もう二度と関わりたくないと思ったとしても、その気持ちは百パーセント理解できるよ。こんなことはもうごめんだ、ぼくなんかとはもう近づきたくない、そう思ったとしても無理はない。あれだけたいへんな経験をしたあとなのに、また思考や感情の大洪水に見舞われるなんて、いちばん望まないことだろうし、ぜんぶ忘れてしまいたいと思ったとしても、百パーセント理解できる」

「ぜんぶ忘れて……？　ＣＢ――」

「いや、ぜんぜんだいじょうぶだって。きみは悪くない。ぼくがきみの立場だったら、たぶん、まったくおなじように感じるだろうから。ねえ、ハバナのことはもう忘れよう。スカイがシスター・サラを連れ帰ったように、きみをニューヨークに連れ帰って、その先は……純粋にプラトニックな関係でいられる」

「プラトニック？」

「それとも、そうしたほうがよければ、ジャマーできみもブロックするようにしたら、ＥＤ処置を受ける前と同じ状態に戻れる」

「なに？」とブリディ。「こんなの信じられない。いままでずっと嘘をついてたの？」

「嘘？」CBはあっけにとられたように、「いや、ついてないよ。ただ、なにもかもぜんぶは話していなかった——」

「クロストークのことじゃなくて、わたしの心が読めると、ずっといいつづけてたこと」

「どういう意味だい？」CBは途方に暮れた顔で、「ぼくは——」

「だって、もし読めるなら、いまみたいな莫迦げた演説をするはずがないもの」

「莫《ば》迦《か》げた？ つまり、きみはいまもまだ——？」とCBがいった。彼の気持ちを知るのに、心が読める必要はなかった。すべては顔に書いてある。

「ええ。そうよ」

CBがまた手を伸ばしてきた。

「でも、そんなに急がないで」ブリディは片手を当てて、CBとの距離を保った。「まず、いくつかルールを決めないと」

「たとえばどんな？」

「たとえば、もうブロックするのはやめて。もしあなたがわたしの心を読むのなら、わたしもあなたの心が読めなきゃ。それなら、すくなくともわたしにも可能性がある」

「オーケイ。でも、先に警告しとくけど、汚水溜めだよ。たとえば、いまみたいに。ぼくが考えられることといったら――」

「わかってる」とブリディはつぶやいた。「わたしもよ」

ＣＢがまた手を伸ばしてきた。

「第二に」ときっぱりＣＢの接近を押しとどめて、「その補助的な防御策を築く方法を教えると約束して」

「ぼくを締め出すために？」

「たぶんね。ときどきは。あなたがいったみたいに、接続しすぎって思うこともありうるから。でもほとんどは、わたしたちが多少のプライバシーを持てるように、メイヴを締め出しておくためよ」

「それが可能かどうかわからないけどね。メイヴは、過去に築かれたすべてのファイアウォールやバリケードを突破できるみたいだし、暗号解読の天才だ。しかも、たったの九歳だよ。十三歳になったらなにができると思う？」

「フランスを救える」

「確かに。メイヴはすごい子だ。たぶん、全人類がテレパシーを――悪い部分は抜きにして、いい部分だけを――経験できるようにする方法さえ考えつくかもしれない。その過程でこの惑星を破壊することなくね。でも、それまでのあいだ……」ＣＢは首を振った。

「心配しないで」とブリディ。「べつの種類の補助的な防御策がある」

「たとえばどんな？」

「たとえば」といって、メイヴに聞こえるようにわずかに声を大きくした。もっとも、たぶんその必要はなかっただろう。「メイヴにテレパシー能力があると母親に伝えると脅迫するとか。わたしたちがプライバシーを求めているとき、その希望を尊重しないと、メイヴがこっそりゾンビ映画を観てるだけじゃなくて、『シンデレラ』も観てることをメアリ・クレアに告げ口すると脅すとか。それに『塔の上のラプンツェル』もね。あと、なによりもラプンツェルのティアラをほしがってることとか」ブリディがそういうと同時に、うんざりしたような〈うるさい！〉の声と、これが最後とばかりにドアを叩きつける、ひときわ大きな音が聞こえた。

「ね？」ブリディはいった。「問題解決」

「よかった」ＣＢが手を伸ばしてきた。

ブリディは彼を押しのけた。「まだ終わってない。テレパシーに関しては、あなたがすべての真実を伝え損ねていることがいろいろあるみたいね。ほかになにをいい忘れてるの？」

「なんにもないよ」ＣＢはにやっと笑って、「ぼくの心は開いた本だからね」

「でしょうね。たぶん、ほんとにX線の眼を持ってるのね」

「いや。でも、メイヴに頼んで、彼女のよこしまな頭脳をそれに専念させたら、きっとなにかアプリを開発してくれるよ」

「そんなこと、考えるのもやめて」とブリディ。「それに……」CBのネルシャツの前を両手でつかみ、カウチにすわらせた。「そんな必要ないから」

「待った」CBは体を自由にした。「ここじゃなくて。来て」といって、ふたりはまた、ブリディの中庭に入った。

「どうしてラボじゃだめなの？　メイヴに邪魔されるのが心配なら、もうだいじょうぶ。『塔の上のラプンツェル』は、彼女が世界でいちばん好きな映画だから」

「まさしく。メイヴは一時的におとなしくしてるし、ウーナはジャマーが作動しはじめたことをまだ知らない。つまり、声をブロックするのにまだ忙殺されている。キャスリーンは、マッチングサイトの退会手続きに追われているし、スーキはゴシップを広めるために必要な携帯電話を探しまわっている。だからいまは、ぼくらが完全にふたりきりになれる最後のチャンスかもしれない。ぼくはそれを最大限に活用するつもりだ」

　CBはブリディの手を握り、中庭の青い扉に向かって歩き出した。もう扉には掛け金もかんぬきもかかっていない。その必要はない。外に吠え猛る声はなく、つぶやきひとつ聞こえない。

「で、どこへ行くの？」ブリディはたずねた。「ナイアガラの滝？」

「時間がない」CBは、内陣の漆黒の闇につづくドアを開けた。「ナイアガラの滝にはハネムーンで連れていくよ」

　CBはブリディの手を引いて戸口をくぐり、ドアを閉めてから手を離した。ブリディは、CBがネルシャツを脱ぎ、室内の光が外に洩れないように、ドアの下の隙間を服でふさぐのを見守った。心臓がびくんとした。ここがどこだか知ってる。

「うん」といってCBは電気を消した。ふたりは備品室にいた。CBは、ドクター・フーのTシャツにジーンズ姿で目の前に立ち、ブリディの背後には木製のカードファイル・キャビネットと、エンサイクロペディア・ブリタニカが積まれたオーク材のテーブル。CBのうしろには、椅子の山の上に立てかけられて、ジョージ・ワシントンがいまも不興げににらんでいる。

「さようなら」CBは心からそういうと、椅子の山をよじのぼって絵をひっくりかえし、それからぴょんと飛び下りて、ブリディの正面に立った。

「あの書庫があなたの内陣だろうと思ってたのに」心臓の音と、上気して舞い上がる《フック・アップ》思考を聞かれないように、ブリディは軽い口調でいった。「みんなそこでつながるっていってたから」

「みんなじゃない」とCB。「プラス、書庫では、きみの腕はぼくの首にまわされていなかった」といって、両手でブリディの手をとり、自分の胸に押し当てた。

「まあ」ブリディは息をつき、空いているほうの手を彼のうなじにまわし、自分のほうに顔を引き寄せた。最初にこの備品室に来たときにこうしておくべきだった。

〈そのとおり。そうすべきだったね〉といって、CBはキスした。

さっきよりもさらに激しいめまいがする、さらにびしょ濡れになる体験だった。しかしいま、その洪水の下には幸福の深い流れがあり、悦《よろこ》びのしぶきが散っていた。〈……接続は感情的な絆とは関係ないっていってたくせに……そんなこといってない、かならずしもなくていいと……絆なんかないといいつづけてたのはきみのほうだろ……そうね……莫迦だった……〉

〈あなたが両腕をまわしてくれた瞬間にわかっているべきだった〉とブリディはいった。〈あんなに安心な気持ちになったことはなかったんだから〉

〈あのときのぼくの考えを聞いていたら、安心なんかしなかっただろうね〉とCBがいい、ふたりはとつぜん、水ではなく黄金の花火に包まれ、それから急に、それが火に変わった。炎がふたりのまわりで、ふたりを貫いてスパークし、燃え上がり、熱さのあまり、思考を首尾一貫したセンテンスにまとめることもできなくなる。〈……どんなに激しく……わたしも……求め……愛……おお、ぼくも、わたしも……〉

今度、先にキスから身をほどいたのはＣＢだった。ブリディからあとずさり、積み上げた椅子の山にぶつかる。「どうしたの？」

「どうしたかって？　ぼくらはほとんど自然発火してたんだぞ。きみにキスすることであ
あなるとしたら、セックスはきっと、ぼくらを――」

「殺しちゃう？」ブリディは首を振った。「そういう仕組みじゃないのよ」

「でももし――」

「そのときが来たら、その橋を渡りましょう」ブリディはそういって、両腕を彼の首にまわした。

　だれかがドアを叩いた。

〈ブリディ叔母さん！〉メイヴがいった。〈ＣＢ！　中に入れて。いるのはわかってるんだから。ウーナ伯母さんのこと、あたしに隠してたなんて信じられない！〉

訳者あとがき

コニー・ウィリスの最新長篇『クロストーク』の文庫版をお届けする。原書 *Crosstalk* は、二〇一六年九月、ランダムハウス傘下のデル・レイから、四百九十八ページのハードカバーで刊行。本書の親本となる《新☆ハヤカワ・SF・シリーズ》版の邦訳書は、二〇一八年十二月に一巻本で刊行。文庫化に際して上下巻に分けられた。

本書刊行以前のウィリスはというと、オックスフォード大学史学部タイムトラベルものの大長篇『ブラックアウト』『オール・クリア』にかかりきりになっていたので、『クロストーク』のような（シリーズに属さない、現代ものの）単発長篇は、二〇〇一年の『航路』以来、なんと十五年ぶりということになる。

そのせいかどうか、コミュニケーション（メッセージの伝達）がテーマになること、病院が主な舞台（のひとつ）であること、脳神経科学的な架空の新技術（SF的な道具立て）がひとつ導入されていること以外はほぼ現代そのままであること、男女のロマンスが縦軸になること、九歳の勝ち気な少女がたいへん重要な役割を果たすこと、女性主人公がいろいろ考えすぎて暴走しがちなこと――などなど、『航路』と重なる部分が非常に多く、訳しながら懐かしい気分になりました。ウィリスってほんとに階段が好きだよなあ、とか（あ、これは『ブラックアウト』『オール・クリア』も一緒か）。

もっとも、基本的にはシリアスなサスペンスだった『航路』と比べると、今回は、ロマンス度もコメディ度もかなり高め。ヒロインの相手役となるキャラの破壊力も抜群で、ロマコメの女王たるウィリスのストーリーテラーぶりが遺憾なく発揮されている。

だからというわけでもないでしょうが、いやまあ、今回も長かった。出る前から、今度は現代もののラブコメだと聞いていたので、さすがにそんなに長くならないんじゃないか……という期待はあっさり裏切られ、いざ本が出てみると、四百字詰め原稿用紙換算で一四二〇枚。訳しても訳しても終わらなくて、途中、なにもここまで書かなくても……という気がしてきたものの、28章から先、下巻の後半にあたるラスト二百三十ページはまさに怒濤の展開。最後は例によって、周到にはりめぐらしてきた伏線が一気に回収され、思いがけない結末へと向かう。ゲラで校正していても、ついついストーリーを読んでしまい、これはいかんと何度あと戻りしたことか。

……と、このへんであらためて、本書『クロストーク』の内容を簡単に紹介しておこう。といっても、解説や予備知識が必要なことはなにもないので、歴戦のウィリス読者や、これから読むつもりでいる人には、このページはもちろん、なるべく一切の事前情報を入れずに（可能なら帯や裏表紙も見ずに）、ただちに本文にとりかかることを強くおすすめする。僕自身、最初に英文テキストが届いたときはほぼそういう状態だったので、読みながらけっこういろいろ驚きました。

そうはいっても、どういう話かわからないと、こんな長いの読みはじめられないよという人のために、ネタバレにならない程度に設定を説明すると、時はいまからほんのちょっと未来――というか、並行世界の二〇二〇年代と思ったほうがいいかもしれない。

主人公のブリディことブリジット・フラニガンは、大手携帯電話メーカー（ただし、アップルやサムスンと張り合うほどの大企業ではなく、アイディア勝負で生き残ってきた会社らしい）のコムスパンに勤めている。推定年齢は三十歳前後。三人姉妹の真ん中（推定）で、姉のメアリ・クレアは、九歳の利発な娘メイヴを持つ、過保護で心配性の母親。妹のキャスリーンはダメ男ばかり好きになる厄介な恋愛体質で、マッチングサイトに登録しまくって、〝運命の恋人〟さがしに余念がない。フラニガン一族の先祖はアイルランド出身で、祖国の土を踏んだこともないのにアイルランドの血と文化と伝統を過剰なまでに重んじる大伯母（通称、ウーナ伯母さん）が近所に住んでいるせいか、ファミリー間の距離が異常に近く、プライバシーがぜんぜん保てないのがブリディの悩みの種。ちなみに、親族がやたら干渉したがる女性ばかりという設定は、ヒューゴー賞／ネビュラ賞など六冠に輝くウィリスの風刺ＳＦコメディ短篇「女王様でも」（ハヤカワ文庫ＳＦ『混沌《カオス》ホテル』所収）とも共通する。

そういう濃密な親族関係から脱出する希望も込めて、いまブリディがつきあっているのは、コムスパンきってのハンサムボーイでやり手の若手幹部社員、トレント・ワース。こまめに連絡してくるうえに、デートはいつも高級レストラン。ことあるごとに花束を贈ってくれるという、理想の恋人だ。

ブリディはそのトレントから、ふたりの関係を深めるため、最新流行のＥＥＤ処置をいっしょに受けようと持ちかけられる。簡単な施術で、恋人同士がたがいの感情をダイレクトに伝えられるようになるというこのＥＥＤは、現在、セレブを中心に大流行中。ボトックス注射とかクライオセラピーとかハイドラフェイシャルとか、人気の高い美容術の愛情版みたいなイメージですね。

しかし、そもそもトレントのことを気に入っていないブリディの親族たちは、ＥＥＤに大反対。あの手この手でなんとか彼女を説得し、翻意させようとする。親族ばかりか、コムスパン一の変人と名高いCBことC・B・シュウォーツまで、手術は〝意図せざる結果〟を招くことが多いと、ものすごい勢いで反対してくる。地下のラボにこもってひとりで新機種の開発に没頭し、周囲から不気味がられているコミュ障気味の彼が、どうしてそこまでEEDに反対するのか？

もっとも、ブランド好きのトレントが、数々のセレブに施術してきた〝行列のできる名医〟ドクター・ヴェリックにEEDを依頼したため、処置を受けられるのはずっと先。まだまだ時間はある――と思っていたところ、とつぜん手術の予定が早まることに。

そして、EED処置によってブリディが直面した〝意図せざる結果〟は、まさに思いがけないものだった……。

と、ここまでで全体の一割ほど。以後、物語は、ブリディとトレントとCBとの三角関係（？）を軸に、スマートフォンの新機種開発に追われる会社内での出来事と、親族たち（姉妹と姪と大伯母）との関係、EED処置をめぐるあれこれが並行するかたちで進んでいく。

スクリューボール・コメディ風のテンポのいい会話と巧みなキャラクター配置はウィリ

スの十八番。中でも、九歳ながらスマホとPCの達人で、ディズニー・プリンセスとゾンビ映画に目がない少女メイヴは、『航路』のメイジーに匹敵する名脇役。メアリ・クレアとキャスリーンの姉妹やウーナ伯母さんはもちろん、噂話が大好きなスーキをはじめとする会社の同僚たちも、なかなかいい味出してます。トレントは「アナと雪の女王」のハンス王子タイプか。ドクター・ヴェリックは『航路』におけるミスター・マンドレイクの役どころ。こういうわかりやすいキャラを駆使して抜群に読ませるストーリーを紡ぐのがウィリス流。

一方、小道具として再三出てくるのは、ゼネラルミルズのラッキー・チャームとか、ケロッグのフルーツループとか、さまざまなシリアル食品。日本ではあまり見ない銘柄が多いんですが、Amazonとか楽天市場とかで簡単に買えるので、気になった人は検索してみてください。

ある理由から、本書にはミュージカルも多数登場する。宝塚でも上演された「ガイズ&ドールズ」（映画版の邦題は「野郎どもと女たち」）を筆頭に、西川貴教が主演したこともある「ザ・ミュージック・マン」とか、コッポラが映画化した「フィニアンの虹」とか、こちらは日本でもなじみのあるタイトル多数。その他、アルフレッド・ノイズが一九〇六年に発表した物語詩「追い剝ぎ」（The Highwayman）や、一九六七年にリリースされたボビー・ジェントリーのデビュー曲「ビリー・ジョーの唄」（Ode To Billie Joe）、さらにチャールズ・ディケンズやトマス・ハーディなどのヴィクトリア朝小説群もくりかえし出てくる。

また、主人公が携帯電話メーカー勤務ということで、ウィリスの長篇では初めて作中にスマートフォンが登場、中心的な役割を果たしている。オックスフォード大学史学部タイムトラベル・シリーズの未来社会には携帯電話が存在しないし、『航路』ではポケットベルが主役だったので、そこから一足飛びにスマホの時代に到達したわけですが、用途はもっぱら電話とＳＭＳ（ショートメッセージ）。ウィリス自身、スマホを使いはじめたのは本書執筆中からだったそうで、まだ板につかない感じも若干ありますが、そのへんはほほえましく見守ってください。

さてこのへんで、本書のメインテーマとなるＳＦネタについても簡単に触れておこう。

この先、本文未読の方はご注意ください。

３章の終わりで明かされるとおり、『クロストーク』では、精神と精神のダイレクトなコミュニケーション、テレパシー（精神感応）が物語を牽引する。

テレパシー（telepathy）とは、もともと一八八二年に心霊現象研究協会を設立したケンブリッジ大学のフレデリック・W・H・マイヤーズがつくりだした造語。その後の現実のテレパシー研究史については本書でもCBの口から語られているが、SFの世界では、迫害される新人類を描いたA・E・ヴァン・ヴォクトの名作『スラン』（一九四六年）以降、メジャーな題材のひとつになった。テレパシーを扱った作品としては、シオドア・スタージョン『人間以上』とか、アルフレッド・ベスター『破壊された男』とか（ともに一九五三年）、ジョン・ブラナー『テレパシスト』（一九六四年）、ロバート・シルヴァーバーグ『内死』（一九七二年）あたりが有名。日本では、『家族八景』（一九七二年）に始まる筒井康隆の《七瀬》三部作がテレパスものの代表作として知られている。

ただし、精神感応というモチーフが作中に出てくるSFはたくさんあっても、テレパシーだけを前面に出した長篇はもともとそう多くないし、今世紀に入ってからはほぼ絶滅状態。ぱっと思いつく最近の例だと、頭の中にある携帯電話で会話する乙一の短篇「Calling You」（二〇〇〇年／映画「きみにしか聞こえない」原作）くらいだろうか。しかも、ざっと見渡しても、なぜか暗めの話が多く、コメディは皆無に近い。そう考えると、これだけの長さのロマコメをテレパシー一本で書いてしまうウィリスの勇気と筆力には脱帽するしかない。

ちなみにEEDの科学的な背景については、初稿段階ではミラー・ニューロンなどを使ってもっと詳しく説明していたそうだが、途中で「わたしが書きたいのはこういうことじゃない」と気がつき、複雑になりすぎた説明をばっさり削ったという（そのためかどうか、ＥＥＤがなんの略なのかさえ、最後までわかりません）。まあ、ウィリスにそういう説明を求める読者もいないだろうし……と思っていたが、門田充宏《もんでんみつひろ》の『記憶翻訳者　いつか光になる』『記憶翻訳者　みなもとに還る』（創元ＳＦ文庫）を読んだところ、作中に出てくる過剰共感能力者の描写と、その能力および原理の応用に関する説明が『クロストーク』のそれと非常に近い。本書のすぐ先を描いた近未来ＳＦのようにも見えるので、最新型のテレパシー（とは言ってないけど）ＳＦに興味がある人は手にとってみてください。

本書で初めて著者の作品に接する読者もいるかもしれないので、あらためて簡単に紹介しておくと、コニー・ウィリス（コンスタンス・エレイン・トリマー・ウィリス）は、一九四五年十二月三十一日、コロラド州デンヴァー生まれ。小中学校の教員として働くかたわら、七一年に作家デビュー。八二年に「クリアリー家からの手紙」がネビュラ賞を受賞。以後、現在までにヒューゴー賞を十二回、ネビュラ賞を八回、ローカス賞を十二回受賞するなど、〝アメリカＳＦの女王〟の名をほしいままにしている。二〇一二年にはＳＦＷＡ（アメリカＳＦファンタジー作家協会）のデーモン・ナイト記念グランドマスター賞を受賞。代表作は、二一世紀のオックスフォード大学史学部で実習としてタイムトラベルに赴く大学院生たちを描くシリーズ（『ドゥームズデイ・ブック』、『犬は勘定に入れません』、『ブラックアウト』『オール・クリア』二部作）。主な短篇は、『空襲警報』『混沌《カオス》ホテル』の二冊にまとめられている（以上すべて、ハヤカワ文庫ＳＦ）。

ウィリスは、本書を刊行したあと、クリスマス・ストーリーの中篇を二篇発表。二〇一八年と二〇二〇年に、それぞれサブテラニアン・プレスから独立した単行本としてハードカバーで刊行されている。*I Met a Traveller in an Antique Land* は、クリスマス・シーズンのニューヨークを舞台に、オジマンディアス・ブックスという奇妙な古書店に足を踏み入れた男を描く〝魔法のお店〟もののファンタジー。*Take a Look at the Five and Ten* は、本書と同じく、親族（といっても血はつながっていない）に悩まされる女性主人公オーリのドタバタ劇。オーリの元義父の四番めの妻の祖母にあたるエルヴィングは一九五〇年代のウルワースで働いていたことがあり、当時のクリスマスの思い出を熱っぽくしゃべりだすととまらないのだが、彼女の記憶に多大な興味を示す人物が現れて……という導入から始まる、ハートウォーミングなスクリューボール・コメディ。本書を気に入った方には、いつか邦訳をお届けできればと思っている。

なお、この二篇にかぎらず、ウィリスはもともとクリスマス・ストーリーをたくさん書いていて、初期の短篇は、*Miracle and Other Christmas Stories*（1999）にまとめられているが、二〇一八年には、そこから“The Pony”を抜き、新たに「エミリーの総て」「まれびとこぞりて」「ひいらぎ飾ろう@クリスマス」“Now Showing”“Just Like the Ones We Used to Know”の五篇を加えた増量版のクリスマス・ストーリー集、*A Lot Like Christmas: Stories* を出している。邦訳短篇集に収録されていないウィリスのクリスマス・ストーリーだけを集めた本も出したいところですが、さて……。

最後に謝辞を。ひさしぶりのウィリス長篇ということで、本書《新☆ハヤカワ・SF・シリーズ》版刊行時には、チーム・ウィリスが再集結。早川書房編集部の清水直樹氏と同・校閲部の竹内みと氏、同社OBの上池利文氏と内山暁子氏に、ひとかたならぬお世話になった。とりわけ上池氏には、引用チェックまで含め、例によってすばらしく綿密に見ていただいたが、翻訳の遅れで突貫作業を強いることになり、申し訳ないかぎりでした。もちろん、不備が残っていた場合は、すべて訳者の責任です。あとは読者のみなさんにも、訳者と同じくらい、この小説を楽しんでいただければさいわいです。

二〇二一年十月

本書は二〇一八年十二月に早川書房より新☆ハヤカワ・SF・シリーズ『クロストーク』として刊行された作品を二分冊して文庫化したものです。

ドゥームズデイ・ブック（上・下）

Doomsday Book

コニー・ウィリス
大森　望訳

〈ヒューゴー賞／ネビュラ賞／ローカス賞受賞〉過去への時間旅行が実現し、歴史家は専門とする時代を直接観察できるようになった。前人未踏の十四世紀へと旅立った女子学生キヴリンは、中世に到着すると同時に病に倒れてしまう……はたして未来に無事に帰還できるのか？タイムトラベルＳＦ。　解説／恩田陸

ハヤカワ文庫

犬は勘定に入れません（上・下）

——あるいは、消えたヴィクトリア朝花瓶の謎

To Say Nothing of the Dog

コニー・ウィリス

大森 望訳

〔ヒューゴー賞／ローカス賞受賞〕過去への時間旅行が実現し、オックスフォード大学は、空襲で焼失したコヴェントリー大聖堂復元計画に協力している。史学部のネッドは、21世紀と20世紀を何度も往復したすえに過労で倒れてしまうが……時間旅行に恋と冒険をからませた抱腹絶倒のＳＦコメディ。解説／岸本佐知子

ハヤカワ文庫

航路（上・下）

Passage

コニー・ウィリス

大森　望訳

〔ローカス賞受賞〕認知心理学者のジョアンナは、神経内科医のリチャードから臨死体験を人為的に発生させ、脳の活動を記録するプロジェクトへの協力を求められる。だがその実験にはトラブルが続出、被験者が不足してしまう。ジョアンナはみずから被験者となるが、彼女が擬似臨死体験でたどり着いた場所は……!?

ハヤカワ文庫

混沌《カオス》ホテル

The Best of Connie Willis

コニー・ウィリス

大森　望訳

〈ザ・ベスト・オブ・コニー・ウィリス／ヒューゴー賞、ネビュラ賞受賞〉量子物理学国際会議に出席すべく、ハリウッドにやってきた科学者が予約していたホテルは……科学コメディＳＦの表題作、短篇集初収録の異星人クリスマスＳＦ中篇「まれびとこぞりて」ほか、ＳＦ界の女王のユーモア系代表短篇全五篇を収録

ハヤカワ文庫

空襲警報

The Best of Connie Willis

コニー・ウィリス

大森 望訳

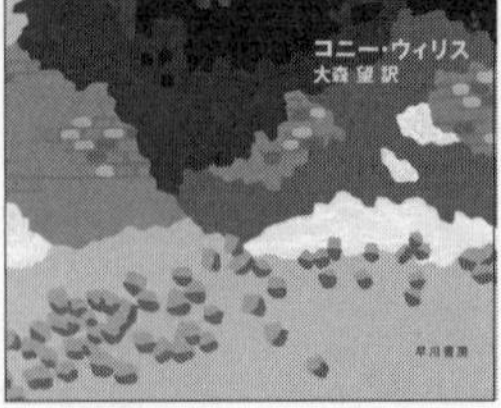

〈ザ・ベスト・オブ・コニー・ウィリス／ヒューゴー賞、ネビュラ賞受賞〉第二次大戦の大空襲下のセントポール大聖堂で、火災監視をすることになったぼくは……オックスフォード史学部シリーズ開幕篇の表題作を、新訳で収録。終末ＳＦの傑作「最後のウィネベーゴ」他、ウィリスのシリアス系代表短篇全五篇を収録

ハヤカワ文庫

歴史は不運の繰り返し

―セント・メアリー歴史学研究所報告

Just One Damned Thing After Another

ジョディ・テイラー

田辺千幸訳

歴史家の卵マックスは恩師からセント・メアリー歴史学研究所での勤務を紹介される。じつはここでは実際にタイムトラベルしながら歴史的事件を調査していたのだ！　ハードかつ凄惨を極める任務、さらには研究所を揺るがす陰謀まであきらかになり!?　英国で大人気のタイムトラベルシリーズ開幕篇。解説／小谷真理

ハヤカワ文庫

折りたたみ北京

現代中国SFアンソロジー

Invisible Planets

ケン・リュウ編

中原尚哉・他訳

〔ヒューゴー賞／星雲賞受賞〕十万桁まで円周率を求めよと始皇帝に命じられた荊軻は三百万の軍隊を用いた人間計算機を編みだす。『三体』抜粋改作にして星雲賞受賞作「円」、三層都市を描いたヒューゴー賞受賞作「折りたたみ北京」などケン・リュウが精選した七作家十三篇を収録のアンソロジー　解説／立原透耶

ハヤカワ文庫

火星へ（上・下）

The Fated Sky

メアリ・ロビネット・コワル

酒井昭伸訳

一九六一年。人類は月面基地と宇宙ステーションを建設し、つぎは火星入植を計画していた。〈レディ・アストロノート〉として知られる女性宇宙飛行士エルマは、航法計算士として初の火星有人探査ミッションのクルーに選ばれ、悩んだ末に三年間の任務を引き受けるが……。改変歴史宇宙SF第二弾　解説／鳴庭真人

ハヤカワ文庫

2000年代海外SF傑作選

橋本輝幸編

独特の青を追求する謎めく芸術家へのインタビューを描き映像化もされたレナルズ「ジーマ・ブルー」、東西冷戦をSFパロディ化したストロス「コールダー・ウォー」、炭鉱業界の革命の末起こったできごとを活写する劉慈欣《リウ・ツーシン》「地火《じか》」など二〇〇〇年代に発表されたSF短篇九作品を精選したオリジナル・アンソロジー

ハヤカワ文庫

2010年代海外SF傑作選

橋本輝幸編

〈不在〉の生物を論じたミエヴィルのホラ話「〃《ザ・》〃」、ケン・リュウによる歴史×スチームパンク「良い狩りを」、仮想空間のAI生物育成を通して未来を描くチャンのヒューゴー賞受賞中篇「ソフトウェア・オブジェクトのライフサイクル」など二〇一〇年代に発表された十一篇を精選したオリジナル・アンソロジー

ハヤカワ文庫

訳者略歴　1961年生，京都大学文学部卒，翻訳家・書評家　訳書『フロリクス8から来た友人』ディック，『息吹』チャン，『航路』ウィリス，『三体』劉慈欣（共訳）　編訳書『人間以前』ディック　著書『21世紀SF1000　PART2』（以上早川書房刊）他多数

HM=Hayakawa Mystery
SF=Science Fiction
JA=Japanese Author
NV=Novel
NF=Nonfiction
FT=Fantasy

クロストーク
〔下〕

〈SF2346〉

二〇二一年十一月二十日　印刷
二〇二一年十一月二十五日　発行
（定価はカバーに表示してあります）

著者　コニー・ウィリス
訳者　大《おお》森《もり》望《のぞみ》
発行者　早川浩
発行所　株式会社　早川書房
郵便番号　一〇一 - 〇〇四六
東京都千代田区神田多町二ノ二
電話　〇三 - 三二五二 - 三一一一
振替　〇〇一六〇 - 三 - 四七七九九
https://www.hayakawa-online.co.jp
乱丁・落丁本は小社制作部宛お送り下さい。
送料小社負担にてお取りかえいたします。

印刷・精文堂印刷株式会社　製本・株式会社川島製本所
Printed and bound in Japan
ISBN978-4-15-012346-8 C0197

本書のコピー、スキャン、デジタル化等の無断複製は著作権法上の例外を除き禁じられています。

本書は活字が大きく読みやすい〈トールサイズ〉です。